Tag für Tag muss Aeryn
als Gladiatorin in der Arena kämpfen
und die Gunst der Zuschauer gewinnen.
Denn nur so kann sie als versklavte Vantyr,
deren Feuermagie versiegelt wurde,
in der Fremde überleben.
Was ihr bleibt, ist ihr lodernder Stolz
und ihr unbändiger Wunsch nach Freiheit.
Um nie wieder einen blutigen Kampf
bestreiten zu müssen, fasst Aeryn schließlich
einen schier unmöglichen Plan,
bereit, sogar ihr eigenes Leben zu opfern.
Aber ausgerechnet Cato, der Leibwächter
eines Arenabetreibers des Landes,
bringt ihr zielstrebiges Herz
ins Stolpern.

ASUKA LIONERA

GLADIATOR'S LOVE

CARLSEN

VORBEMERKUNG

Liebe*r Leser*in,

dieser Roman enthält potenziell triggernde Inhalte. Aus diesem Grund befindet sich hier eine Triggerwarnung. Auf der Seite 444 findest du eine Themenübersicht, die demzufolge Spoiler für den Roman enthält.

Entscheide bitte für dich selbst, ob du diese Warnung liest. Gehe während des Lesens achtsam mit dir um. Falls du während des Lesens auf Probleme stößt und/oder betroffen bist, bleib damit nicht allein. Wende dich an deine Familie, Freunde oder auch professionelle Hilfestellen.

Wir wünschen dir alles Gute und das bestmögliche Erlebnis beim Lesen dieser besonderen Geschichte.

Asuka Lionera und das Carlsen-Team

Für all jene, deren Seele zu warm für diese kalte Welt ist.

KAPITEL 1

AERYN

»Dachtest du wirklich, du könntest mich besiegen?«, tönt Marcellus, mein heutiger Gegner, bevor er neben mir ausspuckt. »Ich habe schon ganz andere als dich auseinandergenommen. Dich werde ich ebenfalls zerquetschen!«

Ich war unachtsam. Anders kann ich mir nicht erklären, wie es ihm gelungen ist, mich zu überrumpeln.

Heute ist kein guter Tag. Das habe ich schon gemerkt, als ich den ersten Schritt in die Arena gesetzt habe. Das Blut in meinen Adern kribbelt und brennt. Das wird böse enden, wenn ich diesen Kampf nicht so schnell wie möglich hinter mich bringe. Doch offenbar habe ich meinen heutigen Gegner unterschätzt.

Ich springe zurück auf die Füße. »Versuchs doch«, zische ich, als ich einem weiteren seiner Schwerthiebe ausweiche.

Unbarmherzig brennt die Mittagssonne des etureischen Reiches auf mich herab. Jeder meiner Atemzüge ist erfüllt von Staub und Hitze, doch ich ringe nach Luft, ganz gleich wie sehr es in meinem Hals kratzt.

Mit dem linken Arm halte ich den hölzernen Schild vor mich, der etwa halb so groß ist wie ich, um einen Angriff meines Gegners zu parieren. Ich fühle den Aufprall seines Schwerts gegen meinen Schild bis hinauf in die Schulter, aber ich weiche keinen Schritt zurück.

Zurückzuweichen bedeutet Schwäche. Schwäche bedeutet Tod.

Und ich werde weder heute noch morgen oder übermorgen in dieser verdammten Arena sterben.

Die Finger meiner rechten Hand umklammern den rauen Schwertgriff so fest, dass es beinahe wehtut. So gut es geht, versuche ich das heiße Blubbern in meinen Adern zu ignorieren. Es ist ausgeprägter als gewöhnlich, doch ich darf nicht zulassen, dass es die Oberhand gewinnt.

Erneut lässt mein Gegner einen Schwerthieb auf meinen Schild niedergehen. Die Menge um uns herum stöhnt gelangweilt und erschrocken gleichermaßen auf. Ich kann nie sagen, ob sie sich darüber freut, dass mir nichts geschehen ist, oder danach lechzt, mich blutüberströmt im Staub der Arena liegen zu sehen.

Als Marcellus den Arm für eine weitere Attacke hebt, lasse ich den Schild sinken, tauche unter seinem schlecht ausgeführten Hieb hindurch und mache einen Schritt zur Seite. Nun habe ich alle Zeit der Welt, seine ungeschützte Flanke anzugreifen.

Noch vor wenigen Stunden rumorte ein ungutes Gefühl in meinen Eingeweiden, als ich auf die Tafel blickte, an der die heutigen Kampf-Paare angekündigt wurden. Marcellus ist ein Koloss von einem Mann und fast doppelt so breit wie ich. Er ist ein Etureer, der jedoch unehrenhaft aus dem Heer entlassen wurde und seitdem sein Glück als Gladiator versucht. Bisher hat er sich außergewöhnlich gut geschlagen; ich habe einige seiner Kämpfe gesehen. Mehrmals durchschlug er die Schilde seiner Kontrahenten oder überrollte sie schlicht mit seiner Größe und Kraft.

Doch all diese Muskeln und die Körpergröße haben einen Preis: Seine Angriffe mögen so kraftvoll sein, dass mir beinahe die Schulter birst, aber Marcellus benötigt mehr Zeit, um seine Muskelberge zu bewegen. Zeit, die ich nutzen kann, ihm auszuweichen und anzugreifen, wenn seine Deckung unten ist.

Mir gelingt ein Schwertstreich unterhalb seiner Rippen, der

ihn vor Schmerzen aufheulen und die Menge um uns herum vor perfider Freude jubeln lässt.

Ich liebe ihr Jubeln genauso sehr, wie ich es verabscheue.

Es vibriert in mir, bringt mein Blut dazu, noch schneller zu pulsieren. Schneller und immer schneller, bis ich das Gefühl habe, nicht mehr Herr über meinen Körper zu sein. Bis ich nur noch handele, statt nachzudenken.

Die Kämpfe, in denen das passiert, sind die schlimmsten, denn sie versetzen mich in einen Rausch, bis ich mich selbst nicht mehr erkenne, und sie enden immer in einem Blutbad.

Ich stehe kurz davor, mich ein weiteres Mal diesem Rausch hinzugeben. Etwas lockt mich. Etwas, was schon viel zu lange in mir eingesperrt ist. Es lodert in mir, wie ein nie versiegendes Feuer.

Und es ist genauso zerstörerisch.

Als ich erneut das Schwert hebe, um einen weiteren Hieb auszuführen, rammt Marcellus mir mit voller Wucht seinen Schild gegen die linke Seite. Ich werde zurückgeschleudert. Als ich hart im Staub der Arena lande, wird mir sämtliche Luft aus den Lungen gepresst. Unzählige Steinchen kratzen über meine Haut, die zum größten Teil unbedeckt ist.

Meine Seite pulsiert vor Schmerzen, doch ich rappele mich so weit auf, dass ich zu meinem Schild kriechen kann. Er liegt einige Meter entfernt, aber zum Glück habe ich das Schwert nicht losgelassen.

Ein Schatten fällt auf mich, und bevor ich reagieren kann, tritt mir Marcellus in den Bauch. Ich gebe ein Röcheln von mir, ehe ich wieder zurück in den Staub falle.

Obwohl jede Bewegung wehtut, zwinge ich mich zurück auf die Füße, um keinen erneuten Treffer zu erleiden – schneller diesmal, sodass sein erneuter Angriff ins Leere läuft.

Marcellus keucht vor Anstrengung und der ganze Schweiß auf

seinem Gesicht und der Brust rührt garantiert nicht von der glühenden Hitze. Ich muss ihm nur noch ein paarmal ausweichen, bis er erschöpft zu Boden sinken wird. Diese Taktik hat sich schon bei vielen Gegnern seines Kalibers bewährt, auch bei denen, die von Kopf bis Fuß gepanzert waren.

Seinen nächsten Hieb pariere ich und bin überrascht über die Kraft, die er noch hat. Schnell stelle ich einen Fuß zurück, um nicht das Gleichgewicht zu verlieren, während er die Klinge gegen meine drückt und sein Gesicht nur ein Stück von meinem entfernt ist.

»Es wird mir Ehre einbringen, eine Vantyr besiegt zu haben«, knurrt Marcellus.

»Träum weiter!«, grolle ich und stoße ihn zurück.

Ich habe kaum genug Zeit, einen anderen Stand zu wählen, da geht er wieder auf mich los.

Ich komme nicht umhin, ihn für sein Durchhaltevermögen zu bewundern. In der Vergangenheit wurde ich Gegnern zugeteilt, die bereits nach einer Minute ihre Waffe von sich geworfen haben, weil sie nicht gegen mich antreten wollten.

Doch Marcellus lässt mehrmals sein Schwert auf mich niedersausen und ich habe Mühe, seine Angriffe weiter zu parieren. Ich weiche ihnen aus, lasse mich zurücktreiben und sehe Siegesgewissheit in seinem Blick aufglimmen.

Freu dich nicht zu früh, raune ich in Gedanken.

Endlich hat er mich so weit zurückgetrieben, dass ich an meinem verlorenen Schild angelangt bin. Seinen nächsten Hieb pariere ich und stoße ihn mit aller Kraft zur Seite, sodass Marcellus beinahe das Gleichgewicht verliert. Ich nutze die Sekunden, die er benötigt, um wieder einen sicheren Halt im heißen Arenasand zu finden, indem ich meinen Schild aufhebe und ihn um meinen linken Unterarm schnalle.

Die Siegessicherheit verschwindet aus seinem Blick und macht nackter Angst Platz, als ich ihn meinerseits zurücktreibe und ihm immer wieder kleinere, aber nicht minder schmerzhafte Schnitte an Armen, Händen und jedem Körperteil zufüge, den meine Klinge erreicht. Nach wenigen Minuten blutet Marcellus aus unzähligen Wunden, die zwar nicht bedrohlich sind, ihn aber, gemeinsam mit der Schnittwunde an der Seite, in seinen Bewegungen einschränken.

Nach einem weiteren Angriff zieht er seinen Schild zu langsam hoch, sodass ich ihm meinen gegen das Gesicht rammen kann. Vor Schmerzen aufheulend lässt er das Schwert fallen und presst die freie Hand gegen die Nase, aus der eine wahre Blutfontäne schießt.

Das Jubeln der Menge ist ohrenbetäubend, ehe es zu einem Singsang wird. Sie rufen meinen Namen, wieder und wieder.

»Aeryn! Aeryn! Aeryn!«

Ihre ekstatischen Rufe befeuern das Brennen in meinen Adern nur noch weiter, bis ich es kaum noch aushalte – ein fast vergessenes Gefühl längst vergangener Tage. Ich dränge es zurück, denn wenn ich mich ihm hingebe, werde nur ich lebend diese Arena verlassen. Und den Kampf habe ich auch so gewonnen.

Die Kämpfe von uns Gladiatoren dienen fast immer nur der Unterhaltung. Die Menge liebt es, wenn Blut fließt, aber zu Todesfällen kommt es selten. Meistens sind sie eigener Dummheit geschuldet. Oder der anwesende Senator ist der Meinung, dass Köpfe rollen sollen.

Das kam innerhalb der letzten fünf Jahre, die ich in der Arena kämpfen musste, bereits öfter vor. In Marcellus' Sinn hoffe ich, dass sein Herr genügend Gold bezahlt hat, um den heute anwesenden Senator milde zu stimmen. Zeigt er am Ende unseres Kampfes mit dem Daumen nach unten, bleibt mir jedoch nichts anderes übrig, als Marcellus zu töten.

Flüchtig werfe ich einen Blick auf die Empore in den Zuschauerrängen, die mit einem bunten Baldachin überspannt ist. Von hier aus sehen diese feisten Politiker zwar alle gleich für mich aus, aber ich versuche trotzdem in der Miene des heutigen Senators zu erkennen, wie er sich entscheiden wird.

Mit einem Schwertstreich gegen sein Bein bringe ich Marcellus nun dazu, in die Knie zu sinken. Ich kicke seine Waffe außerhalb seiner Reichweite und setze ihm meine Klinge an den Hals, ehe ich wieder zu den Zuschauerrängen aufschaue.

Ich hoffe wirklich, dass der Senator Milde walten lässt. Es ist mir zuwider, andere Gladiatoren zu töten. Mir genügt es, sie im Staub vor mir knien zu sehen.

Der Senator streckt den Arm aus und belässt ihn für einen theatralischen Moment in dieser Geste, bis auch der letzte jubelnde Zuschauer verstummt und gespannt auf die Entscheidung des Staatsmannes harrt. Ich wünschte, er würde sich verdammt noch mal beeilen, damit ich mir endlich den Staub, das Blut und die roten Schlieren abwaschen kann, die meine Haut bei jedem Kampf zieren müssen. Und damit ich aus dieser verdammten Sonne herauskomme.

Mit jeder Sekunde des Wartens ebbt das brennende Gefühl in meinen Adern etwas mehr ab, verschwindet aber nicht gänzlich. Tage wie diese, an denen das Brodeln meiner einstigen Kraft nicht ganz versiegen will, machen mich rastlos. Aber aus Erfahrung weiß ich, dass das Gefühl verschwindet, sobald ich die Arena hinter mir lassen kann.

Was hoffentlich bald ist.

Als ich schon drauf und dran bin, die Entscheidung für den Senator zu fällen, zeigt er mit dem Daumen nach oben und ich lasse von Marcellus ab.

Das Jubeln der Menge erfüllt die Arena und ich gebe mich, als badete ich darin, als es über mich brandet. Es hat mich viele Monate gekostet, den Zuschauern das vorzuspielen, was sie sehen wollen: eine siegreiche Gladiatorin, die sich für die Unterstützung aus den sicheren Rängen bedankt.

Durch meine Kämpfe und vor allem meine Siege habe ich mich zum Liebling des Volkes entwickelt. Eines Volkes, das ich mit jeder Faser meines Herzens verabscheue. Und doch bin ich abhängig von seiner Gunst und seinen Launen.

Marcellus nutzt den Augenblick, um besiegt aus der Arena zu schleichen. In ein paar Wochen wird das Los wieder auf uns beide fallen und wir werden uns erneut gegenüberstehen, denn heute haben wir der Menge einen guten Kampf geboten. Ich glaube jedoch nicht daran, dass der Ausgang des zukünftigen Kampfes ein anderer sein wird als heute. Ich hatte ausreichend Zeit, um seine Angriffsabläufe zu studieren.

Huldvoll verbeuge ich mich zu allen Seiten. Der Applaus und die Rufe meines Namens werden nicht leiser, dennoch bleibe ich nicht stehen, sondern eile auf einen der zahlreichen Ausgänge zu.

Als ich die Gänge unterhalb der Zuschauerränge betrete, schließt sich ein Gatter hinter mir und sogleich werde ich von zwei muskulösen Männern umringt, während ein dritter die Spitze seines Speers auf mich richtet, damit ich nicht auf dumme Gedanken komme. Ohne Widerstand reiche ich den Männern Schild und Schwert. Erst danach wird mir erlaubt weiterzugehen, wobei sich stets mindestens einer der Wärter hinter mir hält.

Ich kenne den Weg durch die verwinkelten Gänge. Die Zuschauer sehen nur die Wege, die zu den Rängen und wieder ins Freie führen, aber das Arenagelände hat viel mehr zu bieten. Neben Waffenräumen gibt es eine Vielzahl weiterer Zimmer: Baderäume, Zimmer für private Unterhaltungen und natürlich Zellen. Als eine der kostbarsten Gladiatorinnen, über die mein Herr und Arenabetreiber Graecus verfügt, muss ich mein Dasein zum Glück nicht in einer dieser Zellen fristen, bis mein Herr gedenkt, mich nach Hause zu holen.

Aus den noch tiefer gelegenen Ebenen dringt das wütende Brüllen gefangener Raubtiere empor. Ich bin froh, dass ich noch nie gegen eine dieser ausgehungerten Bestien antreten musste, denn sie wären ein zäherer Gegner als Marcellus.

Als hinter mir ein träges Klatschen ertönt, bleiben ich und mein stummer Bewacher stehen. Ich wende mich zu meinem Herrn um und neige den Kopf, wie er es von mir erwartet.

»Siegreich wie immer«, raunt er, während er näher kommt.

Graecus ist ein älterer Mann, schätzungsweise Ende fünfzig, von untersetzter Statur und mit einem unübersehbaren Bauchansatz. Als er vor mir steht, muss ich den Blick senken, um ihm in die Augen sehen zu können, da er mir nur bis zur Nase reicht. Wie immer ist er gewandet in erlesene Kleidung, die mit Goldfäden durchwirkt ist. Graecus liebt es, seinen Wohlstand nach außen hin zu zeigen und damit die Tatsache zu überspielen, dass ihm ein hochrangiger Posten in der Politik verwehrt blieb. Stattdessen betreibt er die größte und profitabelste Arena der Hauptstadt. Täglich finden Kämpfe in ihr statt, größere wie kleinere, die zu jeder Tageszeit gut besucht sind, denn die Etureer lieben diese blutige Zerstreuung mehr als alles andere.

Graecus' Blick wandert über mich und bleibt eine Spur zu lange an der entblößten Haut auf meinem Bauch und den Beinen hängen. Ich begrüße es, dass ich nicht in eine komplett geschlossene Lederkluft gesteckt werde, die mich in meinen Bewegungsabläufen behindert. Deshalb habe ich mich nie gegen den dunkelbraunen Lendenschurz, die hohen Stiefel und das tief ausgeschnittene und knapp unter der Brust endende Lederoberteil gewehrt. Vor jedem Kampf bemalen Sklavinnen meine bloße Haut mit unterschiedlichen Mustern in roter Farbe. Heute winden sich die Schlieren in Wirbeln um meine Beine, den Bauch, die Arme und den Hals hinauf. Doch sie sind nichts als eine billige Nachahmung der echten Verzierungen, die sich auf meiner Haut abzeichnen, sobald ich die Kontrolle über das Brennen in meinen Adern verliere. Die aufgemalten Zeichen sollen das verdeutlichen, was ich bin: eine Vantyr. Oder um es mit den Worten der Etureer zu sagen: eine gefährliche Barbarin, der ihre magische Gabe mit allen Mitteln genommen werden musste.

»Geh und ruh dich aus«, sagt Graecus, nachdem er mit seiner Bestandsaufnahme fertig ist und an mir vorbeigeht. »Du hast es dir verdient. Dein Sieg hat mich ein ganzes Stück reicher gemacht, obwohl ich immer noch nicht verstehe, wie Leute so dumm sein können, gegen dich zu wetten.«

Er gibt mir einen Klaps auf den Hintern, für den ich ihm instinktiv den Kopf von den Schultern getrennt hätte, wenn sie mir das Schwert nicht abgenommen hätten. Nun kann ich nichts anderes tun, als aufgebracht zu ihm herumzuwirbeln.

»Brauchst du sonst noch etwas?«, will er wissen, ohne sich vor meinem zweifellos wütenden Blick zu fürchten.

»Heute nicht«, sage ich.

Graecus nickt. »Wenn du deine Meinung änderst, brauchst du es nur auszusprechen.« Er kneift mir in die Wange. »Für mein bestes Pferd im Stall ist mir nichts zu teuer.«

Ich rucke den Kopf zur Seite und befreie mich so von seiner Berührung. Der Kerl neben mir spannt sich an, als erwarte er, dass ich auf Graecus losgehe. Ich hätte nicht wenig Lust dazu, aber noch weniger steht mir der Sinn danach, eine Hand zu verlieren. Das würde meine Siegeschancen bei den nächsten Kämpfen deutlich schmälern.

KAPITEL 2

AERYN

Nachdem ich ein ausgiebiges Bad genommen und zwei Sklavinnen mir die Überbleibsel meines Kampfes vom Leib geschrubbt haben, schlüpfe ich in ein einfaches Leinenhemd und eine lederne Hose. Dann mache ich mich auf die Suche nach einem von Graecus' besonderen Sklaven, die wir hinter seinem Rücken Handlanger nennen, damit er mich ins Stadthaus zurückbringt. Ich will endlich dieses Kribbeln in meinen Adern loswerden, aber das gelingt mir nur, wenn ich die Arena gänzlich verlasse.

Auf meinem Weg durch die Arenagänge begegne ich einigen anderen Gladiatoren, die entweder zu einem der Räume oder der Arena selbst eskortiert werden. Die meisten von ihnen kenne ich und nicke ihnen zu. Hier in der Hauptstadt des etureischen Reiches treten nur die Besten der Besten an und überleben in der Regel, weil ihre Herren alles daransetzen, ihre teuren Investitionen zu behalten. Deshalb sehen wir hier selten neue Gesichter.

Ich entdecke einen von Graecus' Handlangern in der Nähe des Arenaeingangs. Weiter als bis hier darf ich ohne Begleitung nicht gehen, wie mir eine der Wachen klarmacht, die mir sogleich den Weg versperrt.

Ich seufze und deute mit einer Kopfbewegung auf den Handlanger, der in ein Gespräch mit einem mir unbekannten Mann vertieft ist. Für ihn habe ich nur einen flüchtigen Blick übrig; ich sehe ihn sowieso nur von hinten. Nachdem die Anspannung des Kampfes von mir abgefallen ist, möchte ich nur ins Stadthaus, etwas essen und schlafen. Ich reibe mir über die Arme, in der Hoffnung, das Kribbeln darin etwas dämpfen zu können.

»Ich will mit dem da reden«, sage ich ungeduldig zu der Wache und deute mit einer Kopfbewegung auf die beiden Männer am Ausgang.

Endlich wird auch Graecus' Sklave auf mich aufmerksam. »Da ist sie«, sagt er an den fremden Mann gewandt.

Sofort dreht dieser sich zu mir um.

Ich habe das Gefühl, als würde das Prickeln in meinen Adern für einen kurzen Augenblick aufhören, nur um anschließend stärker als zuvor über mich herzufallen. Doch es gelingt mir, es wieder niederzukämpfen, bis es kaum mehr als ein sachtes Flackern ist.

Nun bin ich mir sicher, dass ich den Mann noch nie gesehen habe, denn dieses Gesicht hätte ich nicht vergessen. Ich habe tagtäglich mit grobschlächtigen Muskelbergen und abgearbeiteten Sklaven zu tun. Des Nachts lasse ich mir Männer kommen, um mich auf andere Gedanken zu bringen. Ich habe den Kopf vor unzähligen Senatoren und Würdenträgern geneigt, die mir zu meinen Siegen gratulieren und meine Gönner, meine *patrons*, werden wollten. Doch keinem Einzigen von ihnen – egal, ob jung oder alt, adelig oder Sklave – wohnte eine solch raue Schönheit inne wie dem Mann vor mir.

Bisher habe ich nicht daran geglaubt, dass es diese raue Schönheit bei Männern überhaupt gibt. Die Männer und Frauen der Vantyr, meines Volkes, verfügen über sie, aber bei einem Fremden habe ich sie noch nie gesehen.

Sein Gesicht ist scharf geschnitten, verliert dadurch aber nicht seine jugendliche Frische. Anders als die meisten Etureer ist seine

Haut nicht dunkel gebräunt oder ledrig von der ständig scheinenden Sonne. Wenn ich darauf wetten müsste, würde ich sagen, dass er ein Senator oder Politiker ist. Jemand, der nicht oft nach draußen kommt. Dagegen spricht jedoch die Soldatenmontur, die er trägt und die seinen athletischen, groß gewachsenen Körper betont.

Am meisten jedoch fesselt mich die Farbe seiner Augen, die ich sogar aus mehreren Metern Entfernung erkennen kann. Sie sind von einem solch intensiven Blau, wie ich es nur von den Wellen meiner Heimat kenne. Sofort durchzuckt mich ein Stich in der Brust, gefolgt von einem Gefühl, das ich über Jahre erfolgreich verdrängt habe: Heimweh. Gemeinsam mit dem Prickeln unter meiner Haut vernebelt es mir beinahe die Sinne.

Die Wache gibt den Weg frei, sodass ich ein paar Schritte auf den Handlanger und den Fremden zu machen kann. Als ich mich ihm nähere und ihn dabei nicht aus den Augen lasse, blinzelt er mehrmals und fährt sich eine Spur verlegen durch sein dunkles Haar. Hier innerhalb der schlecht beleuchteten Arenagemäuer wirkt es rabenschwarz, aber ich könnte mir vorstellen, dass es in der Sonne dunkelbraun leuchtet.

Eine zarte Röte überzieht seine bartfreien Wangen, während er mich nahezu mit Blicken verschlingt, ehe er schnell woanders hinsieht. Ich schmunzele über sein Verhalten und kann nicht leugnen, dass es mir gefällt. Diese leichte Schüchternheit ist eine erfrischende Abwechslung zu der grobschlächtigen Härte und Gefühlskälte, mit der ich es sonst zu tun habe.

Ich wende mich an den Handlanger, dessen Namen ich nicht kenne. Graecus' persönliche Speichellecker wechseln derart schnell, dass ich es schon lange aufgegeben habe, auf dem neuesten Stand zu bleiben. »Ich bin fertig für heute. Bring mich ins Stadthaus.«

Er nickt knapp, ehe er auf den jungen Mann neben sich deutet.

»Während ich die Kutsche vorfahren lasse, kannst du dich mit ihm unterhalten.« Er eilt davon, bevor ich etwas erwidern kann.

Ich ziehe eine Augenbraue nach oben, als meine Aufmerksamkeit wieder auf dem Fremden liegt. Er schaut mich an, ohne einen Muskel zu rühren. Seine meerfarbenen Augen sind weit aufgerissen, als könnte er nicht glauben, dass ich hier bin.

»Und wer bist du?«, frage ich.

Er öffnet den Mund, doch kein Ton kommt heraus. Die Röte auf seinen Wangen nimmt zu.

Ich neige den Kopf. »Bist du stumm?«

»N-Nein, nur … ein wenig aufgeregt«, stammelt er.

Dann kneift er die Augen zu und atmet tief durch. Als er sie wieder öffnet, sind sie klarer als zuvor und erinnern mich erneut schmerzlich an meine Heimat. Ich verschränke hastig die Arme, als könnte ich das wehmütige Gefühl zusammen mit dem Kribbeln dadurch in mir einsperren.

»Verzeiht. Ich bin noch völlig gefangen von Eurem Kampf und kann nicht glauben, Euch tatsächlich gegenüberzustehen. Mein Name ist Cato, Mylady.«

Schnell halte ich mir eine Hand vor den Mund, um nicht laut loszuprusten. »Sehe ich für dich aus wie eine Lady?«

Mit der freien Hand deute ich auf meinen Aufzug. Auch wenn ich meine Kampfkluft und die roten Schlieren mittlerweile los bin, muss ich mit der Hose und dem offenen Haar alles andere als ladyhaft auf ihn wirken.

Er blinzelt mehrmals. »Nun … Ja.«

»Dann bist du der Erste, der das so sieht.« Ich bin mir nicht sicher, ob ich über seine Antwort geschmeichelt sein oder den Kopf schütteln soll. »Also, was kann ich für dich tun?«

Sofort wird er wieder nervös. »Ich … Wisst Ihr, ich bin ein großer Bewunderer Eurer Kämpfe und bleibe stets so lange in der Hauptstadt, bis ich mindestens einen miterleben durfte.«

Ah, er ist einer von *denen.* Seine Sorte kenne ich zur Genüge. Männer, die mich leicht bekleidet in der Arena sehen und anschließend denken, mich besitzen zu können. Und sei es nur für eine Nacht.

Dabei vergessen sie, dass ich ihnen mit Leichtigkeit das Genick brechen könnte, wenn mir der Sinn danach steht.

»Seit ich Euch vor gut drei Jahren zum ersten Mal habe kämpfen sehen, war es mein Traum, einmal ein paar Worte mit Euch zu wechseln.«

Ich stutze. »Worte … wechseln?«, wiederhole ich stockend. »Das … ist alles?«

Der junge Mann runzelt die Stirn. »Natürlich.«

Ich neige den Kopf und schaue ihn an, während ich krampfhaft versuche, schlau aus ihm zu werden. Ich bin sonst sehr gut darin, mein Gegenüber einzuschätzen. Eine Fähigkeit, die mir bereits mehrmals das Leben gerettet hat. Doch bei ihm komme ich mit all meiner Erfahrung nicht weiter. Er ist groß und kräftig, aber nicht derart muskulös wie die meisten Gladiatoren. Laut seiner Kleidung ist er ein Soldat oder hat einen Posten im Militär inne. Auf seinem Brustpanzer prangt das silberne Relief eines Wolfs. Ich habe schon viel über die verschiedenen Einheiten der Armee gehört, ebenso über ihre Ausschweifungen. Der junge Mann vor mir passt jedoch nicht in das Bild, das ich über die Jahre hinweg von den Mitgliedern der Armee erhalten habe. Seine geschliffenen Umgangsformen – sogar einer Unfreien wie mir gegenüber – und sein zurückhaltendes, schüchternes Verhalten lassen ihn jünger auf mich wirken, als er eigentlich sein müsste. Wenn er einer Einheit angehört, ist er mindestens zwanzig Jahre alt.

Mein Blick gleitet über sein Gesicht, die wie zu einer stummen Frage leicht geöffneten Lippen, die gerade Nase bis hin zu den Augen, deren Farbe mich völlig gefangen nimmt. Aus der

Nähe erkenne ich, dass das tiefe Blau mit helleren, türkisfarbenen Sprenkeln durchzogen ist.

Irgendetwas an ihm zieht mich völlig in seinen Bann. Doch nicht nur ich reagiere auf diesen Mann. Auch meine Magie, die nun, da ich ihm gegenüberstehe, stärker brennt als während des Kampfes in der Arena, scheint durch seine Nähe angefacht zu werden. Sie fühlt sich allerdings nicht so zerstörerisch an. Wenn sie nicht versiegelt wäre, würde ich die gesamte Arena in Schutt und Asche legen können. Stattdessen peitscht sie während meiner Kämpfe oft heiß durch meine Adern, besonders wenn ich einem fähigen Gladiator gegenüberstehe, als suche sie verzweifelt nach einer Möglichkeit, um hervorbrechen zu können. Aber nun blubbert sie fast sanft durch meine Adern und macht mich dadurch rastlos. So kenne ich sie nicht. Normalerweise ist meine Magie beinahe wie ein eigenständiges und vor allem störrisches Wesen, das mir die Zusammenarbeit verweigert. Zum ersten Mal nehme ich sie anders wahr, und ich kann nicht leugnen, dass mir das gefällt. Diese Ruhe. Diese Sanftheit. Beides scheint auf mich überzuspringen und sich in meinem Inneren einzunisten. Das Blubbern meines Feuers wird sacht und pulsiert im Gleichklang zu meinem Herzschlag – nicht mehr entgegengesetzt.

Soll diese Änderung nur von diesem Mann ausgelöst worden sein?

Vielleicht hat er auch diese Wirkung auf mich, weil er so anders ist als die Männer, mit denen ich tagein, tagaus zu tun habe. Einem wie ihm bin ich nicht begegnet, seit man mich in dieses von der Göttin verlassene Land geschleppt hat. Vielmehr erinnert er mich an die Männer meiner Heimat. Auch ihnen wohnte stets eine Sanftheit inne, die das ungezähmte Wesen von uns Vantyr-Frauen besänftigen konnte. So wie auch meine Magie gerade besänftigt ist.

Ganz im Gegensatz zu mir.

Ich habe Graecus' unterschwelliges Angebot, mir einen Mann für die Nacht zu bringen, nur abgelehnt, weil ich wusste, welche Art von Mann er wieder angeschleppt hätte: einen, dem es nur darum gegangen wäre, bei der gefährlich-schönen Gladiatorin zu liegen, und der sich nur um seine eigenen Bedürfnisse gekümmert hätte. Doch nun bereue ich es fast, abgelehnt zu haben. Selbst wenn der von Graecus ausgewählte Mann nicht all meine Bedürfnisse befriedigt hätte, hätte er mir vielleicht trotzdem diese Rastlosigkeit nehmen können, die ich verspüre, seit sich der Fremde zu mir umgedreht hat.

Ich neige den Kopf, während ich den Mann vor mir immer noch betrachte. Wäre es bei ihm genauso? Würde er sich nur nehmen, statt auch mir etwas zu geben? Oder würde er seine Schüchternheit und Sanftheit auch im Bett nicht ablegen?

Ein Teil von mir, der schon lange nicht mehr das bekommen hat, wonach er sich sehnt, würde es gern herausfinden.

Ohne groß darüber nachzudenken, hebe ich die Hand und lege sie ihm an die Wange. Meine Bewegungen sind langsam, um den Wachen um uns herum keinen Grund zum Eingreifen zu geben. Der junge Mann rührt sich nicht. Ich wäre nicht verwundert, wenn er aufgehört hätte zu atmen. Sanft, aber mit Nachdruck ziehe ich seinen Kopf zu mir herunter, der willig meinem Wunsch folgt, und stelle mich auf die Zehenspitzen. Nur kurz streife ich mit den Lippen über seine, doch es reicht aus, um ihm ein leises, fast gequältes Stöhnen zu entlocken. Als ich mich zurückziehe, lecke ich mir mit der Zunge über die Lippen. Er schmeckt süß, als hätte er vor Kurzem eine Frucht gegessen, während in meinem Mund noch die staubige Trockenheit der Arena herrscht. Ich bin drauf und dran, den Kuss zu wiederholen, fester diesmal, um noch mehr dieses süßen Geschmackes einzufangen, doch ehe ich das Vorhaben in die Tat umsetzen kann, kommt Graecus' Handlanger zurück.

»Die Kutsche ist bereit«, teilt er mir mit.

Widerwillig lasse ich die Hand von der Wange des jungen Mannes mit dem Wolfsrelief auf dem Brustpanzer gleiten. Er hat die Augen weit aufgerissen. Seine Wangen sind nun tiefrot und sein Mund, den ich eben noch geküsst habe, öffnet und schließt sich, ohne dass ein Ton herauskommt.

Ich lächele ihn an. »Ich freue mich, wenn du mich auch bei einem meiner nächsten Kämpfe anfeuerst, junger Wolf.«

Damit lasse ich ihn stehen und folge dem Handlanger hinaus.

Im ersten Moment muss ich gegen die gleißende Helligkeit des Nachmittags anblinzeln. Zwar wollte ich so schnell wie möglich ins Stadthaus, weil mich dort eine warme Mahlzeit und ein weiches Bett erwarten, aber jetzt würde ich mich am liebsten umdrehen und zurück in die Arena gehen. Nur um zu sehen, ob auf seinem Gesicht noch immer ein solch verwirrter und überrumpelter Ausdruck prangt wie eben. Auch das bin ich nicht gewohnt. Meistens lauert in den Mienen der Männer blanke Gier und Geringschätzung, wenn sie mich betrachten.

Als Gladiatorin lebe ich gefährlich und könnte bereits morgen einem Gegner unterliegen und tot sein. Ich habe schon vor Jahren gelernt, dass es klüger ist, mir schnell das zu nehmen, was ich will und haben kann, denn schon einen Augenblick später könnte alles vorbei sein. Deshalb schiebe ich nichts auf, sondern lebe mein Leben, das durch Fesseln begrenzt ist, in vollen Zügen.

Den schüchternen Wolf zu küssen, muss rein gar nichts bedeuten. Es war ein plötzliches Verlangen und ich hatte keinen Grund, es zu unterdrücken.

Wahrscheinlich werde ich ihn sowieso nie wiedersehen.

KAPITEL 3

AERYN

Estrard, die Hauptstadt des etureischen Reiches, ist so groß, dass ich bisher nur einen Bruchteil von ihr gesehen habe. Obwohl es mir gestattet ist, in Begleitung Graecus' Anwesen zu verlassen, habe ich so gut wie nie davon Gebrauch gemacht. Ich habe nie den Sinn in einem Stadtbummel gesehen, denn alles, wonach ich verlange, wird mir gebracht, sobald ich den Wunsch ausspreche.

Die Straßen der Stadt sind staubig und überfüllt mit Menschen. Einfache Häuser aus Lehm stehen dicht an dicht, doch sie sind nicht hoch genug, um die verhasste Sonne während der Fahrt zurück zu Graecus' Stadthaus von mir abzuschirmen. Mittlerweile habe ich vergessen, wie es sich anfühlt, wenn ein lauer, nach Wellen duftender Wind über meine Haut streift. Ich kenne nur noch Hitze und Trockenheit – sowohl hier draußen als auch in meinem Inneren.

Rund um die Arena bieten Händler lauthals ihre Waren an: Fische, die aufgrund des langen Weges zum Meer keinesfalls frisch sein können, Früchte aus anderen Ländern, die auch schon bessere Tage gesehen haben, feine Stoffe und Gewürze. Unzählige Gerüche drängen auf mich ein und verursachen mir Übelkeit, während uns der Kutscher, ein Unfreier, dessen Haut aufgrund der unbarmherzigen Sonne wie Leder wirkt, so zügig wie möglich durch die engen Gassen und Menschenmassen manövriert.

Vor etwa drei Jahren habe ich während so einer Fahrt einen Fluchtversuch gewagt. Graecus' damaliger Handlanger war unaufmerksam und ich konnte mich in den verwinkelten Gassen vor ihm verbergen. Doch das nützte mir nichts. Wie ich feststellen musste, hatte ein junges Mädchen von gerade einmal sechzehn Jahren keine hohen Überlebenschancen in den Straßen von Estrard.

Am schlimmsten war der Durst, aber irgendwie gelang es mir, einen Fuß vor den anderen zu setzen. Als ich jemanden nach dem Weg zum Hafen fragte, der – wie ich jetzt weiß – ein ganzes Stück außerhalb der Hauptstadt liegt, schickte mich dieser Jemand geradewegs in eine Gasse, wo Frauen und Mädchen dem ältesten Gewerbe der Welt nachgingen. Schnell wollte ich von dort fliehen, aber ich war bereits aufgefallen. In dieser Nacht zeigte sich zum ersten Mal seit ihrer Versiegelung meine Kraft und hielt mir die beiden Kerle vom Hals, die mich als Freiwild angesehen hatten. Doch danach war ich dermaßen erschöpft und am Ende, dass ich keinen anderen Weg sah, als meine Fluchtpläne zu begraben. Also schlich ich bei Nacht zurück zu Graecus' Anwesen. Der wartete bereits auf mich. Das war das erste und einzige Mal, dass er mich züchtigen ließ. Ich wäre auch ohne Prügel nicht mehr abgehauen, denn es gab keinen anderen Ort, an den ich gehen konnte.

Einen solchen Ort wird es niemals für mich geben. Ich habe gelernt, zufrieden mit dem zu sein, was ich erreichen kann.

Nachdem wir uns schließlich weit genug von der Arena entfernt haben, lichtet sich das Gedränge und auch die Vielzahl an Gerüchen nimmt ab. In der Ferne kann ich bereits Graecus' weitläufiges Anwesen erkennen, das sich am Rande Estrards befindet. Genug außerhalb, um dem Lärm der Hauptstadt zu entgehen. Genau deswegen hat Graecus dieses Fleckchen Land erstanden, hat er mir einst erzählt, und ich verstehe ihn. Ich verbringe nur wenige Stunden am Tag in der Stadt und freue mich jedes Mal darauf, ihr den Rücken kehren zu können.

Das Stadthaus ist umgeben von Feldern, auf denen mehrere Sklaven in der prallen Sonne arbeiten. Viele von ihnen sind Mädchen, die nicht älter als zehn Jahre alt sein können. Auch mir hätte dieses Schicksal geblüht, wenn ich mich nicht so geschickt im Kämpfen angestellt hätte.

Als der Kutscher auf den weitläufigen, gepflasterten Hof des Anwesens fährt, springe ich noch während der Fahrt von der Ladefläche und gehe auf die Sklavenunterkünfte zu, die etwas abseits des Haupthauses stehen. Die gemauerten Häuser sind gut in Schuss – anders als die meisten, an denen wir auf der Fahrt hierher vorbeigekommen sind. Aufgeteilt sind sie nach Männern und Frauen, die meist zu dritt oder zu viert ein Zimmer bewohnen. Sollten Sklaven heiraten, steht es ihnen frei, sich selbst eine Hütte auf dem Anwesen zu bauen. Meine Unterkunft teile ich mir mit zwei weiteren Frauen: Griselda, einer älteren Haussklavin, mit der ich wenig zu tun habe, und Kallidora. Wir drei bewohnen ein Zimmer im zweiten Stock des Gebäudes, das dem Haupthaus am nächsten ist. Trotz der drückenden Hitze Eturiens ist es dank der dicken Mauern des Hauses in unserem Zimmer zu jeder Tageszeit angenehm kühl. Wir haben sogar ein Bad für uns auf derselben Etage. Ein Luxus, von dem die anderen Sklaven nur träumen können. Ihre Unterkünfte sind zwar nicht schlecht, reichen aber längst nicht an unsere heran.

Kallidora lehnt bereits mit der breiten Schulter am Eingang zu unserer Unterkunft. »Du kommst spät.«

Ich schmunzele, als ich an meine Begegnung mit dem jungen Wolf und die Art zurückdenke, wie er mich angesehen und auf mich reagiert hat. »Ich wurde aufgehalten.«

Kallidora ist ebenfalls eine Vantyr, doch sie ist mehr als doppelt so alt wie ich und stammt aus einem anderen Clan. Mittlerweile ist ihr rabenschwarzes Haar von einigen silbernen Strähnen durchzogen, doch ihre blauen Augen blicken blitzgescheit wie eh und je. Sie ist hochgewachsen, überragt mich und auch die meisten Männer, und ist ähnlich wie einer gebaut. Ihr breites Kreuz und die muskulösen Arme lassen nichts von ihrem Alter erkennen. Sie kam vor über dreißig Jahren hierher und hat sich seitdem einen Namen in der Arena gemacht. Zum Glück gehören wir demselben Herrn und müssen deshalb nie gegeneinander antreten. In ihr habe ich meine Meisterin gefunden, wie mir jedes gemeinsame Training vor Augen führt. Zwar ist mir aufgefallen, dass sie während der letzten Jahre langsamer geworden ist und meine Attacken nicht mehr so leicht durchschaut, aber sie zu besiegen, ist trotzdem alles andere als einfach. Es gelingt mir nur manchmal; meistens läuft es auf ein Unentschieden hinaus, weil wir nicht gewillt sind, die andere zu verletzen.

Hätte ich sie damals nicht gehabt, hätte ich die ersten Tage hier in diesem fremden Land nicht überlebt. Ich *wollte* sie nicht überleben …

Aber Kallidora nahm mich unter ihre Fittiche und lehrte mich alles, was ich wissen musste. Auch wie ich in dieser Welt ohne meine Magie zurechtkommen kann. Wie ich ohne sie kämpfen und ihr Drängen ignorieren kann. Ich verdanke ihr jeden Tag mein Leben, denn ohne sie, ohne ihr gnadenloses Training und ihr Verständnis für meinen Verlust wäre ich verloren gewesen. Sie als Freundin bezeichnen zu dürfen, ist eine Ehre für mich. Wären wir nicht hier in Eturien, könnte ich mir Kallidora perfekt als eine Clanführerin vorstellen, der ich, ohne zu zögern, folgen würde. Schon von unserer ersten Begegnung an hatte sie eine Aura von Macht und Selbstsicherheit verströmt, die ich mir unbedingt auch aneignen wollte.

Macht und Selbstsicherheit waren viel besser als das, was ich bis dahin ausgestrahlt hatte. Im Grunde war ich nichts anderes als das kleine heulende Mädchen gewesen, das dummerweise die Überfahrt nach Eturien überlebt hatte. Diesen Teil von mir sperrte ich ein und warf den Schlüssel weg. Sobald ich das Training mit Kallidora aufnahm, sog ich förmlich ihre Art in mich auf und eignete sie mir an.

Nie wieder wollte ich wie das Mädchen werden, das ich einst war: schwach, mittellos und angewiesen auf andere.

Kallidora wurde zu meinem Vorbild und ich eiferte ihr nach. Das tue ich auch jetzt noch. Sie mag älter geworden sein, aber sie hat nichts von ihrer Art eingebüßt, die einer Clanführerin alle Ehre machen würde.

Doch in letzter Zeit hat Kallidora sich verändert; manchmal schwindet ihre Aura von Selbstsicherheit. Dann redet sie davon, dass sie nicht ewig weiterkämpfen und gewinnen kann. Dass sich etwas ändern muss. Was dieses Etwas sein soll, konnte oder wollte sie mir nie beantworten. Bisher ist es mir zum Glück gelungen, ihre Bedenken zu zerstreuen. Und ich bin mir sicher, dass es mir auch weiterhin gelingen wird.

Ich gehe auf sie zu, stelle mich auf die Zehenspitzen, während sie sich ein Stück zu mir herunterbeugt, und lehne meine Stirn gegen ihre, als Zeichen meines Respekts und Vertrauens. Eine uralte Geste unseres Volkes, die wir uns auch hier in der Fremde bewahrt haben. Zum Glück ist Graecus ein nachsichtiger Herr, der uns Vieles durchgehen lässt, solange es unseren Wert nicht beeinträchtigt. Nur den Gebrauch unserer Muttersprache gesteht er uns nicht zu. Laut ihm ist sie die Sprache der Barbaren, eine unreine und heidnische Sprache, und er duldet sie nicht in seinem Haus. Höhere Politiker haben unsere Sprache unter ein Verbot gestellt, und Graecus tut alles dafür, um in den Augen des Senats als würdig erachtet zu werden. Deshalb reden Kallidora und ich nur in unserer Muttersprache, wenn wir allein sind, damit er uns nicht die Zungen herausschneiden lässt, wie es nach einem wiederholten Vergehen seine Pflicht und sein Recht wäre.

»Ich hoffe doch, dass du gewonnen hast«, verlangt Kallidora zu wissen.

»Natürlich«, sage ich lächelnd. »Ich habe aufgehört zu zählen, wie oft ich gegen Gladiatoren wie Marcellus gewonnen habe. Keine Ahnung, warum sie sich immer wieder Siegeschancen ausmalen.« Ich zucke mit den Schultern. »Ich schätze, ich werde Marcellus nächste Woche etwas zu trinken für die gebrochene Nase ausgeben müssen.«

»Das solltest du«, sagt Kallidora mit einem Schmunzeln. »Nicht dass ihm irgendwann das Schwert ausrutscht.«

Ich verdrehe die Augen. »So gekonnt sind seine Angriffe nun auch wieder nicht.«

Die Zuschauer lieben es, wenn Blut fließt, doch wir Gladiatoren achten darauf, dass wir den anderen nicht zu stark verletzen. Hin und wieder kann es aber zu unschönen Unfällen kommen, etwa wenn ein Kämpfer einen Groll gegen den anderen hegt. Oder wenn eine schlimmere Verletzung einfach nötig ist, um zu siegen. So wie heute.

Solche Vorfälle oder Zwistigkeiten werden außerhalb der Arena mit Alkohol oder Gold geklärt, damit es beim nächsten Aufeinandertreffen nicht zu unerwarteten Überraschungen kommt.

»Ich habe Hunger«, murre ich, während ich mich an Kallidora vorbei in unser Zimmer schiebe. »Was gibt es zu essen?«

Kallidora seufzt hinter mir, ehe sie die Tür schließt. »Du hast *immer* Hunger. Graecus wird wegen deines riesigen Appetits irgendwann einen weiteren Koch einstellen müssen.«

Sie liegt mir schon seit Jahren damit in den Ohren, dass ich aufpassen soll, nicht fett zu werden, aber ich setze eher Muskeln denn Fett an. Die Mahlzeiten, die Graecus uns auftischen lässt, sind einfach, aber ausgewogen. Süßes, wie die Nachspeisen, die es manchmal im Haupthaus zu Empfängen gibt, bekommen wir nie. Nicht einmal, wenn ich an einem solchen Empfang teilnehmen muss, darf ich davon naschen.

Auf einem runden Tisch, der in der Mitte unseres Zimmers steht, ist unser Abendessen bereits angerichtet. Griselda isst meistens mit den anderen Haussklaven im Anwesen, sodass Kallidora und ich für uns sind. Neben dem Tisch samt Stühlen gibt es drei Betten im Zimmer, die durch einen Sichtschutz aus weißem Stoff voneinander abgetrennt sind. Neben den Betten steht je eine Kommode mit einer Waschschüssel. Den Flur hinunter gibt es zwei Aborte für alle Bewohner dieser Etage sowie eine Waschkammer, die wir zu mehreren benutzen müssen. Ich mag es nicht, wenn die Haussklavinnen meinen Körper angaffen, deshalb wasche ich mich meistens gleich in der Arena. Dort gehen mir zwar auch Sklavinnen zur Hand, aber denen muss ich den Rest des Tages nicht mehr über den Weg laufen und ihr Getuschel hören. Zumindest bilde ich mir ein, dass sie meine Narben beäugen und sich über sie lustig machen, sobald sie glauben, ich könne sie nicht mehr hören. Sie fürchten sich vor mir und ich tue alles, damit es dabei bleibt. Obwohl meine Magie versiegelt ist, ist mein Blut das einer Vantyr. Neben der vergleichsweise hohen physischen Stärke, die ich dadurch besitze, hat es eine heilende und lindernde Wirkung.

Meine Arme und Beine zieren silbrige, dünne Narben, die zum Glück nur auffallen, wenn das Licht aus einem bestimmten Winkel fällt. Durch das Training und die regelmäßigen Kämpfe bin ich kräftig, doch die sehnigen Muskeln rauben mir nichts von meinem fraulichen Aussehen, obwohl ich mich nicht wie eine Frau fühle.

Vielleicht haben die Sklavinnen auch nur Angst vor mir. Ich bin nicht für mein nachsichtiges Wesen bekannt, erst recht nicht gackernden und tuschelnden Sklavinnen gegenüber. Ich wünschte, ich könnte mir selbst die Schlieren aufmalen, die ich für die Kämpfe auf meiner Haut tragen muss, und wäre nicht mehr auf ihre Hilfe angewiesen.

Ich hasse es, Hilfe von Fremden anzunehmen. Es lässt mich bedürftig und schwach erscheinen. Nichts davon bin ich.

»War die Arena sehr voll?«, fragt Kallidora.

Ich vollführe eine wegwerfende Handbewegung. »Ja, wie immer. Du kennst die Etureer doch. Sobald sie einen blutigen Kampf zu sehen bekommen, drängen sie sich sogar bei brütender Mittagshitze in die Arena.«

Kallidora gibt einen Laut von sich, der sowohl eine Zustimmung als auch ein Grummeln sein könnte.

Ohne darauf zu warten, dass sie sich ebenfalls an den Tisch setzt, mache ich mich über das gebratene Hühnchen und den noch dampfenden heißen Reis her, um das fast ohrenbetäubende Knurren in meinem Magen endlich zu besänftigen. Ich achte nicht darauf, ob es gut schmeckt, solange es meinen Bauch füllt.

Ich bin schon fast fertig, als Kallidora sich doch noch zu mir setzt. Ihr Gesicht, das mit feinen Narben und Falten gleichermaßen durchzogen ist, wirkt düster, während sie mich anschaut.

»Den Titel ›Liebling des Volkes‹ habe ich schon vor Monaten an dich verloren, nicht wahr?«, murmelt sie.

Ich lasse den Hähnchenschenkel sinken, an dem ich gerade noch geknabbert habe, und runzele die Stirn. »Warum sagst du das?«

Sie lehnt sich zurück, ohne ihren durchdringenden Blick von mir zu nehmen. »Meine Zeit in der Arena neigt sich dem Ende.«

Ich seufze. Nicht dieses Thema schon wieder … Seit einigen Monaten liegt sie mir damit in den Ohren, dass sie ihr Ende kommen sieht, doch das ist nicht wahr.

Ich wische ihre Aussage mit einer Handbewegung beiseite. »Du bist genauso siegreich wie ich und längst nicht am Ende. Graecus wäre ein Narr, wenn er dich jetzt …«

»Es geht nicht um Graecus«, fällt sie mir ins Wort. »Ich bin weder blind noch dumm, Aeryn. Ich habe den Höhepunkt meiner Karriere als Gladiatorin bereits vor zwei Jahren erreicht. Es wird nicht mehr lange dauern, bis ich … nicht mehr von Nutzen bin.«

Ich schlucke angestrengt und schiebe den noch nicht leer gegessenen Teller von mir. Der Appetit ist mir schlagartig vergangen. Gedanken an die Zukunft wie auch die Vergangenheit verdränge ich, so gut es geht. Sie bringen nichts als Schwermut mit sich. Ich komme gut damit zurecht, im Hier und Jetzt zu leben. Was mit mir geschehen soll, wenn ich irgendwann nicht mehr kämpfen kann – sei es wegen meines Alters, einer Verletzung oder weil sich die Menge an mir sattgesehen hat –, weiß ich nicht.

Zwar hat Kallidora das Thema immer mal wieder angeschnitten, aber sie ließ sich stets mit den Worten beruhigen, dass sie weiterhin siegreich ist. Daran gibt es nichts zu rütteln.

»Und was willst du stattdessen tun, hmm?«, frage ich und lasse meine Hand geräuschvoll auf die Tischplatte knallen. »Du bist eine Vantyr, eine Kämpferin!«

Kallidora weicht meinem Blick aus. »Irgendwann wird auch die beste Vantyr des Kämpfens überdrüssig. Viele Möglichkeiten habe ich nicht, wenn ich der Arena den Rücken kehre. Ich könnte eine der Haussklavinnen werden oder … im Hafenviertel arbeiten.«

Mein Hals fühlt sich an wie zugeschnürt. »Das kannst du nicht ernsthaft in Erwägung ziehen!«

Als würde es sie nichts angehen, zuckt Kallidora mit den Schultern. »Wie du schon sagtest, ich bin eine Vantyr. Es wird genug Männer geben, die mir trotz meines Alters einen … Besuch abstatten würden.«

»Nein!«, zische ich und lasse nun auch die andere Hand auf die Tischplatte krachen. Das Geschirr klirrt. »Gerade *weil* wir Vantyr sind, werden wir uns nicht so weit erniedrigen. Unsere Ahnen würden sich im Grab herumdrehen. Dem Titel nach mögen wir nicht mehr wert sein als Sklaven, aber wir *sind* keine. Wir sind Gladiatorinnen.«

Kallidora schmunzelt, während sie die Arme vor der Brust verschränkt. »Was willst du mir damit sagen? Dass ich lieber ehrenvoll in der Arena sterben soll, anstatt Graecus' Böden zu schrubben?«

»Du wirst niemandes Böden schrubben, denn du bist keine Sklavin«, sage ich und bin derart aufgebracht, dass ich unbewusst in unsere Muttersprache wechsle, die mir leichter von der Zunge geht als Etureisch. »Ebenso wenig wie ich eine bin. Wir sind nicht dafür geschaffen, Befehle entgegenzunehmen. Außerdem …«, ich schlucke angestrengt, »… warst du es, die mir eingeschärft hat, dass wir zurückkehren müssen. Zurück nach Hause.«

Kallidora schenkt sich ein Glas Wasser ein. Ihre präzisen Bewegungen, die selbst bei dieser einfachen Tätigkeit von jahrelangem Training zeugen, beruhigen mich ein Stück weit.

Alles, was ich gesagt habe, ist die Wahrheit. Wir Vantyr sind ein stolzes Volk, das allein von Frauen angeführt wird und auf einem großen Eiland weitab von Eturien lebt. Natürlich gibt es bei uns auch Männer, die als vollwertiges Mitglied des Clans geschätzt und geachtet werden, doch es sind die Frauen, die alle Entscheidungen treffen. Außerdem trägt eine jede Vantyr Magie in sich. Ich beherrschte einst das Feuer, genau wie meine Mutter, während Kallidora mir erzählte, dass sie die Macht über die Erde hatte.

Eine Macht, die uns genommen wurde. Versiegelt durch ein kreisrundes Brandmal mit den Initialen unseres Herrn, das unsere Schultern verschandelt und unsere Magie in uns einschließt, als sei sie ein gefährliches Tier. Doch wir spüren sie unentwegt in uns.

»Darf ich dir einen Rat geben?«, fragt Kallidora, während sie an ihrem Wasser nippt.

»Natürlich.«

»Du bist jung und erfolgreich«, sagt sie. »Das Volk liebt und feiert dich. Ich weiß, dass man in dieser Zeit die Zukunft leicht aus den Augen verliert. Aber sieh mich an! Ich werde mit jedem Tag älter, habe meine Jugend schon lange hinter mir gelassen und werde früher oder später auch nicht mehr siegreich sein. Jüngere Gladiatoren werden kommen und mich besiegen. Und dann bin ich für meinen Herrn nicht mehr von Wert.«

»Graecus ist nicht so«, widerspreche ich. »Er brüstet sich stets damit, zwei Vantyr zu besitzen und …«

»Zwei *siegreiche* Vantyr«, unterbricht sie mich scharf. »Aber auf absehbare Zeit hat er nur noch eine.« Über den Tisch hinweg greift sie nach meiner Hand und drückt sie. »Ich hatte es genauso schwer wie du, als ich hier ankam, doch wir beide haben uns durchgebissen. Ich weiß, dass du das nicht hören willst, weil du erfolgreich bist, aber verliere deine Zukunft nicht aus den Augen, Aeryn. Warte nicht wie ich, bis es zu spät ist.«

Ich runzele die Stirn. »Was meinst du damit?«

Sie zieht ihre Hand zurück. »Es stimmt, wir hätten es sehr viel schlechter treffen können als mit Graecus. Er ist nachsichtig, züchtigt uns nicht ohne Grund, vergeht sich nicht an uns und hält unsere Ausrüstung und Waffen immer in Schuss. Trotzdem sind wir für ihn nicht mehr wert als das Gold, das wir ihm einbringen. Bei meinen Kämpfen finden kaum noch Wetten statt. Manchmal ist die halbe Arena leer. Ich bringe ihm nicht mehr genug ein, als dass ich einen Einfluss auf ihn hätte, aber du … Du bist sein wertvollster Besitz. Und diesen Einfluss solltest du nutzen.«

»Wozu?«, will ich wissen.

Eine Weile mustert sie mich stumm. Ihr Blick ist derart durchdringend, dass ich mich unruhig auf meinem Stuhl winde. Als sie endlich wieder den Mund öffnet, halte ich die Luft an, um kein Wort zu verpassen.

»Bitte ihn um deine Freiheit.«

KAPITEL 4

AERYN

»Was?«, keuche ich.

Kallidora lässt sich von meinem Ausbruch nicht beeindrucken. »Es ist schon mehrmals vorgekommen, dass Herren ihren siegreichen Gladiatoren die Freiheit geschenkt haben.«

Ich schüttele den Kopf. »Das mag sein, aber Graecus wird das nicht tun. Warum auch? Du hast selbst gesagt, dass er sich dank mir eine goldene Nase verdient.«

»Und genau das ist es«, sagt Kallidora. »Du musst ihm vor Augen führen, dass dies kein Zustand für die Ewigkeit ist. So wie bei mir wird auch deine Zeit irgendwann vorbei sein. Doch jetzt, da du die Aufmerksamkeit des Volkes hast, könnte es für Graecus mehr als vorteilhaft sein, dir die Freiheit zu schenken.«

»Inwiefern?«

Sie lehnt sich mit einem verschwörerischen Lächeln vor. »Er wollte immer in die Politik, oder?«

Ich nicke.

»Dich freizulassen, könnte ihm den Weg dorthin ebnen. Die Menschen werden ihn dafür feiern, dass er dich zu einer von ihnen gemacht hat. Sie werden ihn als ›*Graecus den Barmherzigen*‹ bezeichnen, und dann ist es nur noch eine Frage der Zeit, bis er in den Senat gewählt wird.«

Kallidora hat recht, das weiß ich. Zwar habe ich die Gedanken an meine Zukunft bisher weitestgehend verdrängt, aber nun prasseln sie wieder auf mich ein. Gemeinsam mit der Angst, irgendwann vor dem Nichts zu stehen, so wie es Kallidora gerade ergeht. Anders als sie würde ich mich eher in mein Schwert stürzen, als auch nur in Erwägung zu ziehen, als Haussklavin oder gar Dirne zu arbeiten. Und ich weiß, dass Kallidora insgeheim ebenso denkt.

Es stimmt, dass Graecus mir bisher keinen Wunsch verwehrt hat. Er tut alles dafür, dass es mir gut geht und ich bestens versorgt bin. Nur deshalb kann ich jeden Tag gute Leistungen bringen. Mich freizulassen, wird ihm auf kurze Sicht eher schaden als nutzen, aber Kallidora hat einen hervorragenden Punkt dargelegt: Graecus ist mehr als ambitioniert. Für einen Posten im Senat würde er alles opfern – sogar mich.

Ich kann mir jeden Tag eine Verletzung zuziehen, die mich wochenlang ans Bett fesselt oder wegen der ich gar nicht mehr kämpfen kann. Oder ich könnte krank werden. Dann wäre ich Graecus – zumindest auf unbestimmte Zeit – nicht mehr von Nutzen.

Nervös knete ich mir die Hände im Schoß. »Und wenn er ablehnt?«

Kallidora lässt sich wieder zurück gegen die Lehne ihres Stuhls sinken. »Dann gibt es noch eine Möglichkeit, von der ich dir aber erst erzählen werde, wenn es wirklich keinen anderen Weg gibt.«

Ein eisiger Schauer rinnt mir über den Rücken. »Was meinst du damit?«

»Ich habe Vorkehrungen getroffen«, antwortet sie knapp. »Und Kontakte geknüpft, die über die aktiven Gladiatoren hinausgehen. Es gibt überraschend viele wie mich oder diejenigen, die bereits einen Schritt weiter sind und in den Herrenhäusern schuften müssen.«

Meine Hände verkrampfen sich ineinander. »Was hast du vor?«

»Wenn alles schiefgeht«, murmelt sie, »werde ich so sterben, wie ich es für richtig halte.«

Ich schrecke aus einem Albtraum hoch, an den ich mich – Sekunden danach – nicht mehr erinnern kann. Mehrere Augenblicke vergehen, bis ich weiß, wo ich bin. Kallidoras und auch Griseldas gleichmäßige Atemzüge sowie der Mond, der schwach durch das Fenster scheint, verraten mir, dass es mitten in der Nacht sein muss.

Leise seufzend reibe ich mir mit beiden Händen über das schweißnasse Gesicht und betrachte schließlich meine Handgelenke und die darauf verlaufenden Narben im fahlen Mondlicht.

Ich werde mir nie verzeihen, dass ich zu langsam war. Dass ich den anderen den Vortritt gelassen habe … Als ich an der Reihe war, konnte ich nur einen hastigen Schnitt am linken Handgelenk vollführen, ehe die Soldaten in die Kammer gestürmt kamen. Für die anderen Mädchen kam jede Hilfe zu spät; die meisten von ihnen atmeten schon nicht mehr. Nur ich stand noch aufrecht im vom Blut feuchten Stroh.

Ich wünschte, ich wäre in dieser Nacht ebenso wie die anderen Mädchen und wahrscheinlich mein gesamter Clan gestorben.

Stattdessen wurde ich hierher nach Eturien verfrachtet und verkauft. Mein einziges Glück ist es, dass ich mich an meinen Verkauf nicht mehr erinnern kann.

Mit dem Daumen fahre ich über die tiefere Narbe am rechten Handgelenk. Diese Narbe habe ich mir kurz nach meiner Ankunft in Graecus' Anwesen beigebracht – und scheiterte erneut. Hier war es Kallidora, die mich fand und behandelte. Als ich wieder zu mir kam, schrie ich sie an und fragte, warum sie mich gerettet hat. Als Vantyr müsste sie doch wissen, wie schlimm es für mich war, mutterseelenallein in der Fremde zu sein.

Kallidora ließ sich durch mein Schreien nicht beeindrucken, sondern erklärte mir ruhig, was mich erwartete. Was ich zu tun hatte. Sie sagte, dass es meine Mutter, meine Schwestern und Tanten nicht zurückbringen würde, wenn ich mein Leben eigenhändig beendete. Stattdessen würde es die Göttin erzürnen. Viel wichtiger sei es, am Leben zu bleiben und eines Tages auf unser Eiland zurückzukehren, um das, was ich verloren hatte, wiederaufzubauen.

Und der einzige Weg dorthin – zurück nach Hause – führt durch die Arena.

Auch ich habe von erfolgreichen Gladiatoren gehört, denen die Freiheit geschenkt wurde oder die sie sich erkauft haben. Ich habe gehofft, dass Graecus mit meinen Siegen derart zufrieden ist, dass er mich früher oder später freilässt, ohne dass ich darum bitten muss.

Aber Kallidora hat recht: Ich kann nicht für immer kämpfen und auf Graecus' Gutmütigkeit hoffen. Früher oder später werde ich verlieren – ob mein Leben oder den Zuspruch der Menge, bleibt abzuwarten. Keinen Tag länger darf ich die Augen vor meiner Zukunft verschließen.

Ich muss handeln, bevor es zu spät ist. Und ich werde Graecus nicht nur um meine, sondern auch um Kallidoras Freiheit bitten.

KAPITEL 5

AERYN

Der Tag beginnt für mich wie immer noch vor dem ersten Hahnenschrei. Nach einer miesen Nacht fällt mir das Aufstehen heute besonders schwer, doch ich habe keine Wahl.

Als eine junge Haussklavin schüchtern in der Mitte unseres Zimmers steht, um Kallidora und mir beim Anlegen unserer Lederrüstungen zu helfen, hätte ich sie um ein Haar gewaltsam nach draußen befördert, nur um noch ein paar Minuten schlafen zu können.

Im Gegensatz zu mir ist Kallidora bereits auf den Beinen und lässt sich ihr hüftlanges schwarzes Haar bürsten, während ich missmutig zur Wasserschüssel schlurfe und mir eiskaltes Wasser ins Gesicht spritze.

»Du hast heute einen Kampf?«, frage ich.

Kallidora sieht mich im Spiegel an. »Gleich den ersten. Es werden wieder nicht viele Zuschauer kommen. Wann bist du an der Reihe?«

»Kurz nach dem Mittag, wie immer«, murre ich.

Ich hasse es, in der prallen Mittagssonne kämpfen zu müssen, aber um diese Zeit sind die meisten Zuschauer anwesend, da in der Mittagshitze die Arbeit allgemein ruht. Viele Bewohner Estrards nutzen diese freien Stunden, um sich die Kämpfe anzusehen und dabei neue Kontakte zu knüpfen.

»*Lai viete vada jūsu*«, sage ich in unserer Muttersprache, als Kallidora fertig angezogen, frisiert und bereits auf dem Weg zur Tür ist.

Die Göttin führe deine Hand.

»*Un tavs*«, antwortet sie.

Und die deine.

Bevor ich etwas erwidern kann, neigt sie den Kopf und ich tue es ihr gleich.

Dann wende ich mich an die Haussklavin, die mit großen Augen zu mir aufschaut. »Du hast nichts davon gehört, ist das klar?«

Sie nickt hektisch, als sie das Knurren in meiner Stimme hört. Graecus legt großen Wert darauf, dass sich seine Sklaven ausschließlich in Etureisch unterhalten. Doch niemals würden Kallidora oder ich die jeweils andere in einen Kampf ziehen lassen, ohne ihr den Segen der Göttin zu wünschen.

Ich setze mich an den Frisiertisch und lasse über mich ergehen, dass die Sklavin mir mein dunkelblondes Haar bürstet, das mir ungebändigt über den Rücken fällt.

Damals, als ich noch ein Zuhause hatte, war mein Haar braun wie die Stämme der unzähligen Bäume, die auf unserer Insel wuchsen. Doch hier, unter der etureischen Sonne, ist es mit jedem Jahr heller geworden. Erst waren es nur einzelne blonde Strähnen, die zwischen dem dunklen Braun hervorspitzten, doch mittlerweile ist es fast völlig ausgeblichen.

Ich hasse meine Haarfarbe, aber da mein Haar fast den ganzen Tag über entweder zu einem straffen Zopf geflochten oder hochgesteckt ist, damit es mich beim Kämpfen nicht behindert, habe ich gelernt, es zu ignorieren.

Genauso wie die Sommersprossen, die sich über meinen Nasenrücken ziehen.

Das Einzige, was an mir noch genauso ist wie damals, ist meine Augenfarbe: Grün wie die Wälder meiner Heimat. Wenigstens meine Augen haben sich nicht verändert, wohingegen den Rest von mir nicht einmal meine Mutter wiedererkennen würde.

In nur fünf Jahren bin ich von einem behütet aufgewachsenen Mädchen zu einer jungen Frau geworden, die sich mit Zähnen und Klauen ihren Platz im Leben erkämpft hat.

In meiner Heimat wäre ich bereits vor einem Jahr im Kreis der Erwachsenen willkommen geheißen worden. Ich hätte eine Prüfung für meine Magie ablegen müssen, um irgendwann in die Fußstapfen meiner Mutter treten zu dürfen und eine Wächterin zu werden. Und ich hätte mir einen Mann wählen und mit ihm eine eigene Hütte bauen dürfen.

Stattdessen gehe ich in Gedanken durch, welchen armen Tropf ich wohl heute in der Arena das Fürchten lehren muss.

Nichts ist, wie es sein sollte, doch ich gebe die Hoffnung nicht auf, dass sich etwas ändert. Ich bin so weit gekommen, obwohl ich bereits aufgegeben hatte. Ich muss nur noch ein paar Strippen ziehen und meinen Einfluss nutzen, um dieser Gefangenschaft endgültig zu entfliehen.

Die Haussklavin steckt mein Haar hoch und fixiert es mit mehreren Spangen. Dann bittet sie mich aufzustehen, damit sie mir beim Anlegen meiner Kampfmontur helfen kann. Wie bereits gestern besteht sie aus einem knappen Oberteil, das nicht viel der Fantasie der zumeist männlichen Zuschauer überlässt, und einem Lendenschurz sowie ledernen Stiefeln und Armschützern. Auf die freie Haut an Armen, Oberschenkeln und auf den Bauch malt sie rote Schlieren.

Ich verziehe den Mund. Einst mochte ich diese Farbe, weil sie mich an meine Magie erinnert, die irgendwo in mir eingesperrt ist. Nun erinnert sie mich schmerzlich an alles, was ich verloren habe.

Nachdem die Sklavin fertig ist, husche ich hinab in die Küche im Keller des Haupthauses. Wenn ich mit leerem Magen kämpfe, kann ich für nichts garantieren.

Ich bin überrascht, Graecus in der Küche anzutreffen, wo ich mir noch etwas zu essen stibitzen will, bevor ich in die Stadt gefahren werde. Er mustert mich mit einem zufriedenen Lächeln. Ich gebe mir Mühe, mir seine taxierenden Blicke nicht allzu nah gehen zu lassen. Bisher hat er mich nicht angerührt und ich habe auch von keiner anderen Unfreien gehört, dass Graecus Hand an sie gelegt hat. Einige Sklaven munkeln, er sei eher den Männern zugetan. Mir ist es gleichgültig, solange er die Finger von mir lässt.

»Du siehst heute besonders eindrucksvoll aus«, säuselt er.

Ich zwinge mich zu einem gewinnenden Lächeln. »Tue ich das nicht immer?«

Er nickt. »Allerdings. Auch heute wirst du mich nicht enttäuschen, nicht wahr?«

»Natürlich nicht.« Ich mache einen Schritt auf ihn zu. »Sag, Graecus, wenn ich … einen Wunsch hätte, würdest du ihn mir erfüllen?«

Ich habe es anders geplant; ich wollte ihn nicht hier unten in der Küche fragen, wo zig Köche und Sklaven um uns herumhuschen und jedes Wort belauschen. Doch Graecus scheint gute Laune zu haben und er ist zufrieden mit mir. Jetzt scheint mir die beste Gelegenheit zu sein.

Er tätschelt mir die Wange. Es kostet mich viel Überwindung, nicht zurückzuzucken. »Für dich, mein Goldstück, hole ich die Sterne vom Himmel, wenn du es verlangst. Aber ich bin in Eile. Heute Abend gebe ich einen Empfang und ich erwarte, dass du dich ebenfalls blicken lässt. In etwas … angepasster Kleidung.«

Ich neige den Kopf. »Selbstverständlich.«

Graecus nickt und wendet sich ab. »Enttäusche mich nicht,

Aeryn«, sagt er über die Schulter hinweg, ehe er sich den Köchen zuwendet, die bereits mitten in den Vorbereitungen für den abendlichen Empfang zu stecken scheinen.

Ein ungutes Kribbeln wütet in meinem Magen, als ich mir einen halben Laib Brot schnappe und aus der Küche flüchte.

KAPITEL 6

AERYN

Eine gute Stunde später verfluche ich nicht nur das verdammte Kribbeln in meinen Adern, das fast so stark ist wie gestern, sondern starre auch auf die Tafel, auf der die heutigen Kampf-Paare samt Uhrzeit geschrieben stehen.

Verdammt! Warum muss ich gerade heute auf Brutus treffen? Von allen Gladiatoren, die zurzeit aktiv kämpfen und die nicht Graecus gehören, ist er derjenige, der mir am meisten Schwierigkeiten bereitet.

Ich habe schon öfter darüber nachgedacht, woran das liegen könnte. Vielleicht weil sein Kampfstil meinem so ähnlich ist. Aber wo hat er so kämpfen gelernt? Aus welchem Teil der Welt stammt er? Er kann kein Etureer sein. Dafür ist seine Statur zu schmächtig und seine Augen zu schmal. Äußerlich macht Brutus nicht viel her, doch sobald er die Arena betritt, wird er zu einem gefährlichen Biest, das jede meiner Bewegungen vorauszuahnen scheint. Gegen ihn einen Treffer – noch dazu einen vernichtenden – zu landen, ist nahezu unmöglich.

Ich knirsche mit den Zähnen. Dieser Kampf wird darauf hinauslaufen, dass ich ihm so lange ausweichen muss, bis ihm die Puste ausgeht. Und das in der prallen Mittagssonne …

Mein Blick huscht zu den vorangegangenen Paarungen auf der Tafel, auf der die jeweiligen Sieger stehen, und ich stoße erleichtert die Luft aus. Kallidora hat gewonnen! Wie ich ihr schon mehrmals sagte, ist sie noch lange nicht am Ende. Graecus hat keinen Grund, ihr eine andere Aufgabe zu geben. Vielmehr sollte er ihr die Freiheit schenken und sie in Ehren ziehen lassen. Das werde ich ihm heute Abend auf dem Empfang sagen – sofern ich nicht mit einem Hitzschlag im Bett liege.

Ein Sklave eilt herbei, um mir mein Schwert und meinen Schild zu bringen. Aus den Augenwinkeln sehe ich, dass ein anderer Sklave einen Dreizack und ein Netz an Brutus überreicht. Ich verziehe den Mund. Ich hasse Waffen mit hoher Reichweite … Würde ich noch über meine Feuermagie verfügen, wäre es kein Problem, aber so …

»Na, Aeryn?«, tönt Brutus, als er zu mir geschlendert kommt.

Er ist in etwa so groß wie ich und nur ein wenig breiter; in der Menge würde ihn niemand für einen Gladiator halten, nicht einmal für einen Soldaten, sondern eher für einen Politiker.

Als er vor mir steht, fragt er grinsend: »Bist du bereit?«

Schon einige haben den Fehler gemacht, ihn zu unterschätzen, doch seine Siegesbilanz kommt nicht von ungefähr. Ich weiß nicht, wie er das schafft, aber er ist ein Meister mit nahezu allen Waffen. Und er kennt die Schwachstellen seiner Gegner. Daher wird es kein Zufall sein, dass er sich bei dem Kampf gegen mich für einen Dreizack entschieden hat.

Ich grinse zurück. »Sollte ich das nicht sein? Du wirst genauso schnell vor mir knien wie Marcellus gestern.«

Die wenigen Male, die ich bisher auf ihn getroffen bin, haben mich mehr gefordert als alle anderen Kämpfe. Diesmal geht es nicht darum, der Menge ein Spektakel zu liefern. Ich muss von der ersten Sekunde an alles geben und ihn so schnell wie möglich in den Staub schmettern.

»Das werden wir noch sehen«, raunt er. »Ich werde dir heute deinen Platz zeigen. Du bist diejenige, die vor mir knien wird.«

»Träum weiter!«, knurre ich.

»Aber, aber!«, geht einer der Aufseher dazwischen, bevor wir uns an die Gurgel gehen können. »Hebt euch das für den Kampf auf und liefert gute Unterhaltung für die Zuschauer.«

»Das musst du uns nicht sagen«, grollt Brutus. »Gut möglich, dass Graecus ab heute Nachmittag eine Vantyr weniger besitzt. Aber keine Angst, Aeryn. Ich werde dich zwar töten, aber ich werde ganz sanft zu dir sein.«

Ich versuche, seine Sticheleien nicht zu nah an mich heranzulassen, doch jedes gemeine Wort, jede Drohung befeuert das Kribbeln in meinen Adern nur noch weiter, bis ich es kaum noch unterdrücken kann. Es bettelt darum, dass ich es auf Brutus loslasse, damit er nie wieder auf die Idee kommt, derart herablassend mit mir zu reden.

Ich wünschte, ich könnte es. Ich sehne mich danach, die alles verzehrende Hitze wieder zu spüren, die mit meiner Magie einhergeht. Doch solange ich Graecus' Brandmal trage, werde ich sie niemals vollends einsetzen können.

Nur am Rande höre ich, wie Brutus und ich den Zuschauern wortreich angekündigt werden. Jubel brandet auf. Da sich die Zuschauerränge über uns befinden, höre ich das frenetische Stampfen ihrer Füße direkt über meinem Kopf. Ich spüre das Pulsieren der Menge, höre das Rufen unserer Namen. Jedes Stampfen, jedes Rufen fährt mir direkt unter die Haut. Meine Finger verkrampfen sich um den Griff meines Schwertes.

Nicht heute, flehe ich stumm. *Bitte nicht heute.*

Meine Schritte sind steif, als ich die Arena betrete. Viel zu sehr konzentriere ich mich darauf, nicht völlig von der tobenden Hitze in meinem Inneren verzehrt zu werden. Es muss mir gelingen, sie unter Kontrolle zu halten, sonst …

Das Klatschen und Jubeln wird lauter, als Brutus und ich in der Mitte der Arena ankommen. Brutus lässt sich feiern, verteilt Handküsse und fordert die Menge durch Armbewegungen dazu auf, noch lauter zu schreien.

Ich wünschte, die Zuschauer würden still sein. Ihr Schreien und Kreischen befeuert das Brennen in meinen Adern nur noch weiter.

Ein Zittern erfasst mich, aber ich beiße die Zähne zusammen, nehme gemeinsam mit Brutus Aufstellung und verneige mich vor dem heute anwesenden Senator. Mit einer beinahe gelangweilten Handbewegung gibt er uns zu verstehen, dass wir anfangen können, bevor er sich seinem Sitznachbarn zuwendet.

Es sind nicht die Adligen oder Politiker, die wir mit unseren Kämpfen begeistern sollen, sondern das einfache Volk. Deshalb kümmert mich sein Desinteresse nicht.

»Mach dich auf eine Niederlage gefasst«, raunt Brutus, als er mich kampfeslustig umrundet.

Ein Teil von mir will Schwert und Schild zu Boden werfen und aufgeben. Ich bin heute nicht in Form und wenn ich dem Brennen in meinen Adern die Kontrolle überlasse …

Dann kann ich für nichts garantieren.

Aber heute Abend gibt Graecus einen Empfang. Er wird viel trinken und sich amüsieren und gute Laune haben. Doch sollte ich heute verlieren, wird er sich meine Bitte gar nicht erst anhören. Ich *muss* gewinnen.

Noch völlig in Gedanken versunken, bemerke ich Brutus' Attacke zu spät. Erst in letzter Sekunde weiche ich dem Hieb seines Dreizacks aus. Am Arm spüre ich den Luftzug der mit metallenen Spitzen besetzten Waffe.

Ich mache einen Ausfallschritt zur Seite und zwinge meine Sinne, sich auf meinen Gegner zu fokussieren.

»Ich habe dich schneller in Erinnerung«, tönt Brutus, während er den Dreizack in Händen wiegt.

Unvermittelt lässt er die Waffe wieder vorstoßen. Nichts an seiner Haltung oder seinen Bewegungen hat mich auf diesen Angriff vorbereitet, und es ist ein Wunder, dass ich den Schild noch hochreißen kann. Der Dreizack prallt zwar am Holz ab, doch ich kann ein Ächzen nicht unterdrücken. Die Wucht des Aufpralls schießt mir die Arme hinauf, bis ich das Gefühl habe, meine Schultern könnten jeden Moment bersten. Die Menge stöhnt zeitgleich mit mir auf.

Ich taumele einige Schritte zurück, aber Brutus gibt mir nicht die Gelegenheit, mich zu fangen. Er setzt mir nach, holt diesmal weit mit dem Dreizack aus und zielt auf meine linke Seite. Hastig senke ich den Schild, doch jetzt kann ich die Attacke nicht mit zwei Armen abwehren. Ich werde zur Seite geschleudert und lande im Staub der Arena. Mein linker Arm pulsiert. Ich lasse das Schwert los und taste nach meinem Unterarm, aus Angst, er könnte gebrochen sein. Aber zum Glück kann ich ihn bewegen!

Als ich nach oben schaue, steht Brutus über mir und schirmt die Sonne von mir ab. Sein Gesicht liegt im Schatten, während er den Dreizack hebt, um ihn auf mich niedergehen zu lassen. Hastig rolle ich mich zur Seite, entgehe nur knapp dem Schicksal, aufgespießt zu werden, und greife dabei nach meinem Schwert.

Wieder auf den Füßen, schaffe ich es nicht, den hölzernen Schild mit dem verletzten Arm zu heben, deshalb werfe ich ihn zu Boden.

»Komm schon, Aeryn«, grollt Brutus. »Ich dachte, du wolltest mir einen guten Kampf liefern und dich nicht wie ein Feigling durch den Staub rollen.«

Ich blecke die Zähne. Durch den geprellten Arm wird Brutus spielend leicht mit mir fertigwerden, wenn ich mich nicht endlich zusammenreiße.

Erneut geht er auf mich los. Diesmal bin ich vorbereitet und kann mich ohne Schild schneller bewegen. Ich weiche dem Stich aus und stürze auf ihn zu. Jetzt ist er derjenige, der zu langsam reagiert. Eine Waffe mit hoher Reichweite wie der Dreizack mag praktisch sein, um seinen Gegner aus sicherer Entfernung anzugreifen, aber wenn der Gegner direkt vor einem steht, wird sie hinderlich.

Ich hole mit dem Schwert aus. Schnell macht Brutus einen Schritt nach hinten, aber ich erwische ihn trotzdem. Sofort spritzt Blut aus dem Schnitt, der sich quer über seine ungepanzerte Brust zieht. Er heult auf.

Ich setze ihm nach. Wenn er wieder so weit weg ist, um den Dreizack gegen mich zu verwenden, werde ich verlieren …

Macht er einen Schritt zurück, mache ich einen nach vorn, doch Brutus ist schnell. Obwohl ich ihn ohne Unterlass traktiere, weicht er den meisten Hieben und Stichen aus. Einige Schrammen habe ich ihm beigebracht, aber keine davon scheint ihn zu beeinträchtigen.

Gerade als ich erneut aushole, pariert er meinen Angriff mit dem Griff seines Dreizacks.

»Du musst dich mehr anstrengen, wenn du mich besiegen willst«, raunt er. »Ist mir egal, was der alte Sack da oben sagen wird: Dein Blut wird heute die Arena tränken.«

»Warum?«, zische ich.

»Weil wir deine Visage satthaben«, grollt er. »Du warst lange genug der Liebling des Volkes. Jetzt sind wir am Zug.«

Er stößt mich zurück und fast verliere ich das Gleichgewicht. Doch ich zögere nicht, sondern gehe wieder auf ihn los. Erneut pariert er meinen Angriff.

»Du hättest nur hin und wieder verlieren müssen«, grummelt Brutus. »Dann wäre jeder zufrieden gewesen. Aber du musstest immer gewinnen … Und weißt du, was?« Er lehnt sich ein Stück vor. Meine Arme zittern vor Anspannung, doch diesmal will ich mich nicht erneut zurückstoßen lassen. »Es ist kein Zufall, dass ich heute dein Gegner bin. Du hast bereits zweimal nur knapp gegen mich gewonnen. Ein drittes Mal wird dir dieses Wunder nicht gelingen.«

Ich schmunzele, was ihn zu verwirren scheint. »Bist du dir da sicher?«

Ich hasse es, die letzten Fragmente meiner Magie einzusetzen, die gefangen in meinem Körper zirkuliert. Aber mir bleibt keine andere Wahl. Brutus hat recht: Mit dem verletzten Arm ist es nur eine Frage der Zeit, bis ich unterliegen werde. Und ich werde nicht darauf hoffen können, dass der Senator Milde walten lässt. Denn sein Urteil ist Brutus egal. Mein Gegner will mich tot sehen.

Bis jetzt habe ich mich dagegen gewehrt, meiner Macht ihren Willen zu lassen. Nun gebe ich dem Brennen, gegen das ich so lange angekämpft habe, nach.

Gewundene, rot glühende Muster ziehen sich über meinen Körper; sie strahlen noch heller als die roten Schlieren, die mir die Sklavin heute Morgen aufgemalt hat. Doch diese Muster entstehen unter meiner Haut, in meinen Adern, und kriechen in mir empor, bis sie meinen Kopf erreichen.

Und in dem Moment, als sich auch mein Sichtfeld rot färbt, gebe ich die Kontrolle an die uralte Kraft ab, die seit Jahren in mir schwelt und mit jedem Tag, den sie eingesperrt ist, zerstörerischer wird. Auch jetzt gelingt es ihr nicht, sich vollständig an die Oberfläche zu kämpfen, doch ich spüre sie. Die pulsierende Kraft. Die brennende Schnelligkeit, die nun meinen Bewegungen inneliegt.

Das Letzte, was ich bewusst wahrnehme, ist Brutus' angsterfüllter Blick, als er vor mir zurückweicht.

Aber weit kommt er nicht …

KAPITEL 7

AERYN

Es ist, als wäre ich eine Gefangene meines Körpers und zum Zusehen verdammt. Als hätte mein Geist den Platz mit meiner Magie getauscht.

Ich bemerke phasenweise, was um mich herum geschieht, aber ich kann nicht eingreifen. Das meiste zieht an mir vorbei, ist eine Abfolge von schrecklichen Bildern, die ich wohl nie aus meinem Gedächtnis werde tilgen können.

Ich kann an einer Hand abzählen, wie oft meine eingesperrte Kraft bisher die Vorherrschaft über meinen Körper gewonnen hat. Jedes einzelne Mal war schrecklich und ich weiß, dass es mir auch nach diesem Mal fürchterlich gehen wird. Doch es ist meine letzte Chance, gegen Brutus zu gewinnen.

Ich stelle mir vor, dass ich die Augen schließe und das, was um mich herum geschieht, nicht wahrnehme. Aber ich höre Brutus' Schreie und das Keuchen der Zuschauer. Ich sehe das Blut, das ihm aus unzähligen Wunden rinnt und den Arenaboden tränkt. Ich bemerke die nackte Angst in seinem Blick, als stünde er einer Bestie gegenüber.

Vielleicht bin ich eine Bestie. Ich bin mir nicht sicher.

Meine Magie brennt unter meiner Haut, fast als suche sie verzweifelt einen Weg, um vollständig nach draußen zu dringen. Um meinen Gegner ein für alle Mal zu erledigen. Aber sie findet keinen Weg und das lässt sie noch heißer und wütender brennen, bis ich es kaum noch aushalte. Es ist, als würde ich bei lebendigem Leib verglühen. Doch das Feuer beflügelt meine Bewegungen, die nun noch schneller als gewöhnlich sind. Meine Attacken treffen ausnahmslos ihr Ziel. Auch ohne dass ich sie gezielt freilassen und einsetzen kann, leistet mir meine Magie enorme Dienste. Sie macht mich schneller, wendiger und stärker, bis ich nichts und niemanden mehr fürchten muss.

Über Brutus' Schreie hinweg nehme ich das Jubeln der Zuschauer wahr. Sie lechzen nach Blut und sind begeistert davon, eine echte Vantyr zu sehen – keine Schildmaid, wie es sie auch unter den Etureern zuhauf gibt. Nur mein Volk beherrscht Magie. Wir haben sie seit Anbeginn der Zeit bewahrt, während die anderen Völker sie vergaßen oder aufgaben. Das macht uns besonders.

Und gefährlich.

Ich muss Brutus am Bein getroffen haben, denn er kann nicht mehr stehen. Keuchend sackt er auf die Knie, doch ich habe keine Zeit, diesen Anblick zu genießen. Obwohl er seinen Dreizack von sich geworfen hat, schreit das Feuer in mir nach Vergeltung und Freiheit. Nachdem ich es eine halbe Ewigkeit unterdrückt habe, gelingt es mir nun nicht mehr, es zurück an seinen Platz zu drängen.

Ohne dass ich es verhindern kann, hebe ich die Hand, führe präzise mein Schwert und trenne Brutus mit einem sauberen Streich den Kopf von den Schultern.

Als ich das nächste Mal bei Bewusstsein bin, liege ich in einer der unterirdischen Zellen der Arena und schreie, bis ich keine Luft mehr bekomme. Es ist die Magie, die noch immer zu heiß in meinen Adern pulsiert und nicht genug hat. Am liebsten würde ich wieder nach draußen gehen und kämpfen, vollkommen egal gegen wen. Aber kein anderer Gladiator wird dumm genug sein, sich mir in diesem Zustand zu stellen.

Bitte, flehe ich das Brennen an, das mich von innen heraus verzehrt. *Zieh dich zurück!*

Wie zur Antwort knistert es noch heißer unter meiner Haut und ich stöhne auf. Es tut so weh … Ich hätte ihr nicht die Kontrolle überlassen dürfen …

»Was ist mit ihr?«

Dumpf dringt eine Stimme durch die Asche und den Rauch, die meinen Geist bevölkern. Das geschieht selten. Beinahe ist es, als würde die Magie der Stimme Platz machen, damit ich sie wahrnehme.

Mühsam hebe ich den Kopf und in einem seltenen klaren Moment sehe ich mich um. Vor der geschlossenen Zellentür stehen zwei Wachen – das habe ich erwartet – und zwischen ihnen …

Ich schaue in Augen, die mich an das unzähmbare Meer meiner Heimat erinnern. Ich erkenne eine silberne Brustrüstung mit dem Relief eines Tieres, die im Schein der Fackeln aufblitzt.

»Sie bleibt da drin, bis diese Wirbel auf ihrer Haut verschwunden sind«, brummt einer der Wachmänner. »Und bis sie nicht mehr schreit. Was hoffentlich bald der Fall ist.«

Der junge Wolf zieht wütend die Augenbrauen zusammen und wirkt zum ersten Mal fast einschüchternd auf mich. Aber nur *fast.*

»Seht ihr nicht, dass sie Schmerzen hat?«, herrscht er die Wachen an.

»Das geht wieder vorbei«, teilt ihm der andere Wachmann knapp mit.

»Lasst mich zu ihr!«, verlangt der junge Wolf. »Ich will sie wenigstens zurück auf die Pritsche legen.«

Ich blinzele träge. Erst jetzt fällt mir auf, dass ich auf dem kalten Lehmboden liege.

»Auf Eure Verantwortung«, murmelt eine der Wachen und öffnet die quietschende Zellentür.

Als ich sauber polierte Stiefelspitzen direkt vor mir sehe, schließt die Magie meinen Willen wieder aus und lenkt mein Handeln. Im Inneren schreie ich auf, um den jungen Wolf zu warnen, doch es ist zu spät.

Ich springe auf die Füße, überrumpele ihn damit und presse ihn mit dem Rücken gegen die Wand. Den Unterarm gegen seinen Hals gedrückt, nagele ich ihn fest. Seine Augen sind schreckgeweitet, doch nicht derart ängstlich, wie Brutus' Augen es kurz vor seinem Ende waren.

Ich spüre, wie sein Körper ganz nah an meinem fester wird, als würde er sämtliche Muskeln anspannen, und er stellt die Beine ein Stück auseinander.

Tief in meinem von Flammen benebelten Kopf registriere ich all diese kleinen Änderungen an seiner Haltung und schließe daraus, dass er ein Kämpfer sein muss.

Die feurige Bestie in mir lässt mich die Zähne fletschen. »Was willst du hier?«, grolle ich mit einer Stimme, die nicht wie meine klingt. *Tiefer. Rauer. Unkontrollierbarer.*

Unter meinem Arm spüre ich, wie er angestrengt schluckt. »Ich will Euch helfen. Ihr habt geschrien.«

Über die förmliche Anrede verziehe ich spöttelnd den Mund. Es muss grotesk aussehen – nicht wie ein Lächeln, sondern wie eine Drohung – und der Teil von mir, der nicht von Flammen verzehrt wird, schämt sich dafür.

»Helfen?« Ich speie dieses eine Wort förmlich aus. »Niemand kann mir helfen.«

»Lasst es mich versuchen.«

Ich erhöhe den Druck gegen seinen Hals. Das Feuer in mir

giert nach einem weiteren Kampf, nach einer weiteren Möglichkeit, endlich frei zu sein. Doch das darf ich nicht zulassen. Ich könnte ihn verletzen, vielleicht sogar töten. Und obwohl ich ihn kaum kenne, würde ich mir das niemals verzeihen.

Wer auch immer er ist, er ist kein Gladiator. Jeder Gladiator ist sich der Risiken bewusst, sobald er einen Fuß in die Arena setzt. Aber dieser junge Mann vor mir ist zwar zweifelsohne ein Kämpfer, aber keiner, der für Ruhm und Gold jedes Risiko eingeht.

Ich verletze keine Unschuldigen. Das würde mich auf eine Stufe mit den etureischen Soldaten stellen, die über meine Heimat hergefallen sind wie eine Seuche. Meine Ahnen würden sich um Grab umdrehen und mir auf ewig den Zugang in ihre Reihen verwehren.

Ich zwänge das Feuer zurück. Diesmal gehorcht es mir. Es will zwar nicht gänzlich weichen, aber wenigstens gelingt es mir, den Arm ein Stück zu senken, sodass ich ihn nicht mehr halb ersticke.

Vorsichtig, als könne mich eine zu schnelle Bewegung wieder dazu veranlassen, auf ihn loszugehen, legt mir der junge Wolf eine Hand an die Hüfte und lässt sie ein Stück höher zu meiner Taille gleiten. Seine Hand fühlt sich behaglich kühl auf meiner glühenden Haut an und ich muss ein wohliges Stöhnen unterdrücken. Sanft bewegt er den Daumen und streichelt einen winzigen Teil von mir. Doch ich spüre diese Bewegung überall, bis hinab in den kleinen Zeh.

Als er die andere Hand an meine Wange legt, senke ich den Arm ganz. Plötzlich schreit meine Magie nicht mehr nach einem neuen Kampf, einem neuen Gegner, den sie auseinandernehmen darf, sondern nach einer weiteren Berührung. Nach der angenehmen Wärme eines anderen Menschen, die das Feuer in mir besänftigt und nicht fürchtet.

Das Brennen ist zwar weiterhin da und zirkuliert zusammen

mit meinem zu heißen Blut in meinen Adern, aber es ist nicht mehr zerstörerisch. Es zieht sich zurück, konzentriert sich nun in meinem Bauch und ist nur noch als warmes Glimmen wahrzunehmen.

Als ich blinzelnd wieder die Kontrolle über meinen Körper und Geist zurückerlange, sind auch die Wirbel an meinen Armen verschwunden.

Lang gezogen stoße ich den Atem aus. Ich fühle mich, als wäre mir sämtliche Kraft entzogen worden. Dankbar lasse ich mich gegen den jungen Mann sinken, weil ich nicht weiß, ob mich meine Beine länger tragen.

Sanft hebt er mit der Hand an meiner Wange meinen Kopf ein Stück an, sodass ich ihm wieder in die Augen sehen muss. Wieder hat er die Brauen zusammengezogen, doch anders als vorhin sieht er nicht wütend aus. Seine Iriden wirken dunkler, beinahe wie das Meer kurz vor einem Sturm.

Ohne dass ich es verhindern kann, huscht mein Blick zu seinen Lippen, und ich erinnere mich vage daran, wie sie sich gestern angefühlt haben.

Gestern, als ich keinen Gedanken an Konsequenzen verschwendet, sondern einfach gehandelt und mir das genommen habe, wonach mir der Sinn stand.

Er bemerkt, wohin ich sehe, und lehnt sich vor. Nur ein Stück wie eine stumme Frage. Eine wortlose Bitte nach einer Wiederholung. Mein Herz macht einen Satz. Dieses neue Gefühl, das nichts mit einem Kampf zu tun hat, hallt in mir wider, und am liebsten würde ich es festhalten, ihm nachgeben und sehen, wohin es mich führt.

Doch ich schaue auf meine Hand, die direkt auf dem Relief an seinem Brustpanzer liegt. Meine Haut ist blutbesudelt. Nur das wenigste davon wird meines sein. Ich will mir nicht vorstellen, wie der Rest von mir aussieht.

Heute musste ich in der Arena zu einer Bestie werden. Eine Bestie, die einen anderen Menschen getötet hat, ohne dabei einen Hauch Reue zu empfinden. Auch jetzt regt sich nichts in mir, als ich an den Moment denke, als ich Brutus den Kopf abgeschlagen habe.

Ich bin eine Gladiatorin. Es wird von mir erwartet, dass ich rücksichtslos bin. Dass ich Blut vergieße und für eine perfide Unterhaltung sorge.

Aber ich will nicht, dass der junge Wolf mich so sieht. So schmutzig. So ausgenutzt.

Ich schiebe ihn zurück gegen die Wand, ohne dabei seinen überraschten Blick freizugeben, und knurre: »Geh nach Hause, junger Wolf.«

Er öffnet den Mund, zweifelsohne um zu widersprechen, aber ich wende ihm den Rücken zu.

»Mein Besucher möchte gehen«, teile ich den Wachen mit. Hinter mir höre ich das Quietschen der eisernen Tür.

»Cato.«

Ich drehe mich um und sehe den jungen Wolf bereits im Durchgang stehen. »Was?«

»Mein Name ist Cato.«

Ich schnaube. »Vielleicht merke ich ihn mir bis zum nächsten Mal, aber ich werde nichts versprechen. ›Junger Wolf‹ passt sowieso besser zu dir.«

Noch einen Moment hält er meinen Blick fest, ehe er geht. Als die Tür hinter ihm ins Schloss fällt, beginne ich zu zittern. Es ist, als hätte sämtliche Wärme meinen Körper verlassen. Ich suche das Feuer, finde jedoch nur eine schwache Glut, die mich nicht wärmen kann; versteckt hinter meinem Herzen.

KAPITEL 8

AERYN

Es ist bereits später Nachmittag, als die Wachen endlich beschließen, dass von mir keine Gefahr mehr ausgeht. Ich haste durch die unterirdischen Gänge nach oben und finde dort einen von Graecus' Handlangern, dem ich auftrage, mich sofort zum Stadthaus zu bringen.

Es wird ewig dauern, das mittlerweile getrocknete Blut und den restlichen Schmutz von mir abzuwaschen und mich für den Empfang heute Abend herzurichten.

Ich habe keinen Blick für das bunte Stadttreiben, sondern verfluche innerlich all jene, die die Kutsche ausbremsen.

Am Stadthaus erwartet mich Kallidora bereits. »Ist es wahr?«, fragt sie, als ich gerade von der Kutsche springe und neben ihr ins Haus eile. »Hast du Brutus getötet?«

Ich nicke knapp, ehe ich mich auf die Zehenspitzen stelle, um meine Stirn gegen ihre lehnen zu können. »Mir blieb keine andere Wahl, das hat er sehr deutlich gemacht. Entweder er oder ich. Und ich verliere nicht gegen einen aufgeblasenen Wichtigtuer wie ihn.«

»Du siehst furchtbar aus.«

Ich schnaube. »Wie schmeichelhaft … Aber wie du selbst weißt, ist diese anschließende bleierne Schwäche der Preis, den wir zahlen müssen, wenn wir auf unsere versiegelte Kraft zurückgreifen.«

Kallidora nickt, nachdem sie mir einen Seitenblick zugeworfen hat. »Dein Bad ist fertig, mittlerweile dürfte das Wasser aber kalt sein.«

Ich winke ab. »Das macht nichts. Hauptsache, ich bin pünktlich zum Empfang fertig.«

Dabei würde ich nichts lieber tun, als für den Rest der Woche zu schlafen. Meine Muskeln brennen vor Anstrengung, selbst wenn ich langsam gehe. Mein ganzer Körper fühlt sich wund und geschunden an.

Doch ich darf diese Schwäche niemandem zeigen. Sogar gegenüber Kallidora überspiele ich sie. Ihre eigenen Zweifel über ihre Zukunft wiegen schwer genug; da darf ich sie nicht wegen meiner eigenen Wehwehchen belasten. Ihre Hoffnung ruht auf mir, und ich werde sie nicht enttäuschen.

Es bedarf dreier Sklavinnen, die mir den Schmutz vom Körper schrubben und mir das Haar mehrmals waschen, bis kein Staub und getrocknetes Blut mehr darin klebt, und zweier weiterer, um mich anzukleiden und zu frisieren. Normalerweise würde ich höchstens eine von ihnen in meiner Nähe ertragen, aber mein Körper fühlt sich so schwer an, dass ich wahrscheinlich kaum den Lappen halten könnte.

Kallidora trägt bereits ein bodenlanges, fließendes Kleid in einem hellen Gelb und läuft unruhig in unserem Zimmer auf und ab, während die Sklavinnen noch darüber streiten, ob eine silberne oder goldene Haarspange besser zu meinem dunkelblauen Kleid passt.

Das Oberteil ist schräg geschnitten, sodass es nur an einer

Schulter gehalten wird. Die rechte Schulter mit dem Brandmal bleibt frei. Der weiche Stoff schmiegt sich eng an meinen Oberkörper und fließt ab der Hüfte leicht ausgestellt zu Boden. Mein Haar lassen die Sklavinnen diesmal offen. Nur einzelne Strähnen stecken sie an den Schläfen zurück, während mir der Rest in leichten Wellen über den Rücken fällt. An meinen Armen klimpern mehrere Armreife, die meine Narben an den Handgelenken verdecken, doch ich glaube nicht, dass das der Grund ist, warum ich sie tragen soll. Vielmehr will Graecus nach außen hin seinen Reichtum zeigen, indem er auch seine Vantyr teuer einkleidet.

Als mich die Sklavinnen endlich aus ihren Fängen entlassen, eile ich gemeinsam mit Kallidora ins Haupthaus. Die ganze Einfahrt ist überfüllt mit Kutschen und aus dem Foyer erklingt leise Musik und das Murmeln unzähliger Stimmen.

»Hat Graecus ganz Estrard eingeladen?«, murre ich, während ich das Kleid raffe, um schneller laufen zu können.

Dumpf pulsiert meine Kraft unter meiner Haut, wahrscheinlich vor Aufregung. Oder es ist noch die Nachwirkung meines Kampfes. Was auch immer der Grund ist, ich wünschte, sie würde damit aufhören. Hier zu Hause bin ich gewöhnlich vor ihrem Kribbeln und Pochen gefeit.

»Einige Gäste sind bestimmt spontan nach deinem Kampf gekommen«, wirft Kallidora ein. »Es kam schon lange nicht mehr vor, dass ein Gladiator ohne den Wunsch des Senators sein Leben verloren hat. Und da du Brutus geköpft hast, kannst du dich nicht damit herausreden, dass es ein Unfall war.«

Ich verziehe den Mund. Bisher habe ich ihr keine Einzelheiten verraten, aber der Klatsch und Tratsch hat das Anwesen offenbar lange vor mir erreicht. Wahrscheinlich lag ich noch schreiend auf dem Lehmboden der unterirdischen Zelle, als Kallidora bereits wusste, was geschehen war.

Zwei muskelbepackte Sklaven stehen am Eingang zum Haupthaus und nicken uns zu, als wir es betreten. Der Innenraum ist beleuchtet von unzähligen Kerzen, deren Licht vom weißen Marmorboden reflektiert wird. Adlige, Politiker und – der Kleidung nach – reiche Bürger stehen in Gruppen zusammen und unterhalten sich. Ein jeder hält ein Glas Wein in Händen.

Als Kallidora und ich eintreten, kommen die Gespräche um uns herum zum Erliegen und die ersten Gäste wenden sich uns zu.

Graecus bahnt sich einen Weg durch die Anwesenden hindurch und kommt mit ausgebreiteten Armen zu uns. »Meine Vantyr!«, ruft er laut genug, damit auch die Gäste weiter hinten ihn verstehen können. »Da seid ihr endlich!«

Fast gleichzeitig neigen Kallidora und ich die Köpfe vor unserem Herrn, der uns überschwänglich begrüßt.

»Kommt, kommt«, sagt er geschäftig. »Hier sind ein paar Leute, die euch unbedingt kennenlernen wollen.«

Ich gebe mein Bestes, das aufgesetzte Lächeln den ganzen Abend über auf meinen Lippen zu halten, während ich Politikern und anderen Würdenträgern vorgestellt werde, deren Namen ich bereits nach wenigen Sekunden wieder vergessen habe. Einige sagen, dass sie heute in der Arena waren, und beglückwünschen mich zu meinem außerordentlich unterhaltsamen Kampf.

Am liebsten hätte ich sie angeschrien.

Nach dem neunten Glückwunsch gerät mein Lächeln gefährlich ins Wanken und ich bin kurz davor, dem dicklichen Senator vor mir klarzumachen, dass heute ein Gladiator sein Leben verloren hat. Dass es nichts mit Unterhaltung zu tun hatte, sondern es für uns in der Arena fast immer um Leben und Tod geht. Denn selbst wenn wir vorsichtig sind, können wir nie vorhersagen, in welcher Stimmung der anwesende Senator ist. Sollte er aus irgendeinem Grund unzufrieden mit unserer Darbietung sein – oder einfach Verstopfung haben –, ist ein Leben sinnlos verwirkt.

Ich entschuldige mich hastig, bevor ich dem Senator womöglich ein paar unschöne Dinge an den Kopf werfe, und hole mir ein Glas Wasser. Ich hasse den Wein, den Graecus während seiner Empfänge ausschenkt. Er ist zu süß und steigt mir direkt zu Kopf. Ein einziges Mal habe ich ihm zu sehr zugesprochen und wachte am nächsten Morgen in der Küche vor dem Ofen auf. Keine Ahnung, wie ich dort hingekommen bin.

Außerdem muss ich Graecus heute noch meine Bitte unterbreiten und dazu brauche ich einen klaren Kopf, um sämtliche Einwände gleich entkräften zu können. Er selbst kann seinem Wein so viel zusprechen, wie er will.

»Ich habe Euch beinahe nicht erkannt«, murmelt jemand hinter mir, als ich mir gerade ein Glas Wasser einschenke.

Ich wirbele herum, begleitet von einem aufgeregten Pochen in meinen Adern, das warm über mich hinwegschwappt.

Ehe ich den Mund öffnen kann, raunt er: »Wehe, Ihr nennt mich wieder ›junger Wolf‹.«

Ich schmunzele, bevor ich an meinem Wasser nippe. »Und was, wenn doch?«

Er sieht genauso aus wie heute Mittag, als er zu mir in die Zelle kam. Nur das Haar, das im Schein der vielen Kerzen dunkelbraun schimmert, scheint er sich gekämmt zu haben.

»Ich habe Euch mehrmals meinen Namen genannt«, sagt er. »Habt Ihr ein schlechtes Gedächtnis?«

»Nein, ganz und gar nicht. Vielleicht gefällt mir ›junger Wolf‹ einfach besser.« Als ich an ihm vorbeigehe, streiche ich mit der

Hand über das Relief seines Brustpanzers. »Und hör auf, mir nachzulaufen.«

»Tue ich das?«, entgegnet er. »Was, wenn Ihr zufällig immer dort seid, wo ich auch bin?«

Mit ihm zu schäkern, vertreibt die Wut, die ich auf die Senatoren habe, ebenso wie die Nervosität vor meinem Gespräch mit Graecus. Anstatt mich gleich wieder unter die Gäste zu mischen, wie ich es eigentlich vorhatte, bleibe ich neben ihm stehen, was mir ein zufriedenes Summen meiner Magie einbringt.

»Wolltet Ihr nicht gehen?«, fragt er, nachdem er mich mit einem schiefen Lächeln gemustert hat.

»Wäre das nicht sinnlos, wo du mir doch sowieso wieder hinterherläufst?«

Eine zarte Röte breitet sich auf seinen Wangen aus. »Das tue ich nicht. Wirklich nicht. Es stimmt, gestern habe ich nach dem Kampf auf Euch gewartet, um Euch zu Eurem Sieg zu beglückwünschen. Aber heute war ich zufällig bei den Zellen und habe … Euch schreien gehört.«

Die Leichtigkeit unserer Unterhaltung ist mit einem Mal verflogen und ich wünschte, ich wäre einfach gegangen. Nun erinnere ich mich wieder daran, in welch erbärmlichem Zustand er mich gesehen hat.

»Es klang, als hättet Ihr Schmerzen«, murmelt er so leise, dass nur ich ihn verstehen kann.

Ich straffe den Rücken. »Es hat sich angefühlt, als würde mir die Haut vom Leib gebrannt werden.«

»Ist es jedes Mal so … schlimm?«

Ich schüttele den Kopf. »Meine Magie war nie unkontrollierbar oder verursachte mir Schmerzen, aber seit ich das hier habe«, ich deute auf das kreisrunde Brandmal mit Graecus' Initialen, das die Seite meines rechten Oberarms verschandelt, »ist es kaum noch auszuhalten. Dieses Brandmal ist die einzige Form von Magie, über die die Etureer noch verfügen. Ein Bannzauber. Sie nutzen ihn, um unsere Magie zu versiegeln. Sie ist ab dem Zeitpunkt in uns eingesperrt.«

Der Blick des jungen Wolfs ruht lange auf meinem Brandmal, ehe er fragt: »Ist das der einzige Weg, um eine Vantyr wie Euch zu kontrollieren?«

Ich recke das Kinn. »Wenn mein Herr nicht will, dass ich ihn in ein Häufchen Asche verwandle, ja.«

Er schluckt sichtlich angestrengt.

»Denk nicht, dass ich freiwillig hier bin«, murmele ich. »Dass ich aus freien Stücken in die Fremde verschifft wurde und Tag für Tag mein Leben in der Arena aufs Spiel setze. Das mag für einige Etureer gelten, die glauben, als Gladiatoren schnell Gold verdienen zu können, aber ich sehe keine Münze von den Wetten, die auf mich laufen. Ich bin eine Sklavin, auch wenn ich besser lebe als die meisten von ihnen.« Ich wende mich ein Stück zur Seite, sodass er das Brandmal nicht mehr sehen kann. »Du weißt nicht sonderlich viel über Vantyr, oder?«

»Nein«, gibt er zu. »Dort, wo ich herkomme, gibt es keine. Ihr wart die erste, die ich je gesehen habe. Das ist drei Jahre her. Ich habe auch ein paar Kämpfe Eurer Kollegin Kallidora verfolgt, aber Ihr …« Schnell schließt er den Mund und wird wieder rot.

»Aber ich … *was?*«, hake ich nach, während ich einen Schritt auf ihn zugehe.

»Ihr habt mich von Anfang an beeindruckt«, flüstert er kaum hörbar und sichtlich verlegen. »Die Art, wie Ihr Euch bewegt und die Angriffe Eures Gegners vorherahnt. Den Stolz, den Ihr ausstrahlt, während Ihr die Arena betretet. Deshalb …« Sein Blick huscht über mich. »… hätte ich Euch heute Abend beinahe nicht erkannt. Ich habe gar nicht damit gerechnet, Euch zu sehen, denn vor ein paar Stunden wart Ihr …«

»Eine blutrünstige Bestie?«, helfe ich ihm aus.

Sein Kopf ruckt nach oben. »Nein! Das wollte ich nicht sagen. Ihr wart … verletzlich.«

Ich stutze, doch ehe ich etwas darauf erwidern kann, legt jemand eine Hand auf die Schulter des jungen Wolfs.

»Cato, hier bist du!«, tönt ein älterer Mann, der vom Stand offenbar über dem jungen Wolf stehen muss, denn dieser senkt sofort den Kopf.

»Mein Herr«, murmelt er. »Ich wollte gerade wieder zu Euch kommen.«

Der etwas gedrungen wirkende Mann mit dem dunkelbraunen Haar wischt den Einwurf mit einer Handbewegung beiseite. »Ich sehe schon, dass die Gesellschaft hier angenehmer ist. Bist du nicht die Vantyr, die heute in der Arena ein Blutbad angerichtet hat?«

Ich schlucke angestrengt. »Die muss ich wohl sein.«

»Das war ein Schauspiel!«, ruft der Mann aus. Ich schätze ihn auf Anfang fünfzig – das passende Alter für die meisten Politiker. »Dein Sieg hat mich zehn Goldstücke gekostet, aber dafür wurde ich durch ein Spektakel entschädigt. Es kommt nicht oft vor, dass man eine Vantyr so kämpfen sieht wie dich. Noch dazu hast du deine Magie gezeigt.« Er lehnt sich zu mir vor. »Ich habe Graecus gefragt, was er für dich haben will.«

Ich knirsche mit den Zähnen. In der Vergangenheit kam es immer wieder vor, dass Graecus Gebote für Kallidora oder mich erhielt, aber er schlug sie alle aus. Wir beide seien unbezahlbar, sagte er stets. Trotzdem widert es mich an, dass diese Männer über mich reden, als sei ich ein lebloser Gegenstand, der dem Meistbietenden überreicht wird.

»Aber der Preis, den er für eine Barbarin wie dich haben wollte, übersteigt meine Mittel bei Weitem.«

Ich balle die Hände zu Fäusten. *Barbarin.* Das ist es, wofür mich die Etureer halten: eine blutrünstige Wilde.

Dem jungen Wolf muss mein Unbehagen aufgefallen sein. »Mein Herr, wir sollten zurück zu den anderen gehen. Sicher habt Ihr noch Geschäfte, um die Ihr Euch kümmern müsst. Wollte der Gewürzhändler nicht auch kommen?«

Mit weiteren netten Worten lässt sich der Mann dazu überreden, sich wieder unter die Leute zu mischen, und der junge Wolf muss versprechen, dass er gleich hinter ihm ist. Er seufzt, als wir wieder allein sind.

»Wie es aussieht«, murmele ich, »bist du ebenfalls nichts weiter als ein Sklave.«

Er zuckt mit den Schultern. »Böse Zungen könnten das über mich sagen.«

»Als was würdest du dich denn bezeichnen?«

Er überlegt eine Weile. »Leibwächter ist meine offizielle Bezeichnung, aber im Grunde bin ich wohl das Mädchen für alles.« Ein Lächeln umspielt seine Lippen. »Es war mir eine Freude, mit Euch zu sprechen. Leider muss ich jetzt los und ein Auge auf meinen Herrn haben.«

»Dann wünsche ich dir noch einen schönen Abend, *junger Wolf*.« Meine Anrede für ihn betone ich besonders und muss beinahe über das verärgerte Zucken seiner Mundwinkel kichern.

»Werdet Ihr ihn je sagen?«, flüstert er. »Meinen Namen.«

Ich tippe mir mit dem Zeigefinger gegen das Kinn, als müsste ich angestrengt über seine Frage nachdenken. »Vielleicht. Wenn du aufhörst mich so zu behandeln, als sei ich eine Lady. Das bin ich nämlich nicht. Ich bin eine Vantyr, eine Barbarin. Du solltest dich von mir fernhalten, denn wie du heute gesehen hast, kann ich jederzeit zu einer blutrünstigen Bestie werden.«

Er zieht die Augenbrauen zusammen. »Ich habe keine Angst vor Euch. Und meine Mutter würde mit mir schimpfen, wenn sie erführe, dass ich einer Dame nicht den nötigen Respekt erweise. Denn das seid Ihr in meinen Augen.«

»Da irrst du dich«, sage ich. »Ich bin nichts weiter als eine Gladiatorin.«

»Nein. Ihr seid mehr als das.«

Ich schlucke eine weitere Erwiderung hinunter und lasse ihn stehen, weil mir bei der Art, wie er mich ansieht, ganz eng um die Brust wird. Auch seine Worte gehen mir näher, als sie sollten. In den letzten Jahren hat mich niemand als Dame bezeichnet oder wohlwollend behandelt, ohne eine Gegenleistung zu erwarten. Warum der junge Wolf dies nicht tut, wird mir wohl immer ein Rätsel bleiben.

Ich schüttele die Nachwirkungen unserer Unterhaltung ab und mache mich auf die Suche nach Graecus. Ich habe mich lange genug vor dem wichtigen Gespräch mit ihm gedrückt und war dankbar für die Ablenkung, die der junge Wolf mir bot. Doch nun muss ich mit Graecus über Kallidoras und meine Zukunft reden.

Ich erhasche einen Blick auf Graecus, als er sich gerade auf den Weg zum Buffet macht. Ihn von einer Gruppe anderer Adligen wegzuholen, hätte ich mich nicht getraut, doch so kann ich auf ihn zugehen.

»Hast du einen Moment für mich?«, frage ich.

»Für dich immer, meine Liebe.«

»Ich möchte etwas mit dir bereden. Allein.«

Graecus wendet sich mir zu und zieht eine Augenbraue nach oben. »Allein?«

Ich nicke zögerlich. »Es ist mir sehr wichtig und ich will nicht, dass uns jemand belauscht.«

»Geht es um den jungen Tribun, mit dem ich dich eben habe

reden sehen?« Er steckt sich eine Weintraube in den Mund. »Ein Wort und er gehört für den Rest des Abends dir. Du hast mich schon lange nicht mehr um einen Mann gebeten.«

Mein Blick sucht den Raum nach dem jungen Wolf ab, ehe ich mich davon abhalten kann.

»Nicht heute«, zwinge ich mich zu sagen, obwohl mein Herz bei der Vorstellung deutlich schneller schlägt. Aber deswegen bin ich nicht hier. Ich konzentriere mich wieder auf Graecus. »Können wir irgendwo hingehen, wo wir allein sind?«, wiederhole ich meine Bitte.

Er seufzt. »Meinetwegen. Aber länger als zehn Minuten kann ich mich nicht von meinen Gästen entfernen. Sag also schnell, was du zu sagen hast.«

Ich nicke angestrengt und folge ihm in einen seiner privaten Räume.

KAPITEL 9

AERYN

Im Gegensatz zum Rest des Stadthauses sind Graecus' private Besprechungsräume schlicht eingerichtet. Wo draußen der Boden aus weißem Marmor ist und unzählige beinahe lebensgroße Statuen jede Bewegung zu beobachten scheinen, ist der Boden hier aus dunklem Holz, das das Geräusch unserer Schritte nahezu verschluckt. Ein Tisch, ebenfalls aus dunklem Holz, steht in der Mitte des Raums. Abgesehen davon sind die Bücherregale an der hinteren Wand die einzige Verzierung.

Graecus umrundet den Tisch und setzt sich, ehe er mir den Stuhl ihm gegenüber zuweist. »Also«, sagt er, während er das Kinn auf seine verschränkten Hände stützt, »was ist so wichtig, dass du mich von meinem Empfang wegholst?«

Nachdem mich die Nachwirkungen meiner Magie nicht mehr vereinnahmt haben, habe ich darüber nachgedacht, wie ich Graecus meinen Wunsch am besten unterbreite. Welche Worte ich wählen soll, um ihm einerseits zu schmeicheln, andererseits um ihn überzeugen zu können. Obwohl ich mir genau überlegt habe, was ich sagen will, ist alles aus meinem Kopf verschwunden, als ich ihm gegenübersitze. Ich schlucke angestrengt. Dies ist meine Chance auf Freiheit. Wenn ich es schaffe, ihn zu überzeugen, werde ich nie mehr in der Arena kämpfen müssen. Es wird nie mehr zu solch blutigen Vorfällen wie heute kommen.

Aber wenn ich versage …

Meine Finger krallen sich in den dunkelblauen Stoff meines Kleides. »Ich bin seit über fünf Jahren deine Sklavin und …«

»Du bist meine Gladiatorin«, fällt er mir ins Wort und deutet auf mich. »Würde ich eine einfache Sklavin etwa in solch feine Gewänder stecken und mit Schmuck behängen?«

»Auch wenn der Titel ein anderer sein mag, bin ich doch dein Eigentum«, halte ich dagegen und muss mich sogleich bremsen, um mich nicht in Rage zu reden. Denn jeder Widerspruch wird Graecus nur gegen mich aufbringen. »Ich kann nur darüber spekulieren, wie viel du an meinen Kämpfen verdient hast.«

»Sehr viel«, gibt er zu. »Dieses Haus und die ganzen Sklaven konnte ich mir leisten, nachdem ich in meine erste Vantyr investiert hatte. Reich wurde ich aber erst durch dich.«

»Kallidora ist eine herausragende Kämpferin. Sie …«

»… ist alt«, beendet er meinen Satz, ehe ich es kann. »Die Zuschauer wollen in der Arena keine alten Frauen sehen, sondern eine Augenweide wie dich. Was denkst du denn, warum ich anordne, deine Kampfkleidung möglichst knapp zu halten? Die Wetten schießen in die Höhe, wenn die Zuschauer deine nackte Haut sehen.«

Das Gespräch läuft in eine völlig falsche Richtung. Wenn ich nur wüsste, was ich dagegen tun soll … Ich bin eine Meisterin im Umgang mit dem Schwert, aber Gespräche liegen mir nicht. Am liebsten würde ich mich entschuldigen und aus dem Raum fliehen, doch ich bleibe sitzen und senke nicht den Blick.

»Es geht nicht um meine Kleidung«, sage ich betont ruhig.

»Sondern?«, will Graecus wissen.

Ich hole tief Luft. »Du hast den Preis, den du für mich auf dem Sklavenmarkt bezahlt hast, um ein Vielfaches zurückbekommen. Ich gewinne Kämpfe in der Arena und mache dich dadurch reich. Aber ich werde nicht für immer kämpfen können.«

Graecus' Blick verdüstert sich. »Worauf willst du hinaus?«

»Du bist reich, Graecus. Du hast so viel Gold, dass du dir damit einen Posten im Senat kaufen kannst. Du hast erreicht, was du wolltest – dank mir. Ich habe mich nie beklagt und dich nie um etwas gebeten, doch jetzt tue ich es. Schenke Kallidora und mir die Freiheit.«

Seine Augenbrauen schießen in die Höhe, während ich die Luft anhalte. »Ich soll meine beiden Vantyr freilassen? Bist du nicht mehr ganz bei Trost?«

Ich schlucke hektisch. »Siegreichen Gladiatoren wird von ihren Herren oft die Freiheit geschenkt. Kallidora und ich *sind* siegreich. Wir haben dir Ruhm, Ehre und mehr Gold eingebracht, als du zählen kannst. Es ist nur gerecht, wenn du uns freilässt.«

»Gerecht?«, echot er. »Inwiefern? Du magst richtigliegen, dass ich mir nun einen Posten im Senat erkaufen könnte, aber warum sollte ich das tun? Früher war es mein Traum, ein Politiker zu werden. Doch dank dir und Kallidora – dank euren Siegen – habe ich Geschmack am Leben der Reichen und Einflussreichen gefunden. Die langweiligen Sitzungen des Senats können mir gestohlen bleiben.«

»A-Aber …«

Er beugt sich über den Tisch zu mir vor. »Du gehörst mir, Aeryn. Genauso wie Kallidora mir gehört. Und daran wird sich nie etwas ändern. Selbst wenn ihr irgendwann nicht mehr kämpfen könnt, werdet ihr mir dienen. Für den Rest eures Lebens.«

Ich spüre, wie mir sämtliches Blut aus dem Gesicht weicht. Alles in mir schreit danach, etwas zu erwidern. Ich will einen weiteren Grund vorbringen, warum es sinnvoll ist, uns freizulassen, aber ich schaffe es nicht, den Mund zu öffnen. Stocksteif sitze ich da, während mich sämtliche Hoffnung verlässt.

Ich werde auf ewig seine Sklavin sein. Irgendwann, wenn ich nicht mehr kämpfen kann und ihm kein Gold mehr einbringe, wird er sich andere Aufgaben für mich ausdenken. Aufgaben, die mich erniedrigen werden. Aufgaben, die meinen Stolz als Vantyr zerschmettern werden.

Früher oder später wird er *mich* zerschmettern. Und ich werde nichts dagegen tun können, denn nach etureischem Recht bin ich sein Eigentum.

So abrupt, dass der Stuhl nach hinten umkippt, stehe ich auf, doch Graecus zuckt nicht einmal mit der Wimper.

»Entschuldige, dass ich dir deine Zeit gestohlen habe«, presse ich zwischen zusammengebissenen Zähnen hindurch.

Er winkt ab. »Bitte mich das nächste Mal lieber um etwas Realistisches. Und nun misch dich unter die Gäste! Nach deinem blutigen Sieg heute lechzen sie nach Details.«

Meine Bewegungen sind steif und hölzern, als ich den Raum verlasse.

Die Luft im Saal ist derart dick, dass ich kaum atmen kann. Ich zittere am ganzen Körper und versuche, Kallidora zwischen all den Anwesenden auszumachen, doch ich habe kein Glück. Deshalb beschließe ich, nach draußen in den Garten zu flüchten, bis ich mich wieder beruhigt habe.

Die Nacht ist kühl, sodass ich zum Glück allein zwischen den Rosensträuchern und Fliederbüschen bin.

Ich schlinge beide Arme um mich, während ich ziellos auf den Steinwegen auf und ab laufe. Ich friere nicht, doch das Zittern will einfach nicht aufhören.

Es bestand stets die Möglichkeit, dass er ablehnt. Kallidora wird sogar damit gerechnet haben, aber ich habe es nicht. Im Vergleich zu den Herren anderer Gladiatoren kam mir Graecus immer vernünftig und entgegenkommend vor. Ich war mir sicher zu ihm durchdringen zu können, schließlich wusste ich, dass es sein Traum war, Senator zu werden. Aber anscheinend kenne ich ihn nicht gut genug.

Ich setze mich auf eine der steinernen Bänke, die entlang des Weges angeordnet sind, und vergrabe das Gesicht in meinen Händen. Ich werde nie wieder nach Hause kommen … Ich werde nie wieder das Meer riechen oder durch die üppigen Wälder wandern können. Ich werde nie wieder meine Magie spüren können, ohne dass sie durch ein Brandmal gedämpft wird.

Alles, worauf ich gehofft habe, hat sich heute Abend in Luft aufgelöst.

Kallidora hätte mich nach meiner Ankunft in Graecus' Anwesen nicht retten sollen … Sie hätte zulassen sollen, dass ich sterbe, als sie mich herbrachten. Dann wäre ich bei meinen Clanmitgliedern, wo auch immer sie jetzt sind.

Unvermittelt taucht ein Glas Wasser in meinem Sichtfeld auf. Überrascht zucke ich zusammen, ehe ich nach oben schaue.

Seufzend stoße ich den Atem aus. »Was willst du hier, junger Wolf?«

»Ich habe gesehen, wie Ihr nach draußen gegangen seid. Ihr … saht blass aus und wirktet … abwesend. Ich habe Euch angesprochen, aber Ihr habt mich nicht bemerkt. Da dachte ich …« Er bewegt einladend die Hand, in der er das Glas hält, bis ich es ihm abnehme. »Ich dachte, Ihr hättet vielleicht Durst.«

Der wütende und verzweifelte Teil in mir will ihn anschreien, dass ein dummes Glas Wasser meine Probleme nicht lösen kann, doch ich mahne diesen Teil zur Ruhe. Der junge Wolf will nur nett sein. Er weiß nichts von dem Gespräch, das ich gerade hinter mir habe. Er ahnt nicht, dass all meine Träume gerade eben auf einen Schlag zerstört wurden.

Ich will ihm auch nichts davon erzählen. Also nippe ich stumm an dem Wasser und erfreue mich daran, dass mein Zustand überhaupt jemandem aufgefallen ist. Viele der Gäste geben zwar vor, nur wegen mir hier zu sein, um mich kennenzulernen und mir zu gratulieren, aber das stimmt nicht. Sobald ich nicht in der Arena stehe und sie auf mich wetten können, sind sie blind für mich und meine Bedürfnisse.

Sie alle interessieren sich einen Dreck für mich als Person – bis auf den jungen Wolf.

Warum gerade er einen Narren an mir gefressen hat, werde ich wohl nie verstehen, aber im Moment bin ich dankbar für seine Anwesenheit.

Ich rutsche ein Stück auf der Bank zur Seite. Es dauert eine Weile, bis er den Wink versteht und sich mit so viel Abstand wie möglich neben mir niederlässt.

»Seid Ihr … oft hier draußen?«

Ich schmunzele über seinen plumpen Versuch, ein Gespräch ins Rollen zu bringen.

»Nein«, antworte ich. »Aber da drinnen konnte ich nicht mehr atmen.«

»Ist etwas vorgefallen?«

Ich drehe das Glas in meiner Hand und beobachte, wie das Wasser darin hin und her schwappt. »Mein Herr hat mir deutlich gemacht, dass ich für ihn wertvoll bin.«

»Ist das … schlecht?«

Als ich ihm eine Antwort schuldig bleibe und stattdessen nur ins Glas starre, sagt er: »Ich würde mich freuen, wenn mein Herr solch lobende Worte für mich fände. Ich stehe erst seit Kurzem in seinen Diensten und … konnte mir noch keinen Namen machen. Und davor …«

Als er nicht weiterspricht, reiße ich mich vom Anblick des schwappenden Wassers los und sehe zu ihm. Im Mondlicht wirkt er älter. Härter. Vielleicht ist es auch dem wütenden Ausdruck in seiner Miene geschuldet, doch zum ersten Mal habe ich das Gefühl, dass er die Rüstung der Armee tatsächlich verdient hat.

Und er musste sie mit Schmerz und Blut bezahlen.

Ich blinzele, um diese seltsamen Gedanken zu vertreiben. »Du stammst aus gutem Hause, nicht wahr?«

Er beobachtet mich aus den Augenwinkeln. »Was hat mich verraten?«

»Deine Umgangsformen.« Ich leere das Glas mit einem letzten Zug. »Wobei ich noch nicht ganz schlau aus dir geworden bin. Ein Adliger würde mich niemals derart respektvoll behandeln, wie du es tust. Er würde auf mich herabsehen.«

Ein Schmunzeln zupft an seinen Mundwinkeln. »Meine Mutter hat meine Erziehung übernommen. Ihr verdanke ich mein tadelloses Benehmen. Auch gegenüber jenen, die im Rang unter mir stehen.« Das Schmunzeln verschwindet. »Ich musste mir deshalb mehr als einmal anhören, dass ich zu weich sei. Gut möglich, dass ich es deshalb nicht länger als unbedingt nötig in der Armee ausgehalten habe.«

Nein, da ist noch mehr. Ich sehe es deutlich in der Art, wie sich sein Kiefer verkrampft, wenn er von seiner Zeit in der Armee redet. Diesen Brustpanzer, den er bei jeder Gelegenheit trägt, bekommen nur hochrangige Soldaten. Vielleicht war er sogar ein Tribun – Graecus nannte ihn vorhin so – und hat seine eigene Einheit befehligt. Nur ein Narr würde eine solche Laufbahn aufgeben, um der Wachmann eines niederen Adligen zu werden …

Aber das geht mich nichts an. Ich habe genug eigene Probleme, die ich nicht lösen kann.

»Werdet Ihr morgen wieder in der Arena kämpfen?«

Sämtliche Muskeln in mir verspannen sich bei seiner Frage. Ich habe nicht weiter als bis zu diesem Abend gedacht und habe die Möglichkeit, dass Graecus ablehnen könnte, weit von mir weggeschoben. Nun habe ich keine Ahnung, wie mein Weg von hier an aussehen soll. Meine gesamte Hoffnung ruhte auf Graecus und meinem Siegeswillen. Heute bin ich sogar über Leichen gegangen, damit Graecus keinen Grund hat, mir meinen Wunsch zu verwehren.

Aber er hat es trotzdem getan. Ich bin weiterhin eine Gefangene in einem Leben, das ich niemals führen wollte.

»Ich weiß es nicht«, murmele ich auf seine Frage hin.

»Mein Herr und ich sind noch bis morgen in der Stadt. Ich hatte gehofft, Euch noch einmal kämpfen zu sehen.«

»Du solltest nicht mehr in die Arena gehen.«

Er stutzt. »Warum?«

»Nur … so ein Gefühl.«

Kallidora hat mir nicht verraten, was sie vorhat, wenn mir Graecus meine Bitte abschlagen sollte. Diese Unwissenheit macht mich nervös. Meine Zukunft, selbst der nächste Tag, liegt in einem dichten Nebel. Ich kann unmöglich vorhersagen, was geschehen wird, aber ich habe ein ungutes Gefühl.

Kallidora ist wie ich eine stolze Vantyr, ganz gleich was die Etureer uns über die Jahre hinweg angetan haben. Wir werden niemals als niedere Sklavinnen dienen.

Wenn wir untergehen, dann mit einem Spektakel. Und ich habe das dumpfe Gefühl, dass sich dieses Spektakel in der Arena abspielen wird.

Ich stelle das leere Glas beiseite und greife nach der Hand des jungen Wolfs. Er zuckt zusammen, als ich sie mit meinen Fingern umschließe, zieht sie jedoch nicht zurück. Stattdessen schaut er mich mit großen Augen an, die noch tiefer und unergründlicher sind als das Meer.

»Versprich mir«, sage ich, »dass du morgen nicht in die Arena gehst.«

»Aber …«

»Versprich es!«

»Ich kann mich nicht über den Wunsch meines Herrn hinwegsetzen.«

»Finde einen Grund, der gegen den Besuch der Gladiatorenkämpfe spricht.«

»Dann gebt mir einen Grund.«

Stille senkt sich über uns, während sich eine Warnung in meinem Mund sammelt.

»Ich kann nicht«, wispere ich, als ich seine Hand loslasse. »Es ist nur … eine Ahnung.«

Er rutscht näher, doch zwischen uns hätte noch immer bequem eine weitere Person Platz. Zögerlich, als hätte er Angst, dass ich ihm bei einer zu schnellen Bewegung direkt an die Kehle gehe, greift er nach meiner Hand, die ich eben zurückgezogen habe. Erst jetzt fällt mir auf, wie warm sein Griff in dieser kühlen etureischen Nacht ist.

Ehe er jedoch etwas sagen kann, tritt eine andere Person zwischen den Rosensträuchern hervor.

»Hier bist du«, sagt Kallidora mit Erleichterung und Vorwurf gleichermaßen in der Stimme. Sogleich fällt ihr Blick auf unsere Hände und sie zieht eine Augenbraue nach oben.

Ich weiß genau, was sie denkt. »Ich bin nicht deswegen hier, aber da drinnen …«

Ich vollführe mit der freien Hand eine hilflose Geste und weigere mich, die Hand des jungen Wolfs loszulassen, obwohl ich spüre, dass er sie mir entziehen will, damit Kallidora nicht auf falsche Gedanken kommt. Aber ich halte sie fest, ahne ich doch, dass dies wahrscheinlich die letzte Gelegenheit ist, die Wärme eines anderen Menschen zu spüren.

Kallidora neigt den Kopf. Wir beide kennen uns seit Jahren und stehen uns so nah, dass wir nicht miteinander reden müssen, um die Gedanken der anderen zu kennen. Ich senke den Blick, schüttele den Kopf und sie versteht.

Als sie sich umwendet, springe ich von der Bank auf.

»Wartet!«, ruft der junge Wolf.

Ich drehe mich zu ihm um und schaue auf unsere verschränkten Hände. »Versprich mir«, wispere ich, »dass du morgen nicht in die Arena gehst.«

Die freie Hand lege ich auf seine Schulter. Seine Augen werden größer und sein Mund steht leicht offen, als ich mich zu ihm hinabbeuge und ihm einen Kuss auf die Wange hauche.

»Leb wohl, junger Wolf«, flüstere ich ihm ins Ohr und lächele, als er dabei leicht erschaudert.

Dann folge ich Kallidora zwischen den Sträuchern und Büschen hindurch, bis die Nacht uns verschluckt.

KAPITEL 10

AERYN

Sobald wir in unserem Zimmer ankommen, geht Kallidora sicher, dass Griselda noch nicht zurück ist. Erst dann entzündet sie eine Kerze, in deren Licht sie müde aussieht.

»Graecus hat abgelehnt«, sagt sie.

Ich nicke. »Er hat mich ausgelacht und gesagt, dass wir bis ans Lebensende seine Sklavinnen sein werden.«

»Ich habe mir etwas Ähnliches bereits gedacht, aber ich wollte es dir gern ersparen.«

Das Gespräch mit Graecus war demütigend; noch viel schlimmer als die Schmähungen, die ich von anderen Gladiatoren erfahren habe. Ihnen konnte ich in der Arena zeigen, wer die Bessere war, aber Graecus gegenüber kann ich das nicht. Hätte ich auch nur einen Finger gegen ihn erhoben, hätte ich den nächsten Tag nicht erlebt. Und ich hätte rein gar nichts erreicht.

Seufzend stützt Kallidora sich mit beiden Händen auf dem Tisch ab und lässt den Kopf hängen. »Ich will, dass du entweder zurück zum Empfang gehst oder einer der Sklavinnen sagst, dass es dir nicht gut geht. Sie muss sehen, dass du dich hinlegst, und du darfst unser Zimmer unter keinen Umständen verlassen. Ich werde die Nacht woanders verbringen.«

Ich runzele die Stirn. »Warum soll ich das Zimmer nicht verlassen?«

Sie hebt den Blick. In ihren blaugrauen Augen blitzt es gefährlich. »Weil ich nicht will, dass du mit hineingezogen wirst.«

»Wo hinein?«

»Nein, Aeryn«, knurrt Kallidora, ehe sie den Atem ausstößt. »Du bist wie eine Schwester für mich, vielleicht sogar wie die Tochter, die ich nie hatte. Ich werde nicht zulassen, dass es auf dich zurückfällt. Am besten gehst du zurück zu dem Mann, mit dem ich dich im Garten erwischt habe. Der bezeugt sicher mit Freuden, dass du die ganze Nacht über bei ihm warst.«

Ich schüttele den Kopf, als ich zu ihr trete und ihr eine Hand auf den Rücken lege. »Wie du schon sagtest, wir sind Schwestern. Vielleicht sogar mehr als das. Was auch immer du vorhast, ich werde dich nicht allein gehen lassen.«

»Du weißt nicht, was du da sagst!«, begehrt sie auf. »Ich werde nicht lebend aus der Sache herauskommen. Aber du …« Sie richtet sich auf und streicht mir mit einem sanften Lächeln auf den Lippen eine Haarsträhne hinters Ohr. »Du kannst weitermachen. Gut möglich, dass Graecus sich irgendwann doch erbarmt und dir die Freiheit schenkt. Wenigstens eine von uns sollte in unsere Heimat zurückkehren und das wiederaufbauen, was die Etureer zerstört haben.«

Ich greife nach ihrer Hand und halte sie fest. »Wir gehen entweder zusammen oder gar nicht.«

Mit einem gequälten Gesichtsausdruck lehnt sie die Stirn gegen meine. »Bitte nicht, Aeryn. Ich will nicht noch einmal mitansehen müssen, wie du dein Leben wegwirfst.«

»Eine Sklavin zu sein, ist kein Leben für eine Vantyr«, halte ich dagegen. »Wir haben lange genug versucht, uns anzupassen und irgendwie weiterzumachen.«

Kallidora zieht sich ein Stück zurück. »Bist du dir sicher?«

Ich nicke, ohne zu zögern. »Wie sieht der Plan aus?«

Ihre Mundwinkel zucken. »Sie nennen uns Barbarinnen. Blutrünstige Bestien. Sollten wir ihnen nicht zeigen, wozu wir tatsächlich fähig sind?«

Ein heiß-kaltes Kribbeln schießt durch meinen Körper, als ich die Tragweite ihrer Worte begreife. »Du … Du meinst …?«

Sie macht ein paar Schritte durchs Zimmer hinüber zu der Kommode neben ihrem Bett. »Was habe ich zu dir gesagt, als du vor Jahren einmal versucht hast, dein Brandmal zu entfernen?«

Dieser Abend ist mir noch gut in Erinnerung. »Du sagtest, dass eine Dirne keine Hände benötigt, um ihrer Arbeit nachzugehen.«

Obwohl ich damals gerade fünfzehn Jahre alt war, verstand ich, worauf Kallidora hinauswollte. Die Strafe für das Entfernen des Brandmals ist der Verlust beider Hände. Eine Gladiatorin kann ohne Hände nicht kämpfen. Eine Sklavin kann ohne Hände keine Böden schrubben oder in der Küche schuften.

Es bliebe nur eine Arbeit, zu der eine Frau ohne Hände taugen würde.

»Doch jetzt«, sagt Kallidora, »ist die Zeit gekommen, in der wir uns vor den Strafen der Etureer nicht mehr fürchten müssen. Wir werden kämpfen und fallen wie die Heldinnen in unseren Geschichten. Und wir werden uns damit einen Platz im Kreis unserer Ahnen sichern.«

Mein Mund ist wie ausgetrocknet, als ich Kallidora dabei beobachte, wie sie eine Schublade aufzieht und einen im Kerzenschein aufblitzenden Gegenstand unter einem Stapel Kleidung hervorholt. Als sie ihn auf den Tisch legt, erkenne ich, worum es sich handelt: Es ist die Klinge eines Messers. Der Griff fehlt, doch die Schneide sieht scharf aus.

»Wo hast du das her?«, wispere ich.

Waffen sind auf dem gesamten Anwesen strengstens verboten. Ausnahmen gibt es nur für die Wachen und die Mitarbeiter in der Küche, aber selbst die werden nach dem Tagewerk eingehend nach Waffen durchsucht.

»Jemand schuldete mir einen Gefallen«, sagt sie vage.

Ich schlucke angestrengt, während ich die Klinge betrachte.

»Noch hast du die Möglichkeit zu gehen«, murmelt Kallidora. »Ich würde es verstehen und darauf vertrauen, dass du mich nicht verrätst.«

»Das würde ich nie tun!« Ich greife nach der Klinge. »Was geschieht danach?«

»Danach … spielen wir unsere Rollen, bis wir morgen in der Arena sind. Dort warten bereits einige andere Gladiatoren, die auch keinen anderen Ausweg mehr sehen. Keine Vantyr, aber doch kampferprobte Männer. Sie werden uns helfen.«

»Wobei?«

»Gemeinsam werden wir die Arena in Schutt und Asche legen und mit ihr alle, die sich darin befinden.«

Ich lag also nicht falsch mit der Vermutung, dass Kallidora mit einem Spektakel untergehen will.

Nun bin ich ein Teil dieses Spektakels und ich bereue es nicht. Ich wollte bereits vor fünf Jahren sterben. Morgen werde ich endlich meinen Ahnen gegenübertreten können und hoffe, dass sie mit meinem Ende zufrieden sein und mir einen Platz in ihrer Mitte anbieten werden. Ich werde meine Mutter und meine zahlreichen Schwestern und Tanten wiedersehen, deren Schreie mich bis zur heutigen Nacht verfolgt haben.

Nach morgen werde ich mich nie wieder schuldig fühlen müssen, nicht mit ihnen gestorben zu sein.

Doch zunächst sehe ich dabei zu, wie sich Kallidora ihr Brandmal entfernt. Ich bin den Anblick von Blut gewohnt, dennoch dreht sich mir der Magen um, als sie sich die Klinge fest ins eigene Fleisch drückt. Ich bewundere sie dafür, dass sie keine Miene verzieht, während sie das Stück Haut aus ihrer Schulter schneidet.

Als ich an der Reihe bin, verfluche ich meine Finger dafür, dass sie zittern. Der erste Schnitt ist nicht tief genug; ich schabe nur die oberste Schicht Haut weg, doch das Brandmal und dessen Auswirkung bleiben bestehen, das spüre ich deutlich. Das Feuer in mir randaliert gegen die Barriere, die das Brandmal um es errichtet hat, kann sie aber noch nicht durchdringen.

Beim zweiten Versuch drücke ich die Klinge tiefer in die bereits offene und blutende Stelle. Leider gelingt es mir nicht wie Kallidora, ruhig zu bleiben. Scharf ziehe ich die Luft ein, beiße aber fest die Zähne zusammen, damit kein Laut meinen Mund verlässt.

Es dauert eine gefühlte Ewigkeit. Ich will nicht erneut riskieren, nicht tief genug zu schneiden, also drücke ich die blutüberströmte Klinge tiefer und immer tiefer in mein Fleisch. So tief, bis ich meine, vor Schmerzen keine Luft mehr zu bekommen. Erst dann ziehe ich sie Stück für Stück hinab.

Als es endlich vorbei ist, kann ich kaum die Finger von der Klinge lösen, so sehr haben sie sich darum verkrampft. Nach Atem ringend schaue ich auf das etwa handflächengroße Stück Haut, auf dem das Brandzeichen mit Graecus' Initialen zu sehen ist und das nun auf dem Tisch liegt. Meine Schulter pocht und pulsiert. Schmerzen schießen mir in Wellen bis in die Fingerspitzen und über den halben Rücken hinweg, während mir Blut in Strömen den Arm hinabrinnt und zu Boden tropft. Der gesamte Tisch ist mit Blut besudelt – meines und Kallidoras –, und in einem halbwegs klaren Moment frage ich mich, welche arme Sklavin diese Sauerei wird entfernen müssen.

»Gut gemacht«, sagt Kallidora und legt mir eine Hand auf

die heile Schulter. »Ich werde deine Wunde nun verbinden. Bis morgen darf niemand Verdacht schöpfen. Wir werden die Verletzung und den Verband unter unserer Rüstung verbergen. Sollte jemand bemerken, dass wir an der Schulter verletzt sind, wäre er ein Narr, wenn er nicht die richtigen Schlüsse zieht. Du darfst dir also unter keinen Umständen etwas anmerken lassen.«

Ich nicke und lege meine ganze Entschlossenheit in diese knappe Bewegung. »Aber …«, meine Stimme ist nicht mehr als ein raues Krächzen, »… warum die Arena?«

»Weil sie ein Sinnbild für Eturien ist – das Land, das ich mit jeder Faser meines Herzens verabscheue«, grollt Kallidora. »Und weil ich in Erfahrung gebracht habe, dass morgen der oberste Senator die Aufsicht über die Kämpfe hat. Ich hätte mich mehr gefreut, wenn der Kaiser persönlich anwesend gewesen wäre, aber sein Statthalter wird mir genügen müssen. Ich hoffe, dass sie für eine Weile denselben Schmerz spüren werden wie wir – als wir zusehen mussten, wie die Unsrigen fielen.«

Ich erspare mir den Einwurf, dass nichts unseren Schmerz und Verlust wird aufwiegen können. Auch zehntausend Etureer nicht. Auch ein toter Senator oder gar der Kaiser selbst nicht. Sie werden weitermachen wie bisher, wenn sie sich vom ersten Schrecken erholt haben. In ihren Augen sind wir sowieso nur Barbarinnen. Wilde Bestien, auch wenn sie uns jeden Tag wie dressierte Tiere in der Arena vorführen.

Unser morgiger Tod wird nichts ändern.

Aber ein Gutes hat es. Ich entkomme endlich diesem Gefängnis und darf ein paar Etureer mitnehmen, was meine Ahnen hoffentlich stolz machen wird.

Das *Wie* sollte mir egal sein.

Seitdem das Brandmal verschwunden ist, zirkuliert meine Magie ungebremst in mir. Kein verzweifeltes Aufbäumen, kein Brennen, sondern ein stetiges Glimmen, das von einer Kraft zeugt, auf die ich so lange verzichten musste. Die Ausbildung, die ich vor meiner Gefangennahme durchlaufen habe, ist fest in mir verankert. Wie ich meine Magie beherrsche, wenn kein Brandmal sie einschließt, werde ich nie vergessen. Dafür hat meine ermordete Mutter gesorgt.

Ich schaue auf meine Fingerspitzen, aus denen Flammen züngeln. *Morgen,* verspreche ich meiner Magie. *Morgen darfst du zeigen, wozu wir fähig sind.*

Als hätte sie mich verstanden, zieht sie sich zurück. Doch sie ist da, auch wenn ich sie nicht sehen kann. Ich spüre ihr Glimmen in den Adern, in meinem Bauch, in meinem Herzen. Es weckt meinen Kampfgeist, ebenso wie meinen Stolz – Gefühle, für die als Unfreie kein Platz war. Aber genau wie meine Magie haben sie die Zeit der Gefangenschaft überdauert und stehen mir nun zur Seite, wenn ich sie benötige.

Nachdem Kallidora meine Wunde verbunden hat und ich die ihre, liege ich noch lange im Bett, ohne schlafen zu können, während vom Haupthaus das Lachen und die gedämpften Gespräche der Gäste durchs Fenster dringen.

Ich werde morgen nicht zögern, sie zusammen mit der Arena einzuäschern. Keiner von ihnen ist unschuldig. Sie alle sahen jubelnd bei unseren Kämpfen zu, während es für uns um Leben und Tod ging. Um keinen von ihnen wird es mir leidtun.

Um keinen – bis auf den jungen Wolf. Hoffentlich hört er auf meine Warnung und bleibt der Arena fern …

KAPITEL 11

AERYN

Griselda, die Sklavin, die mit uns im Zimmer wohnt, kam letzte Nacht nicht zurück. Ich traue mich nicht, Kallidora nach dem Grund zu fragen. Ich rede überhaupt nicht an diesem Morgen. Ich fühle mich … anders. Befreit und leicht, aber gleichzeitig niedergeschlagen. Die Anspannung in mir lässt mich bei jedem noch so alltäglichen Geräusch zusammenzucken. Als die männlichen Sklaven beginnen, auf den Feldern zu arbeiten und ich ihre Hacken höre, verliere ich beinahe die Nerven, denn das Schlagen auf den trockenen Boden klingt wie das Klirren von Waffen.

»Beruhige dich«, zischt Kallidora, die jedoch auch merklich blass um die Nase ist. Bei ihr liegt es wahrscheinlich nur am Blutverlust und den Schmerzen.

Auch meine Wunde pulsiert wütend und heiß und raubt mir fast den Verstand. Eine normale Bewegung werde ich mit dem Arm nicht vollführen können. Aber das muss ich heute nicht. Ich muss weder einen Schild noch ein Schwert halten.

Es ist ungewohnt für mich, dass meine Verletzung noch nicht begonnen hat zu heilen. Normalerweise sorgt mein Vantyr-Blut dafür, dass Schnitte, Prellungen oder sonstige kleinere Wunden, die ich mir in der Arena zuziehe, schneller als bei einem normalen Menschen verheilen. Wahrscheinlich habe ich viel zu tief geschnitten oder ein Rest der Magie des Brandmals ist noch in meiner Haut verankert und verhindert, dass sich die Verletzung schneller schließt.

Heute kommt keine Sklavin, um uns beim Ankleiden zu helfen. Auch dafür muss Kallidora gesorgt haben.

Mein hellbraunes, mit blonden Strähnen durchsetztes Haar fasse ich nur nachlässig zu einem Zopf zusammen, ehe ich mir von Kallidora in eine Lederrüstung helfen lasse, die meine Schultern und die Oberarme verdeckt.

Da sie so eng anliegt, dass ein aufmerksamer Betrachter den dicken Verband darunter erkennen könnte, muss sie ihn abnehmen. Das Stück Stoff ist mit Blut verkrustet und klebt an der offenen Wunde. Als Kallidora es entfernt, wird mir kurzzeitig schwarz vor Augen und ich muss mich am Tisch abstützen.

Kallidora verzieht beim Anblick der Wunde den Mund. »Scheint sich entzündet zu haben.«

Auch ich nehme den beißend-süßlichen Geruch nach Eiter wahr, wage aber nicht, zu meiner Schulter zu schauen, sondern winke ab. »Das ist nun egal.«

Als ich Kallidoras Verband abnehme, bietet sich mir ein wahrscheinlich ähnliches Bild wie bei meiner Wunde. Auch ihre nässt und gelblicher Eiter tritt aus. Das kann nur daher rühren, dass an dieser Stelle zuvor ein magisches Siegel prangte. Wieder verzieht Kallidora keine Miene und ist mit ihren Gedanken woanders.

»Ich wünschte, du würdest nicht mitgehen«, murmelt sie zu meiner Überraschung, als ich die Schnallen ihrer Lederrüstung schließe.

»Zum Umkehren ist es nun zu spät«, sage ich. »Und selbst wenn ich die Möglichkeit hätte, würde ich es nicht tun.«

Sie beugt sich zu mir herab und lehnt die Stirn gegen meine. *»Lai viete vada jūsu.«*

Mein Hals ist wie zugeschnürt, als ich die zärtlichen Worte in unserer Muttersprache höre.

»*Un tavs*«, krächze ich.

Ich weiß nicht, ob die Göttin heute meine Hand führen wird, aber ich hoffe es.

Der Kutscher zieht fragend die Augenbrauen hoch, als er Kallidora und mich gleichzeitig zur Arena fahren soll. Normalerweise finden meine Kämpfe später statt, wenn mehr Zuschauer da sind. Doch er stellt keine Fragen, sondern geht seiner Arbeit nach. Auch von den Wachen nimmt keiner besondere Notiz von uns.

Ich spüre jedes noch so kleine Rumpeln der Kutsche in meiner Schulter. Die offene Wunde scheuert am rauen Leder und ich spüre Nässe meinen Arm hinunterlaufen. Ständig werfe ich einen Blick auf meinen rechten Arm und erwarte, eine verräterische Blutspur zu sehen.

»Ruhig«, mahnt Kallidora leise, der meine panischen Blicke aufgefallen sein müssen.

»Ich versuchs«, wispere ich.

Die Fahrt will kein Ende nehmen. Habe ich mich schon über die Menschenmassen beschwert, die um die Mittagszeit auf den Straßen unterwegs sind, ist es kurz nach Sonnenaufgang noch viel schlimmer. Bauern treiben ihr Vieh vom Stall auf die kargen Weiden. Händler bauen ihre Stände auf und benutzen die halbe Straße als Abstellfläche. Unzählige Menschen sind auf dem Weg, um ihr Tagewerk zu beginnen. Nur manche bemerken uns und winken uns zu. Ich muss mich dazu zwingen, meine Rolle zu spielen und zurückzuwinken.

Als wir endlich die Arena erreichen, sind meine Nerven zum Zerreißen gespannt. Jederzeit rechne ich damit, dass jemandem das Blut auffällt, das sich unter dem Armteil meiner Rüstung sammelt. Ich bewundere Kallidora dafür, dass sie sich nichts anmerken lässt, obwohl sie ebenfalls starke Schmerzen haben muss. Sie nickt dem Kutscher zu, der seine Pferde wendet, dann den Wachen in der Arena, die uns anstandslos passieren lassen. Ich husche hinter ihr her, den Kopf gesenkt, während ich zur Göttin bete, dass ich nicht auffliege und Kallidoras Plan zunichtemache.

Ich folge ihr zu den Räumen im unterirdischen Bereich, die den Gladiatoren vorbehalten sind. Hier habe ich mich nie gern aufgehalten, weil ich mich von den anderen immer beobachtet gefühlt habe. Ich kam stets kurz vor meinen Kämpfen und verschwand danach wieder.

Die meisten bereits anwesenden Gladiatoren – zehn an der Zahl – kenne ich vom Sehen; gegen einige habe ich schon gekämpft und gewonnen. Es sind vorwiegend ältere Recken, die – wie Kallidora – zu den weniger populären Zeiten kämpfen.

»Was will die denn hier?«, grunzt einer der Gladiatoren und deutet auf mich.

»Sie ist hier, um zu helfen«, entgegnet Kallidora gelassen.

Ich straffe den Rücken und begegne den abschätzigen Blicken der anderen. Ihre Abneigung bin ich gewohnt und lasse sie an mir abperlen; sogar heute gelingt mir das.

»Sie ist nicht wie wir«, widerspricht ein anderer, dessen Haar bereits grau ist. »Sie ist erfolgreich.«

»Und eine Vantyr«, hält Kallidora dagegen. Sie neigt sich zu mir. »Zeig es ihnen.«

Ich weiß, was sie meint. Ich hebe die Hand und lasse einen Teil meiner Magie frei. Über meinem ausgestreckten Zeigefinger tanzt eine flackernde Flamme.

Die anderen Gladiatoren starren mit offenen Mündern auf meine Magie. Sie wissen natürlich, dass Kallidora und ich Vantyr sind, aber sie haben unsere Magie noch nie mit eigenen Augen gesehen.

»Und das ist nur eine Kostprobe«, sage ich und lasse die Flamme wieder verschwinden.

»Warum sollten wir dir vertrauen?«, fragt einer der Kämpfer.

»Weil es für mich keinen Weg zurück gibt«, antworte ich. »Ihr habt recht, ich bin erfolgreich. Aber wie lange wird dieser Erfolg anhalten? Bis ich alt und grau bin?« Ich deute auf den Gladiator mit dem grauen Haar, der vorhin gesprochen hat. »Oder bis ich mir eine größere Verletzung zuziehe, die mein Vantyr-Blut nicht heilen kann?« Ich schaue zu einem Gladiator, dem eine Hand fehlt. »Oder bis das Volk beschließt, dass es jemand anderen als mich sehen will? Dieser Erfolg, wie ihr ihn nennt, ist von vielen Faktoren abhängig, auf die ich keinen Einfluss habe. Ich bin es leid, jeden Tag da rauszugehen und mein Leben aufs Spiel zu setzen, nur damit mein Herr sich die Taschen füllen kann, während ich … nichts habe und auch nie etwas bekommen werde.«

Stille senkt sich über den Raum, während mich ausnahmslos alle anstarren.

Kallidora nimmt meine Hand und drückt sie – eine stumme Geste, um mir zu sagen, dass ich mich gut geschlagen habe.

»Also.« Meine Stimme klingt laut in der Stille. »Wie lautet der Plan?«

KAPITEL 12

AERYN

Es dauert nicht lange, bis den Wachen aufgeht, dass einige der angekündigten Gladiatoren nicht bereitstehen.

Wir verteilen uns auf die Warteräume, um ihnen aufzulauern. Einen nach dem anderen schlagen wir bewusstlos, sobald sie einen der Räume betreten, um nach uns zu suchen. Über uns hören wir, dass die anwesenden Zuschauer ungeduldig werden und lautstark nach dem Beginn der Unterhaltung verlangen. Mit jeder Minute, die ich ihrem Geschrei nach Blut und Leid lauschen muss, knirsche ich stärker mit den Zähnen. Nein, ich werde nicht zögern, wenn es nachher zum Äußersten kommt.

Gegen Mittag, als noch mehr Zuschauer in die Arena strömen und diese – dem Gestampfe und Geschimpfe über uns nach zu urteilen – brechend voll sein muss, gehen wir zum nächsten Teil unseres Plans über. Einen Großteil der Wachen haben wir ausgeschaltet und gefesselt in den Warteräumen zurückgelassen.

Kallidora und ich laufen an der Spitze der Gladiatorenschar, als wir unseren bekannten Weg durch die Gänge der Arena zurücklegen. Nach und nach bleiben Gladiatoren zurück, um die Ausgänge zu bewachen. Keiner von uns wird diese Arena lebend verlassen. Auch die Recken wissen das, sehen ihrem Ende aber ähnlich stoisch entgegen wie Kallidora. Ich habe mittlerweile ebenfalls jede Angst abgelegt. Heiß durchströmt mich mein Feuer und wartet ungeduldig auf den Moment, an dem ich es entfessele und auf unsere Feinde loslasse. Gemeinsam mit Kallidoras Erdmagie wird es dafür sorgen, dass kein Stein dieser Arena auf dem anderen liegen bleibt.

Als nur noch Kallidora und ich übrig sind – die anderen Gladiatoren haben an den verschiedenen Zu- und Ausgängen Stellung bezogen –, betreten wir Seite an Seite die Arena. Das Gemaule der Zuschauer verstummt allmählich, als sie auf uns aufmerksam werden.

Der Ansager, ein Sklave mit einer lauten Stimme, braucht einen Moment, um sich auf die neuen Umstände einzustellen. »D-Die siegreichen Vantyr des Graecus«, kündigt er uns lautstark an.

Kallidora gibt ein Schnauben von sich. »Ich habe ihn noch nie stottern hören.«

Ich schmunzele. »Wir standen nicht auf dem Plan für heute – zumindest nicht gemeinsam.«

Kallidora nimmt meine Hand, zieht mich zu sich und lehnt ihre Stirn gegen meine. »Wir sehen uns auf der anderen Seite.«

»Leg bei den Ahnen ein gutes Wort für mich ein, wenn du vor mir dort ankommst.«

Sie lächelt, befreiter und ehrlicher als die letzte Zeit über. »Und du für mich.«

Abrupt lösen wir uns voneinander und stürmen in unterschiedliche Richtungen davon. Wie wir es vorhin besprochen haben, ist mein erstes Ziel der anwesende Senator, während Kallidora die noch übrig gebliebenen Wachen beschäftigt. Ich habe kaum den Platz unter dem hohen und mit einem Baldachin überzogenen Sitz erreicht, als der Boden hinter mir erzittert. Über die Schulter zu blicken, wage ich nicht, aber die panischen Schreie, die um mich herum laut werden, sind Beweis genug, dass Kallidora ihre Magie entfesselt hat.

Im Laufen rufe ich mein Feuer und nur einen Augenblick später schwebt ein Flammenball über meiner Hand, den ich nach oben, hinauf zum Senator, schleudere. Dieser ist gerade aufgesprungen, um sein Heil in der Flucht zu suchen, doch dazu darf es nicht kommen. Er muss fallen, damit wir Eturien einen herben Schlag versetzen können.

Mein Feuer leckt nach dem Baldachin und springt in Windeseile auf die feine Kleidung des Politikers über, der schreiend versucht, die Flammen mit der Hand zu löschen. Einige Herzschläge lang bleibe ich stehen und beobachte ihn bei diesem sinnlosen Unterfangen. Teils bin ich überrascht, dass seine Schreie kein Mitleid in mir hervorrufen, doch ich sage mir, dass er und die anderen Senatoren auch nie Mitleid mit uns Gladiatoren empfunden haben. Sie ließen uns aus einer perfiden Neigung heraus gegeneinander kämpfen, bluten und sterben.

Aber heute sind wir am Zug. Heute können wir uns für jeden Tag in Gefangenschaft und jeden Tropfen vergossenes Blut rächen.

Als der Senator zu Boden sackt und seine Schreie zu einem Gurgeln werden, wende ich mich ab.

Die Zuschauer auf den Rängen versuchen durch die Ausgänge zu fliehen, doch dort stehen die anderen Gladiatoren schon bereit, um sie zurückzudrängen. In ihrer Panik klettern die Besucher übereinander und trampeln die Gestrauchelten nieder. Dieses Spektakel wird sich hoffentlich in den Köpfen der Überlebenden verankern und sie werden es sich zweimal überlegen, ob sie ein weiteres Mal aus Spaß einen Kampf auf Leben und Tod ansehen wollen.

Den ersten Ring der Sitzplätze hat Kallidora an einer Seite bereits niedergerissen. Steine, die halb so groß sind wie ich, liegen im Kampfplatz verteilt. Nicht wenige der Steinbrocken haben Zuschauer unter sich zermalmt. Immer wieder ertönt ein lautes

Dröhnen und Rumpeln, als sie ihre Magie losschickt, um weitere Teile der Arena niederzureißen.

Stück für Stück, Stein um Stein wird sie zu unseren Füßen liegen.

Ich widme mich der Seite, die mir Kallidora zugeteilt hat. Wie erwartet sind die Zuschauer vor ihr geflüchtet und versuchen nun, die Arena auf der gegenüberliegenden Seite zu verlassen. Sie drängeln und kreischen und schubsen. Das Wehklagen aus ihren unzähligen Stimmen klingelt mir in den Ohren.

Ich rufe erneut mein Feuer, das mir nur zu gern zu Willen ist, befehle ihm, heißer und immer heißer zu brennen, ehe ich die ersten Flammen auf die nun leeren Sitzreihen niedergehen lasse.

Blut tropft von meiner Hand zu Boden. Die Wunde an der Schulter muss weiter aufgerissen sein, doch das ist egal. Noch beeinträchtigt mich der Blutverlust nicht, aber das wird bald der Fall sein. Bis dahin muss ich alles erledigt haben.

Mehr und mehr Feuerbälle schieße ich hinauf in die Ränge. Die Flammen fressen sich durch das Gestein, bis es unter der Hitze nachgibt und zerbirst. Ich hingegen spüre die Hitze nicht. Oder ich bin innerlich bereits dermaßen abgestumpft, dass ich überhaupt nichts mehr spüre. Weder die Hitze noch Mitleid, wenn mein Feuer auf die schreienden Zuschauer überspringt, die nicht schnell genug waren.

Güte und Mitleid sind Gefühle, die ich in einer sturmgepeitschten Nacht auf dem Ozean verloren und seitdem nicht wiedergefunden habe.

Und jetzt brauche ich sie nicht mehr.

Immer und immer wieder lasse ich Feuerbälle auf die Zuschauerränge niederregnen. Doch bald schon zieht mich eine bleierne Schwere zu Boden. Jedes Hervorrufen meiner Magie wird zu einem Kraftakt. Meine Beine beginnen zu zittern. Aber es ist noch nicht genug … Die Arena steht noch.

Ich muss … weitermachen.

Mein Blick huscht durch den Staub und die Rauchschwaden zu Kallidora. Es dauert, bis ich sie endlich zwischen all dem Schutt und den Steinen entdecke, doch selbst auf die Entfernung erkenne ich, dass sie ebenso angeschlagen ist wie ich.

Wir müssen es beenden.

Ich wanke hinüber zur steinernen Arenawand, die mir am nächsten gelegen ist, und lege meine Hand darauf. Darunter spüre ich ein Vibrieren, das immer stärker wird. Ich weiß, dass es von Kallidoras Kraft ausgeht. Genau in dem Moment, als der Stein unter meiner Hand zerschellt, mobilisiere ich meine letzten Kraftreserven und sende meine Feuermagie in das entstandene Loch. Mein ganzer Körper steht in Flammen.

Das Letzte, was ich wahrnehme, ist eine gewaltige Explosion, die die Arena hinfortreißt.

KAPITEL 13

CATO

Ich habe aufgehört zu zählen, wie oft ich meinen Herrn gestern Abend angefleht habe, noch etwas länger auf dem Empfang zu bleiben. Wir waren nur dort, damit Flavius Kontakte zu anderen Gladiatorenbesitzern knüpfen konnte. Gerade Graecus ist wegen seiner beiden Vantyr ein gefragter Kollege. Deshalb war Flavius völlig aus dem Häuschen, als er eine Einladung in Graecus' Stadthaus erhielt.

Genau wie ich.

Ich wusste, dass sie da sein würde. Aeryn, Graecus' kostbare Vantyr. Zunächst beobachtete ich sie aus der Ferne, weil ich zu feige war, zu ihr zu gehen und sie anzusprechen. Ich wollte nicht erneut von ihr stehen gelassen werden …

Als ich schließlich genug Mut gesammelt hatte, wünschte ich, ewig mit ihr reden zu können. Das Einzige, was mich störte, war der Beiname, mit dem sie mich stets bedachte. Vielleicht sollte ich froh darüber sein, dass sie mir überhaupt einen Beinamen gegeben hat. Aber er könnte ein wenig schmeichelhafter sein.

Irgendwann verlor ich sie aus den Augen. Als sie wiederauftauchte, war sie so blass wie der Marmorboden und wankte hinaus in den Garten. Bewaffnet mit einem Glas Wasser folgte ich ihr. Wieder genoss ich es, mich mit ihr zu unterhalten, und hätte es am liebsten bis zum Morgengrauen getan. Ohne dass ich den

Grund verstand, verlangte sie von mir, am nächsten Tag nicht in die Arena zu gehen, ehe sie mit der anderen Vantyr in der Nacht verschwand.

Ich bettelte und bettelte bei Flavius, dass wir noch etwas länger blieben, doch Aeryn zeigte sich nicht mehr. Zurück in unserem Gasthaus in der Nähe der Arena wälzte ich mich in dem fremden Bett hin und her, ohne Ruhe zu finden.

Dementsprechend übermüdet sitze ich nun in einer der hinteren Reihen der Arena und versuche, ein Gähnen hinter der Hand zu verstecken.

Flavius hat es jedoch bemerkt und wirft mir einen missbilligenden Blick zu. Schnell sehe ich zu Boden und dränge ein weiteres Gähnen zurück.

»Du sollst nachts schlafen und dir nicht den Kopf über schöne Frauen zerbrechen«, tadelt er mich. »Zumal diese Frau dir mit Leichtigkeit den Schädel spalten könnte.«

Ich murmele schuldbewusst eine Zustimmung und ärgere mich darüber, dass er mich so leicht durchschauen konnte.

Ich bin nicht in der Position, um mir Fehltritte zu erlauben. Wenn Flavius mich aus seinen Diensten entlässt, stehe ich vor dem Nichts. Also tue ich alles, um ihn zufriedenzustellen. Ihn mit einer Vantyr-Gladiatorin bekannt zu machen, ist ein netter Bonus – sowohl für ihn, weil er nie zuvor einer echten Vantyr gegenüberstand, als auch für mich. So nah wie in den letzten Tagen war ich Aeryn noch nie. Viel näher, als ich es je für möglich gehalten hätte.

Es ist gut drei Jahre her, dass ich sie das erste Mal in dieser Arena kämpfen sah, doch schon damals war ich wie verzaubert. Von ihrer Anmut. Ihrem Stolz. Der Leichtigkeit, mit der sie ihren Gegner in die Knie zwang. Während meiner Zeit in der Armee habe ich nie einen Mann auf diese Weise kämpfen sehen.

Sobald sie die Arena betritt, bewegt Aeryn sich wie eine der

Raubkatzen aus einem fernen Land, die manchmal auf die weniger erfolgreichen Gladiatoren losgelassen werden: anmutig und elegant, aber mit einer tödlichen Präzision, die ihresgleichen sucht.

Flavius wirft einen Blick in den Himmel, um den Stand der Sonne abzuschätzen, und stößt ein Grummeln aus. »Wenn sie nicht bald anfangen, kommen wir vor Einbruch der Nacht nicht mehr zu Hause an.«

Ich habe zwar nicht verstanden, warum Aeryn von mir wollte, dass ich heute nicht die Arena betrete, doch ich spürte, dass es ihr wichtig war. Also wollte ich ihr den Gefallen tun, auch wenn ich sie gern noch einmal gesehen hätte. Heute Morgen habe ich versucht, Flavius davon zu überzeugen, den Arenabesuch ausfallen zu lassen und gleich nach Sizia zu seinem Anwesen aufzubrechen, doch er winkte ab. Wenn er schon mal in der Hauptstadt sei, würde er so oft die große Arena besuchen, wie es ihm möglich war. Mir blieb nichts anderes übrig, als ihn zu begleiten.

Die Kämpfe hätten schon vor Stunden beginnen sollen, doch niemand scheint zu wissen, was los ist. Um uns herum werden die ersten Zuschauer unruhig und verlangen lautstark nach dem Beginn der Kämpfe. Einige verlassen grummelnd die Arena.

Ich bin nur wegen eines Kampfes hier und hätte die anderen eher desinteressiert verfolgt.

Ich wollte einen letzten Blick auf Aeryn werfen, ehe ich mit Flavius zurück in das Provinznest reisen muss, in dem er eine vergleichsweise winzige Arena errichten will. Für ihn liegen Vantyr wie Aeryn oder Kallidora weit außerhalb seiner Möglichkeiten, aber er konnte einige ältere und kampferprobte Gladiatoren dazu überreden, ihm mitten ins Nirgendwo zu folgen. Gestern Abend auf dem Empfang wurde er sich auch mit deren Besitzern einig. Er war sogar so kühn Graecus zu fragen, was er für Aeryn verlangt, doch er verriet mir die Summe nicht.

»Hoffentlich fangen sie gleich mit dem Kampf deiner Vantyr an, damit wir hier verschwinden können«, brummt Flavius.

Hitze kriecht mir in die Wangen bei der Art, wie er Aeryn nennt, doch ich berichtige ihn nicht.

»Ich dachte, wir sind hier, damit Ihr noch ein paar unterlegene Gladiatoren anwerben könnt«, halte ich dagegen.

Flavius nickt knapp und verengt die wasserblauen Augen, während er in den verwaisten Kampfplatz der Arena starrt. »Das war der Plan, aber ich will nicht bei völliger Dunkelheit reisen. Du weißt, wie gefährlich die Straßen der äußeren Bezirke sind. Außerdem will ich nicht riskieren, dass mir meine neu erworbene Ware entflieht.«

Ich verziehe den Mund bei der Art, wie er über die Gladiatoren redet, denen er das Blaue vom Himmel versprochen hat, damit sie mit ihm kommen. Es sind allesamt alte Männer, die hier höchstens noch als Löwenfutter gedient hätten, aber in der Fremde erhoffen sie sich einen zweiten Frühling. Ich bezweifle, dass sie ihn bekommen werden. Die Bewohner der Provinz sind nicht derart kultiviert wie die Etureer aus Estrard. Wenn sie Blut sehen wollen, geben sie sich nicht mit einer eingeschlagenen Nase zufrieden.

Flavius hat bereits in Aussicht gestellt, dass die Aufgabe, die alten Gladiatoren wieder auf Vordermann zu bringen, mir zufallen wird. Mit einem Zähneknirschen habe ich mich für diese *Ehre* bedankt. Innerlich habe ich Flavius verflucht. Ich bin der Hauptmann seiner Wachen und sein persönlicher Leibwächter – nicht der Kettenhund für seine Sklaven.

Aber ich habe geschwiegen. Mein Vater war deutlich, was diesen Posten bei Flavius angeht: Wenn ich auch hier versage, wird mir nur noch ein Platz auf den Galeeren offenstehen. Meine unehrenhafte Entlassung aus der Armee war für meine Eltern bereits ein schwerer Schlag, aber wenn ich nicht einmal einen verarmten Landadligen zufriedenstellen kann, bin ich in den Augen meines Vaters überhaupt nichts mehr wert. Außerdem würde Flavius die Aufsicht seiner Sklaven nie jemandem übertragen, dem er nicht vertraut. Ich sollte mich glücklich schätzen, dass mir diese Aufgabe zufällt, schließlich habe ich dann etwas in Sizia zu tun.

Um uns herum werden die Zuschauer immer unruhiger. Ich kann es ihnen nicht verdenken. Hier unter der prallen Sonne zu sitzen, hebt auch meine Laune nicht.

Daran wird nur Aeryn etwas ändern können. Ich freue mich darauf, sie noch einmal kämpfen zu sehen. Wer weiß, wann Flavius wieder den weiten Weg in die Hauptstadt antritt. Vielleicht vor dem Winter. Vielleicht auch erst nächstes Jahr. Vielleicht auch gar nicht, wenn sich sein großer Plan des Arenabaus als Fehlschlag herausstellt.

Das würde bedeuten, dass ich Aeryn nie wiedersehe. Sie wird mich sicherlich in wenigen Tagen vergessen haben, aber ich werde das nicht. Genauso wenig wie ich sie vergessen konnte, nachdem ich sie das erste Mal habe kämpfen sehen. In diesem Moment hat sich etwas in mir verändert, ohne dass ich benennen kann, was es war.

Doch jedes Mal, wenn ich hier in der Arena bin und sie sehe, ist dieses Etwas wieder da. Es flattert aufgeregt in meiner Brust, bis ich nichts anderes mehr wahrnehmen kann.

»Das dauert mir zu lange«, grollt Flavius und erhebt sich.

Widerwillig tue ich es ihm gleich. Wir machen uns auf den Weg zu dem Gang, durch den wir die Arena betreten haben, um dort zügig unsere Waffen zurückzuerhalten, die wir abgeben mussten.

Gerade als ich in Gedanken durchgehe, was wir noch aus der Herberge mitnehmen müssen, betreten zwei Frauen Seite an Seite den Kampfplatz der Arena. Mein Herz macht einen Satz, denn die linke der beiden erkenne ich sofort, obwohl ich sie nur von hinten sehe. Aeryns geschmeidige Bewegungen würde ich unter Hunderten wiedererkennen.

»Mein Herr«, murmele ich eindringlich und deute auf die beiden Vantyr.

Flavius seufzt, beugt sich aber sogleich meiner versteckten Bitte. »Na gut, aber nur dieser eine Kampf. Danach brechen wir auf.«

Ich neige den Kopf aus Dankbarkeit vor ihm und setze mich wieder hin. Um uns herum verstummt nach und nach das aufgebrachte Raunen der Menge, als auch die übrigen Zuschauer auf Aeryn und Kallidora aufmerksam werden. Mit stoisch gerecktem Kinn stehen sie in der Mitte des Kampfplatzes.

Ich wünschte, ich hätte gestern Abend den Mut gehabt, ihr zu sagen, wie sehr sie mich bereits vor drei Jahren inspiriert hat. Stattdessen habe ich irgendetwas über gute Manieren gebrabbelt. Bei der Erinnerung daran möchte ich am liebsten im Boden versinken.

Im Umgang mit Frauen – vor allem mit Aeryn – bin ich ein hoffnungsloser Fall.

Da ich nicht weiß, wann und ob ich sie wiedersehe, sauge ich ihren Anblick in mich auf.

Erst jetzt frage ich mich, warum Aeryn und Kallidora gemeinsam die Arena betreten haben. Ich habe sie gestern Abend zusammen erlebt; sie stehen sich nah und würden nie gegeneinander kämpfen. Auch Graecus würde einen Kampf unter seinen eigenen Gladiatorinnen nicht dulden, weil er dabei nichts gewinnen kann.

Ich springe von meinem Platz auf und ziehe Flavius mit nach oben. »Mein Herr«, sage ich eindringlich. »Wir sollten verschwinden.«

»Was? Aber ich dachte, du wolltest sie kämpfen sehen und mir unter die Nase reiben, was ich mir nie werde leisten können.«

Entschieden schüttele ich den Kopf. »Ich kann es nicht erklären, aber irgendetwas stimmt nicht. Wir sollten verschwinden, bevor …«

Die Menge jubelt, als die beiden Vantyr zu verschiedenen Seiten der Arena eilen, weil sie denken, dass endlich der lang ersehnte Kampf stattfinden wird.

Aber ich weiß es besser.

»Lauft!«, schreie ich Flavius zu und stoße ihn vorwärts.

Genau in diesem Moment senkt sich der Teil der Arena, wo wir eben noch gesessen haben, und stürzt mit einem Grollen in die Tiefe.

Um uns herum bricht Panik aus, doch ich bleibe konzentriert. Eine panische Menge ist mir nicht neu; ich weiß, wie ich mich zu verhalten habe. Eine Hand eisern in Flavius' Hemd gekrallt, zerre ich ihn hinter mir her und bahne mir mit Gewalt einen Weg durch die Flüchtenden hindurch.

Weil ich früher als alle anderen reagiert habe, steht uns kaum jemand im Weg. Hinter uns werden die Schreie immer lauter, doch ich drehe mich nicht um.

Vor dem Ausgang steht ein bis an die Zähne bewaffneter Gladiator, an dessen Kämpfe ich mich nicht erinnern kann, den ich aber an seiner für Gladiatoren typischen Kluft erkenne. Jeden, der sich ihm nähert, mäht er mit seinem Schwert nieder.

Ich stoße einen Fluch aus. Hätte ich doch nur meine Waffe, könnte ich ihm entgegentreten, aber unbewaffnet ist es sinnlos. Deshalb warte ich, bis er mit einem glücklosen anderen Zuschauer beschäftigt ist, bevor ich auf ihn losgehe. Ehe er die Klinge aus dem Körper des Mannes gezogen hat, verpasse ich ihm einen Kinnhaken. Sein Kopf fliegt zurück, doch er fängt sich schneller wieder als gedacht. Verdammt, ich habe nicht eingeplant, dass ein gestandener Gladiator während seiner Karriere wahrscheinlich tausend stärkere Hiebe als meinen kassiert hat …

Mit gefletschten Zähnen wendet er sich mir zu. Ich hole wieder aus und ziele diesmal auf seine Nase. Aus Erfahrung weiß ich, dass man sich für einen noch so harten Knochen halten kann – bei einem Hieb auf die Nase fangen sie alle an zu weinen. Genau wie der Gladiator. Verbissen blinzelt er die Tränen weg, die ihm sofort in die Augen steigen, doch für einen Moment ist seine Sicht getrübt. Diesen Moment nutze ich aus, ramme ihm die Faust in den Magen und anschließend erneut vors Kinn. Diesmal kippt er zur Seite um wie ein gefällter Baum.

Ich haste zu Flavius, der mit erstaunter Miene einige Schritte entfernt steht, und schiebe ihn durch den nun freien Ausgang. »Los jetzt!«

Als ich ihm folgen will, spüre ich ein heißes Prickeln im Nacken und mache den Fehler, mich umzudrehen. Auf der anderen Seite der Arena steht eine Person, umtost von Flammen.

»Aeryn«, hauche ich.

Ich *weiß*, dass sie es ist. Und alles in mir schreit danach, zu ihr zu rennen, obwohl es völlig unlogisch ist.

Wieder bebt der Boden unter meinen Füßen. Das muss Kalidoras Werk sein, denn sie ist die einzige andere Person in der Arena, die über solche Fähigkeiten verfügen kann.

Mit einem schnellen Blick überzeuge ich mich davon, dass Flavius in Sicherheit ist. Dann wirbele ich herum und kämpfe mich gegen den Strom aus Flüchtenden durch die Zuschauerränge. Ich handele mir mehrere Rempler ein, und es fühlt sich an, als würde ich durch einen endlosen Sumpf waten, doch ich lasse mich davon nicht unterkriegen. Verbissen starre ich auf Aeryn, die mehrere Feuerbälle auf die Ränge niedergehen lässt. Ich blende die Tatsache aus, dass sie womöglich gerade Menschen tötet, obwohl ihre Magie außerhalb der Menschenmenge einschlägt. Dass sie womöglich auch mich töten wird, wenn ich in ihre Nähe komme. Aber ich werde sie nicht hier zurücklassen! Ich werde nicht zusehen, wie sie stirbt.

Als ich endlich den Rand der Arena erreicht habe, schwinge ich mich über die Brüstung. Ich falle gut drei Meter, vielleicht auch vier, in die Tiefe und muss mich abrollen.

Ein Riss zieht sich durch den Boden der Arena, als würde sie jeden Moment auseinanderbrechen. Ich haste vorwärts. Aeryn steht vor der Mauer, die ebenfalls von Rissen durchzogen ist, und das Flackern ihrer Flammen wird schwächer. Sie muss hier weg, bevor alles zusammenbricht!

Aus den Augenwinkeln sehe ich, wie die Arena in ihren Grundfesten erschüttert wird. Mit einem ohrenbetäubenden Krachen senken sich weitere Bereiche ab. Gesteinsbrocken fliegen umher.

Ich schreie ihren Namen, aber sie reagiert nicht.

Als ich sie fast erreicht habe, bricht die Mauer über ihr ein und droht, auf sie herabzufallen.

Ich denke nicht nach. Ich reagiere nur. Mit ausgestreckten Armen hechte ich nach vorn, schlinge sie um ihren Körper und reiße sie zurück. Ihre Flammen fressen sich durch meine Kleidung bis auf meine Haut. Ich glaube, dass ich schreie. Oder sie. Oder wir beide.

Ich weiß nur noch, dass ich sie zu Boden und mich über sie werfe, als die Arena um uns herum mit einem kreischenden Dröhnen auseinanderbricht.

KAPITEL 14

AERYN

Ich bin tot. *Endlich.*

Allerdings habe ich mir die andere Seite als einen friedlichen Ort vorgestellt, wo meine Ahnen und Clanmitglieder bereits auf mich warten. In meiner Vorstellung war es ein Ort, an dem ich frei von Schmerz und Angst die Ewigkeit im Kreis all jener verbringen kann, die mir nahegestanden und sich bereits vor mir auf den Weg gemacht haben.

Doch ich spüre Angst. Und Schmerz. *Vor allem* Schmerz.

Unter größten Anstrengungen öffne ich die Augen. Die Helligkeit brennt allerdings so sehr darin, dass ich sie schnell wieder schließe und zurück in die Dunkelheit falle.

Irgendwann versuche ich es erneut. Das Erste, was ich wahrnehme, sind blaue Augen, die auf mich herabblicken.

»Kalli…dora.«

Selbst meine Lippen schmerzen, als ich den Namen meiner Freundin ausspreche.

Dann überrollt mich Erleichterung. Wir haben es geschafft. Wir konnten mit einem glorreichen Ende im Kampf unsere Ahnen stolz machen und auf die andere Seite hinübertreten.

Kallidora ist hier, um mich willkommen zu heißen.

Ich brauche … nur noch etwas Zeit …

Das nächste Mal komme ich zu mir, weil mir übel ist.

Ich werde hin und her geschaukelt, was meinem Magen ganz und gar nicht gefällt.

Als ich mich aufbäume, durchzucken mich derart starke Schmerzen, dass ich wünschte, ich wäre tot – bis mir einfällt, dass ich das bereits bin.

Undeutlich dringen Stimmen in mein Bewusstsein. Ich will meinen Ahnen sagen, dass ich noch nicht bereit bin ihnen zu folgen, doch ich schaffe es nicht, meinen Mund zu bewegen. Meine Augenlider flattern. Wieder meine ich, Kallidoras sorgenvoll zusammengekniffene Augen zu sehen.

Doch etwas stimmt nicht.

Kallidoras Iriden haben die Farbe des Himmels. Sie sind hell und klar. Diese Augen, die gerade auf mich herabblicken, sind dunkler und unergründlich.

Wie das Meer.

Unwillkürlich zucke ich bei diesem Gedanken zusammen, nur um mich daraufhin erneut vor unerträglichen Schmerzen zu krümmen.

Das … Das kann nicht sein!

Das *darf* nicht sein!

Ich muss ein Stöhnen von mir gegeben haben.

»Ich glaube, sie kommt zu sich.«

Nein, das … Wie …? Es war eindeutig die Stimme des jungen Wolfs. Aber … wieso? Wie kann er hier im Reich meiner Ahnen sein?

Etwas Nasses, Kaltes drückt sich gegen meine eingerissenen Lippen und kurz darauf flutet eine bitter schmeckende Flüssigkeit meinen Mund. Ich huste und würge und jede noch so kleine

Bewegung schickt neue Schmerzwellen durch mich hindurch, die mich wieder in den Abgrund zu reißen drohen.

»Sie sollte noch eine Weile schlafen.« Diese Stimme ist mir fremd. Sie scheint einem älteren Mann zu gehören. »Bleib weiter bei ihr. Und du solltest auch noch ruhen. Ich habe keine Lust, deine Wunden erneut versorgen zu müssen.«

»Ja, Astor«, murmelt der junge Wolf.

Eine Hand schließt sich um meine. Ich bin zu schwach, um sie wegzuziehen, und ich genieße die Wärme, die von dieser Berührung ausgeht, während der Rest meines Körpers kalt wie Eis ist.

Große Mutter, wispere ich in Gedanken, *was habe ich falsch gemacht? Warum bin ich noch hier?*

Doch ich erhalte keine Antwort von der Göttin, bis mein Geist sich wieder in die Dunkelheit flüchtet, wo ich keine Schmerzen und Kälte fürchten muss.

KAPITEL 15

CATO

Noch ein paar Mal kommt Aeryn während unserer Reise nach Sizia, der abgelegenen Kleinstadt, die Flavius seine Heimat nennt, zu sich. Zumindest bewegt sie die Lider; manchmal meine ich, dass sie mich anschaut und erkennt. Doch zumeist wird sie von Fieber nahezu versengt. Dann wiederum ist sie wieder so kalt, dass ich drei Decken über ihr ausbreiten muss, um sie halbwegs warm zu halten. Astor, Flavius' Leibarzt, schüttelt über mein Verhalten nur den Kopf. Er macht keinen Hehl daraus, dass er es falsch findet, Aeryn vor dem sicheren Tod zu bewahren. Doch sein Eid hat es ihm verboten, sie einfach sterben zu lassen.

Und mich mit ihr.

Wie Flavius das Wunder vollbracht hat, Aeryn freizukaufen, weiß ich nicht. Wahrscheinlich hat er versprochen, dass sie nie wieder einen Fuß in die Hauptstadt setzt. Trotzdem ist es mir unerklärlich. Sie hat … die Arena zum Einsturz gebracht. Sie hat ihre Magie gegen die Zuschauer gerichtet. Sie hat in Kauf genommen, sie zu töten.

Diese Tatsache rufe ich mir immer wieder ins Gedächtnis, während ich neben ihr auf der Ladefläche des Karrens liege und auf die Gestalt der jungen Frau schaue. Wenn sie schläft, sieht sie beinahe friedlich aus. Keine Spur der Getriebenheit, die sie sonst ausstrahlt. Keine Kälte. Keine Wut.

Durch unsere Verletzungen verzögerte sich unsere Abreise um mehrere Tage, was Flavius an den Rand eines Nervenzusammenbruchs brachte. Das und die Tatsache, dass einige der gekauften Gladiatoren bei Nacht und Nebel geflohen sind, weil sie nichts mit Aeryn zu tun haben wollten. Die Angst, irgendwann in Sizias Arena auf sie zu treffen, war wohl zu groß.

Dass Aeryn wieder wird kämpfen müssen, steht außer Frage. An ihrer Schulter prangt das frisch eingebrannte Mal von Flavius. Zum Glück war ich nicht dabei, als er ihr das glühende Eisen gegen die Haut gedrückt hat … Ich weiß nicht, was ich getan hätte.

Der Weg nach Sizia dauert einige Stunden. Es war geplant, dass wir alle reiten. Nun liegen Aeryn und ich auf der Ladefläche eines Karrens, der den gesamten Zug aufhält. Nur hin und wieder wage ich es, in Flavius' Richtung zu schauen. Er ist alles andere als begeistert und er macht mich für all diese Verzögerungen verantwortlich.

Und er hat jedes Recht dazu. Ich hätte niemals in die Arena rennen und Aeryn retten dürfen. Ich hätte niemals den Soldaten entgegentreten dürfen, die ausgesandt wurden, um die beiden Vantyr zu töten, sofern sie noch lebten. Ich kann mich glücklich schätzen, dass sie mich nicht gleich als Verräter gehängt haben, weil ich mich auf Aeryns Seite geschlagen habe …

Flavius lenkt seinen Rappen zum Karren. Mit düsterer Miene mustert er mich. »Ich hoffe sehr«, knurrt er, »dass sie es wert ist. Sie hat mich fast mehr Gold gekostet als der Bau der gesamten Arena. Sie sollte sich besser anstrengen, um diese Investition wieder auszugleichen.«

Ich schlucke angestrengt. »Wenn sie sich erholt hat, wird sie für Euch kämpfen, Herr. Ihr wisst, wie viel Gold sie Graecus eingebracht hat und …«

»Graecus war ein Narr«, fällt Flavius mir ins Wort. »Er hat seinen Vantyr zu viele Freiheiten gelassen. Diesen Fehler werde ich nicht wiederholen. Bei mir wird sie keinen Sonderstatus haben, erst recht nicht, solange sie mir nichts einbringt. Und ich will keine Klagen von dir darüber hören.«

Ich wende den Blick ab und kralle beide Hände in die raue Decke.

»Ich warne dich, Cato«, grollt Flavius. »Sie ist eine Gladiatorin und meine Sklavin und als solche wird sie behandelt. Wenn mir zu Ohren kommt, dass sie erneut eine Rebellion anzettelt, wird das auf dich zurückfallen. Ich habe sie wegen deiner Bettelei am Hals, und weil ich dich und deine Familie schätze, habe ich mich beim Senat und dem Kaiser persönlich weit aus dem Fenster gelehnt. Ich hoffe für dich, dass du meine Großzügigkeit nicht vergessen wirst.«

»Natürlich nicht, mein Herr«, presse ich hervor.

Er hat mit jedem Wort recht. Kein Mann bei klarem Verstand hätte Aeryn gerettet. Wahrscheinlich musste Flavius sämtliche seiner Beziehungen spielen lassen, um sie letztendlich vor dem sicheren Tod zu bewahren.

Und wenn sie einen Fehler macht, wird es auch mich den Kopf kosten.

Es ist bereits später Nachmittag des nächsten Tages, als wir in Sizia ankommen. Im Vergleich zur Hauptstadt Estrard ist Sizia winzig – ein wahres Provinznest, in das es niemanden bei klarem Verstand verschlägt.

Ich weiß nur das Nötigste über Flavius, doch ich habe aufgeschnappt, dass er früher in der Hauptstadt lebte, dort nahezu seinen gesamten Besitz bei Wettspielen verlor und dann hierher übersiedeln musste.

Die Häuser der Bewohner sind einfach; viele leben in Hütten aus Lehm, die mit Stroh gedeckt sind. Nur wenige – so wie Flavius – haben ein gemauertes Haus mit eingezäuntem Grundstück. Fahrende Händler verirren sich so gut wie nie in diese Ecke des etureischen Reichs. Dafür haben wir viele Viehwirte und Bauern, die versuchen, dem kargen Boden eine Ernte abzupressen.

Ich beklage mich nicht über mein Los; es geht mir bei Flavius weitaus besser als die letzten Jahre in der Armee, die ich teilweise mit leerem Magen unter freiem Himmel verbracht habe. Aber für Aeryn wird es – im Vergleich zu dem Leben bei Graecus – einen großen Rückschritt bedeuten.

Nachdem ich einen Abend in Graecus' Stadthaus verbracht habe, kann ich das Haus, das Flavius als solches bezeichnet, nicht mehr so nennen. Es ist nur etwa halb so groß und weit weniger luxuriös eingerichtet. Dennoch ist es das größte und am besten ausgestattete Haus im Umkreis von mehreren Meilen. Das Grundstück ist mit einem mannshohen Zaun aus Steinen umringt, die Unterkünfte der Sklaven und Gladiatoren stehen etwas abseits und sind nicht mehr als einfache Hütten. Es gibt zwei: eine für die Männer, eine für die Frauen. Da ich als sein Leibwächter stets in Flavius' Nähe bleiben muss, wurde mir ein Zimmer im Haupthaus zugeteilt.

Als der Karren die schlecht gepflasterte Einfahrt entlangrumpelt, beiße ich die Zähne zusammen. Um meine eigenen Verletzungen habe ich mich kaum gekümmert, sondern nur nach Aeryns gesehen. Vor allem die Wunde an ihrem Bein macht mir Sorgen … Ich kann nicht abschätzen, wie lange es unter diesem scharfkantigen Steinbrocken lag, aber es grenzt an ein Wunder, dass ihr Bein nicht gebrochen ist. Astor musste die Wunde nähen, doch die Wundränder sind dunkelrot.

Ich unterdrücke einen weiteren Schmerzenslaut, als ich mich vom Karren hieve, nachdem er vor dem Haus zum Stehen gekommen ist, und neige den Kopf vor Flavius.

»Mein Herr«, murmele ich. »Wohin soll sie gebracht werden?«

Flavius wirft der bewusstlosen Aeryn einen beinahe gelangweilten Blick zu. »Vorerst in die Zelle. Bis ich weiß, was ich mit ihr anfangen werde.«

Ich schlucke sämtlichen Protest hinunter und sage mir, dass die Zelle vorerst der beste Ort für sie ist. Wenn sie aufwacht und sich inmitten fremder Sklavinnen wiederfände … Ich kenne Aeryn nicht gut genug, um zu wissen, was sie dann tun würde, aber ich werde es nicht auf einen Versuch ankommen lassen.

Die Zelle ist ein Raum im Keller des Haupthauses, in den Sklaven gesperrt werden, wenn sie eine Verfehlung begangen haben. Es gibt kein Tageslicht und die Tür ist ein Gitter, zu dem nur Flavius den Schlüssel hat. Es ist eine Strafe, dort eingesperrt zu werden, aber für Aeryn ist es vorerst das Beste.

Mit Argusaugen beobachte ich, wie zwei der kräftigen Gladiatoren Aeryn auf eine der Decken rollen und sie hinab in die Zelle tragen.

»Such eine der Sklavinnen aus, die sich um sie kümmert«, sagt Flavius, der meinem Blick folgt. »Astor wird einmal am Tag ihre Wunden untersuchen. Dich will ich nur dort unten sehen, wenn du deine anderen Arbeiten verrichtet hast. Ist das klar?«

»Ja, Herr.«

So schnell es mir mit meinen Verletzungen und dem straffen Verband um meinen Oberkörper möglich ist, bringe ich mein Gepäck in mein Zimmer, ehe ich den Sklavenhütten einen Besuch abstatte. Schon als Flavius mir sagte, ich solle eine Sklavin auswählen, hatte ich die Richtige im Sinn.

Nilsa ist eine von Flavius' jüngeren Sklavinnen. Schätzungsweise ist sie ein paar Jahre älter als Aeryn. Sie ist tüchtig und

– was wohl das Wichtigste ist – nicht auf den Mund gefallen. Nilsa wird sich von Aeryns schroffer Art hoffentlich nicht einschüchtern lassen.

Ich habe Glück und finde sie in der Nähe der Sklavenhütten, wo sie gerade die frisch gewaschene Wäsche auf die Leine hängt. Nachdem ich die letzten Tage über nur den Staub der Straßen und den Geruch der Pferde in der Nase hatte, füllt nun der blumige Duft der Wäsche meine Lungen und nimmt mir dadurch eine Last von den Schultern, von deren Existenz ich bisher nichts wusste.

»Fleißig, wie immer«, sage ich, als ich mich Nilsa nähere.

Sofort neigt sie neugierig den Kopf. Ihre Haut ist von der Sonne leicht gebräunt. Nicht ganz so stark versengt wie die der Sklaven, die auf den Feldern arbeiten müssen. Das schwarze, krause Haar hat sie zu einem Knoten gedreht und aufgesteckt. Wie bei allen Sklaven ist ihre Kleidung einfach: ein Kleid aus beigem Leinen, das bereits an mehreren Stellen geflickt ist.

»Wurde auch Zeit, dass ihr zurückkehrt«, gibt sie spitz zurück, nachdem sie mich von oben bis unten aus ihren nahezu kohlschwarzen Augen gemustert hat. »Es liefen schon Wetten unter den Sklaven, ob Flavius so lange wegbleibt, weil er keinen Gladiator findet, der dumm genug ist, ihm hierher zu folgen.«

Ich wiege den Kopf hin und her. »Ein paar konnte er überzeugen. Und auch eine Gladiatorin.«

»Eine Frau?«, hakt Nilsa nach. »Wie von Sinnen muss sie sein, um sich so etwas anzutun?«

Ich verziehe den Mund. »Als Vantyr hat sie nicht viele Möglichkeiten.«

Das blütenweiße Tischtuch, das Nilsa gerade auf die Leine hängen wollte, entgleitet ihren Händen und landet im Staub. »Flavius … hat eine Vantyr mitgebracht? Ist er jetzt völlig größenwahnsinnig geworden?«

Ich hebe beide Hände und mahne sie, leiser zu reden. »Sagen wir ... es war eher ein Zufall, dass er sie mitgebracht hat.«

Nilsa runzelt die Stirn, während ihr Blick mich schier durchbohrt. »Es ist aber hoffentlich nicht diese Vantyr, von der du jedes Mal erzählst, wenn die Sprache auf die Arena der Hauptstadt kommt, oder?«

»Ähm ...« Ertappt reibe ich mir mit der Hand über den Nacken.

Nilsa verdreht die Augen. »Ich weiß ja, dass du bei Flavius einen Stein im Brett hast – auch wenn er es dir nicht immer zeigt –, aber dass er so weit geht ...«

»Es ist anders, als du denkst«, sage ich. »Ihr ... geht es im Moment nicht sehr gut. Flavius hat angeordnet, dass sich eine Sklavin um sie kümmern soll, und ich hätte dich gern dafür.«

Sie verschränkt die Arme vor der Brust. »Warum?«

»Aeryn ... Die Vantyr ist ... nicht gerade einfach. Sie ist eine Kämpferin durch und durch. Und sie wird nicht erfreut sein, wenn sie zu sich kommt. Ich brauche jemanden, der sich nicht sofort von ihr einschüchtern lässt, und als Erstes bist du mir dafür eingefallen.«

Ihre Augen verengen sich zu Schlitzen.

»Flavius wird dich für die Dauer ihrer Pflege von deinen anderen Verpflichtungen freistellen«, raune ich.

Endlich glimmt Interesse in ihren fast schwarzen Augen auf. »Dafür schuldest du mir was, Cato.«

Ich nicke ergeben. »Ich weiß.«

KAPITEL 16

AERYN

Ich stehe inmitten einer undurchdringlichen Dunkelheit. Egal, wohin ich mich wende, alles um mich herum ist pechschwarz.

Große Mutter, *flehe ich tonlos.* War mein Ende nicht ruhmreich genug? Habe ich nicht diejenigen, die deinen Kindern Schaden zugefügt haben, bestraft? Warum lässt du mich dann nicht meine Ahnen sehen? Wieso darf ich nicht wieder ein Teil von ihnen sein?

Doch ich erhalte keine Antwort, ganz gleich wie vehement ich flehe.

Kraftlos sacke ich auf die Knie. Ich bin vollkommen allein. Dieses Gefühl der Einsamkeit lastet noch schwerer auf mir als die Versagensängste.

Ich war noch nie so allein. Über die Hälfte meines bisherigen Lebens wuchs ich inmitten einer festen Gemeinschaft auf, in der ich einen Platz hatte und geschätzt wurde. Auch nach meiner Gefangennahme hatte ich Kallidora, die mir zur Seite stand.

Aber hier, inmitten der Schwärze, habe ich niemanden.

Niemand ist hier, der mir sagt, was ich tun soll. Der mir verrät, was ich falsch gemacht habe.

Innerlich schreie ich, so laut ich kann, doch kein Ton dringt nach außen.

Stumm, frierend und zitternd kauere ich auf dem Boden. Ver-

lassen von meiner Göttin, meinen Ahnen, meiner Familie und meiner Freundin.

Meine Augen brennen vor ungeweinten Tränen, die ich seit Jahren zurückdränge. Tränen lassen mich schwach erscheinen. Tränen bringen mich kein Stück weiter – nur Taten können das.

Ich war bereit, alles zu geben und hinter mir zu lassen, um meinen Platz inmitten meiner Ahnen einzunehmen. Stattdessen bin ich im Nirgendwo gefangen. An einem Ort, wo ich womöglich den Rest der Ewigkeit in Einsamkeit verbringen muss.

Plötzlich flutet Wärme ausgehend von meiner Stirn den Rest meines Körpers. Ich reiße den Kopf nach oben und spähe nach allen Seiten. Noch immer kann ich nichts entdecken außer gähnender Dunkelheit, deshalb konzentriere ich mich auf diese fremde, aber behagliche Wärme, die es hier nicht geben dürfte. Ich konzentriere mich so sehr darauf, dass ich vergesse zu zittern und zu frieren. Auch meine Ängste sickern Stück für Stück aus mir heraus, bis ich befreit die Augen schließen kann.

Als ich sie wieder öffne, befinde ich mich nicht mehr in der leeren Schwärze. Mein Blick ist unscharf, getrübt von Tränen und zu viel Licht, das mir in den Augen brennt wie Feuer. Doch ich lasse die Augen geöffnet, aus Angst, ansonsten wieder von der Dunkelheit verschlungen zu werden.

Mein Blick klärt sich und ich erkenne die Umrisse eines Gesichts, das sich über mich beugt. Scharf geschnittene Konturen. Eine raue Schönheit, untypisch für einen Mann. Volle Lippen, die allerdings zu einem schmalen Strich zusammengepresst sind. Augenbrauen, sorgenvoll zusammengeschoben.

Und Iriden so blau wie das Meer.

Stöhnend schließe ich wieder die Augen und drehe den Kopf weg, im verzweifelten Versuch, dem jungen Wolf zu entkommen. Dabei rutscht die behagliche Wärme, die ich eben gespürt habe und die mir den Weg aus der Dunkelheit gezeigt hat, von meiner Stirn und entpuppt sich als seine Hand. Ich verfluche mich selbst dafür, dass ausgerechnet seine Berührung es war, die die Schwärze durchdrungen und mich zurückgebracht hat. Wohin auch immer.

»Weg da«, verlangt eine mir unbekannte Frauenstimme.

Das Gesicht des jungen Wolfs wird durch das einer jungen Frau mit rabenschwarzen Locken ersetzt, die mit gerunzelter Stirn auf mich herabschaut. Auch sie legt mir eine Hand auf die Stirn, doch ihre Berührung fühlt sich fast so kalt an wie die Dunkelheit.

»Sie hat immer noch Fieber«, murmelt die Frau. »Und die Wunde am Bein nässt wieder. Ich hole Astor.«

Sie verschwindet.

Ich hebe die Hand, um sie aufzuhalten. Ich … habe Fragen. Sie kann nicht einfach …

Warme Finger schließen sich um meine Hand. »Du bist nicht allein«, murmelt der junge Wolf neben mir.

Ich ziehe scharf die Luft ein. Ob bewusst oder unbewusst hat er die Worte ausgesprochen, die ich am dringendsten hören musste – aber doch nicht von *ihm*!

Ich will ihm meine Hand entziehen, finde aber nicht die Kraft dazu.

»W…o…?«

»In Sizia«, antwortet er auf meine kaum wahrnehmbare Frage hin.

Ich öffne wieder den Mund, um die nächste Frage zu stellen – oder ihn anzuschreien, warum ich hier bin –, doch er drückt meine Hand.

»Nicht«, sagt er. »Du darfst dich nicht überanstrengen. Astor wird gleich hier sein und dir helfen, wieder zu schlafen.«

Ich muss zusammengezuckt sein, denn der Griff um meine Hand wird fester.

»Willst du … nicht schlafen?«, hakt er vorsichtig nach.

Ich schüttele den Kopf. Selbst diese simple Bewegung verlangt mir alles ab. Jetzt, wo mein Geist vollständig aus der Dunkelheit zurückgekehrt ist, spüre ich die bleierne Schwere, die von meinem Körper Besitz ergriffen hat und die sich ganz anders anfühlt als die Schwäche, die ich nach einem anstrengenden Training oder Kampf kenne.

Dazu kommen Schmerzen, die sich bis zu meinen Knochen zu fressen scheinen. Es ist, als bestünde ich nur noch aus pulsierender Pein und quälender Hitze, die klares Denken unmöglich machen.

Trotzdem will ich nicht zurück in die Schwärze. Ich will nicht wieder …

In einem dummen Moment der Schwäche klammere ich mich mit aller Kraft an die Hand des jungen Wolfs.

Ich will nicht wieder allein sein.

»Ich bin hier«, wispert er.

Und er verschwindet auch nicht, als die junge Frau, gefolgt von einem älteren Mann in wallenden Gewändern, zurückkommt.

»Cato«, brummt der Mann. »Waren meine Anweisungen an dich nicht deutlich genug?«

»Doch, Astor«, murmelt der junge Wolf schuldbewusst.

»Warum bist du dann hier, anstatt dich auszuruhen?«

Er schweigt, aber ich meine, sein Zähneknirschen bis zu mir zu hören.

Der andere Mann – Astor – seufzt. »Dann mach wenigstens Platz, damit ich sie mir ansehen kann.«

Wieder klammere ich mich an seine Hand, die er auch jetzt nicht loslässt, sondern nur einen Schritt zurück macht, damit Astor die dünne Decke zurückschlagen kann, die über mir ausgebreitet war.

Ich will dagegen protestieren, als seine Hände über meinen Körper gleiten, doch dann spüre ich, mit welcher Routine und

Geschäftigkeit er mich berührt. Er muss ein Heiler sein. Ich entspanne mich, soweit es mir möglich ist.

Als er an meiner rechten Schulter herumdrückt, aus der ich mir Graecus' Brandmal herausgeschnitten habe, schnappe ich vor Schmerzen nach Luft.

»Besser«, murmelt Astor. »Nicht mehr ganz so dunkle Ränder und die Flüssigkeit ist klar.« Er wirft mir einen tadelnden Blick zu. »Für eine solche Dummheit solltest du das nächste Mal ein schärferes und vor allem sauberes Messer nehmen.«

Ich schnaube. Am liebsten hätte ich ihn angeknurrt, aber dazu fehlt mir die Kraft.

»Von der Schulterwunde geht das Fieber nicht aus«, sagt Astor zu niemand Bestimmtem. »Es ist die Wunde am Bein, die mir noch immer Sorgen bereitet. Sie war zu lange offen, zu viel Staub kam hinein und die Entzündung hat bereits den Muskel befallen. Wenn das Fieber nicht bald zurückgeht …«

»Was … dann?«, krächze ich angestrengt.

Astors Miene wird ernst, wodurch sich die Falten um seinen Mund herum vertiefen. »Dann wird mir nichts anderes übrig bleiben, als das Bein abzunehmen.«

Ich keuche.

»Es muss einen anderen Weg geben«, sagt der junge Wolf. »Wenn sie das Bein verliert, dann …«

»Wenn die Entzündung nicht bald besser wird, gibt es kein ›dann‹. Entweder verliert sie ihr Bein oder ihr Leben. Hier.« Er reicht ein Bündel an die junge Frau. »Gib das ins Wasser, mit dem du ihre Wunden auswäschst. Vielleicht bringt das Linderung. Und sie muss trinken, am besten eine kräftige Brühe ohne Einlage.«

»Ich werde gleich in die Küche gehen und Brühe auftreiben«, verspricht die junge Frau, ehe sie erneut davonhuscht.

»Und du«, Astors stechender Blick richtet sich auf den jungen

Wolf, »siehst zu, dass du schleunigst ins Bett kommst – in deinem eigenen Zimmer. Wenn ich dich noch mal hier erwische …«

»Lass mich nur sichergehen, dass sie die Brühe bei sich behält«, sagt der junge Wolf hastig. »Danach werde ich sofort in mein Zimmer gehen.«

Astor seufzt. »Ich kann keine Wunder vollbringen, Junge. Auch wenn ich es gern könnte. Du hilfst niemandem, wenn du dich selbst vernachlässigst.«

»Ich weiß, aber …«

»Kein *Aber*«, donnert Astor. »Sie ist stark. Ich habe schon andere an weit weniger schlimmen Verletzungen krepieren sehen. Sie wird ein paar Stunden ohne deine Gesellschaft überleben.«

»Dann warte ich nur, bis Nilsa zurück ist, damit sie nicht allein bleiben muss.«

Kopfschüttelnd wendet Astor sich ab. »Ich sehe heute Abend wieder nach ihr.«

Die Dunkelheit hat mich wieder übermannt. Als ich das nächste Mal zu mir komme, kniet die junge Frau neben mir und versucht, mir lauwarme Brühe einzuflößen. Das meiste läuft aus meinen Mundwinkeln den Hals hinab und versickert in … worauf auch immer ich liege. Nur wenig findet den Weg meine Speiseröhre hinab und wärmt meinen Bauch, in dem völlige Leere herrscht.

»Es würde leichter gehen, wenn ich dich höher legen könnte«, murmelt die junge Frau. »Aber Astor meinte, ich darf dich so wenig wie möglich bewegen. Und wenn Cato mitkriegt, dass ich gegen Astors Anweisungen verstoße, wird er mir den Hals umdrehen. Also gib dir ein wenig Mühe, ja?«

Gehorsam öffne ich den Mund ein Stück weit und schließe die Lippen, so weit ich es wage, ohne dass sie sofort einreißen. Ich gehorche nicht wegen dem, was sie gesagt hat, sondern weil der erste Tropfen Brühe meinen Hunger geweckt hat. Nun würde ich ihr am liebsten die Schüssel entreißen und sie in einem Zug leer trinken.

»Wenn du das bei dir behältst«, sagt sie, als sie mir alles eingeflößt hat, »bekommst du Nachschlag.«

Ich will widersprechen, nicke aber.

Sie drückt mir etwas Kaltes aus Metall in die Hand. »Wenn du dich erleichtern musst, klingel damit nach mir. Ich komme dann, so schnell ich kann. Es wäre sehr nett, wenn ich dich nicht wickeln müsste wie ein Kleinkind oder alle paar Stunden deine Laken wechseln muss.« Mit einem verschlagenen Lächeln lehnt sie sich zu mir vor. »Und falls du nur ins Bett pinkelst, um mich zu ärgern, werde ich Cato damit beauftragen, deine Windeln zu wechseln. Haben wir uns verstanden?«

Wenn mich nicht jede kleine Bewegung vor Schmerzen aufstöhnen lassen würde, wäre ich vermutlich auf sie losgegangen. Noch nie hat es eine Sklavin gewagt, mir Vorschriften zu machen oder gar zu drohen. Laut dem etureischen Gesetz stehen wir zwar auf einer Stufe – der untersten –, aber jede Sklavin mit einem Funken Verstand sollte bemerken, dass ich ihr überlegen bin. Zumindest wenn mein Körper nicht nur aus Schmerzen bestünde.

»Was … ist … passiert?«, krächze ich angestrengt.

Die Sklavin verzieht den Mund. »Das weiß ich nicht, denn ich war nicht dabei. Aus Cato habe ich auch nur das Nötigste herausbekommen. Er muss ebenfalls wie du das Bett hüten, aber schleppt sich trotzdem ständig hier runter. Wenn du Näheres erfahren willst, solltest du ihn fragen, wenn er Astor entwischen und sich herschleichen kann. Bis dahin«, sie breitet eine dünne Decke über mir aus, »wirst du brav sein und dich so wenig wie möglich bewegen. In einer Stunde bin ich wieder da, um deine Wunden zu säubern und frische Verbände anzulegen. Versuch bis dahin, ein wenig zu schlafen.«

Ich will nicht schlafen. Sobald ich die Augen schließe, erwartet mich die einsame Dunkelheit, und ich kann nie sagen, ob ich wieder den Weg zurück ins Licht finde.

Doch nachdem die Sklavin den Raum verlassen hat, werden meine Lider schwerer und schwerer.

KAPITEL 17

CATO

»Hat sie das Schlafmittel genommen?«, frage ich, als Nilsa die Tür zum Keller hinter sich schließt.

Erschrocken zuckt sie zusammen und greift sich an die Brust, als müsse sie ihr Herz davon abhalten herauszuspringen. »Erschreck mich nicht so! Was machst du überhaupt hier? Astor wird dich noch ans Bett fesseln, wenn du dich weiterhin über seine Anweisungen hinwegsetzt.«

»Hat sie es genommen, Nilsa?«

Sie verdreht die Augen. »Ich habe es zermörsert und ihr mit der Brühe eingeflößt. Das meiste ging daneben, weil sie nur flach daliegen darf, aber ich denke, dass es wirken wird. Sie schien mir Appetit zu haben. Das ist ein gutes Zeichen, oder?«

»Vielleicht«, murmele ich, während ich auf die Tür starre, hinter der sich der Trakt mit Aeryns Zelle befindet.

In meiner Zeit bei der Armee habe ich viele Verletzungen gesehen. Einige schienen nur kleine Schrammen zu sein, trotzdem kosteten sie den Betroffenen das Leben. Genauso unterschiedlich wie die tödlichen Verletzungen waren auch die sterbenden Patienten: manche verweigerten das Essen gänzlich, während andere nach immer mehr verlangten. Deshalb dränge ich die aufkeimende Hoffnung schnell wieder zurück. Aeryn ist noch lange nicht über den Berg, erst recht nicht, wenn Astor ihr das Bein abnehmen muss. Ich kann mir nicht vorstellen, dass Aeryn an ein Leben als Krüppel gefesselt sein will …

»Übrigens«, schnurrt Nilsa, »habe ich ihr gesagt, dass du ihre Windeln wechseln wirst, wenn sie auch nur ein einziges Mal ins Bett macht.«

Sofort schießt mir Hitze in die Wangen. »Was?«

Nilsa lacht. »Bei den Göttern, es macht so viel Spaß, dich zu ärgern!«

»Das würdest du nicht wirklich tun, oder?«

Sie zuckt mit den Schultern. »Du hast mich nur gebeten, nach ihr zu sehen. Davon, dass ich vollgepinkelte Laken wechseln muss, war nie die Rede. Also werde ich dir diese Ehre überlassen.«

»Nilsa …«, grolle ich.

Mit der Hand vor dem Mund versucht sie, ein erneutes Lachen zu ersticken. »Du brauchst dringend eine Frau. Dann wärst du bestimmt nicht mehr so …«

»So … was?«, hake ich knurrend nach, als sie nicht weiterspricht.

»Verklemmt.«

Ich schnaube. »Ich bin nicht verklemmt.«

»Dann eben schüchtern. Du weißt, ich wäre nicht abgeneigt.«

Nun bin ich es, der lacht. »Ja, aber auch nur, weil du dann nicht mehr Flavius' Sklavin wärst.«

Sie zieht einen Schmollmund. »Erwischt. Ich komme sowieso nicht an deine Vantyr heran. Immer, wenn du von ihr erzählt hast, dachte ich, sie müsse wie eine Göttin sein. Aber nun, da ich sie – übersät mit Prellungen und Schrammen und geschüttelt von Fieber – in einer Zelle liegen sehe, hat sie nichts Göttliches an sich. Was findest du an ihr?«

Ich lehne mich gegen die Mauer. Hier unten im Keller sind die Steine herrlich kühl.

»Du hättest sie kämpfen sehen sollen«, sage ich, während ich die Augen schließe und in Gedanken den Tag heraufbeschwöre, an dem ich sie das erste Mal sah.

Als ich mit meiner Familie – meinen Eltern und meinen zwei älteren Brüdern – die Hauptstadt besuchte, kam ich um einen Besuch der Arena nicht herum. Ich hatte keine Lust, mir Kämpfe und sinnloses Blutvergießen anzusehen.

Und dann sah ich *sie*. Ich wusste nicht, wer sie war, und reimte mir ihren Namen dank der Sprechchöre der anderen Zuschauer zusammen. Sie war jung, vielleicht sechzehn – etwa zwei Jahre jünger als ich. Verwirrt darüber, dass sie ein solch junges Mädchen in die Arena schickten, wollte ich aufstehen und gehen, um dem zweifellos folgenden Gemetzel nicht zusehen zu müssen.

Mir lag nie etwas an Gewalt und Blutvergießen, was mir oft den Spott meiner Brüder einbrachte. Meine Mutter sagte stets, dass ich mit einer Seele geboren wurde, die zu warm für diese kalte, hässliche Welt sei. Ich wusste schon immer, dass sie damit recht hatte.

Deshalb wollte ich nicht zusehen, wie dieser Hüne das junge Mädchen auseinandernahm. Doch es kam anders. Ihr Gegner war fast doppelt so groß und mindestens dreimal so breit wie sie und schwang eine Zweihänder-Axt, als würde sie nichts wiegen, während diese Aeryn nur ein Kurzschwert in der Hand hielt.

»Wie hat sie denn gekämpft?«, fragt Nilsa und reißt mich einen Moment aus meinen Erinnerungen.

»Elegant«, murmele ich. »Präzise. Und mit einem Feuer, das sogar ich als Zuschauer spüren konnte.«

Jede ihrer Bewegungen saß. Beinahe gelangweilt wich sie leichtfüßig den Angriffen ihres Gegners aus, die sehr plump auf mich wirkten. Wieder und wieder blitzte ihre Schwertschneide im Sonnenlicht auf, wenn sie damit ausholte und dem anderen Gladiator Schnitte an Beinen und Armen beibrachte. Sie führte ihre Waffe, als sei sie eine Verlängerung ihres Arms. Sie bewegte sich, als würde sie einen Tanz aufführen, dessen Schrittfolge nur sie kannte.

Mit jedem Angriff, jeder Bewegung verzauberte sie mich mehr.

Und in diesem Moment wusste ich, dass ich genauso kämpfen wollte wie sie. Sie war der Auslöser dafür, dass ich mich für eine Militärlaufbahn entschied.

Jedem, der mich nach dem Grund fragte, erzählte ich von Aeryn – ob er es hören wollte oder nicht. Die meisten taten es als die Schwärmerei eines Jungen ab, aber so war es nicht. Schließlich konnte ich nie ihr Gesicht sehen; dazu saß ich zu weit hinten.

Ich stellte mir vor, wie sie aussah. Besonders in den einsamen Stunden der Nacht, die ich in einem kalten Zelt mit anderen Soldaten an der Grenze des etureischen Reiches verbrachte. In meiner Vorstellung sah sie genauso aus, wie sie kämpfte – wild, ungezähmt und gnadenlos. Genauso wie ich mir als Etureer eine Vantyr ausmalte.

Immer wenn ich auf Heimaturlaub war, machte ich einen Abstecher in die Hauptstadt, um zumindest einen ihrer Kämpfe zu sehen. Jedes Mal hatte ich Angst, dass sie in der Zwischenzeit besiegt oder gar getötet worden war, und diese Angst verschwand erst, als ich an den langen Tafeln am Eingang ihren Namen, gefolgt von den Wettquoten, entdeckte.

Ich wettete natürlich auf sie. Die Gewinne waren nie groß, weil Hunderte andere das auch taten – nur ein Narr würde gegen Aeryn wetten! –, aber ich tat es nicht, um reich zu werden.

Manchmal ergatterte ich einen Platz in der vordersten Reihe, den ich mit Händen und Füßen verteidigte, aber viel sah ich trotzdem nicht von ihr. Ihr braunes Haar, das von blonden Strähnen durchzogen war. Ihre schlanke, jedoch kraftvolle Gestalt. Eine Menge Haut, weil ihre Rüstung, die diesen Namen nicht verdiente, nur das Nötigste verdeckte, um noch mehr Zuschauer in die Arena zu locken. Rote Schlieren auf ihrer Haut, die sie noch faszinierender machten.

Aber ihr Gesicht konnte ich nie erkennen.

Nachdem ich aus der Armee ausgeschieden war, durfte ich die Arena öfter besuchen, weil Flavius Kontakte knüpfen wollte. Durch einen Zufall kam ich mit einem der Sklaven ins Gespräch, der für Graecus arbeitete und an dem Tag auf Aeryn wartete, um sie nach Hause zu bringen. Ich redete, bevor ich darüber nachdenken konnte, und bat ihn, sie sehen und ihr zu ihrem Sieg gratulieren zu dürfen.

Ich war furchtbar nervös. So sehr, dass ich kurz davor war, mich unter einem Vorwand zu entschuldigen und zu fliehen.

Doch dann kam sie den Gang entlang. Ich erkannte sie schon von Weitem an der Art, wie sie sich bewegte. Jeder machte ihr Platz – aus Ehrfurcht und Angst gleichermaßen. Da sah ich sie zum ersten Mal von Nahem. Das zarte Gesicht, das nichts mit meiner Vorstellung einer rauen, wilden Kämpferin gemein hatte. Die leicht schräg stehenden, stechend grünen Augen, die das Raubkatzenhafte, was sie mit jeder Bewegung ausstrahlte, noch verstärkten. Ihr Körper, der nicht der eines jungen Mädchens, sondern der einer Frau war.

Ich muss ausgesehen haben wie ein völliger Idiot. Mit offenem Mund stand ich da und bekam keinen einzigen Ton in ihrer Gegenwart heraus. Meine Wangen brannten wie Feuer, als ich bemerkte, wie ich sie anstarrte, und ich schaute schnell weg.

Selten hat mich etwas so große Überwindung gekostet, wie den Blick von ihr abzuwenden.

Als sie dann mit mir sprach und ich zum ersten Mal klar ihre Stimme hörte, konnte ich nur noch stammeln. Am liebsten wäre ich vor Scham im Boden versunken. Ich kann mich nicht mehr daran erinnern, welchen Blödsinn ich von mir gegeben habe, und das ist wahrscheinlich besser so.

Und dann … Dann küsste sie mich. Einfach so. Sanfter, als ich es je für möglich gehalten hätte, strichen ihre Lippen über meine. Ich spürte diese flüchtige Berührung noch Stunden später, als hätte sie sich unwiederbringlich in meine Haut gebrannt.

Das war mit Abstand der beste Tag meines Lebens. Und so viel besser als in meinen Träumen.

»Du bist ihr wirklich verfallen, nicht wahr?«, fragt Nilsa sanft und holt mich damit zurück in die Gegenwart.

Ich stoße die Luft aus. »Ich wünschte, es wäre nicht so.«

Sie berührt mich am Arm. »Bereust du es, sie gerettet zu haben?«

Ich schüttele den Kopf. »Das könnte ich nie. Aber sie wird nicht froh darüber sein, sobald sie begreift, dass sie vom Regen in die Traufe geraten ist.«

KAPITEL 18

CATO

Als die Tage vergehen, erholt Aeryn sich zusehends. Auch meine Wunden sind nicht mehr der Rede wert. Sie werden mich zwar mein Leben lang zeichnen, aber ich spüre sie nicht mehr bei jeder Bewegung.

Aeryn darf das Bett noch nicht verlassen und das macht sie unleidlicher als sowieso schon. Nur wenige trauen sich in ihre Nähe. Selbst Nilsa hat versucht, ihre Pflege einer anderen Sklavin aufs Auge zu drücken, nachdem Aeryn mit einer Suppenschale nach ihr geworfen hat. Doch keine war so dumm, sich darauf einzulassen. Ich bin Nilsa von Herzen dankbar, dass sie die Arbeit nicht einfach aufgibt, sondern tapfer Tag für Tag Aeryns Kleidung und die Verbände wechselt, ihr das Haar bürstet und sich um ihre anderen Belange kümmert.

Als Astor beschließt, dass zumindest die Verbände an den Armen nicht mehr vonnöten sind, hoffe ich, dass sich Aeryns Laune bessert. Nur die Verletzung am Oberschenkel bleibt unter Astors strenger Bewachung. Die Entzündung scheint zurückgegangen zu sein, sagt er mir, als ich mich nach Aeryns Zustand erkundige. Aber die Wunde war sehr tief und der Heilungsprozess wird noch eine Weile in Anspruch nehmen.

Zeit, in der Aeryn Flavius kein Geld einbringt.

Ich bin so sehr damit beschäftigt, meinem Herrn jeden Wunsch von den Augen abzulesen, damit er nicht auf den Gedanken kommt, sich der nutzlosen Gladiatorin zu entledigen, dass ich kaum Zeit finde, selbst nach Aeryn zu sehen.

Die Wahrheit ist, dass mir auch der Mut dazu fehlt. Mittlerweile wird sie begriffen haben, dass sie wieder die Gladiatorin eines neuen Herrn ist, in einer Umgebung, in der es ihr an Luxus und Freiheiten mangelt.

Mehrmals erkundige ich mich bei Nilsa, ob Aeryn nach mir gefragt hat, doch die Sklavin schüttelt jedes Mal den Kopf. Und jedes Mal schmerzt es mehr.

Eines Abends, etwa vier Wochen nachdem ich Nilsa mit Aeryns Obhut betraut habe, kommt Nilsa zu mir. Ich erkenne sofort an ihrem Gesichtsausdruck, dass etwas im Argen liegt.

»Sie isst nicht mehr«, berichtet Nilsa kleinlaut.

Ich springe von meinem Schreibtisch auf, wo ich gerade die Pläne für den Arenabau durchgegangen bin. »Seit wann?«

»Seit gestern«, gesteht sie. »Ich hielt es für eine Phase und dachte, der Hunger wird irgendwann groß genug sein, dass sie nachgibt, aber …« Sie verzieht den Mund. »Eine solch starrköpfige Person ist mir noch nie untergekommen.«

Ich reibe mir übers Gesicht, ehe ich mich mit beiden Händen am Schreibtisch abstütze. »Ich kümmere mich darum.«

»Bist du sicher?«

Geräuschvoll stoße ich die Luft aus. »Ich kann ihr nicht ewig aus dem Weg gehen.«

»Dann hast du heute einen besonders schlechten Tag gewählt.«

»Das dachte ich mir«, murmele ich, ehe ich mir von Nilsa die Schlüssel zur Zelle geben lasse und in den Keller hinabsteige.

Die Gänge hier unten sind von mehreren Fackeln erhellt. Ich mag die Kühle, die selbst im Sommer nicht verschwindet. Aber wenn man wie Aeryn seit Wochen hier unten festsitzt, wirkt es sicher wie ein eisiges Gefängnis.

Mein Hals fühlt sich an wie zugeschnürt, als ich den langen schmalen Gang entlanglaufe, der zur Zelle führt. Schier endlos nestele ich am Schlüsselbund herum, obwohl ich genau weiß, welcher Schlüssel für Aeryns Zelle ist. Vorsichtig werfe ich einen Blick durch die Gittertür und mir wird das Herz schwer.

Aeryn sitzt auf ihrem Bett, das eine Ansammlung von Stroh, Laken und dünnen Decken ist. Den Rücken gegen die Mauer gelehnt, die Beine lang ausgestreckt, starrt sie ins Leere. Jedwede Emotion ist aus ihrer Miene gewichen. Keine Spur der stolzen Gladiatorin. Keine Spur der gnadenlosen Kämpferin.

Meine Hand ist schweißnass, als ich den richtigen Schlüssel ins Schloss stecke und die Zelle betrete. Auch jetzt schaut Aeryn nicht zu mir, als befände sie sich ganz woanders – an einem Ort, an den ich ihr nicht folgen kann.

»Aeryn?«, murmele ich, um ihre Aufmerksamkeit zu erlangen.

Sie zuckt nicht einmal mit der Wimper. Keine Regung liegt auf ihrem schönen, aber eingefallenen Gesicht. Die Schrammen darin sind nur noch hellrosa Striemen, die Prellungen an ihren Armen haben bereits eine gelbliche Farbe angenommen.

Ich mache einen Schritt in die Zelle und schließe die Tür hinter mir. Noch immer keine Reaktion. Mein Blick fällt auf das unberührte Tablett mit Essen neben ihrem Bett. Eine Schale mit Suppe, aber auch Gemüse und ein Stück Braten liegen darauf. Mittlerweile ist das Essen sicherlich kalt.

»Nilsa hat mir gesagt, dass du nichts isst«, sage ich, als ich einige Meter von ihr entfernt stehe. »Du musst essen, um wieder zu Kräften zu kommen.«

Als ich einen Schritt auf sie zu mache, zuckt ihr Blick zu mir und ich bleibe stocksteif stehen. So viel Hass und Wut, aber gleichzeitig eine bodenlose Leere liegen in ihrem Blick, dass es mir einen Stich versetzt.

Als ich einen weiteren Schritt vor mache, gleichen ihre Augen denen eines Raubtiers, das seine Beute ins Visier nimmt. Ich halte beide Hände vor mich, um ihr zu zeigen, dass ich unbewaffnet bin und mit guten Absichten komme. Doch das beruhigt Aeryn nicht im Mindesten. Ihre Lippen kräuseln sich, als wäre sie kurz davor, mich anzuknurren.

Ich verstehe jetzt, was Nilsa damit meinte, dass ich mir heute einen besonders schlechten Tag ausgesucht habe.

»Du musst etwas essen, Aeryn«, versuche ich es erneut.

Sie wendet den Kopf ab, als könne sie mich so völlig aussperren.

Ich seufze. Den Gefallen, einfach zu gehen, werde ich ihr nicht tun. Nicht solange sie nichts gegessen hat.

»Ich werde nicht danebenstehen und dabei zusehen, wie du dich zu Tode hungerst.«

Sie schnaubt. Der erste Laut, den sie von sich gibt, seitdem ich ihre Zelle betreten habe.

»Astor sagt, dass deine Wunden gut verheilen«, murmele ich. »Nachdem du wochenlang im Bett liegen musstest, braucht dein Körper Kraft, um sich zu erholen. Bitte iss etwas.«

»Warum sollte ich mich erholen wollen?«

Ihre Stimme klingt rau und heiser. Ihren melodiösen Klang scheint sie völlig eingebüßt zu haben. Nun klingt sie, als hätte sie stundenlang geschrien. Vielleicht auch tagelang.

Ich mache einen weiteren Schritt und stehe nun fast neben dem Tablett. »Damit du wieder aufstehen und herumlaufen kannst.«

»Und kämpfen«, knurrt sie. »Das ist es doch, warum ich hier bin. Ich muss wieder kämpfen.«

Ich schlucke angestrengt. »Du bist eine talentierte Gladiatorin. Diese Beinverletzung kann dir nichts anhaben. Du wirst sehen, im Nu kannst du wieder …«

»Ich *will* nicht kämpfen!«, schreit sie.

Nun ist ihr Blick wild und gefährlich, und beinahe weiche ich vor ihr zurück.

Nachdem ich mich wieder gefangen habe, frage ich: »Was willst du dann?«

Hasserfüllt starrt sie zu mir hoch. »Ich wollte sterben. Ich wollte bei meinen Ahnen sein. Ich wollte … keine Sekunde länger eine Sklavin sein.«

Ich weiß nicht, was ich sagen, was ich fühlen soll. Für mich war sie stets die siegreiche Gladiatorin, der das ganze Volk zujubelte. Eine Lichtgestalt. Eine Inspiration. Und nun höre ich, dass sie nichts davon sein will, sondern lieber sterben möchte.

Aber das werde ich nicht zulassen.

Ich knie mich neben ihr Bett und greife nach der Schüssel Suppe. Wie einem kleinen Kind halte ich ihr den Löffel vor den Mund. »Iss.«

Schneller, als ich es ihr in diesem Zustand zutraue, fegt sie mir die Schüssel mit einer Armbewegung aus der Hand. Die zum Glück kalte Suppe verteilt sich größtenteils auf meiner Hose, der Rest versickert im Strohboden.

»Na schön«, grolle ich. »Nur damit wir uns verstehen: Ich werde erst hier verschwinden, wenn du etwas gegessen hast. Es liegt mir fern, dich gewaltsam dazu zu zwingen, aber wenn du mir keine andere Wahl lässt, werde ich es tun.«

Wieder schnaubt sie. »Und wie willst du das anstellen?« Spöttisch verzieht sie den Mund. »Du solltest nur bellen, wenn du auch vorhast zu beißen, junger Wolf.«

Ich weiß nicht, ob es der abfällige Unterton oder der ungeliebte Beiname ist, der bei mir einen Nerv trifft, aber ich handele, ohne weiter darüber nachzudenken. Blitzschnell packe ich ihre Handgelenke, die so schmal sind, dass ich sie locker mit einer Hand umgreifen kann, und presse sie gegen die Steinwand hinter ihr. Nun bin ich ihr so nah, dass sich beinahe unsere Nasenspitzen berühren. Ihre grünen Augen scheinen wütende Funken zu sprühen, während sie versucht, sich aus meinem Klammergriff zu befreien. Wäre sie nicht derart geschwächt, gelänge es ihr vermutlich, aber nun halte ich sie unerbittlich fest.

»Ich will dir nicht wehtun, Aeryn«, knurre ich. »Und es macht mir keinen Spaß, dich zu etwas zu zwingen. Aber du wirst mich erst los, wenn du gegessen hast.«

Trotzig presst sie die Lippen aufeinander und gibt ihr Bestes, von mir loszukommen. Wahrscheinlich kann ich froh sein, dass sie ihre Beine wegen der Verletzung kaum bewegen kann, sonst müsste ich zu gröberen Mitteln greifen.

Ich reiße ihre Arme nach unten, krabbele auf ihr Bett und knie mich über sie, sodass ich ihre Arme unter meinen Knien fixiere. Mit einer Hand greife ich nach einem Stück kalten Braten, die Finger der anderen presse ich beidseitig gegen ihren Kiefer und drücke zu, bis ihr keine andere Wahl bleibt, als den Mund zu öffnen. Schnell stecke ich das Stück Braten hinein, lockere meinen Griff und drücke ihr Kinn nach oben.

»Kauen und runterschlucken«, kommandiere ich.

Sie bäumt sich unter mir auf, doch ich halte sie mit aller Kraft unten und ihren Mund geschlossen, damit sie mir den Braten nicht entgegenspucken kann. Denn das hat sie vor, das sehe ich deutlich in ihrem kampfwütigen Blick.

Ich weiß nicht, wie lange wir in dieser Pose verbringen. Vielleicht Sekunden. Vielleicht Minuten. Sie verlangt mir alles ab. Ich sträube mich mit jeder Faser dagegen, Aeryn unnötige Schmerzen zuzufügen, wo ihr Körper sich noch nicht vollständig erholt hat, aber diese verdammte, sture Frau lässt mir keine andere Wahl!

Als auch sie begreift, dass ich nicht lockerlasse, schluckt sie das Stück Braten hinunter.

»Na also«, lobe ich und handele mir dafür ein wütendes Knurren ein. »Willst du jetzt allein essen oder wiederholen wir dieses Spielchen, bis das Tablett leer ist?«

»Geh runter von mir!«, zischt sie.

Vorsichtig gebe ich sie frei, jederzeit bereit, mich zu verteidigen. Doch sie richtet sich nur auf, woraufhin ich ihr das Tablett reiche.

»Wenn du es wieder in den Dreck wirfst oder später hochwürgst«, warne ich sie, »gehe ich hinauf in die Küche und hole neues Essen. Und danach wieder. Und wieder. Bis du, verdammt noch mal, gegessen hast.«

Ihr Blick hat nichts von seiner einschüchternden Wirkung eingebüßt, als sie mir das Tablett entreißt und es sich auf den Schoß stellt. Ich gehe hinüber zur gegenüberliegenden Wand, lasse mich gegen sie sinken und setze mich auf den Boden.

»Ich hasse dich!«, grollt sie, ehe sie mit winzigen Bissen beginnt zu essen.

Bei diesen Worten zerbricht etwas in mir. Ich höre deutlich das Knacken – ein Laut, den nur ich wahrnehme, aber der sich dafür umso stärker in mein Herz frisst.

Hastig verbanne ich jegliche Emotion aus meiner Miene. Ich lege die Arme auf die angewinkelten Knie und bette, niedergeschlagen und getroffen von ihren Worten, den Kopf darauf.

»Ich weiß«, murmele ich mehr zu mir selbst.

KAPITEL 19

AERYN

Der junge Wolf kommt zweimal am Tag hinab in dieses lichtlose Loch, in dem sie mich wie ein gefährliches Tier gefangen halten. Ich mache ihnen keinen Vorwurf deswegen, sondern bemühe mich, diesen Eindruck von mir aufrechtzuerhalten. Krampfhaft kehre ich die Fassade der stolzen Gladiatorin nach außen, sobald ich nicht allein bin.

Doch wenn niemand da ist, schreie ich. Hier unten hört mich keiner. Ich schreie und schreie und schreie, bis meine Stimme versagt.

Nie hätte ich für möglich gehalten, dass mein Leben derart schieflaufen könnte. Ich bringe es nicht einmal fertig zu sterben, verdammt noch mal!

Mein Blick huscht zu dem leeren Tablett neben meinem Bett. Ich bekomme nur Holzbesteck und -geschirr. Nichts, woraus ich eine Waffe basteln könnte. Ich gehe jede Wette ein, dass *er* dafür verantwortlich ist.

Mittlerweile erkenne ich ihn am Klang seiner Schritte, wenn er die Steintreppe hinunterkommt und dann den Gang entlangläuft. Die Sklavin, die die meiste Zeit über hier ist und deren Namen ich immer noch nicht kenne – und der mich auch nicht interessiert –, läuft schneller. Bei ihr ist es fast ein Huschen. Die Schritte des jungen Wolfs hingegen klingen schwer und gleichmäßig, aber zögerlich, als müsse er sich jedes Mal dazu zwingen hier herunterzukommen.

Ich wünschte, er täte es nicht, aber so sicher, wie die Sonne im Osten aufgeht, erscheint er zu jeder meiner Mahlzeiten, um sie zu überwachen. Zum Glück betritt er den Raum nicht mehr, sondern beobachtet mich nur noch durch das Gitter, was mein Gefühl, in seinen Augen nur ein wildes Tier zu sein, noch verstärkt.

Manchmal redet er mit mir, doch ich antworte ihm nie. Ich tue so, als sei er Luft, in der Hoffnung, dass er dann aufhört herzukommen.

Diese Sklavin hatte ich beinahe so weit, dass sie mich mir selbst überlässt, aber der junge Wolf ist aus einem anderen Holz geschnitzt.

Als er mich gezwungen hat zu essen, ist mir aufgefallen, dass er nicht mehr so förmlich mit mir redet. Ich ertappe mich nachts dabei, nachdem meine Stimme versagt, dass ich mich nach dem Grund frage. Was sieht er in mir? Warum kümmert er sich um mich?

Mir fällt auf, dass ich ihn schon mehrere Wochen nicht mehr in seiner Rüstung mit dem Wolfsrelief gesehen habe. Nun trägt er einfache, aber saubere und feine Kleidung. Ich hingegen habe der Sklavin verboten, mir eine Hose oder einen Rock anzuziehen. Jede Faser, sogar die Decke scheuert an der Wunde an meinem Oberschenkel. Sie hat sich endlich geschlossen und nässt nicht mehr, dafür juckt sie fürchterlich. So liege ich nur in einem luftigen Hemd und einer kurzen Unterhose auf dem Strohlager meines Gefängnisses, doch ich schäme mich nicht. Während meiner Kämpfe in der Arena hatte ich weit weniger Stoff am Leib.

Stur starre ich auf die gegenüberliegende Wand, als der junge Wolf vor meiner Zellentür zum Stehen kommt. Ich spüre seinen Blick auf mir – das tue ich jedes Mal und es macht mich wahnsinnig.

»Du hast aufgegessen, wie ich sehe«, sagt er nach einer Weile.

Wie immer ignoriere ich ihn.

»Weißt du«, murmelt er, »ich habe mir überlegt ... Würdest du vielleicht gern für ein paar Stunden nach draußen gehen? Es ist herrliches Wetter und ...«

Meine Ignoranz gerät ins Wanken. Ich habe die etureische Sonne stets verabscheut. Sie ist zu heiß, zu gnadenlos – nicht so weich wie die Sonne, die ich mein vorheriges Leben lang kannte. Doch nun, nach Wochen in diesem Loch ohne jegliches natürliches Licht, vermisse ich sogar die verhasste etureische Sonne. Ich weiß kaum noch, wie sich ihre Wärme auf meiner Haut anfühlt.

Wie sich *irgendeine* Wärme auf meiner Haut anfühlt.

»Ich ...« Ich räuspere mich, weil meine Stimme versagt. Aus den Augenwinkeln sehe ich, wie der Kopf des jungen Wolfs nach oben ruckt. »Ich kann nicht laufen. Der bärtige Heiler hat mir verboten, das Bett zu verlassen.«

Selbst für die Notdurft muss ich weiterhin nach der dunkelhaarigen Sklavin klingeln. Ich sehne mich nach dem Tag, an dem diese Demütigung endlich vorbei ist ... Doch der Heiler war sehr deutlich. Es hat lange gedauert, bis meine Wunde sich geschlossen hat. Wenn ich das Bein zu stark belaste, könnte sie wieder aufreißen und das würde mich in meinem Heilungsprozess wieder um Wochen zurückwerfen. Deshalb hat er mir einen so dicken Verband angelegt, der über das halbe Bein verläuft und mit dem ich das Knie kaum anwinkeln kann.

»Wenn du ... versprichst, mir nicht das Genick zu brechen, werde ich dich nach oben tragen«, sagt der junge Wolf vorsichtig.

Ich schaue zu ihm. Auch das habe ich seit langer Zeit nicht getan. Jedes Mal, wenn ich ihn sehe, nimmt mich seine raue Schönheit gefangen. Selbst ohne die Rüstung und die Auszeichnungen an ihr strahlt er eine ruhige Stärke aus, die sogar mich beeindruckt. Das würde ich jedoch nie zugeben. Ich frage mich, woher er nur diese Hartnäckigkeit nimmt. Jeden anderen Mann hätte ich bereits vor Wochen in die Flucht geschlagen. Sie alle wollten mich nach meinen Siegen, wollten einmal eine Nacht mit der gefährlich-schönen Gladiatorin aus einem fernen Land verbringen.

Doch keiner von ihnen interessierte sich für die Frau hinter den Siegen und der Kraft.

Es war mir egal. Ich benutzte sie, wie sie mich benutzten. Keinen sah ich ein zweites Mal.

Doch *er* kommt immer wieder, ganz gleich wie ungebärdig ich mich ihm gegenüber verhalte. Aber es fällt mir schwerer und schwerer, die Maske der Stärke aufrecht zu halten, während ich nur schreien und weinen will. Sie gerät ins Wanken und verrutscht, wenn er in meiner Nähe ist.

Ich fürchte mich vor dem, was er dahinter sehen könnte. Die Abgründe, die in mir lauern. Die Taten, die ich nicht bereue. Die Leben, die ich ausgelöscht habe.

Er ist einer von denen, rufe ich mir ins Gedächtnis, wenn meine Maske zu fallen beginnt. *Er gehörte einst zur Armee. Vielleicht hat er meine Heimat überfallen. Oder ein anderes Land. Wie viele Leben hat er wohl ausgelöscht? Wie viele Kinder ihren Eltern entrissen? Wie viele Frauen geschändet?*

Es ist eine hinterlistige Stimme, und ich weiß, dass vielleicht nicht einmal die Hälfte dessen, was sie mir zuflüstert, wahr ist. Trotzdem ist sie da und erinnert mich daran, meine Deckung nicht aufzugeben.

»Warum vertraust du auf mein Wort?«, frage ich auf sein Angebot hin. »Ich bin zwar geschwächt, aber einen Welpen wie dich besiege ich bestimmt.«

Er verzieht den Mund, als ich ihn als Welpe bezeichne. Ich mache mir eine gedankliche Notiz, das öfter zu tun.

Natürlich kenne ich seinen Namen; er hat ihn mir oft genug

genannt. Aber ihn nicht zu benutzen, hilft mir, den nötigen Abstand zu wahren.

Und Abstand ist etwas, was ich in seiner Gegenwart dringend brauche.

»Du tätest gut daran, mir nicht zu vertrauen«, teile ich ihm kühl mit. »Ich vertraue dir schließlich auch nicht.«

Der Ärger über seinen neuen Beinamen verschwindet aus seiner Miene und macht Verwirrung Platz.

»Du kannst mir aber vertrauen«, sagt er vorsichtig.

»Ich vertraue niemandem.«

Er runzelt die Stirn. »Ist das nicht verdammt einsam?«

Ich stutze und weiß im ersten Moment nicht, was ich darauf erwidern soll.

»Vertrauen macht schwach und verwundbar«, presse ich schließlich hervor.

Der junge Wolf nickt. »Und einsam.«

»Und wennschon!«

Mit einer einzigen Armbewegung deutet er auf das Loch, in dem ich seit Wochen oder Monaten hause. »Ich dachte mir nur, dass du gern die Sonne sehen würdest. Wenigstens für eine Weile. Deine Haut ist blasser als der Mond. Vielleicht tut es dir gut.«

Ja, ich weiß, dass die verhasste Sonne mir guttun würde, doch mein Stolz steht mir im Weg. Mich von ihm tragen zu lassen – ihn mir so nah kommen zu lassen –, würde meine Maske ins Wanken bringen. Sie würde nicht fallen, das würde ich verhindern, aber ich müsste die ganze Zeit über aufpassen, dass er nicht zu viel sieht.

Doch die Verlockung, diesem trostlosen Loch zu entkommen – und sei es nur für eine halbe Stunde –, ist größer als mein Stolz, so ungern ich das auch zugebe.

»Einverstanden«, murmele ich.

Der junge Wolf reißt die Augen auf. Offenbar hat er nicht mit dieser Antwort gerechnet. Vorsichtig nähert er sich mir. Ich erkenne Furcht in seinem Blick.

»Es hätte keinen Sinn, dich zu töten«, sage ich. »Abgesehen davon, dass ich nicht weiß, wo wir überhaupt sind, komme ich damit«, ich deute auf mein dick verbundenes Bein, »nicht weit.«

»O ja, das beruhigt mich«, murrt er, ehe er den Atem ausstößt. »Ich weiß, dass du nicht aus freien Stücken hier bist, und es tut mir leid, was dir passiert ist. Ich versuche nur … es dir so angenehm wie möglich zu machen.«

Ich ziehe die Nase kraus. »Dieses Loch, in dem du mich einsperrst, nennst du ›angenehm‹?«

Er zuckt mit den Schultern. »Ich hätte dich auch vom ersten Tag an in die Hütte der Sklavinnen sperren können. Aber ich will mir nicht vorstellen, wie es dir ergangen wäre, wenn du inmitten fremder Menschen aufgewacht wärst. Und mit ihnen auf engstem Raum hättest hausen müssen, während du keinen von ihnen kennst.«

»Dich kenne ich auch nicht.«

Wieder verzieht er den Mund. »Das würdest du, wenn du dich hin und wieder mit mir unterhalten würdest.«

»Vielleicht will ich das nicht«, gebe ich zurück.

Er reibt sich über die Stirn. »Schon gut. Es … war eine dumme Idee von mir. Ich lass dich wieder allein.«

Als er sich zum Gehen wendet, kriecht mir Panik den Nacken hinauf.

»Warte!« Ich strecke den Arm nach ihm aus und bin erleichtert, als er stehen bleibt und sich halb zu mir umdreht. »Ich … wollte nicht so gemein sein.«

»Und ich«, murmelt er kaum hörbar, »wollte nicht wieder hören, dass du mich hasst.«

Mein Herz stolpert in der Brust bei der Art, wie traurig und verloren seine Stimme klingt.

Ich senke den Blick. »Nimm es bitte nicht persönlich. Ich bin … auf alles und jeden wütend, genauso wie ich jeden hasse. Am meisten mich selbst.«

»Warum?« Er dreht sich ganz zu mir um.

Meine Finger krallen sich in die dünne Decke, die über mir liegt – nur nicht über dem verletzten Bein. »Meine Ahnen müssen sehr enttäuscht von mir sein, wenn sie mir den Zutritt zu ihrem Reich wieder und wieder verwehren. Wie es aussieht, bin ich ihrer nicht würdig, obwohl ich so viele Kämpfe gewonnen habe. Ich habe meine einzige Freundin im Stich gelassen, obwohl ich ihr versprochen habe, dass wir immer zusammenbleiben.« Ich habe den Heiler, so gut es ging, über weitere Gladiatoren aus der Arena ausgefragt. Aber er meinte, er wüsste nur von einer Vantyr, die den Einsturz überlebte. »Sie musste ohne mich den weiten Weg zu unseren Ahnen antreten, während ich hier zurückbleibe. Ich kann nur hoffen, dass sie ein gutes Wort für mich einlegt, damit ich … ihr irgendwann folgen kann. Du siehst, ich bin … unwürdig. Wie könnte ich mich da nicht hassen?«

Als ich zögerlich den Blick hebe, hat der junge Wolf die Stirn gerunzelt.

Ich straffe die Schultern und sage hastig: »Ich erwarte nicht, dass ein Etureer wie du das versteht.«

»Du hast recht«, sagt er erstaunlich sanft. »Ich habe keine Ahnung von der Kultur des Volkes, aus dem du stammst. Aber vielleicht … kannst du es mir erklären, wenn wir uns hin und wieder unterhalten. Doch zuerst«, er greift nach der Decke und schlägt sie zurück, »bringe ich dich für eine Weile hier raus.«

Vor meinem Bett geht er in die Hocke, mit dem Rücken zu mir. Ich bekomme kaum Luft und schiebe es auf diese verdammte dunkle Zelle, als ich zur Bettkante rutsche und die Arme zögernd um seinen Hals lege. Er greift nach hinten, umfasst vorsichtig meine Beine und steht mit mir huckepack wieder auf.

Mein Herzschlag gerät aus dem Takt, als seine warmen Hände auf meine kalte, bloße Haut treffen.

Als ich ihn das erste Mal sah, waren wir in den dunklen Gängen der Arena. Danach trafen wir uns bei Nacht in Graecus' Haus und in dessen Garten. Jedes Mal hielt ich seine Haare für beinahe schwarz oder nur erhellt durch unzählige Kerzen. Nun, da ich sie direkt vor der Nase habe, erkenne ich, dass sie dunkelbraun und – ähnlich wie meine – von einigen helleren Strähnen durchzogen sind. Dieses Farbspiel kann ich ebenso wenig ausblenden wie seine sanfte Stärke, mit der er mich festhält, seinen breiten Rücken, der mir bisher kaum aufgefallen ist, und seinen Duft, der mir bei jedem Atemzug in der Nase kitzelt. Ich kann nicht benennen, wonach er riecht, deshalb atme ich mehrmals tief ein, in der Hoffnung, diese Nuance bestimmen zu können.

Der junge Wolf bewegt sich leichtfüßig trotz meines zusätzlichen Gewichts. Selbst die Stufen hinauf bemerke ich seine Schritte kaum. Kein unangenehmes Ziehen oder eine Erschütterung, die meiner Wunde schaden könnte.

Als wir die letzte Stufe erreichen, flutet Sonnenlicht den Korridor, der nach draußen führt. Ich muss eine Hand von seinem Hals nehmen, um meine Augen zu schützen, die nur noch an das spärliche Fackellicht gewöhnt sind. Bereits jetzt spüre ich die drückende Wärme Eturiens, die ich hasse, aber nach der ich mich im Moment sehne.

Wie er versprochen hat, ist es ein schöner Tag, nicht ganz so heiß wie gewöhnlich. Ein lauer Windzug nimmt den Sonnenstrahlen ihre Unbarmherzigkeit. Es fehlt nur noch das ständige Plätschern von Wasser und das entfernte Rauschen des Meeres und ich könnte glauben, in meiner Heimat zu sein, wenn ich die Augen ganz fest schließe.

Der junge Wolf bringt mich in einen Garten. Dieser hat keine Ähnlichkeit mit den gepflegten Hecken und Büschen und Beeten, die ich von Graecus kenne. Hier gibt es weit weniger exotische Pflanzen, mit denen sich mein früherer Herr rühmte, sondern eher einheimische Blumen und Hecken, die kaum gebändigt wachsen und wuchern. In der Mitte des Gartens steht ein hoher, blätterloser Baum, darunter eine steinerne Bank, auf der mich der junge Wolf achtsam absetzt. Beinahe muss ich meine Arme dazu zwingen, sich von seinem Hals zu lösen.

»Nilsa wird dir gleich etwas zu trinken bringen«, verspricht er, nachdem er sich wieder aufgerichtet hat.

Ich muss den Kopf in den Nacken legen, um zu ihm aufschauen zu können. »Nilsa?«

»Die … Sklavin, die sich jeden Tag um dich kümmert?«, sagt er stockend.

»Oh.«

Damit entlocke ich ihm ein schiefes Schmunzeln, das mein Herz schneller schlagen lässt. »Du hast es nicht so mit Namen, ich weiß.«

Ich blinzele hastig, als ich merke, dass ich ihn anstarre wie ein verliebtes Schaf, und schaue schnell woanders hin. Das bandagierte Bein gerade ausgestreckt, sehe ich mich um, um meine plötzliche Unsicherheit zu überspielen. »Wo sind wir hier?«

»In Sizia«, antwortet er. »Ziemlich am Rand der Stadt, deshalb ist es hier ruhig. Dort drüben«, er deutet nach rechts, »kannst du einige Dächer der anderen Häuser erkennen. Und dort«, er deutet ein Stück weiter nach links, »wird gerade die neue Arena gebaut. Sie sind schon ziemlich weit. Noch ein paar Wochen, vielleicht zwei Monate, und die ersten Kämpfe können stattfinden.«

Ich versteife mich bei seinen Worten, doch er scheint es nicht zu bemerken.

»Flavius hat einige Gladiatoren aus Estrard abwerben können. Sie scharren schon mit den Füßen, weil sie sich zu Tode langweilen.«

»Flavius«, murmele ich, greife nach dem Ärmel meines Hemdes und ziehe ihn über die Schulter hoch. »Verdanke ich ihm dieses neue Brandmal?«

Ich konnte es noch nicht sehen, weil mir niemand einen Spiegel zugesteht, aber ich bin oft genug mit dem Finger darübergefahren, um das erhabene F zu erfühlen.

»Er ist dein neuer Herr«, gibt der junge Wolf zögerlich zu. »Ich stehe auch in seinen Diensten und …«

»Hat er dich auch wie Vieh gebrandmarkt und als sein Eigentum gekennzeichnet?«

Die bitteren Worte sind heraus, ehe ich sie aufhalten kann.

»Nein«, sagt er. »Aber auch ich bin an ihn gebunden, ob es mir passt oder nicht.« Seufzend lässt er sich auf der Bank neben mir nieder. Er sitzt quasi an der anderen Kante. »Ich bilde mir nicht ein, dass ich verstehe, was in dir vorgeht, oder dass ich nachempfinden kann, was dir passiert ist. Vielleicht erzählst du mir irgendwann davon. Vielleicht auch nicht. Aber keiner von uns kann die Vergangenheit ändern. Wir können nur unsere Zukunft gestalten. Auch du kannst das.«

Ich bin drauf und dran, ihm zu widersprechen. Als Gladiatorin besteht meine Zukunft aus einer endlosen Reihe von Kämpfen. Kämpfe, die ich mit meinen Verletzungen womöglich nicht gewinne. Kämpfe, die mir alles abverlangen werden. Doch ganz gleich, wie sehr ich mich anstrenge, irgendwann wird der Tag kommen, an dem ich nicht mehr kämpfen kann.

Zumindest dachte ich das bisher – als Graecus' Gladiatorin. Er ließ keinen Zweifel daran, dass er mich so lange wird kämpfen lassen, bis ich ihm kein Gold mehr einbringe.

Aber mein neuer Herr könnte anders sein. Bisher habe ich ihn noch nicht gesehen, noch kein Wort mit ihm gewechselt. Vielleicht kann ich ihn davon überzeugen, mich freizulassen, wenn ich meinen Preis in Gold aufgewogen habe.

Ich schaue auf meine Hände, die nicht mehr verbunden sind. Als ich zu mir kam, waren sie es, wie beinahe der gesamte Rest meines Körpers. Nur kurz konnte ich meine Macht befreit spüren und mit ihr eine Einheit bilden. Nun ist sie wieder nur ein schwaches Glimmen. Wie auch meine körperliche Kraft ist sie verkümmert in der Zeit, die ich in diesem dunklen Loch liegen musste und mich möglichst nicht bewegen durfte, geschüttelt von Fieber und verzehrt von Schmerzen. Da ich eine solch schwere Verletzung noch nie hatte, kann ich mir diese Schwäche nur so erklären, dass meine Magie all ihre Kraft dafür aufbringen musste, um mich am Leben zu halten.

»Wird mein neuer Herr … Flavius mit mir reden?«, frage ich.

»Irgendwann bestimmt«, murmelt der junge Wolf. »Aber noch ist es besser, wenn du ihm aus dem Weg gehst.«

»Warum?«

»Weil er weder auf dich noch auf mich gut zu sprechen ist. Ich bekomme es jeden Tag zu spüren und nehme es hin, aber du würdest … ihm geradeheraus sagen, was dir nicht passt. Das würde deine Stellung hier noch weiter schwächen.«

Ah, ich habe also eine schwache Stellung.

»Flavius musste einige Strippen ziehen, um dich zu retten. Und eine Menge Gold ist geflossen. Deine Behandlung war ebenfalls alles andere als billig. Und von seiner Warte aus hast du ihm noch keine einzige Kupfermünze eingebracht.« Er rutscht ein Stück näher. »Er wird seine Meinung ändern, sobald du in seiner Arena kämpfst, auf die er so stolz ist.«

Kämpfen. Womöglich ist das die Prüfung, die mir meine Ahnen auferlegt haben. Sie wollen, dass ich so lange kämpfe, bis auch ich begriffen habe, dass ich zu nichts anderem tauge.

Ich muss es endlich verstehen: Ich bin in den Augen der Eturer keine Vantyr, keine Frau oder einfache Sklavin.

Sondern nur eine Gladiatorin, die sie mit sinnlosen, blutigen Kämpfen unterhält.

Und wenn ich ehrlich bin, glaube ich selbst nicht daran, dass ich zu etwas anderem tauge. Wäre ich nicht meiner Heimat entrissen worden, hätte ich ebenfalls kämpfen müssen – zum Schutz meines Volkes.

Vielleicht kann ich bei meinem neuen Herrn meine Freiheit erlangen, wenn ich mich anstrenge. Dann könnte ich zurück nach Hause und für eine Sache kämpfen, die wirklich zählt. Die wichtig ist.

»Wann kann ich wieder trainieren?«, frage ich daher.

Der junge Wolf runzelt die Stirn. »Als du wieder zu dir kamst, sagtest du, dass du nicht mehr kämpfen willst.«

Ich verziehe den Mund. »Mir bleibt doch nichts anderes übrig, wenn ich nicht als niedere Sklavin enden will, oder?«

Der junge Wolf schweigt so lange, dass ich den Kopf zu ihm drehe. Seine Miene wirkt nachdenklich und ernst.

»Astor muss entscheiden, wann du mit dem Training beginnen kannst«, sagt er, »aber ich bin der Meinung, dass du bald damit anfangen solltest, wenigstens ein paar Runden hier durch den Garten zu gehen. Durch die mangelnde Bewegung haben sich deine Muskeln zurückgebildet. Es wird Wochen, wenn nicht gar Monate dauern, bis du an einem richtigen Training teilnehmen kannst.«

Das habe ich befürchtet. Während des Trainings hätte ich wenigstens ein bisschen angestauten Frust rauslassen können, aber so bin ich weiter zum Nichtstun verdammt.

»Wer trainiert Flavius' Gladiatoren?«, frage ich. »Jemand, den ich kenne?«

Aus meiner Zeit in Estrard bin ich vielen Trainern über den Weg gelaufen. Nicht wenige gingen als Graecus' persönliche Gäste in seinem Stadthaus ein und aus. Mit nur wenigen habe ich je trainiert, denn keiner kam mit mir zurecht. Ich war schneller und wendiger als sie und sie fürchteten sich vor meiner Magie, obwohl sie unterdrückt war. Aber sie wussten, wozu ich fähig war. Wozu ich werden konnte, wenn der Rest meiner Magie das Kommando übernahm.

»In gewisser Weise«, sagt der junge Wolf. »Flavius hat mir das Training seiner Gladiatoren übertragen.«

»Du?« Ich muss mir auf die Unterlippe beißen, um nicht laut loszuprusten.

Natürlich sehe ich an seinem Körper, dass er trainiert ist, und glaube, dass er durch seine Ausbildung in der Armee sicher im Umgang mit Waffen sein muss.

Aber ich kann ihn mir nicht als Trainer von alteingesessenen Gladiatoren vorstellen. Dazu ist er zu gutherzig und weich. Ich würde ihn nicht respektieren.

Er scheint mir genau anzusehen, was in mir vorgeht. Sein Blick wirkt mit einem Mal lauernd. »Das heutige Training fängt gleich an. Es findet dort drüben auf dem Übungsplatz statt. Möchtest du zusehen?«

KAPITEL 20

AERYN

Der kahle Baum im Garten konnte die Sonne schon kaum von mir abschirmen, aber hier, auf einer Bank gegenüber des Trainingsplatzes, habe ich überhaupt keinen Schutz. Doch ich beklage mich nicht. Nach Wochen in dem kalten Loch im Keller prickelt meine Haut förmlich unter den Sonnenstrahlen. Auch meine Magie scheint aus einem langen Schlaf erwacht zu sein. Ich weiß nicht, ob es an der warmen Sonne oder daran liegt, dass der junge Wolf mich vorhin getragen hat. Abgesehen von Astors Behandlungen und der Hilfe der Sklavin, waren seine Berührungen die ersten, die ich seit langer Zeit empfangen und auch genossen habe.

Die Übungen der Gladiatoren finden auf einem viereckigen, mit hüfthohen Zäunen abgegrenzten Platz statt, der mit Sand befüllt ist. An einer Längsseite stehen mehrere Zielscheiben und einige Kampfpuppen, die dick mit Stroh gefüllt sind. An einer anderen Seite befinden sich, aufgereiht an einer Halterung, verschiedene Waffen. Doch selbst auf die Entfernung kann ich erkennen, dass sie allesamt aus Holz sind.

»Flavius traut seinen Gladiatoren wohl nicht«, murmele ich, nachdem der junge Wolf mich zu der Bank in der Nähe getragen hat und noch einen Moment leicht unschlüssig neben mir steht.

Ich weiß nicht, warum ich das laut sage oder wieso ich überhaupt rede. Vielleicht um mich von dem seltsamen Kribbeln an meinen Beinen abzulenken, dort wo seine Hände mich sicher oben gehalten haben und auf meiner Haut lagen.

»Kannst du es ihm verdenken?«, fragt er. »Nach dem, was in Estrard passiert ist, sind viele Gladiatorenbesitzer vorsichtig geworden. Außerdem kann er sich keine weiteren verletzten Gladiatoren leisten. Vor allem nicht so kurz vor der Eröffnung der neuen Arena.«

»Und du glaubst, du kannst sie mit stumpfen Waffen trainieren?«

Er zuckt mit den Schultern. »Mir geht es hauptsächlich um Bewegungsabläufe. Die meisten der Gladiatoren, die Flavius angeworben hat, sind nicht mehr die Jüngsten. Sie haben Erfahrung, keine Frage, aber ihnen fehlt die Beweglichkeit. Ich werde aus ihnen nie solch begnadete Kämpfer machen, wie du einer bist, aber ich gebe mein Bestes, damit sie den Zuschauern gute Unterhaltung liefern.«

»Wie willst du das anstellen?«, hake ich nach.

Er grinst, wobei er nur einen Mundwinkel nach oben zieht. Normalerweise würde ich dieses Grinsen als überheblich ansehen, ihm jedoch verleiht es etwas Flegelhaftes.

Und das gefällt mir.

»Schau zu und lerne.«

Er wendet sich ab und geht zum Übungsplatz, wo sich mittlerweile einige Gladiatoren eingefunden haben. Keiner von ihnen trägt eine Rüstung oder einen anderen Schutz; offenbar verzichten sie wegen der stumpfen Waffen darauf. Oder weil der junge Wolf so besser ihre Bewegungen einschätzen kann.

Ich strecke auch das gesunde Bein aus und mache es mir, so gut es geht, auf der steinernen Bank bequem. Sie steht so nah am Übungsplatz, dass ich jedes gesprochene Wort deutlich verstehen kann. Auch entgehen mir die Blicke nicht, die die alten Gladiatoren mir zuwerfen.

»Wird sie auch kämpfen?«, stellt einer von ihnen die Frage, auf die ich schon die ganze Zeit warte.

Der junge Wolf folgt seinem Blick und sieht mich an. »Noch nicht. Aber irgendwann wird sie hier mit euch trainieren und anschließend gegen euch in der Arena kämpfen, wenn sich keine anderen Gegner finden. Rein zur Unterhaltung natürlich.«

Einer der Gladiatoren verschränkt die Arme vor der Brust. »Du glaubst doch nicht im Ernst, dass sie sich deinen Anweisungen unterordnen wird.«

»Doch, das glaube ich«, entgegnet der junge Wolf, ohne den Blick von mir zu wenden.

Ich schnaube durch die Nase und entlocke ihm damit ein erneutes schiefes Schmunzeln. Dann nickt er den Gladiatoren zu, die sich eine Übungswaffe holen. Einige üben das Bogenschießen an den Zielscheiben, andere eilen hinüber zu den Trainingspuppen und der Rest stellt sich in Zweiergruppen auf dem Platz verteilt auf.

Zunächst üben sie das Parieren von Angriffen. Der junge Wolf geht von Gruppe zu Gruppe und gibt Hinweise, als hätte er es mit absoluten Anfängern zu tun, doch keiner der Gladiatoren scheint sich daran zu stören. Hätte er mit mir auf diese Weise gesprochen, hätte ich ihn angeknurrt.

Danach üben sie verschiedene Ausweichtechniken, und ich bekomme eine Ahnung davon, was der junge Wolf vorhin meinte. Die Gladiatoren warten bis zur letzten Sekunde, ehe sie ausweichen, um für die Zuschauer die Spannung aufrechtzuerhalten. Auch bei den darauffolgenden Übungen zur Entwaffnung des Gegners geht es um ausschweifende Armbewegungen und den möglichst hohen Bogen, in dem die Waffe in den Sand fliegen soll.

»Er macht sich gut, oder?«

Ich zucke zusammen. Ich war derart in die Beobachtungen des Trainings vertieft, dass ich nicht bemerkt habe, wie sich jemand neben mich gesetzt hat. Nicht nur meine Muskeln scheinen in den Wochen im Loch in Mitleidenschaft gezogen worden zu sein …

Unverhohlen mustere ich den Mann neben mir. Er ist mittleren Alters; seine Schläfen sind bereits grau und auch im restlichen braunen Haar haben sich graue Strähnen verirrt. Würden wir stehen, wäre er in etwa so groß wie ich. Im Sitzen sieht sein Bauchansatz wahrscheinlich größer aus, als er tatsächlich ist. Vor einigen Jahren war sein Gesicht sicher auch von einer herben Schönheit, doch das Alter ist nicht spurlos an ihm vorbeigegangen.

Letztendlich huscht mein Blick über die feine Kleidung. Und ich erinnere mich daran, dass ich ihm schon einmal begegnet bin – auf Graecus' Empfang. Meine Aufmerksamkeit ruhte aber bereits da fast ausschließlich auf dem jungen Wolf.

»Ihr seid Flavius«, sage ich.

Er neigt den Kopf. »Scharfsinnig. Aber das wusste ich bereits. Genießt du das Training?«

»Ich wünschte, ich könnte teilnehmen.«

Flavius nickt. »Ich hoffe, dass du das bald wirst. Momentan kostest du mich nur Geld.«

Ich verdrehe die Augen. »Dann hättet Ihr mich nicht retten sollen.«

Er lacht. Nun schaut auch der junge Wolf in unsere Richtung und bricht mitten im Sprechen ab. Offenbar gefällt ihm nicht, dass Flavius bei mir sitzt, doch Flavius deutet ihm mit einer Handbewegung an, das Training fortzuführen.

»Du glaubst«, sagt er an mich gerichtet, »dass ich es war, der dich gerettet hat?«

»Sonst säße ich wohl kaum hier. Hättet Ihr mich nicht gerettet, würde mein Kopf nun auf einem Spieß am Stadteingang zu Estrard stecken. Als Warnung für alle anderen Sklaven und Gladiatoren.«

»Götter, wie hat Graecus es nur mit deiner spitzen Zunge ausgehalten?«

Ich drehe mich halb zu ihm um. »Wenn Ihr bereits meine Zunge fürchtet, solltet Ihr mir besser keine Waffe in die Hand geben.«

»Oh, ich denke, das Risiko werde ich eingehen.«

Ehe ich ihn fragen kann, was er damit meint, deutet er mit einer Kinnbewegung auf den Trainingsplatz. Der junge Wolf hat sich ebenfalls eine Waffenattrappe genommen und sich gegenüber einem Gladiator aufgestellt. Sie gehen aufeinander los. Wüsste ich es nicht besser, wäre ich nicht auf die Idee gekommen, dass es sich nur um Training handelt, denn ihre Attacken wirken ernst. Mein Mund klappt auf, als ich dem jungen Wolf zusehe.

»Er ist gut, nicht wahr?«, raunt Flavius.

Ich weiß nicht, ob ich nicke oder irgendeinen zustimmenden Laut von mir gebe. Ich starre nur auf die beiden Kämpfenden. Während die Bewegungen des Gladiators plump und vorhersehbar wirken, bewegt sich der junge Wolf behände und geschmeidig. Wenn er wollte, hätte er den Gladiator schon vor Minuten entwaffnen und zur Aufgabe zwingen können, doch er zieht das Schauspiel in die Länge.

Als Unterhaltung für die Zuschauer.

Er weicht aus, wirbelt herum und bremst sein Tempo, um einen Angriff seines Gegners zu parieren.

Ich kann nicht sagen, wie lange dieser Trainingskampf andauert, aber ich langweile mich keine Sekunde. Noch nie saß ich auf den Tribünen der Arena, um einem anderen Kampf beizuwohnen, sondern beobachtete ihn höchstens von den versteckten Gängen aus. Mir ging es darum, meinen zukünftigen Gegner auszuspähen – nicht um Unterhaltung. Aber dem jungen Wolf zuzusehen, ist ein Fest.

Doch die drückende Hitze und die vielen Bewegungen fordern auch bei ihm ihren Tribut. Nachdem er seinen Gegner entwaffnet hat, neigt er den Kopf als Zeichen des Respekts vor ihm, ehe er den Saum seines Hemdes anhebt, um sich damit den Schweiß aus dem Gesicht zu wischen.

Ich schnappe nach Luft. Nicht wegen der fein definierten Muskeln, die ich nun deutlich erkennen kann, sondern wegen des leicht silbrig schimmernden Narbengewebes, das sich über seinen Bauch bis hinauf zur Brust ziehen muss.

»Sieh gut hin«, sagt Flavius. »Das hast *du* ihm angetan.«

Der junge Wolf muss meinen Blick bemerkt haben, denn er zerrt das Hemd schnell wieder nach unten und wendet mir den Rücken zu.

Aber ich habe sie deutlich gesehen. *Verbrennungsnarben.*

»Ich … war das?«, hauche ich.

»Du kannst dich nicht mehr an das erinnern, was in der Arena geschehen ist, oder?«

Ich schüttele den Kopf. Natürlich erinnere ich mich daran, wie ich mit Kallidora Seite an Seite die Arena betreten und sie Stück für Stück auseinandergenommen habe. Aber was geschehen ist, nachdem sie all ihre Kraft aufbrauchte und ich das letzte Flackern meines Feuers dazuschickte, weiß ich nicht. Ich hätte in tausend Fetzen gerissen werden müssen. Ich hätte unter der einstürzenden Arena begraben sein sollen.

Stattdessen sitze ich hier, zwar verletzt, aber auf dem Weg der Besserung.

»Er ist in die Arena gerannt«, sagt Flavius. »Nachdem Cato mich in Sicherheit wusste, ist er zu dir gerannt, anstatt sich selbst zu retten. Ich weiß es auch nur, weil er es mir hinterher erzählt hat. Er sagte, du standest von Kopf bis Fuß in Flammen, doch dein Feuer flackerte. Er wusste, dass er dich so schnell wie möglich dort rausbringen musste, also zerrte er dich von der Arenamauer weg.« Sein Blick wirkt kalt, während er mich taxiert. »Dein Feuer mag dir selbst nicht schaden, aber ihn hat es verletzt. Sein Hemd und die ersten Schichten seiner Haut waren miteinander verschmolzen, als man ihn fand.«

Ich schlucke angestrengt und bin unfähig, etwas darauf zu erwidern.

»Dann ist ein Teil der Arena über euch eingestürzt, ehe er dich wegbringen konnte. Cato lag die ganze Zeit auf dir und schirmte dich vor den Gesteinsbrocken ab. Als die Soldaten euch schließlich fanden, war er mehr tot als lebendig. Zumindest dachten sie das. Aber als sie dich töten wollten – immerhin warst du eine der Hauptverantwortlichen –, sprang er auf, entwendete einem Soldaten das Schwert und ging auf die übrigen los, die sich dir nähern wollten. Erst als sie mich dazuholten, konnte ich ihn beruhigen.«

»Warum?«, krächze ich.

Flavius zuckt mit den Schultern. »Das fragst du ihn lieber selbst. Jedenfalls hing sein Leben die Tage darauf an einem seidenen Faden. Bevor er das Bewusstsein verlor, presste er mir das Versprechen ab, dich ebenfalls zu behandeln, also hatte ich dich vorerst am Hals. Glaub mir, das brachte mir nicht viele Freunde ein. Die Senatoren liefen in der Herberge Sturm, wo ich euch von Astor behandeln ließ, und verlangten deine Herausgabe.«

»Wieso habt Ihr mich nicht ausgeliefert?«

Wieder deutet Flavius mit einem Kopfnicken auf den jungen Wolf, der das Training wieder aufgenommen hat, uns aber den Rücken zuwendet.

»Seinetwegen. Irgendwann – es muss der zweite oder dritte Tag nach dem Anschlag gewesen sein – kam er zu sich und bemerkte, was los war. Vielleicht hat er mich mit den Senatoren diskutieren hören. Catos halbe Brust war verbrannt und am Rücken und den Beinen hatte er einige Verletzungen von Gesteinsbrocken davongetragen. Er konnte vor Schmerzen kaum das Bett verlassen, doch er quälte sich hoch, um vor mir zu knien und um dein Leben zu flehen.«

Meine Brust fühlt sich an wie zugeschnürt und ich wage nicht zu atmen.

»Das ergibt keinen Sinn«, presse ich hervor. »Warum hätte er das tun sollen?«

Flavius stößt geräuschvoll die Luft aus. »Was weiß ich? Ich werde aus dem Burschen nicht schlau, aber ich bin dankbar, ihn in meinen Diensten zu wissen. Ein loyalerer Mann als er ist mir noch nie begegnet. Trotzdem …«

»Trotzdem?«, hake ich nach, als er nicht weiterspricht.

»Trotzdem war mein Versprechen, dich zu retten, an Bedingungen geknüpft. Ich bin Geschäftsmann und gehe keinen Handel ein, bei dem nichts für mich rausspringt.«

Ich verschränke die Arme vor der Brust. »Natürlich wollt Ihr, dass ich für Euch kämpfe.«

»Du bist eine Vantyr«, sagt Flavius. »In deinem jetzigen Zustand könnte wahrscheinlich sogar ich dich besiegen, aber ich habe dich kämpfen sehen. Nie hätte ich gedacht, mir eine Vantyr leisten zu können, und dennoch sitzt du hier. Mir ist klar, dass du nicht freiwillig hier bist, aber das ist Teil des Handels.«

Ich schnaube. »Euer Handel ist mir herzlich egal.«

Flavius umfasst mit einer Hand mein Kinn und zwingt mich, ihn anzusehen. Seine Augen haben die Farbe des Meeres kurz vor einem unerbittlichen Sturm. »Ich fürchte, du verstehst mich nicht, Mädchen. Dein Leben ist von nun an mit Catos verbunden. Wenn du dich selbst tötest, werde ich ihn töten. Wenn du etwas Ähnliches planst wie in der Arena der Hauptstadt, wird ihn ein noch viel schlimmeres Schicksal als der Tod ereilen. All deine Taten haben von nun an Konsequenzen. Tu, was du willst, aber bedenke, dass nicht nur dein Leben auf dem Spiel steht.«

Ich fletsche die Zähne. »Sagtet Ihr nicht eben, dass Ihr froh wärt, ihn zu haben?«

Er lässt mich los. Trotzdem spüre ich noch deutlich, wo seine kalten Finger auf meiner Haut lagen. »Das bin ich durchaus. Aber ich bin ein immenses Risiko mit dir eingegangen. Ein Leben für ein Leben, das war unser Handel. Cato wird mir für den Rest seines Lebens aus Dankbarkeit dienen. Und ich habe eine waschechte Vantyr. Ich hätte es durchaus schlechter treffen können. Die einzige Unsicherheit bist du. Deshalb musste ich dafür sorgen, dass ich dich an der kurzen Leine habe.«

Ich recke das Kinn. »Woher wollt Ihr wissen, dass es mich kümmert, ob er sein Leben verliert?«

»Ich weiß nicht viel über dich oder über die Vantyr«, sagt Flavius. »Ihr seid ein sehr spezielles Völkchen. Aber Ehre geht euch über alles. Cato hat sein Leben riskiert, um dich zu retten. Die Zeichen dieser Dummheit wird er für immer in seine Haut gebrannt tragen.« Er steht auf und zupft sein Hemd zurecht. »Es wäre ehrlos, ihn im Stich zu lassen. Du stehst in seiner Schuld, ob dir das nun passt oder nicht. Nun denn, genieß weiterhin das Training, Aeryn. Ich hoffe, dich bald auf dem Übungsplatz zu sehen.«

Er schlendert davon und lässt mich rastlos zurück. Vorhin habe ich mir vorgenommen, meinen neuen Herrn nach meiner Freiheit zu fragen, sobald ich ihm begegne, doch das ist mir eben nicht in den Sinn gekommen. Stattdessen drehte sich das Gespräch um den jungen Wolf und darum, dass mein Leben nun mit seinem verbunden ist.

In der Kultur der Vantyr gibt es viele solcher Verbindungen. Wird ein Leben gerettet, steht der Gerettete auf ewig in der Schuld des anderen, bis diese beglichen ist – und ein Leben kann nur durch ein anderes Leben vergolten werden. Diese Verbindungen wurden nie unüberlegt geschlossen; vielmehr sind sie ein

Akt von Barmherzigkeit, denn das Leben eines anderen zu retten, ist eine herausragende Tat, die einen in den Augen der Göttin würdiger erscheinen lässt.

Warum fühle ich mich dann, als würde eine riesige Last auf meinen Schultern liegen? Seit ich seine Narben gesehen habe, wütet ein Schmerz in mir, den ich nicht begreifen kann.

Ich wollte das nicht, und hätte ich die Wahl gehabt, hätte ich den jungen Wolf angefleht, mich nicht zu retten.

Die Sonne verschwindet bereits hinter den Häusern, als der junge Wolf das Training für beendet erklärt. Ich war so sehr in Gedanken versunken, dass ich nicht bemerkt habe, wie die Zeit vergangen ist.

Als er zu mir kommt, muss ich mich zu einem Lächeln zwingen. »Gutes Training.«

Er winkt ab. »Interessant wird es erst, wenn du wieder fit bist und daran teilnimmst. Die anderen Gladiatoren haben jetzt schon Angst vor diesem Tag.« Seine Miene wird ernst. »Flavius war bei dir und hat es dir erzählt, nicht wahr? Die Sache mit unserem Handel.«

Ich nicke, während sich meine Hände in die kurze Hose krallen. »Ich wünschte, du wärst diesen Handel nicht eingegangen.«

»Wenn ich noch mal vor der Wahl stünde, würde ich wieder genau dasselbe tun.«

Nur kurz halte ich seinem Blick stand, ehe ich meinen senke. Ich will dieses Leuchten darin nicht sehen. Er schaut mich an, als wäre ich etwas wert. Doch Flavius hat unmissverständlich klargemacht, dass ich ihn nur Gold koste.

Ich bin ausschließlich das wert, was die Zuschauer der Arena auf mich wetten.

»Komm, ich bringe dich wieder zurück und hole dir dann dein Abendessen. Du musst Hunger haben.«

Er geht vor mir in die Hocke und wartet darauf, dass ich die Arme um seinen Hals lege, doch das tue ich nicht. Stattdessen stehe ich auf und gerate sofort ins Wanken. Der junge Wolf springt auf und greift nach meinem Arm, ehe ich zu Boden gehen kann.

»Du darfst noch nicht laufen, Aeryn.«

»Und du bist selbst verletzt und kannst mein Gewicht nicht ständig umhertragen«, halte ich dagegen.

Er lässt mich los und weicht einen Schritt zurück. »Mir geht es gut. Ich habe mich schneller erholt als du.«

Von Wunden, die ich dir zugefügt habe, tönt es ohne Unterlass in meinem Kopf.

Ich strecke die Hand nach ihm aus. »Wenn du … mich stützt, wird es gehen.«

Deutlich sehe ich ihm an, dass er mir widersprechen will, doch er tut es nicht. Ich bin ihm dankbar dafür. Stattdessen umfasst er meinen Arm – fest genug, um mich halten zu können, sollte ich wieder wanken, aber nicht so fest, um mir wehzutun.

Wir kommen nur langsam voran. Schon nach wenigen Metern steht mir vor Anstrengung der Schweiß auf der Stirn. Meine Muskeln, die normalerweise jedem meiner Befehle nachkommen, brennen protestierend unter der ungewohnten Bewegung. Die Treppen hinab in den Keller sind das Schlimmste. Beinahe bitte ich ihn, mich doch huckepack zu nehmen, aber ich beiße mir auf die Zunge.

Als wir endlich in der Zelle angekommen sind, bin ich schweißgebadet und lehne mich dankbar gegen die kühle Steinwand. Behutsam streicht mir der junge Wolf über die Stirn, während er mich sorgenvoll mustert.

»Ich hätte dich tragen sollen«, murmelt er. »Astor wir uns beiden die Köpfe abreißen, wenn deine Wunde …«

»Es geht mir gut«, sage ich mit einem erzwungenen Lächeln, was sein Stirnrunzeln nur verschlimmert. »Die Wunde tut nicht weh, jedenfalls nicht mehr als sonst. Es sind meine Muskeln, die die Bewegung nicht mehr gewohnt sind.«

»Trotzdem hätte ich dich tragen sollen«, beharrt er. »Der Weg war zu weit. Ich hätte nicht …« Mit beiden Händen reibt er sich übers Gesicht. »War es dir unangenehm, als ich dich getragen habe?«

Nun bin ich es, die die Stirn runzelt. »Was?«

Eine zarte Röte zeichnet sich auf seinen Wangen ab. »Na ja, du … musst mir dabei sehr nah kommen und ich … verstehe, wenn du das nicht möchtest und …«

Ich lege ihm einen Finger an die Lippen und bringe ihn dadurch zum Verstummen. »Darum geht es nicht.«

»Gut«, murmelt er. »Denn ich fand es … ziemlich angenehm.«

Ein echtes Schmunzeln zupft an meinen Mundwinkeln, doch ich unterdrücke es. »So?«

Er nickt abgehackt, während sich auch seine Ohren leicht rot färben.

Ich hake den Zeigefinger in den Saum seines Hemdes und schiebe es ein Stück nach oben. Sofort weicht er zurück und will sich mir entziehen, doch ich kralle nun die ganze Hand hinein und schiebe das Hemd hoch.

Nüchtern betrachtet sind die Verbrennungen gut verheilt. In Graecus' Küche habe ich Sklaven mit weit schlimmeren Narben gesehen.

Aber für diese war nicht ich verantwortlich.

Während ich die Haut des jungen Wolfs betrachte, die sicher einmal fest und glatt war, fühlt es sich an, als befände sich mein Herz in einem unnachgiebigen Klammergriff. Immer mehr wird es zusammengequetscht, je weiter mein Blick nach oben gleitet. Die Narben reichen bis zur Hälfte seiner Brust. Da muss er mich gegen sich gedrückt haben.

Und ich habe es nicht bemerkt.

Ich war zu dem Zeitpunkt bereits so geschwächt, dass ich nichts mehr um mich herum wahrgenommen habe. Auch ihn nicht. Ich wollte nur, dass es endlich vorbei ist.

Ihn wollte ich nie verletzen. Am Abend zuvor sollte er mir sogar versprechen, der Arena fernzubleiben.

»Warum warst du da?«, frage ich flüsternd.

Federleicht lege ich eine Hand auf die Narben an seinem Bauch. Er zieht scharf die Luft ein und ich nehme die Hand schnell wieder weg. Doch da ist kein Ausdruck von Schmerz in seiner Miene oder seinen weit aufgerissenen Augen. Ohne seinen Blick freizugeben, lege ich die Hand wieder auf seinen Bauch. Seine Muskeln zucken unter meiner Berührung.

»Ich habe dir gesagt, dass du nicht in die Arena kommen sollst«, murre ich. »Und trotzdem warst du da.«

»Es ging nicht anders«, sagt er rau. »Flavius wollte vor unserer Abreise unbedingt ein letztes Mal die Kämpfe sehen und ich musste ihn begleiten. Wir wollten gerade aufbrechen, als du und Kallidora in die Arena kamt.«

»Es … tut mir leid«, wispere ich.

Er hebt eine Hand und legt sie nach kurzem Zögern an meine Wange. Es fehlt nicht viel und ich hätte mich in diese warme, lockende Berührung hineingeschmiegt und geschnurrt wie eine Katze.

»Es muss dir nicht leidtun«, sagt er. »Wir haben es beide überstanden und kommen wieder auf die Beine. Astor meinte, dass meine Narben mit der Zeit noch blasser werden. Und auch du wirst wieder so stark und schnell wie früher werden, du wirst sehen.«

Mit gerunzelter Stirn schaue ich auf die vernarbte Haut an seinem Bauch. Draußen im Sonnenlicht haben die Narben silbrig geglänzt. Hier unten im schummrigen Fackelschein sind sie von einem dunklen Rosa und fallen kaum auf. Trotzdem wünsche ich mir zum ersten Mal in meinem Leben, dass ich die Gabe des Wassers hätte. Oder des Windes. Ich war stets stolz auf meine Feuergabe und war überglücklich, als sie sich manifestierte. Aber heute … wünschte ich, es wäre Wasser oder Wind gewesen. Beides hätte ihn nicht derart verletzen und zeichnen können.

»Du solltest jetzt etwas essen und dich danach ausruhen«, sagt er, als ich schweige. »Es war ein langer und anstrengender Tag für dich. Ich lasse dir gleich dein Essen bringen.«

Ich ziehe die Hand zurück, nicht ohne noch einmal sanft mit den Fingern über seine Haut zu streichen, was ihn erschaudern lässt.

»Du hast sicher auch Hunger«, sage ich. »Nach einem ganzen Tag auf dem Übungsplatz.«

Er zuckt mit den Schultern, ehe er umständlich sein Hemd zurechtzupft. »Bestimmt hat mir der Koch etwas aufgehoben.«

Die Bitte, dass er gemeinsam mit mir essen kann, liegt mir bereits auf der Zunge. Das letzte Mal, als ich mit jemandem zusammen gegessen habe, ist Wochen her. Es war gemeinsam mit Kallidora. Seit ihrem Tod war ich froh, dass mich alle in Ruhe ließen, damit ich meine Göttin und die Ahnen stumm verfluchen kann, weil ich hierbleiben muss.

Doch jetzt glimmt in meiner Brust ein fast vergessenes Gefühl auf: Sehnsucht. Ich sehne mich nach der Nähe eines anderen Menschen. Nach Gesprächen. Nach allem, was die Dunkelheit vertreibt.

Aber ich schweige.

Ich habe ihm bereits genug geschadet. Ich habe ihn nicht nur mit meinem Feuer gezeichnet, sondern er ist an mich gebunden.

Ihm meine Launen zuzumuten, wäre zu viel, selbst für seine Hartnäckigkeit. Jetzt mag ich mich nach Nähe sehnen, aber das kann in wenigen Stunden schon wieder umschlagen, wenn die düsteren Gedanken in meinem Kopf überhandnehmen.

»Danke«, murmele ich. Selbst zu diesem einen Wort muss ich mich zwingen. »Für den heutigen Tag.«

»Nichts zu danken, Aeryn«, sagt er. »Sobald Astor es erlaubt, nehme ich dich öfters mit nach draußen.«

Ich nicke unverbindlich und wende ihm den Rücken zu, als er meine Zelle verlässt und die Tür hinter sich schließt. Der Drang, ihn zurückzuhalten, ist beinahe übermächtig, doch ich beiße mir auf die Zunge und kralle beide Hände in den Saum meines Hemds, bis seine Schritte auf den Steinstufen verklingen.

KAPITEL 21

CATO

Ich würde gern sagen, dass sich unser Verhältnis seit diesem Tag gebessert hat, doch das wäre eine Lüge. Mehrmals fällt Aeryn dem Trübsinn und einer zerstörerischen Wut gleichermaßen anheim. Das sind die Tage, in denen ich einen großen Bogen um sie mache und lieber Nilsa vorschicke.

Ich streite nicht ab, dass ich ein Feigling bin. Früher habe ich mich nie für einen gehalten, aber wenn es um Aeryn geht … Diese Frau scheint meine Schwachstellen zu kennen und scheut sich nicht davor, ihre Waffen direkt darauf abzufeuern.

Ich fechte meine Kämpfe aus, wenn sie unausweichlich sind, aber ich gehöre nicht zu den Narren, die sich kopflos ins Getümmel stürzen. Und wenn Aeryn einen schlechten Tag hat, wäre ich ein Narr, würde ich ihr gegenübertreten. Ich weiß nicht, ob ich es noch einmal ertrage, ihren geballten Hass zu spüren zu bekommen … Er richtet sich nicht gegen mich persönlich – hoffe ich zumindest –, aber er ist so stark und zerstörerisch, dass ich mich davor fürchte.

Gleich der nächste Tag war ein schlechter, denn Astor verbot Aeryn noch einmal aufzustehen. Wieder ans Bett gefesselt und zur Untätigkeit verdammt, ließ sie ihren Frust an jedem aus, der sich in ihre Nähe wagte. Das meiste bekam Nilsa ab, aber auch Astor blieb nicht verschont. Ich schob wichtiges Gladiatorentraining vor, um nicht hinab in den Keller zu müssen.

Je länger ich Aeryn beobachte, desto mehr erinnert mich ihr Verhalten an das der wilden Raubkatzen der Arena. Einige wurden in ihren viel zu kleinen Käfigen apathisch und vegetierten vor sich hin. Andere, zu denen auch Aeryn gehören würde, wurden derart aggressiv, dass sie sich selbst verletzten.

Eine starke Kämpferin wie sie kann man nicht auf Dauer in einer Zelle einsperren. Das versuche ich auch Flavius klarzumachen, doch jedes Mal, wenn ich die Sprache auf Aeryn bringe, winkt er ab. Solange sie ihm kein Gold einbringt, ist sie in Flavius' Augen nicht mehr wert als eine streunende Katze, die sich an den Vorräten vergreift. Mir fällt auch nichts ein, wo wir sie unterbringen könnten. Flavius hat deutlich gesagt, dass er sie nicht in der Nähe von Waffen wissen will.

Etwa eine Woche nachdem ich Aeryn mit zum Training genommen habe, passe ich Astor ab, der gerade aus dem Keller emporsteigt. Schätzungsweise ist der Heiler mit dem langen, weißen Bart, der ihm fast bis zur Mitte der Brust reicht, über sechzig, trotzdem höre ich nicht das leiseste Schnaufen, als er auf der obersten Stufe angelangt ist und mich mit hochgezogenen Augenbrauen mustert.

»Wie geht es ihr?«, frage ich.

»Warum gehst du nicht hinunter und siehst nach?«

Ich knirsche mit den Zähnen.

Astor seufzt. »Besser. Die Wunde an ihrem Bein hat sich vollständig geschlossen. Sie darf ab jetzt aufstehen.«

Erleichtert stoße ich den Atem aus.

»Aber«, mahnt Astor, »sie muss es langsam angehen lassen. Die letzten Wochen waren schädlich für ihren Körper. Sie ist zwar kein Mensch und verfügt dank ihres Vantyr-Bluts über eine herausragende Heilung, aber sie ist nicht unverwüstlich. Gerade die Beine muss sie langsam trainieren. Am besten fängt sie mit den Armen und dem Oberkörper an. Wenn wir nicht in diesem trockenen Klima festsitzen würden, würde ich Schwimmen empfehlen. Das Becken im Badehaus dürfte für den Anfang reichen.«

Als Heiler hat Astor viele Teile der Welt bereist. Wenn wir gemeinsam in der Küche zum Abendbrot sitzen, erzählt er manchmal davon. Obwohl ich in der Armee war, bin ich kaum aus Eturien herausgekommen. Und das eine Mal war … Ich kneife die Augen zusammen, als könnte ich dadurch die Erinnerung an diese Nacht vertreiben.

»Mir fällt schon etwas fürs Training ein«, sage ich hastig, um die Schreie in meinem Kopf zum Verstummen zu bringen.

»Aber langsam!«, mahnt der alte Heiler erneut. »Ihre Muskeln könnten reißen, wenn sie es übertreibt. Und sag der Köchin, sie soll Aeryn mehr Fleisch zu essen geben. Das Mädchen ist fast nur noch Haut und Knochen. Wenigstens isst sie mittlerweile überhaupt etwas …«

Ich nicke. »Wie ging es ihr heute? Ich meine, war sie …«

»Du meinst, ob sie irgendwas nach mir geworfen hat?«, fragt Astor. »Nein, heute nicht. Zum Glück! Einmal hat sie ihren Nachttopf nach mir geworfen, als ich ihr gesagt habe, dass sie weiterhin nicht aufstehen darf. Den Gestank habe ich tagelang nicht aus dem Bart bekommen.«

Ich reibe mir schnell mit der Hand über den Mund, um ein Schmunzeln zu verbergen.

»Du kannst gefahrlos zu ihr gehen.« Der Heiler wendet sich zum Gehen. »Sie wird deine Hilfe brauchen, um wieder auf die Füße zu kommen und sich zurechtzufinden. Wenn du sie weiterhin allein lässt, wird sie dir nie vertrauen.«

Ich presse die Lippen zusammen. »Ich versuchs, aber sie macht es mir nicht leicht.«

»Ein wildes Tier wird dir nie sofort aus der Hand fressen, sondern zuerst hineinbeißen. Nur wenn du dennoch deine Hand nicht zurückziehst, fasst es Vertrauen.«

»Aber Aeryn ist kein Tier.« Meine Stimme klingt plötzlich lauter, als ich es beabsichtigt habe. Fast, als wolle ich Astor mit aller Macht von dieser Tatsache überzeugen, vor der so viele die Augen verschließen, wenn es um Aeryn geht. Auch ich habe ihr Verhalten mit dem eines wilden Tieres verglichen, aber anders als die meisten Etureer halte ich Aeryn nicht für eine Barbarin oder eine Wilde. Ganz im Gegenteil. Ihre leicht schräg stehenden grünen Augen werden mich dennoch immer an die eines Raubtieres erinnern, vor allem wenn sie vor Kampfeslust funkeln. Genau wie ihre geschmeidigen Bewegungen unmöglich die eines Menschen sein können. All diese Eigenschaften faszinieren mich allerdings nur noch mehr an ihr.

Zu meiner Verwunderung nickt Astor. »Das ist sie nicht. Aber Aeryn stammt nicht aus unserem Land und sie hat sich trotz ihrer Jahre hier hartnäckig geweigert, sich an unsere Gebräuche anzupassen. Du wirst schon einen Weg finden, zu ihr durchzudringen, da bin ich mir sicher. Du musst nur weiterhin die Hand ausgestreckt lassen, und irgendwann wird sie sie ergreifen, anstatt sie zu ignorieren. Und ich bezweifle, dass sie hineinbeißen wird.«

Stumm sehe ich dabei zu, wie Astor davonrauscht, um sich um seinen nächsten Patienten zu kümmern, während ich unschlüssig an der Schwelle der Treppe zurückbleibe.

Astor hat recht: Aeryn ist keine Frau aus Eturien. Sie ist nicht unterwürfig wie eine Sklavin oder kultiviert wie eine Adlige. Sie ist temperamentvoll und ungezähmt, und ich habe nicht vor, daran etwas zu ändern. Aber irgendwie muss ich ihr klarmachen, dass sie sich in dieser – für sie – fremden Welt auf mich verlassen kann.

Noch immer habe ich mich keinen Zentimeter bewegt, als mein Blick auf einige Sklaven auf den Feldern fällt. Vor allem ihre Rechen fesseln meine Aufmerksamkeit.

Und ich habe eine Idee.

Mehrmals atme ich tief durch, als ich am Fuß der Treppe im Keller stehe. Aeryn hat mich zweifelsohne gehört, aber ich habe noch nicht genug Mut gesammelt, vor die Zellentür zu treten. Mit beiden Händen umklammere ich den umgebauten Rechen, als könne er mich vor Aeryns Wut beschützen, mit der sie mir vielleicht begegnen wird.

Flavius wird mich tadeln, wenn er erfährt, dass ich seine Geräte zweckentfremde, aber an der Front hatte ich hin und wieder mit Verletzten zu tun. Gerade diejenigen, die eine Beinverletzung davongetragen hatten, haben auf Gehhilfen wie Krücken zurückgegriffen. Also habe ich kurzerhand aus einem Rechen eine Krücke gebaut. Ich habe den Stiel ein Stück gekürzt, sodass die Krücke unter Aeryns Achsel passt. Die untere Seite, die gewöhnlich fürs Rechen benutzt wird, habe ich dick mit Stoff umwickelt. Hoffentlich fällt Nilsa das Fehlen mehrerer Bettlaken nicht so bald auf …

Noch ein Mal hole ich tief Luft und stoße sie aus, ehe ich in den Schein der Fackel und vor die Zellentür trete.

Als hätte sie mich längst erwartet, beobachtet mich Aeryn mit einer hochgezogenen Braue von ihrem Bett aus. Ihr Blick ist lauernd, als wäre sie sich nicht sicher, ob sie sich über meinen Besuch freuen oder mich anfauchen soll. Ich hoffe auf Ersteres.

»Guten Morgen«, sage ich. Meine Stimme rutscht dabei viel zu hoch und ich räuspere mich. »Ich … habe gesehen, dass Astor bei dir war.«

»Ja«, raunt sie. Ihr Tonfall erinnert mich an das knurrige Fauchen der Löwen in der Arena und jagt mir einen Schauer über den Rücken. »Astor besucht mich jeden Tag.«

Ihr unterschwelliger Vorwurf trifft mich. »Ich wusste nicht, ob du mich sehen willst.«

»Hast du etwas angestellt, warum ich dich nicht würde sehen wollen?«

»Manchmal ... willst du niemanden sehen.«

Sie nickt, doch ihre Miene wirkt traurig. »Zumindest niemanden, der noch lebt.«

»Soll ich ... wieder verschwinden?«

Zu meiner Erleichterung schüttelt sie den Kopf. »Was hast du da?«, fragt sie, als ihr Blick auf die provisorische Krücke fällt.

»Astor meinte, dass du aufstehen darfst, aber es langsam angehen sollst. Darf ich eintreten?«

Als sie nickt, schließe ich ihre Zelle auf und betrete sie. Ein paar Meter von ihr entfernt, zeige ich ihr die Krücke. »Es wird eine Weile dauern, bis du wieder so fit bist wie früher. Astor sagte, wir sollen uns im Training zunächst um deine Arme kümmern. Damit dich das Laufen anfangs nicht zu sehr anstrengt, habe ich dir das hier gebaut.«

Mit einer fließenden Bewegung erhebt sie sich vom Bett. Wenn ich es nicht besser wüsste, wäre ich nie auf den Gedanken gekommen, dass sie bis vor Kurzem noch wegen einer schweren Verletzung an selbiges gefesselt war. Ihren Bewegungen fehlt die alte Kraft, aber sie sind nicht minder geschmeidig.

Direkt vor mir bleibt sie stehen und ich halte die Luft an, während sie eingehend die Krücke betrachtet, die ich wie eine rettende Leine mit beiden Händen umklammert halte.

»D-Damit entlastest du das verletzte Bein.«

Ich möchte mich für mein Stottern ohrfeigen.

»Du willst mich wohl nicht mehr tragen?«

»Doch, ich meine ... Mir macht das nichts aus, ganz im ... Es war toll, dich zu ...«

Ich verstumme, als sie mit hochgezogener Augenbraue zu mir aufschaut. Götter, ich benehme mich in ihrer Gegenwart wie ein Tölpel! Schnell wende ich den Blick ab und räuspere mich.

»Ich trage dich auch weiter, wenn du das willst. Aber ich vermute, dass du lieber allein läufst.« Ich reiche ihr die Krücke. »Versuch mal, ob es von der Länge her hinkommt.«

Ihre Finger streifen wie zufällig meine, als sie mir die Krücke aus den Händen nimmt, und ein warmes Gefühl schießt meine Arme hinauf und nistet sich in meiner Brust ein. Ich gebe mir Mühe, es von dort zu verscheuchen, doch es klammert sich fest. Ich will es dort nicht haben, denn ich weiß, dass es dann noch mehr wehtun wird, wenn sie mir wieder sagt, dass sie mich hasst. Dann werde ich wieder dieses Krachen hören.

Aeryn klemmt sich die Krücke unter den Arm und macht ein paar Schritte durch die Zelle. Ich habe ihre Größe richtig geschätzt; der Stiel ist weder zu lang noch zu kurz.

Nachdem sie ihre Runde beendet hat und wieder vor mir steht, huscht der Anflug eines echten Lächelns über ihre Lippen. Mein Herz bleibt bei diesem Anblick fast stehen.

»Danke«, murmelt sie eine Spur verlegen. »Bist du ganz allein auf die Idee gekommen?«

Ich zucke ungelenk mit den Schultern. »Manchmal habe sogar ich gute Ideen.«

Sie nickt. »Also, wann beginnen wir mit dem Training?«

Die anderen Gladiatoren, die sich bereits auf dem Trainingsplatz eingefunden haben, verstummen, als Aeryn zu ihnen tritt. Zwar bedeute ich ihnen mit einer Handbewegung, dass sie ihr Training fortsetzen sollen, doch keiner wendet den Blick von der jungen Gladiatorin ab. Als befürchteten sie, dass sie ihnen in einer Sekunde der Unachtsamkeit in den Rücken fallen könnte.

Doch Aeryn ignoriert sie und steuert zielgerichtet auf die Trainingspuppen zu, die an einer Seite des Platzes stehen. Ich haste ihr nach, komme aber zu spät. Sie hat bereits ausgeholt, um der Puppe vor sich einen Fausthieb zu verpassen. Keuchend weicht sie zurück und umklammert mit der anderen Hand ihre Schulter.

»Was hat Astor gesagt?«, frage ich.

Sie fletscht die Zähne. »Dass ich es langsam angehen lassen soll.«

»Ohne Aufwärmung auf eine gepanzerte Puppe einzuschlagen, ist das Gegenteil von ›langsam‹«, murre ich. »Hast du dir wehgetan?«

Sie wirft mir einen giftigen Seitenblick zu.

»Ich meine, hast du dir was gezerrt?«

Wenn ich eins mittlerweile gelernt habe, dann, dass Aeryn es nicht leiden kann, wenn sie in Watte gepackt oder unterschätzt wird.

»Ich denke nicht«, murmelt sie und lässt ihre Schulter los.

»Gut. Sonst würde ich dich zurück in die Zelle schicken.«

Sie wendet sich mir zu und richtet sich zu voller Größe auf. Trotzdem reicht sie mir nur bis zur Nasenspitze, was sie zu verärgern scheint.

»Du glaubst, mir Befehle geben zu können?«, knurrt sie.

Beinahe wäre ich vor ihrem vor Wut blitzenden Blick zurückgewichen, doch ich verschränke nur die Arme vor der Brust. »Ja, glaube ich. Ich habe die Aufsicht über das Training. Und sobald du einen Fuß auf den Übungsplatz setzt, wirst du tun, was ich dir sage.«

Ich kann deutlich sehen, dass sie im Kopf ihre Chancen durchgeht, doch sie scheint zu dem Schluss zu kommen, dass sie in ihrer jetzigen Verfassung nicht gegen mich gewinnen kann.

Die übrigen Gladiatoren haben ihr Training gänzlich unterbrochen und starren uns unverhohlen an.

Ich lehne mich zu Aeryn hinunter und murmele: »Ich weiß, dass es frustrierend ist, aber ich will dir nichts Böses. Lass mich dein Training übernehmen. Sobald du mich im Zweikampf besiegst, wirst du keine Befehle mehr von mir annehmen müssen. Wie klingt das?«

Sie beißt sich auf die Unterlippe. »Ich darf dich jederzeit herausfordern?«

Ich nicke. »Mit Übungswaffen und Zeugen. Wenn du gewinnst, erkläre ich dein Training unter meiner Obhut für beendet. Aber bis dahin wirst du tun, was ich dir sage. Und je mehr du dich anstrengst und an meine Vorgaben hältst, desto eher bist du mich los.«

»Einverstanden«, sagt sie nach einer Weile. »Was soll ich tun?«

KAPITEL 22

AERYN

Das Training mit dem jungen Wolf ist anstrengender, als ich es für möglich gehalten hätte.

Als er mir sagt, ich solle für den Anfang zehn Liegestütze machen, hätte ich ihm fast ins Gesicht gelacht. Zehn Liegestütze mache ich noch vor dem Aufstehen.

Ich schaffe vier, ehe meine Arme unter mir nachgeben und ich mit der Nase im trockenen Sand lande.

Nie hätte ich gedacht, dass ich derart viel Kraft verloren habe. Früher habe ich fünfzig und mehr Liegestütze ohne Probleme geschafft und jetzt ... macht mein Körper nach lausigen vier schlapp.

Ich bin dem jungen Wolf dankbar dafür, dass er das spöttische Gelächter der anderen Gladiatoren sofort im Keim erstickt, aber ich habe es dennoch gehört. Ihr Hohn weckt den dunklen Teil in mir und ich bin kurz davor, alles stehen und liegen zu lassen und vom Trainingsplatz zu fliehen. Doch wohin? Zurück in die kalte, stumme Zelle? Zurück in die Dunkelheit, in der ich innerlich erfriere? Nein, dahin will ich nicht zurück.

Also beiße ich die Zähne zusammen – Sandkörner knirschen zwischen ihnen – und mache weiter. Beim nächsten Versuch schaffe ich immerhin fünf Liegestütze.

Nach einer kurzen Pause führt mich der junge Wolf zu zwei

Bänken, die mit einer Lücke von etwa einem Meter auseinanderstehen, und zeigt mir die nächste Übung. Ich soll mich mit den Händen auf den Bänken abstützen und meinen Oberkörper nach oben drücken. Auch bei dieser Übung fangen meine Arme nach drei Wiederholungen an zu zittern.

Ich schäme mich für meine Schwäche, die einer Feuervantyr nicht würdig ist. Hoffentlich sehen mir meine Ahnen nicht zu, wie ich schweißgebadet die einfachsten Übungen absolviere und kläglich dabei versage … Dann hätten sie eine noch schlechtere Meinung von mir als ohnehin schon.

Nach dem Training schleppe ich mich fast auf dem Zahnfleisch zurück in meine Zelle. Es grenzt an ein Wunder, dass ich nicht die Steintreppe hinunterfalle und mir das Genick breche. Ich bin dermaßen erschöpft, dass ich mich gegen die kühle Steinwand lehne, während der junge Wolf die Gittertür aufschließt.

»Ich bringe dir gleich dein Essen«, verspricht er.

»Hab keinen Hunger«, nuschele ich, während ich zum Bett schlurfe und mich darauf fallen lasse.

Hinter mir höre ich ihn seufzen. »Geht das schon wieder los? Du wirst etwas essen oder ich zwinge dich dazu. Dein Körper braucht mehr als reines Training, um sich zu erholen.«

Nur weil ich weiß, dass er nicht klein beigeben wird, schweige ich. Für eine Diskussion mit diesem sturen Kerl fehlt mir bei Weitem die Kraft, deshalb wedele ich nur mit der Hand, um ihm zu signalisieren, dass er gehen soll. In wenigen Minuten wird er beladen mit einem Tablett zurück sein und von jenseits der Gittertür aufpassen, dass ich alles esse, was er mitgebracht hat.

Ich muss weggedämmert sein, denn ich schrecke hoch, als mich der junge Wolf sanft am Arm berührt.

Mit einem Brummen setze ich mich auf. »Das solltest du nicht tun, wenn du nicht willst, dass ich dir an die Kehle gehe.«

Er zuckt mit den Schultern. »Ich weiß mich zu verteidigen.«

Ich erspare mir Widerworte, denn er hat recht: In meinem jetzigen Zustand bin ich kein Gegner für ihn oder einen der anderen Gladiatoren. Nur der unbändige Wunsch, dies zu ändern, lässt mich nach dem mit Essen beladenen Tablett greifen, das er neben mein Bett gestellt hat. Seufzend schaue ich auf die Vielzahl von Speisen. Das meiste ist Fleisch für meinen Muskelaufbau, aber auch verschiedene Gemüsesorten und Reis finden sich in unterschiedlich großen Schüsseln.

»Warte«, sage ich zum jungen Wolf, der gerade meine Zelle verlassen will. »Das ist zu viel. Ich schaffe das nicht alles. Du … kannst etwas abhaben.«

Er verschränkt die Arme und zieht eine Augenbraue hoch. »Ich soll … bleiben?«

Ein dummes Gefühl, das ich nicht zuordnen kann, kribbelt in meinem Magen. »Zum Essen«, stelle ich klar. »Danach will ich meine Ruhe haben.«

Kurz zupft ein Lächeln an seinen Mundwinkeln, doch er fasst sich wieder, bevor ich ihn deswegen anknurren kann. Er nimmt sich einen kleinen Teil des Essens und lässt sich in sicherem Abstand von mir gegen die Wand gelehnt nieder.

»Du warst gut heute«, sagt er nach einer Weile des Schweigens.

Ich verdrehe die Augen. »Ich habe mich armseliger angestellt als bei meinem ersten Trainingstag mit dreizehn.«

Er schmunzelt. »Ich wollte etwas Nettes sagen.«

»Spar es dir.«

Leider lässt er sich von meinem barschen Ton nicht beeindrucken. »Dein erstes Training hattest du mit dreizehn? Seit wann … bist du hier in Eturien?«

»Mein erstes Training war nicht in diesem staubigen Land, sondern in meiner Heimat«, sage ich, während ich das Essen auf dem Tablett inspiziere. »Am Tag, nachdem sich meine Kraft manifestiert hat.«

»Wie lief das Training ab?«

Ich seufze. »Ich dachte, ich soll essen.«

»Du schiebst seit drei Minuten die Karotte von einer Seite der Schüssel in die andere«, hält er dagegen. »Glaub nicht, das würde mir nicht auffallen. Und ich versuche nur ein paar Informationen zu bekommen, wie ich dich besser trainieren kann. Uns allen ist damit geholfen, wenn du schnell wieder zu alter Stärke zurückfindest. Dir am allermeisten. Verzeih mir meine Offenheit, aber seit du dich kaum bewegen darfst, bist du … nicht sehr nett.«

Ich gebe ein Schnauben von mir. »Das hat nichts mit mangelnder Bewegung zu tun.«

»Ich denke schon«, widerspricht er. »Vielleicht nicht nur, aber doch zu einem großen Teil. Wenn ich dich und deine Kraft besser verstehe, könnte ich dir helfen.«

»Wie kommst du auf die Idee, dass ich deine Hilfe will?«

Ich rede, ohne darüber nachzudenken. Die gemeinen Worte verfehlen ihr Ziel nicht, doch der junge Wolf hat sich besser unter Kontrolle, als ich dachte. Nur kurz flammt Schmerz in seiner Miene auf, ehe er sie wieder zu einer gleichgültigen Maske erstarren lässt.

»Weil niemand anderes es tun wird«, sagt er kühl. »Wenn Flavius seine Investitionen in dich nicht zurückerhält, wird er eine andere Verwendung für dich finden. Eine, die dir höchstwahrscheinlich nicht gefallen wird.« Als ich nicht reagiere, stößt er geräuschvoll den Atem aus. »Ich bin dein Freund, Aeryn. Es wäre für uns beide einfacher, wenn du dich nicht so biestig verhalten würdest. Ich will dir nicht schaden.«

»Aber du willst mir auch nicht wirklich helfen«, knurre ich. »Du führst nur wie ein braver Hund die Befehle deines Herrn aus.« Zusehends rede ich mich in Rage, kann mich aber nicht stoppen.

Ein Muskel zuckt unter seinem rechten Auge. »Weil ich keine andere Wahl habe. Und du hast sie auch nicht.«

»Weil du eine Entscheidung für uns beide getroffen hast, ohne mich nach meiner Meinung zu fragen.«

»Hätte ich dich sterben lassen sollen?«

»Ja!«, schreie ich ihn an.

Es fehlt nicht viel und ich hätte das Tablett nach ihm geworfen. Mein gesamter Körper bebt vor Anspannung und zu lange unterdrückter Wut. Seit Flavius mir von dem Handel erzählt hat, grübele ich darüber nach, wie es so weit kommen konnte. Ich bin an den jungen Wolf gekettet; meine Entscheidungen betreffen nicht mehr nur mich selbst. Dieses Wissen engt mich so sehr ein, dass ich manchmal glaube, keine Luft mehr zu bekommen. Ich war mehrmals bereit in den Tod zu gehen und bin es immer noch, aber ich will nicht für seinen Tod verantwortlich sein.

Ich wünschte, es wäre anders. Ich hasse mich selbst dafür, dass ich so empfinde und ihn schützen will. Es wäre bedeutend einfacher, wenn er mir egal wäre.

Doch das ist er nicht.

Ich kann das Gefühl nicht benennen, das er in mir auslöst. Es ist fremd und wandelt sich stetig. Ich bin wütend über den Handel, den er über meinen Kopf hinweg geschlossen hat. Ich war enttäuscht und verletzt, als er sich tagelang nicht blicken ließ. Ich war rasend vor Zorn, als er mich gegen meinen Willen fütterte. Und dennoch sehne ich die Augenblicke herbei, in denen er in meiner Nähe ist. Aus irgendeinem Grund fühle ich mich ruhiger, geerdeter, wenn ich weiß, dass ich mich nur umdrehen muss, um ihn zu sehen.

Aber das würde ich niemals zugeben. Ich kann mir keine Schwäche leisten. Vor allem nicht jetzt, wo nicht nur mein Leben von meinen Handlungen abhängt.

»Ich habe dich nicht darum gebeten, diesen verdammten Handel mit Flavius einzugehen«, zische ich. »Ich habe dich nicht darum gebeten, mich aus den Trümmern zu ziehen.«

Er schüttelt resigniert den Kopf. »Ich hätte niemals dabei zusehen können, wie du stirbst.«

»Warum?«, grolle ich. »Du kennst mich nicht.«

Er schaut mich lange an, ehe er murmelt: »Das stimmt. Ich kenne dich nicht.« Er reibt sich über die Stirn. »Warum endet jedes unserer Gespräche immer in einem Streit? Ich will mich nicht mit dir streiten. Vielmehr … will ich verstehen, was in dir vorgeht. Erzähl mir von dir. Von deiner Heimat. Deinem Volk. Deiner Kraft. Irgendetwas.«

Die Wut auf ihn verpufft, als wäre sie nie da gewesen. Reglos sitze ich da und starre auf den Mann, der einfach nicht vor mir zurückschreckt, ganz egal, wie oft ich mit den Klauen nach ihm schlage und wie gemein ich zu ihm bin.

Und ich gebe wirklich mein Bestes, um ihn zu vergraulen. Vielleicht wäre mir sein Schicksal egal, wenn er endlich aufhören würde, meine Gedanken zu beherrschen und dieses warme Kribbeln in mir auszulösen.

Doch trotz jeder Gemeinheit und jeder Kälte, die ich nach außen hin ausstrahle, ist er hier. Er dreht sich nicht um und geht. Er bleibt, ganz gleich was ich zu ihm sage.

Und das lässt meinen Widerstand Stück für Stück dahinschmelzen. Die Mauer, die ich seit meiner Gefangennahme um mich herum aufgebaut habe, bekommt Risse, und ich habe weder die Kraft noch den Willen, diese Risse zu kitten.

Obwohl er gut zwei Meter von mir entfernt an der gegenüberliegenden Wand sitzt, ist er mir näher als je ein Mann zuvor.

Es ist, als sei er die ruhige See zu meinem lodernden Feuer. Seine bloße Anwesenheit beruhigt meine Kraft und mich gleichermaßen.

Ich stelle das Tablett beiseite. »Ich habe … lange nicht mehr über meine Heimat gesprochen«, sage ich zögernd. »Auch mit Kallidora habe ich nicht über unser verlorenes Zuhause geredet. Die Erinnerungen reißen zu viele Wunden auf.«

»Entschuldige, ich …«

Schnell hebe ich die Hand, um ihn zu unterbrechen. »Ich werde dir nicht alles auf einmal erzählen können, aber … vielleicht hilft es mir, mich an die schönen Dinge zu erinnern. Wenn ich jetzt an meine Heimat zurückdenke, sehe ich nur Feuer und Blut und höre Schreie. Deshalb vermeide ich es, sooft es mir möglich ist.«

Zu meiner Verwunderung nickt der junge Wolf. »Ich habe auch Erinnerungen, an die ich nicht gern zurückdenke und die ich am liebsten für immer wegsperren würde. Ich verstehe also gut, was du meinst.«

Ich ziehe die Augenbrauen hoch. »Jemand wie du hat unliebsame Erinnerungen? Welche denn? Hat dir jemand dein Lieblingsschwert weggenommen?«

Für einen kurzen Moment entgleiten ihm die Gesichtszüge, doch auch diesmal hat er sich schnell genug unter Kontrolle, bevor ich hinter seine Fassade sehen kann.

»Ich mache dir einen Vorschlag«, sagt er. »Eine Erinnerung für eine Erinnerung. Wenn du mir etwas über dich erzählst, erzähle ich dir etwas über mich – wenn du es hören willst.«

Ich gebe es ungern zu, aber mit seiner Andeutung hat er mich aufhorchen lassen. Und der gequälte Gesichtsausdruck eben hat meine Neugier nur weiter angefacht.

»Was willst du wissen?«, frage ich.

»Wie lief dein Training ab, nachdem sich deine Kraft manifestiert hat? Und wie geht diese Manifestation vonstatten?«

Ich rutsche auf meinem Bett zurück, damit ich mich ebenfalls gegen die Wand lehnen kann, ziehe die Beine nah an den Körper und schlinge die Arme darum. Ohne ihn aus den Augen zu lassen, sage ich: »Die Kraft einer Vantyr kommt immer zusammen mit ihrer ersten Blutung zum Vorschein. Erst dann wissen wir, welche Kraft die ganzen Jahre über in uns geschlummert hat. Bei manchen geschieht das bereits mit zehn, bei anderen erst mit sechzehn oder noch später. Bei mir geschah es mit dreizehn, mitten in der Nacht.« Ich schmunzele, als ich an diese Nacht zurückdenke. »Ich habe beinahe unsere Hütte abgebrannt und hatte Angst, dass meine Mutter deswegen mit mir schimpfen würde, doch in ihrem Blick lag nichts als Stolz.«

»Stolz worauf?«, hakt er nach, als ich nicht gleich weiterspreche.

»Darüber, dass ich die Feuerkraft von ihr geerbt habe. Das ist nicht immer der Fall. Nur weil eine Mutter eine Feuervantyr ist, bedeutet das nicht, dass die Tochter ebenfalls eine ist. Die Göttin verteilt ihre Gunst, wie es ihr gefällt, doch ich bekam die Gabe des Feuers. Gleich am nächsten Tag begann mein Training. Meine Mutter brachte mich dazu ein Stück weg vom Dorf, da sie aus Erfahrung wusste, dass die Flammen gerade zu Beginn nicht einfach zu bändigen sind. Sie sollte recht behalten. Ich fackelte einige Bäume ab und entschuldigte mich am Abend mit einem Opfer bei der Göttin dafür.«

»Gibt es etwas, was ich für unser Training nutzen kann?«

Ich schaue auf meine Hand, als könnte ich mit bloßer Willenskraft meine Feuermagie hervorrufen. Doch keine Flammen erscheinen, um über meine Fingerspitzen zu tanzen.

»Nein«, murmele ich. »Meine Kraft ist versiegelt. Nichts von meinem damaligen Training können wir nutzen.«

»Bei deinem Kampf gegen diesen Gladiator … Wie hieß er doch gleich?«

Ich habe in den letzten Jahren gegen unzählige Gladiatoren gekämpft, doch ich weiß sofort, auf welchen er anspielt.

»Brutus.«

»Ja, genau. Während des Kampfes hat deine Haut … geglüht. Und danach … Du wirktest … gefährlich. Gefährlicher als sonst.«

»Das war ich auch. Es war dumm von dir, dass du damals in meine Zelle gekommen bist. Ich hätte dich verletzen können.«

»Ich hatte Mitleid mit dir«, gibt er zu. »Sie führten dich in Ketten aus der Arena, obwohl du die Siegerin warst, und sperrten dich in diese Zelle wie ein wildes Tier. Dabei warst du meine …« Er räuspert sich. »Ihre … *Ihre* Heldin, wollte ich sagen.«

»Es war nicht das erste Mal, dass ich die Kontrolle verloren habe«, murmele ich. »Und es wird nicht das letzte Mal gewesen sein. Wenn es wieder geschehen sollte, nimmst du am besten die Beine in die Hand und bringst so viel Strecke zwischen uns wie nur möglich. Manchmal, wenn das eingesperrte Feuer in mir die Oberhand gewinnt, kann ich nicht mehr zwischen Freund und Feind unterscheiden.«

»Wodurch wird es ausgelöst?«

Ich zucke mit den Schultern. »Das passiert nur Vantyr, deren Kraft mit einem Siegel unterdrückt wird. In meiner Heimat ist es ganz normal, dass wir unsere Magie nutzen. Sie hat keine Möglichkeit, sich anzustauen und uns die Sinne zu rauben. Aber durch das Siegel ist es nur eine Frage der Zeit, bis es wieder geschieht. Bei mir wird es noch eine Weile dauern, weil mein Körper zu geschwächt ist, aber irgendwann wird es passieren. Wahrscheinlich ist das einer der Gründe, warum nur wenige Etureer das Risiko eingehen, sich eine Vantyr als Gladiatorin zu halten. Das und der Umstand, dass viele von uns die Überfahrt nicht überstehen.«

Der junge Wolf neigt fragend den Kopf. »Du hast sie überstanden.«

»Leider ja«, wispere ich. Ich kneife die Augen zusammen, um die aufsteigenden Erinnerungen zu vertreiben. »Das reicht für heute. Du bist dran.«

»Was willst du wissen?«

»Wolltest du schon immer der treue Hund eines verarmten Landadligen werden?«

Er schnaubt und ich muss ein Grinsen unterdrücken. Ich liebe es, ihn zu ärgern, und freue mich bereits jetzt auf die nächste Gelegenheit.

»Ich wusste lange Zeit nicht, was ich mit meinem Leben anfangen soll«, sagt er. »Der Leibwächter eines Adligen zu werden, stand nie hoch oben auf meiner Liste, schließlich stamme ich ebenfalls aus einer adligen Familie.«

Ich lehne mich ein Stück vor. »Das habe ich mir wegen deiner guten Umgangsformen schon gedacht. Ich werde nie vergessen, dass du mich bei unserer ersten Begegnung wie eine Lady behandelt hast.« Ich reibe mir mit der Hand über den Mund, um ein Lächeln zu verstecken.

»Ja«, murmelt er so leise, dass ich ihn fast nicht verstehen kann. »Unser erstes Treffen werde ich auch nie vergessen.« Er räuspert sich. »Jedenfalls hatte ich als jüngster von drei Söhnen nicht viel Auswahl, was meine Zukunft betrifft. Ich konnte entweder in die Armee eintreten oder in den Tempeln dienen.«

»Beide Tätigkeiten kann ich mir bei dir nicht vorstellen.«

Er nickt. »So ging es mir auch. Aber letztendlich entschied ich mich für die Armee.«

»Warum?«

Er schluckt sichtlich angestrengt und weicht meinem Blick aus. »Ich denke, das reicht für heute. Hast du aufgegessen?«

»Das ist unfair! Ich habe dir viel mehr erzählt.«

Er schmunzelt. »Woher kommt denn dein plötzliches Interesse?«

Seine Frage trifft mich unvorbereitet. »Ich weiß nicht«, gebe ich zu. »Vielleicht weil es zu lange her ist, dass ich mich mit jemandem unterhalten habe.«

Die Wahrheit ist, dass ich mehr über ihn wissen will. Ich genieße es, ihn in meiner Nähe zu haben, aber ich weiß praktisch nichts über ihn außer seinem Namen, den ich nicht benutze. Vielleicht tue ich das irgendwann, aber noch hilft mir sein Beiname, genügend Abstand zu wahren. Und ihn zu ärgern.

»Wir können morgen weiterreden, wenn du möchtest«, sagt er. »Es ist schon spät. Du solltest schlafen.«

Ich verdrehe die Augen. »Für junge Wölfe ist sicherlich auch längst Schlafenszeit.«

Anstatt wieder gekränkt zu wirken, grinst er mich nur an, während er sich auf den Weg zur Tür macht. »Für junge Vantyr, die beim heutigen Training nur vier Liegestütze geschafft haben, ehe sie mit der Nase im Dreck gelandet sind, auch.«

Ich greife nach meinem Kissen und schleudere es nach ihm, doch er ist schneller als ich. Lachend zieht er die Tür hinter sich zu, sodass das Kissen nur gegen die Gitterstäbe prallt.

»Gute Nacht, Aeryn.«

»Bis morgen.«

KAPITEL 23

CATO

Am nächsten Tag kann ich es kaum erwarten, dass Aeryn auf den Trainingsplatz kommt.

Gestern Abend konnte ich ewig nicht einschlafen, weil mein Herz viel zu fest geschlagen hat. Ich hatte das Gefühl, endlich zu ihr durchgedrungen zu sein. Die Art, wie sie mich angesehen hat, als sie von ihrer Vergangenheit und ihrer Heimat sprach, war anders. Weicher und mit weniger Zorn auf alles und jeden. Ich wünsche mir so sehr, dass ihr Blick auch heute weich wirkt.

Durch unser Gespräch konnte ich sie besser verstehen. Ich habe begriffen, dass es für sie etwas Besonderes ist, eine Feuervantyr zu sein. Doch die Magie, auf die sie so stolz ist, wurde versiegelt. Durch ihre körperliche Kraft ist sie zwar immer noch etwas Besonderes, aber das reicht ihr nicht. Mir würde es auch nicht reichen, wenn man mir das, was mich ausmacht, genommen hätte und ich nun damit zurechtkommen müsste, nicht vollständig zu sein.

Immer wieder huscht mein Blick zum Eingang, der hinab in den Keller führt. Die anderen Gladiatoren haben ihre Aufgaben und trainieren bereits seit einigen Minuten. Ich bin zufrieden mit ihren Fortschritten; sie werden sich zur Eröffnung spannende Kämpfe liefern.

Bisher haben wir noch nicht allzu viele Anmeldungen anderer Gladiatorenbesitzer erhalten, weshalb es dazu kommen kann, dass anfangs auch unsere Gladiatoren gegeneinander in Schaukämpfen antreten.

Flavius gefällt das gar nicht, denn bei solchen Kämpfen kann er nichts verdienen. Außerdem pocht er darauf, dass auch Aeryn zur Eröffnung einsatzbereit ist. Er bleibt taub für meinen Einwand, dass sie noch nicht so weit ist. Sie kann nicht ohne Krücke laufen – wie soll sie dann einen Kampf bestreiten?

Als Nilsa am Eingang erscheint, halte ich die Luft an. Selbst aus einigen Metern Entfernung fällt mir auf, dass die junge Sklavin heute nicht ganz so abgekämpft aussieht wie sonst. Aeryn scheint ihr nicht allzu viele Probleme bereitet zu haben. Sie wartet einen Moment, bis auch Aeryn am oberen Ende der Treppe erscheint und verabschiedet sich dann, um ihren anderen Aufgaben nachzugehen.

Als spürte sie, dass ich sie anstarre, dreht Aeryn den Kopf und schaut zu mir. Ich blinzele mehrmals und tue so, als würde ich mich den anderen Gladiatoren zuwenden, beobachte sie aber weiterhin aus den Augenwinkeln. Sie stützt sich beim Näherkommen weniger auf die Krücke als gestern. Das Training scheint ihr also nicht zugesetzt zu haben.

Nur flüchtig nickt sie den übrigen Kämpfern zu, ehe sie sich neben mich stellt und ein »Guten Morgen« murmelt.

Mein Herz macht bei der Tatsache, dass sie mich von sich aus angesprochen hat, einen Satz und ich schimpfe deswegen mit ihm.

»Guten Morgen«, sage ich leichthin. »Bereit fürs Training?«

Wie jeden Tag hat sie ihr braunes Haar, in das sich einige helle Strähnen verirrt haben, zu einem dicken Zopf geflochten. Bis auf die wenigen Male, die ich sie gesehen habe, als sie nach ihren Verletzungen kaum bei Bewusstsein war, hat sie ihr Haar nie offen getragen.

Aeryn neigt den Kopf. »Je eher wir anfangen, desto besser.« Sie senkt die Stimme. »Heute Abend wirst du mir nicht vorwerfen können, dass ich nur lausige vier Liegestütze geschafft habe.«

Ich kann ein Schmunzeln nicht unterdrücken. »Das werden wir sehen.«

Ich muss mich dazu zwingen, nicht während des gesamten Trainings nur bei Aeryn zu stehen, sondern mich auch um die anderen Gladiatoren zu kümmern. Verbissen absolviert sie eine Übung nach der anderen, ohne sich eine Pause zu gönnen. Schweiß rinnt ihr in Strömen die Schläfen herunter, während sie wie gestern hauptsächlich ihre Arme und den restlichen Oberkörper trainiert. Nächste oder spätestens übernächste Woche werden wir dazu übergehen, auch ihre Beine ins Training einzubeziehen.

Zumindest ist das mein Plan, doch diesen habe ich ohne Aeryn gemacht.

Ich bemerke zu spät, dass drei der Gladiatoren, die eigentlich eine Pause machen sollten, zu ihr getreten sind und sie eingekreist haben.

»Du hältst dich wohl für was Besseres, hä?«, grunzt der eine.

Ich wirbele zu ihnen herum, als Aeryn gerade auf die Beine kommt und sich den Sand von den Händen klopft. Sofort will ich dazwischengehen, doch sie wirft mir einen warnenden Blick zu und ich erstarre mitten in der Bewegung.

»Wie kommst du auf die Idee?«, entgegnet sie mit gerecktem Kinn.

Sie ist fast einen halben Kopf kleiner und um einiges schmaler als die drei gestandenen Gladiatoren, aber sie wirkt nicht im

Mindesten eingeschüchtert. Eher sind es die Männer, die ein Stück vor ihr zurückweichen, nachdem Aeryn sie einen nach dem anderen abschätzig gemustert hat.

Sie verströmt schon eine Aura von Stärke und Selbstsicherheit, indem sie einfach nur da steht. Ich bin unfähig, den Blick von ihrer stolzen Gestalt zu lösen. Genauso machtlos bin ich gegen das warme Gefühl in meiner Brust.

»Du bekommst schon seit Tagen eine Sonderbehandlung«, knurrt einer der Männer. »Und du wirst irgendwo anders untergebracht.«

Aeryn neigt den Kopf. »Vielleicht ist es zu eurem Schutz, dass ich woanders untergebracht bin.«

»Mach dich nicht lächerlich!« Der dritte Gladiator macht einen bedrohlichen Schritt auf sie zu. »Wir wissen, wer du bist. *Was* du bist. Und wir haben keine Angst vor dir. Es wird Zeit, dass dir jemand zeigt, wo dein Platz ist. Für meinen Geschmack bekommst du ein paar Sonderbehandlungen zu viel.«

Ich wage nicht mehr zu atmen. Alles in mir schreit danach, dazwischenzugehen und sie zu beschützen, doch ich weiß, dass Aeryn mich dafür einen Kopf kürzer machen würde. Für alle anderen mag sie nur teilnahmslos dastehen, aber mir entgeht nicht ihre angespannte Haltung. Wie ein Raubtier wartet sie darauf, dass ihre Beute einen Fehler macht und sie sich auf sie stürzen kann.

Der Gladiator, der zuerst mit ihr gesprochen hat, ist dumm genug, sie anzugreifen. Von hinten versucht er Aeryn zu packen. Im letzten Moment, bevor er die fleischigen Arme um sie schließen kann, duckt Aeryn sich, wirbelt herum und versetzt ihm einen Fausthieb in die Magengrube. Der Mann hat offenbar nicht mit Gegenwehr gerechnet, denn er gibt einen gurgelnden Laut von sich und beugt sich nach Luft japsend vor. Diesen Fehler nutzt Aeryn, um ihm einen Kinnhaken zu verpassen. Sein Kopf wird zurückgeschleudert. Er macht einen taumelnden Schritt zurück, verliert dabei das Gleichgewicht und schlägt der Länge nach in den Sand. All das geschieht in wenigen Sekunden.

Die übrigen zwei Gladiatoren stürzen sich nun gemeinsam auf Aeryn. Einer bekommt sie zu fassen und hält sie fest, obwohl sie sich mit Händen und Füßen gegen die Umklammerung wehrt. Der andere holt zum Schlag aus. Blitzschnell zieht Aeryn das Übungsschwert des Mannes, der sie gepackt hält, aus dessen Gürtel und knallt dem Gladiator ihr gegenüber die Holzklinge gegen den Kopf. Er sackt sofort zusammen. Überrascht lässt der dritte Mann Aeryn los, was sich innerhalb eines Wimpernschlags als großer Fehler herausstellt. Aeryn dreht sich zu ihm um, legt ihm beinahe freundschaftlich eine Hand auf die Schulter und rammt ihm das Knie zwischen die Beine.

Ich verziehe mitleidig den Mund beim Anblick, wie er sich mit beiden Händen in den Schritt packt und jammernd auf die Knie sinkt.

Aeryn ist die Letzte, die noch steht. Das Übungsschwert in der Hand, starrt sie die anderen Gladiatoren nacheinander an.

»Ist sonst noch jemand der Meinung, dass ich eine Sonderbehandlung bekomme?«

Der grollende Unterton in ihrer Stimme veranlasst die Männer dazu, sich schleunigst wieder ihren Übungen zuzuwenden.

Nur mir fällt auf, dass sie nun, da sie nicht mehr unter Beobachtung steht, das Gewicht auf das gesunde Bein verlagert.

Ich will gerade zu ihr gehen und ihr irgendwie klarmachen, dass sie das Training für heute beenden soll, als jemand hinter mir klatscht.

»Beeindruckende Vorstellung«, sagt Flavius, der nun zu uns tritt. »Aber ich habe auch nichts anderes von meiner Vantyr erwartet.«

Aeryn verzieht den Mund und starrt Flavius trotzig an.

»Cato soll dir zeigen, wie du aus deinen Siegen ein Schauspiel machst. Es kann nicht angehen, dass die Zuschauer den halben Kampf verpassen, nur weil sie blinzeln.«

»Ich mache aus meinen Kämpfen kein Schauspiel«, knurrt Aeryn.

»Doch, das wirst du«, entgegnet Flavius gelassen. »Sobald du meine Arena betrittst, ist dein einziger Daseinszweck der, die Zuschauer zu unterhalten. Deshalb wirst du deine Kämpfe in die Länge ziehen. Sonst überlege ich mir eine andere Aufgabe für dich.« Er deutet auf mich. »Und für ihn gleich mit.«

Resigniert schließe ich die Augen, damit ich Aeryns zweifelsohne wütenden Blick nicht sehen muss.

»Ab morgen trainiert sie wie alle anderen«, weist Flavius mich an.

Mir bleibt nichts anderes übrig, als gehorsam zu nicken. Ich habe mehrmals versucht Flavius davon zu überzeugen, dass Aeryns Heilungsprozess mehr Zeit benötigt, doch nach der Vorstellung eben würde ich selbst an meinen Worten zweifeln. Zwar scheint Aeryn das linke Bein noch nicht vollständig belasten zu können, aber das beeinflusst ihre Bewegungsabläufe nicht. Nur ein längerer Kampf gegen einen ebenbürtigen Gegner könnte sie an ihre Grenzen bringen.

Keiner sagt ein Wort, bis Flavius sich wieder zurückgezogen hat.

»Ich trainiere ab heute wie alle anderen.«

Mein Blick huscht zurück zu Aeryn, gleitet über ihr linkes Bein, das sie nicht komplett belastet, und über ihr verschwitztes Gesicht.

»Ich schaffe das«, sagt sie, als könnte sie meine Gedanken lesen.

Ich stoße den Atem aus. »Es geht nicht darum, ob du es schaffst.«

Sie steigt über den noch bewusstlosen Gladiator, dem sie das Holzschwert gegen den Kopf gerammt hat, und kommt auf mich zu. »Du kannst mich nicht für immer in Watte packen«, murmelt sie, als sie direkt vor mir steht.

»Das tue ich nicht. Ich will nur nicht, dass du erneut wochenlang ans Bett gefesselt bist, weil du dir zu schnell zu viel vorgenommen hast. Das normale Training absolvierst du mit Leichtigkeit, aber Probekämpfe könnten zu viel für dein Bein sein.«

Sie hebt die Hand und legt sie mir federleicht an die Brust. Ich erschaudere wohlig unter der Berührung, die ich kaum durch das Hemd spüre. »Ich kriege das hin. Vertrau mir.«

Ich senke leicht den Kopf und atme ihren besonderen Duft ein, der nun leicht von Schweiß und Sand überlagert wird und den ich wohl nie richtig werde zuordnen können. Ich bilde mir ein, einen Hauch des Feuers zu riechen, das in ihrem Inneren lodert. »Das tue ich.«

»Dann trainiere mich.«

Ich schlucke angestrengt. Noch immer kämpfen Zweifel in mir. Aeryn ist keine normale Frau; seit gestern hat sich ihre Kraft erhöht und sie hatte vorhin kaum Schwierigkeiten mit den Übungen. Sie wird das Training mit den anderen Gladiatoren meistern und sie innerhalb kürzester Zeit überflügeln.

Und dann wird sie mich herausfordern, damit sie nicht mehr auf meine Anweisungen hören muss. Darum geht es ihr – um nichts anderes.

Dass sie mich besiegen wird, steht außer Frage, aber diesen Zeitpunkt werde ich so lange wie möglich hinauszögern.

Denn dann hat sie keinen Grund mehr, sich mit mir abzugeben. Sie wird allein trainieren, weil weder ich noch einer der Gladiatoren stark genug ist, um es mit ihr aufzunehmen oder ihr gar noch etwas beizubringen.

Aber wenn ich mich weigere, werde ich das zarte Band zwischen uns unweigerlich kappen. Von Vertrauen zu sprechen, wäre zu viel, doch da ist etwas. Zu fragil, als dass ich es benennen könnte.

Auf keinen Fall will ich dieses Gefühl wieder verlieren.

»In Ordnung«, höre ich mich sagen, ehe ich bewusst die Entscheidung dazu getroffen habe. »Hol dir eine Übungswaffe.«

Aeryn stellt sich besser an, als ich es erwartet habe. Natürlich weiß ich, dass sie gut ist. Herausragend sogar. Sonst hätte sie nicht so viele Jahre in der Arena überlebt.

Aber ich bekomme das Bild von ihr, wie sie blutüberströmt und mehr tot als lebendig auf dieser schmalen Pritsche in einem Gasthaus in Estrard liegt, nicht aus meinem Kopf. Beinahe rechne ich damit, dass die tiefe und schwärende Wunde an ihrem Bein wieder aufreißt, obwohl sie verheilt ist. Ich muss mich dazu zwingen, sie nicht zu mehr Vorsicht zu mahnen oder ihr eine Pause aufzubrummen. Beides würde sie mir übel nehmen.

Also stehe ich angespannt daneben, während sie sich aufwärmt und das ungewohnte Gewicht der Holzwaffe in ihren Händen prüft. Ihre Bewegungen sind flüssig und routiniert; nichts, was mir Anlass zur Sorge geben müsste. Dennoch ist sie da und lässt sich nicht vertreiben.

Widerstrebend reiße ich mich von ihrem Anblick los und bereite die übrigen Gladiatoren auf ihre nächste Trainingsrunde vor. Keiner von ihnen sieht sonderlich froh darüber aus, dass Aeryn ihnen nun Gesellschaft leistet und das Los, im Übungskampf gegen sie anzutreten, jeden ereilen kann.

Abgesehen von ihren Übungen hält sich Aeryn im Hintergrund. Auch vorhin hat sie sich nur gegen die Gladiatoren verteidigt und nicht von sich aus Streit gesucht. Trotzdem wird es noch eine Weile dauern, bis die anderen sie akzeptieren. Falls das überhaupt je passieren wird.

Einer der ruhigen und schon etwas älteren Kämpfer, Rufus, ist der Erste, der den Zettel mit Aeryns Namen darauf zieht. Die Freude darüber steht ihm buchstäblich ins Gesicht geschrieben, als er sich in der Mitte des Kampfplatzes positioniert.

Rufus ist schätzungsweise Ende vierzig und ein Berg von einem Mann, dessen Körper von den Narben unzähliger Kämpfe gezeichnet ist. Aeryn wirkt neben ihm klein und zierlich, doch sie scheint sich nicht daran zu stören. Selbstsicher mustert sie ihren Kontrahenten und stößt ein gelangweiltes Seufzen aus.

»Wenn ich gegen ihn gewinne«, sagt sie, »will ich gegen dich antreten.«

Ihr Blick gleitet zu mir. In ihren grünen, leicht schräg stehenden Raubtieraugen funkelt Kampfeslust. Dieses Funkeln reicht aus, um meinen Herzschlag zu beschleunigen. Ein Teil von mir stellt sich vor, dass sie mich in einer anderen, intimeren Situation auf diese Weise ansieht – nicht auf einem sandigen Trainingsplatz und umgeben von anderen Männern.

»Du bist noch nicht so weit«, brumme ich, um meine eigene Unsicherheit zu überspielen.

»Du hast gesagt, dass ich dich jederzeit herausfordern darf.«

»Ja, wenn du wieder fit bist.«

Sie schnaubt. »Ich werde dir beweisen, wie fit ich bin.«

Ohne auf mein Signal zu warten, geht sie auf Rufus los, der im letzten Moment sein Übungsschwert hochreißt, um Aeryns Angriff zu parieren. Eine halbe Sekunde später und er hätte wahrscheinlich eine gebrochene Nase.

Aeryn wirbelt herum und entwaffnet Rufus mit einem geschickten Dreh ihrer eigenen Waffe. Das Holzschwert ihres

Gegners fliegt einige Meter durch die Luft und landet mit einem dumpfen Laut im Sand. Mit gerecktem Kinn hält Aeryn ihr Schwert an den Hals des unterlegenen Gladiators, der nur wenige Augenblicke gegen sie bestanden hat.

Seufzend reibe ich mir mit einer Hand durchs Gesicht. »Ich versuche euch beizubringen, wie ihr Kämpfe möglichst in die Länge zieht. Diese Technik hast du noch nicht gemeistert, Aeryn.«

Sie verdreht die Augen, während sie ihr Holzschwert in den Gürtel steckt. »Ich habe gewonnen.«

»Aber *falsch.*«

»Sieg ist Sieg«, begehrt sie auf. »Da gibt es kein richtig oder falsch.«

»Für euch Gladiatoren schon«, grummele ich. »Ihr sollt die Menge unterhalten.«

Aeryn verschränkt die Arme vor der Brust. »Bist du zu feige, gegen mich anzutreten?«

Ich balle die Hände zu Fäusten. Wenn mich jemand als feige bezeichnet, trifft das bei mir immer einen Nerv, aber bei Aeryn ganz besonders. Vor Kurzem hat sie mir versprochen, sich an meine Trainingsmethoden zu halten, und schon am ersten Tag, an dem sie mit den anderen trainieren darf, vergisst sie dieses Versprechen.

Ich bin mir der Blicke der übrigen Gladiatoren mehr als bewusst. Es ist meine Aufgabe, Aeryn unter Kontrolle zu bringen, doch ich beiße bei ihr auf Granit.

Sie versteht nur eine Sprache.

»Ich bin nicht feige«, knurre ich, darum bemüht, die Fassung zu wahren. »Du willst gegen mich kämpfen? Na schön! Jammere mir aber hinterher nicht die Ohren voll, wenn dein Bein wieder wehtut.«

Sie verengt die Augen zu Schlitzen. »Hast du mich je jammern hören?«

»Es gibt für alles ein erstes Mal«, erwidere ich leichthin.

Mein desinteressierter Tonfall scheint nun bei ihr einen Nerv zu treffen, wie mir der zuckende Muskel unter ihrem rechten Auge verrät.

Es ist dumm von mir, sie wütend zu machen. Ich will nicht, dass sie wütend auf mich ist. Nicht, nachdem wir die Tage Fortschritte gemacht haben. Aber ich sehe keinen anderen Weg, zu ihr durchzudringen. Sie versteht nur die Sprache des Kampfes und die des Siegers.

Ich lasse mir ein Übungsschwert reichen und stelle mich ihr gegenüber auf. Während sie vor Zorn bebt, bin ich die Ruhe selbst. Ich weiß genau, wie ich gegen sie vorgehen muss. Wäre sie im Vollbesitz ihrer Kräfte, hätte ich nicht den Hauch einer Chance, aber noch hat sie nicht zu alter Stärke zurückgefunden. Sie ist schnell und wendig, keine Frage, aber das allein wird ihr nicht reichen.

»Fünf Kupfermünzen auf Cato«, sagt einer der Gladiatoren.

»Da gehe ich mit und erhöhe auf sieben«, stimmt ein anderer ein.

Ich knirsche mit den Zähnen und möchte sie am liebsten anschreien, mit dem Blödsinn aufzuhören, doch ich weiß, dass Wetten dazugehören. Immer wenn Favoriten gegeneinander antreten, wechseln Münzen den Besitzer.

Einige Sklaven, die in der Nähe gearbeitet haben, unterbrechen ihr Tagewerk und scharen sich um den Trainingsplatz. Weitere Wetten werden laut.

Sie setzen ausnahmslos auf mich.

Aeryn entgeht das nicht, wie mir ihre immer düsterer werdende Miene verrät.

»He«, murmelt Nilsa, die sich ebenfalls eingefunden hat und in Aeryns Nähe hinter der Absperrung steht, die Unterarme auf das Holz gelegt. »Sei vorsichtig.«

Aeryn neigt leicht den Kopf in ihre Richtung. »Wieso?«

Die Lippen der jungen Sklavin verziehen sich zu einem Lächeln. »Du weißt nicht, wer er ist, nicht wahr?«

»Nilsa«, mahne ich knurrend.

Sie lacht. »Viel Glück, Aeryn! Bitte pass auf dich auf. Ich will nicht schon wieder deine Wunden verbinden und dich wochenlang pflegen müssen. Aber Cato wird dich sowieso mit Samthandschuhen anfassen. Übrigens«, sie kramt in der Tasche ihres Leinenkleides und fördert eine Silbermünze zutage, die in der Sonne funkelt, »eine ganze Silbermünze auf unseren Bluttribun!«

Ich stoße ein Grollen aus, doch der Laut wird von dem Gemurre der anderen Anwesenden übertönt, die Nilsas Wetteinsatz nicht toppen können.

Aeryn runzelt verwirrt die Stirn, als sie wieder zu mir schaut, doch ich gebe ihr keine Zeit, ihre Frage zu stellen. Dass Nilsa ausgerechnet ihr gegenüber meinen verhassten Beinamen erwähnen musste, wird ein Nachspiel haben! Ich hasse ihn fast so sehr wie Aeryns Beinamen für mich … Aber nur *fast*.

Mit zwei großen Schritten stürme ich auf Aeryn zu und lege all meine Wut auf Nilsas Plappermaul in diesen ersten Angriff. Aeryn reagiert schneller, als ich es von den anderen Gladiatoren gewohnt bin. Gekonnt pariert sie meinen Hieb und ich lasse mir einen Moment Zeit damit, einen weiteren nachzusetzen. Nun lege ich einen Teil meines Gewichts in den zweiten Angriff und lehne mich gegen sie, bis sie einen Schritt zurück machen muss.

Eine gute Portion Frustration mischt sich in ihre überrascht-wütende Miene.

Ich kann nicht mehr zählen, wie oft ich davon geträumt habe, gegen sie zu kämpfen. Seit ich sie das erste Mal in der Arena gesehen habe, habe ich mir wieder und wieder vorgestellt, wie es sein könnte, die Waffe mit ihr zu kreuzen. Wie sie mich dabei ansehen würde. Zu dem Zeitpunkt wusste ich nicht, wie sie aussieht, und musste meine Vorstellungskraft bemühen. Sie wurde der Wirklichkeit nie gerecht, wie ich nun feststelle. Wenn sie eine Waffe in Händen hält – und sei es nur eine primitive Holzwaffe – und einem Gegner gegenübersteht, ist Aeryn noch schöner als sonst. Die Anspannung des Kampfes lässt sie von innen heraus strahlen.

Aeryn fletscht die Zähne und stößt mich zurück. Schnell stelle ich mich auf ihren folgenden Angriff ein. Mehrmals hintereinander schlägt sie mit dem Holzschwert auf mich ein. Jedes Mal pariere ich.

Und jedes Mal wirkt ihr Gesichtsausdruck verwirrter.

In ihren Augen war ich bisher nur der junge Wolf. Ein Welpe. Flavius' treuer Hund. Sie hat mir rein gar nichts zugetraut und ich habe nichts unternommen, um mich in ein anderes Licht zu rücken.

Das tue ich jetzt auf die eine Art, die sie versteht. Und ich genieße jede Sekunde davon.

Nilsa hat recht damit, dass ich Aeryn mit Samthandschuhen anfasse. Meine Angriffe sind kraftvoll, aber ich könnte noch mehr Vehemenz hineinlegen, unterlasse es jedoch. Sie sind stark genug, dass Aeryn mir nicht vorwerfen kann, ich würde nicht alles geben, aber schwach genug, um sie nicht sofort zu besiegen.

Ich will diesen Kampf in die Länge ziehen. Ich will weiter und weiter und weiter gegen sie kämpfen. Ich will, dass Aeryn mich weiterhin voller Überraschung und mit einem Hauch Respekt anschaut. Ich will ihr gegenüberstehen und ihre Bewegungen aus nächster Nähe betrachten, nicht aus vielen Metern Entfernung von einer Tribüne aus.

Ich will ihr so nah wie möglich sein. Und ich will, dass sie mich ansieht, als sei ich etwas wert.

Aeryn greift auf sämtliche Tricks zurück, als sie merkt, dass sie mir mit bloßer Schnelligkeit nicht beikommt. Sie täuscht an, nutzt Finten und versucht, unter meiner Deckung hindurchzutauchen, doch sie vergisst dabei etwas Entscheidendes: Ich habe ihre Kämpfe unzählige Male gesehen. Ich weiß, wie sie gegen Gegner vorgeht, die ihr augenscheinlich überlegen sind.

Als sie erneut versucht, einen angetäuschten Hieb gegen mich zu führen, nur um sich kurz darauf zu ducken und die Ablenkung zu nutzen, um meinen Bauch zu treffen, packe ich sie am rechten Handgelenk. Überrascht reißt sie die Augen auf, doch sie entwindet sich meinem Griff, nur um mich sofort wieder zu attackieren.

Ich spüre die steigende Frustration in ihren Angriffen. Frustration und Wut waren noch nie gute Gefährten für einen erfolgreichen Kampf, wie ich am eigenen Leib erfahren musste.

Sosehr ich mich auch dagegen sträube, ist es nun Zeit, den Kampf zu beenden.

Als Aeryn wieder auf mich losgeht, mache ich einen Schritt zur Seite, anstatt ihren Schwerthieb zu parieren. Damit hat sie nicht gerechnet und verliert für einen winzigen Augenblick im weichen Sand das Gleichgewicht. Doch dieser Augenblick genügt mir, um sie mit einem Schlag auf ihr Holzschwert zu entwaffnen. Sie duckt sich, um danach zu greifen, doch noch ehe sie sich wieder aufrichten kann, halte ich ihr mein Schwert gegen den Hals.

In meinem Magen rumort es, als Aeryn langsam den Kopf zu mir dreht und zu mir aufschaut. Das Jubeln unserer Zuschauer nehme ich nur als entferntes Rauschen wahr; es ist Aeryn, auf der meine gesamte Aufmerksamkeit ruht.

Ich fürchte mich davor, in ihrem Blick Wut darüber zu sehen, dass sie verloren hat. Mit ihrer Wut kann ich nicht umgehen. Bereits mehrmals hat sie mich so tief getroffen, dass ich kaum noch atmen konnte. Meine Furcht vor einer erneuten Verletzung ist so groß, dass ich kurz davor bin, den Blick abzuwenden.

Doch ich halte stand und werde mit einer Mischung aus Unglauben und Überraschung belohnt. Für den Bruchteil einer Sekunde meine ich, ein Lächeln an ihren Mundwinkeln zupfen zu sehen, und mein Herz macht einen solch großen Satz, dass ich Angst habe, es könnte mir aus der Brust springen.

Ich habe Aeryn nur einmal kurz während unserer ersten Begegnung lächeln sehen, aber da machte sie sich eher über mich und mein Gestammel lustig. Ich habe noch nie Freude auf ihrem Gesicht entdeckt. Aber für einen winzigen Moment bekomme ich eine Ahnung davon, wie sie aussieht, wenn sie lächelt. *Ehrlich* lächelt.

Ich weiß nicht mehr, wie man atmet.

Stocksteif stehe ich da und sehe dabei zu, wie sie aufsteht und sich den Sand von der Hose klopft, ehe sie sich eine schweißnasse Strähne aus der Stirn streicht. Nun liegt etwas Lauerndes in ihrem Blick, das mein Blut schlagartig wieder abkühlt.

»Wer bist du?«, murmelt sie so leise, dass nur ich sie verstehen kann.

»Du kennst meinen Namen.«

Sie schüttelt den Kopf. »Das meine ich nicht.«

Ich weiß genau, was sie meint. Wie kann jemand mit meinen Fähigkeiten für Flavius die Drecksarbeit erledigen? Doch das ist ein Thema, das ich nicht vor ihr ausbreiten werde. Nicht hier. Nicht jetzt. *Hoffentlich niemals.*

Ich stecke die Holzwaffe in den Gürtel. »Willst du weitertrainieren oder …?«

»Natürlich«, fällt sie mir ins Wort. »Heute hast du mich besiegt, aber glaub nicht, dass das morgen der Fall sein wird. Also, wie lautet mein Trainingsplan?«

Ich muss mir auf die Unterlippe beißen, um nicht zu grinsen wie ein Idiot. Mit knappen Worten teile ich sie und die übrigen Gladiatoren ihren Trainingspartnern zu und scheuche die Sklaven zurück an ihre Arbeit. Nilsa zwinkert mir zu, ehe sie den anderen folgt.

Den restlichen Tag über verspüre ich ein Glücksgefühl, das ich bisher für einen Mythos hielt.

KAPITEL 24

AERYN

Ich habe gegen ihn verloren.

Egal, wie oft ich diese Tatsache in Gedanken wiederhole, sie klingt immer noch merkwürdig. Dennoch ist es die Wahrheit. Wenn er es darauf angelegt hätte, hätte er mich schon nach meinem ersten Angriff entwaffnen können.

Ich habe ihn nur ein einziges Mal kämpfen sehen und dabei ging es darum, einen Kampf möglichst in die Länge zu ziehen – eine Unart, an die ich mich nie gewöhnen werde. Auch in unserem Zweikampf wendete er diese Technik an, als würde er jede Sekunde davon genießen. Anfangs war ich darüber wütend, doch ich spürte keinerlei Überheblichkeit von seiner Seite aus, deshalb verpuffte meine Wut und musste ehrlicher Überraschung und Anerkennung Platz machen.

Es gibt nicht viele Gladiatoren, die mir während meiner Zeit in der Arena ebenbürtig waren. Kallidora war die Einzige, bei der ich froh war, nie gegen sie antreten zu müssen, denn sie verfügte über Erfahrung und Kraft, die mir während eines Kampfes abseits des Trainings gefährlich hätten werden können. Beim Training waren wir uns meist ebenbürtig und nutzten kleinere Fehler der anderen gnadenlos aus.

Die Kampfstile meiner anderen Gegner in der Arena waren plump und leicht zu durchschauen. Oft hatte ich das Gefühl, dass ich bereits wusste, welchen Angriff sie ausführen würden, bevor sie sich selbst darüber im Klaren waren.

Aber der junge Wolf … Sein Kampfstil ähnelt meinem. Sie sind nicht ganz identisch, aber seiner hat rein gar nichts mit dem der Etureer gemein. Diesmal war er derjenige, der zu wissen schien, welchen Angriff ich ausführen würde, bevor ich die Entscheidung getroffen hatte.

Dass ich verloren habe, wurmt mich zwar, aber ich erkenne seinen Sieg neidlos an und halte mich daher an unsere Abmachung.

Nachdem ich zwei Trainingspartner im Handumdrehen besiegt habe und der junge Wolf mir einen langen Vortrag über die Art und Weise eines richtigen Gladiatorenkampfes gehalten hat, dem ich schon nach wenigen Sekunden nicht mehr folgte, stieß er lang gezogen den Atem aus und teilte mich wieder dem Krafttraining zu. Liegestütze. Gewichte heben. Klimmzüge. Alles, um meine Armmuskulatur auf das Niveau vor meiner Verletzung zu bringen.

Die Übungen sind hart, doch ich treibe mich bis zum Äußersten. Bereits gestern habe ich gemerkt, dass diese Art von Training mich weiterbringt, als diese sinnlosen Schaukämpfe es je könnten, und ich danke dem jungen Wolf im Stillen dafür, dass er das ebenfalls so sieht.

Heute fallen mir die Übungen viel leichter als gestern und ich bin froh über das Vantyr-Blut in meinen Adern. Zwar werde ich noch eine Weile brauchen, um wieder gänzlich fit zu sein, doch das hält mich nicht davon ab, alles nur Mögliche aus mir herauszuholen.

Als die Sonne untergeht, erklärt er das Training für beendet. Mit dankbarem Gemurmel zerstreuen sich die anderen Gladiatoren, bis nur noch der junge Wolf und ich zurückbleiben.

»Du solltest für heute auch Schluss machen«, sagt er, während ich einige Liegestütze absolviere.

»Geht … noch«, presse ich hervor, als ich mich nach oben drücke.

Ich bin beim Zählen durcheinandergekommen, aber es sind auf jeden Fall mehr als mickrige vier, die ich heute geschafft habe.

Der junge Wolf seufzt. »Aber nur so lange, bis ich den Platz aufgeräumt habe. Danach gehst du dich waschen und essen.«

Ich verdrehe die Augen.

»Das habe ich gesehen«, murrt er.

»Vielleicht … solltest du … das.«

Ich springe auf die Füße und schlage die Hände zusammen, um den Sand loszuwerden. Nach einem heißen Tag auf dem Übungsplatz habe ich das Gefühl, dass mein ganzer Körper in Sand gehüllt ist.

Der junge Wolf verschränkt die Arme vor der Brust. »Ich weiß, dass du mit meinen Trainingsmethoden nicht einverstanden bist, aber solange du mich nicht besiegt hast, wirst du sie befolgen. Du hast es versprochen.«

»Das habe ich«, gebe ich zu. »Und ich halte mich an mein Wort. Erkläre mir noch einmal, warum es wichtig ist, Kämpfe möglichst in die Länge zu ziehen.«

»Es geht nicht darum, sie in die Länge zu ziehen«, murrt er, während er einige verstreut liegende Übungswaffen einsammelt und sie zu dem Ständer bringt.

»Na schön«, sage ich, »denn es liegt mir nicht, einen Unterlegenen grundlos zu erniedrigen.«

Er hebt den Kopf. »Habe ich dich heute erniedrigt?«

Ich zögere mit einer Antwort. »Nein.«

Er nickt und sortiert weiter die Waffen an ihren Platz. »Gut. Das ist eine Kunst, die auch du meistern solltest. Ein längerer Kampf, der noch dazu spannend gestaltet ist, ohne dass die Zuschauer sofort merken, wer die Oberhand hat, lockt eine größere

Menge in die Arena. Mehr Zuschauer bedeuten mehr Wetten. Mehr Wetten bedeuten mehr Einnahmen.« Sein Blick huscht zu mir. »Flavius ist nicht derart wohlhabend wie Graecus. Du wirst hier nicht nur mit den Fingern schnippen müssen, damit dir deine Wünsche erfüllt werden. Flavius wird dir allerdings – und den anderen natürlich auch – einen Teil des Gewinns auszahlen.«

Plötzlich werde ich hellhörig. »Ich … werde bezahlt?«

»Ja. Erwarte aber nicht zu viel! Es wird nur ein Bruchteil der Wetterlöse sein, aber …« Er zuckt mit den Schultern. »Es ist besser als nichts. Mit dem Geld werdet ihr eure Waffen und Rüstungen ausbessern lassen müssen, solange ihr keinen *patron* habt.«

Mein Blick schweift umher. Es ist bereits dunkel geworden, sodass ich die Umgebung abseits des Anwesens kaum erkennen kann, doch ich weiß, wie sie aussieht: kahl und unbewohnt. Mitten im Nirgendwo. Dass ich hier draußen in der Provinz einen *patron* finde, der für meine Unkosten aufkommt, halte ich für unwahrscheinlich. Womöglich kommen nur Einheimische in die Arena, um ihre kümmerlichen Kupfermünzen zu setzen.

Trotzdem … wird es das erste Mal sein, dass ich bezahlt werde und Geld zu meiner freien Verfügung habe.

Geld, das ich dafür nutzen könnte, um … meine Freiheit zu erkaufen.

»Weißt du …?«, wende ich mich an den jungen Wolf, werde aber von Nilsa unterbrochen, die zum Trainingsplatz kommt.

»Da bist du ja«, tadelt sie mich und stemmt dabei die Hände in die Hüften. »Ich hatte schon Angst, dass ich das gesamte Anwesen nach dir durchkämmen lassen muss.« Ihr Blick huscht zum jungen Wolf und ein wissendes Grinsen breitet sich auf ihren Lippen aus, während ihre fast schwarzen Augen belustigt funkeln. »Aber du bist in guter Gesellschaft, wie ich sehe.«

Der junge Wolf stößt ein Grummeln aus, das ich nicht genau verstehen kann. »Wir wollten gerade Schluss machen.«

»Fein.« Nilsa kommt zu mir und hakt sich bei mir unter. »Uuh, du musst dringend ins Badehaus. Wie gut, dass ich auch auf dem Weg dorthin bin. Aber erst gehen wir bei deiner Zelle vorbei und holen dir Kleidung zum Wechseln. Die kannst du nicht mehr anziehen.«

Ehe ich protestieren kann, zieht sie mich hinter sich her.

Zu sagen, dass Nilsa mir eine Freundin geworden ist, entspräche nicht der Wahrheit, aber langsam schließe ich sie ins Herz. Trotz ihres Daseins als Sklavin ist sie fröhlich und immer gut gelaunt – das komplette Gegenteil von mir. Aus irgendeinem Grund kann ich sie leichter in meiner Gegenwart ertragen als so manch andere Sklavinnen, die ich noch von meiner Zeit bei Graecus kenne. Sie schleicht nicht auf Zehenspitzen um mich herum und bricht nicht in Tränen aus, wenn sie meine schlechte Laune ertragen muss. Ganz gleich, wie mies ich sie die letzten Wochen behandelte, als ich nicht aufstehen durfte, sie kam wieder, jeden Tag. Sie half mir durch die zweitschlimmste Zeit meines Lebens, so wie Kallidora mir durch die schlimmste half.

Dafür bin ich ihr dankbar, auch wenn ich das wohl nie werde ausdrücken können.

Es ist, als sei jedes gute Gefühl in mir für immer ausgelöscht worden. Nur noch wenige Lichtblicke existieren in meinem dunklen Leben, in dem ich mich von einem Kampf zum nächsten hangele. Nilsa ist zu einem dieser Lichtblicke geworden.

Doch neben ihr gibt es noch einen helleren, den ich mir jedoch nicht eingestehen will.

Schon von Weitem höre ich das laute Gekicher und Geschnatter unzähliger anderer Sklavinnen, als ich neben Nilsa und mit meiner Wechselkleidung im Arm auf die zwei Badehäuser zulaufe. Sie wurden unmittelbar nebeneinandergebaut: eines für die Frauen und eines für die Männer. Aus dem der Männer dringt kein Laut. Aus Erfahrung weiß ich, dass sie weitaus schneller beim Baden sind als die Frauen, um früher beim Abendessen zu sein.

Ich bleibe vor dem Eingang zum Frauenbadehaus stehen. Nilsa ruckelt an meinem Arm, um mich zum Weitergehen zu bringen. Doch der Lärmpegel, der mir entgegenschlägt, ist derart hoch, dass ich keinen weiteren Schritt machen kann. Bis auf Nilsa habe ich keine andere Sklavin näher kennengelernt, aber sie alle werden mich anstarren, sobald ich – nur mit einem Handtuch bekleidet – das Badehaus betrete.

Ich bin erschöpft vom Training. Ich habe einen Kampf verloren.

Das Letzte, was ich am heutigen Tag gebrauchen kann, sind starrende und tuschelnde Fremde, die jede Narbe, jeden Muskel, jede Kurve meines Körpers begutachten. Ihre Blicke auf mir zu spüren, würde mich wahnsinnig machen. Gut möglich, dass ich dann Dinge sage oder tue, die ich hinterher bereue. Oder die Nilsa oder den jungen Wolf in Verlegenheit bringen. Nichts davon will ich.

Ich habe den beiden schon genug Probleme bereitet.

Ruckartig mache ich mich von Nilsa los. »Ich bade bei den Männern. Sicherlich ist deren Badehaus leer. Ich werde nicht lange brauchen.«

»Aber das … Aeryn!«

Ohne auf ihren Protest zu achten, betrete ich das Badehaus der Männer.

Im Vorraum, der komplett mit Steinfliesen ausgekleidet ist,

schäle ich mich aus meiner Hose und dem Hemd und verstaue beides in den dafür vorgesehenen Körben für Schmutzwäsche. Mein Hemd starrt vor Schweiß und Schmutz und ich beneide die Sklavin nicht, die es waschen muss. Auch der Rest von mir, der darunter zum Vorschein kommt, sieht nicht viel besser aus. Die frische Kleidung lege ich neben dem Eingang zum eigentlichen Badehaus auf dem Boden ab.

Suchend huscht mein Blick umher. Im Frauenbadehaus gibt es bestimmt verschiedene Lotionen, um mir den Staub vom Leib zu schrubben, doch hier finde ich nichts. Seufzend greife ich nach einem Handtuch und wickele es um mich. Es reicht mir bis knapp über den Po.

Als ich die Tür zum Baderaum öffne, schlägt mir heißer Dampf entgegen und nimmt mir für einen Moment die Sicht. Als ich wieder etwas erkennen kann, bemerke ich erleichtert, dass ich mit meiner Vermutung recht hatte: Niemand ist zu sehen.

Zu meiner Linken befinden sich mehrere Spiegel und Waschzuber, die dazu dienen, sich vorab zu waschen, ehe man das große beheizte Becken in der Mitte des Raumes betritt. Zu meiner Rechten gibt es mehrere kleinere Becken, die mit dampfend heißem Wasser gefüllt sind und nachher wahre Wunder an meinen verkrampften Muskeln vollbringen werden.

Doch zuerst muss ich den verdammten Sand aus sämtlichen Ritzen bekommen …

KAPITEL 25

CATO

Mit einem Seufzen, das aus den Tiefen meines Körpers zu kommen scheint, lehne ich mich im heißen Becken zurück.

Es muss über ein Jahr her sein, seit ich einen derart fordernden Kampf wie gegen Aeryn ausgefochten habe. Meine Muskeln sind alles andere als begeistert über diese Anstrengungen, doch sie werden sich wieder beruhigen. Die Hitze des Wassers hilft ihnen dabei.

Nachdem Nilsa Aeryn mitgenommen hat, habe ich noch den Platz fertig aufgeräumt. Als ich am Badehaus ankam, war es bereits leer und ich danke den Göttern dafür.

Es dauerte eine Weile, bis Astor mir nach meinen Verletzungen erlaubte zu baden. Und als ich das Badehaus betrat, hatte ich das Gefühl, dass mich alle Anwesenden anstarrten. Ich wusste, was in ihren Köpfen vorging. Sie hielten mich für den Idioten, der sein Leben für das einer Rebellin riskiert hat und nun für immer deswegen gezeichnet ist.

Ich fahre mit den schon leicht schrumpeligen Fingern über meine Brust und den Bauch unterhalb des Wassers. Astor ist wahrlich von den Göttern gesegnet, anders kann ich mir nicht erklären, dass die Verbrennungsnarben kaum noch zu sehen sind. Nur wenn das Licht in einem bestimmten Winkel auf sie scheint, glänzen sie silbrig. Ansonsten sind sie nur bei naher Betrachtung von der übrigen Haut zu unterscheiden. Oder es liegt daran, dass sie von einem magischen Feuer verursacht wurden.

Mir hätte es nichts ausgemacht, wenn ich die Narben für immer gehabt hätte. Dennoch bin ich dankbar für Astors Bemühungen.

Ich lehne den Kopf nach hinten auf den Rand des Beckens.

Eitelkeit ist kein Charakterzug, der zu mir passt. Meine gesamte Kindheit über war ich froh, dass sich die Bemühungen meiner Eltern auf meine beiden älteren Brüder fokussiert haben und ich in einfacher Kleidung und frei von Etikette herumlaufen durfte. Während meiner Zeit an der Front saß ich unzählige Male ohne Rüstung bei den niederen Soldaten, als sei ich einer von ihnen.

Ich scherte mich noch nie darum, wie ich auf andere wirkte. Und ich wünschte, dass ich an dem Tag, als ich Aeryn zum ersten Mal begegnete, nicht die Tribunrüstung mit dem Wolfsrelief hätte tragen müssen.

Denn prompt handelte ich mir damit einen Beinamen ein, der mir immer wieder vor Augen führt, was sie von mir hält.

Ich stoße ein Seufzen aus, ehe ich mir mit beiden Händen übers Gesicht reibe.

Ich täte fast alles dafür, wenn sie mich nur ein einziges Mal bei meinem richtigen Namen nennen würde … Aber für sie bin ich nur der »junge Wolf« oder – noch schlimmer! – der »Welpe«.

Ich wünschte, ich hätte mehr Erfahrung mit Frauen. Vielleicht wüsste ich dann, wie ich besser zu ihr durchdringen könnte. Der Kampf und mein Sieg heute waren ein Schritt in die richtige Richtung, aber ich kann nicht jedes Mal erst mit Waffen auf sie losgehen, um eine Reaktion bei ihr hervorzurufen …

Noch dazu hat Flavius angekündigt, dass ich die letzte Steinlieferung für die Arena beaufsichtigen soll. Das bedeutet, dass ich mehrere Tage weg sein werde. Hoffentlich verschlechtert sich dadurch nicht mein Verhältnis zu Aeryn. Ich will auf keinen Fall diese zarte Verbundenheit zu ihr verlieren, nur weil ich sie für ein paar Tage verlassen muss.

Ich nehme mir fest vor, mit Nilsa zu sprechen. Sie ist meine engste Vertraute, seit ich in Flavius' Diensten stehe, und hat mehr mit Aeryn zu tun als ich. Vielleicht weiß sie, was ich tun könnte, um …

Ich werde aus meinen Gedanken gerissen, als ich das Tapsen nasser Füße auf dem Steinboden höre. Vorhin ist mir aufgefallen, dass Rufus einige seiner Habseligkeiten liegen gelassen hat. Träge öffne ich ein Auge und verhalte mich ruhig in der Hoffnung, dass er mich nicht bemerkt. Heute ist einer dieser Tage, an denen ich still vor mich hin brüten will, weshalb ich das Angebot der anderen Gladiatoren ausgeschlagen habe, sie zum Abendessen zu begleiten, als sie mir entgegenkamen, während ich das Badehaus betrat.

Etwas lässt mich jedoch stutzig werden. Das sind nicht die lauten Schritte eines älteren Mannes. Diese sind schneller. Geschmeidiger. Leiser. Mir fällt keiner der Sklaven ein, der sich auf diese Weise bewegt.

Ich öffne das zweite Auge und tauche kurz darauf bis zur Nasenspitze ins Becken, um meinen überraschten Aufschrei zu dämpfen.

Am Eingang steht Aeryn. Ein weißes Handtuch verhüllt nur unzureichend ihre Kurven, während sie den Blick durch das Badehaus schweifen lässt.

Ohne einen Muskel zu rühren, beobachte ich sie, wie sie hinüber zu den Spiegeln und Waschzubern geht.

Ich muss mich zu erkennen geben. Es gehört sich nicht, dass ich sie derart ungeniert anstarre. Wenn meine Mutter das wüsste … Sie würde …

Sämtliche Gedanken über meine Mutter und den verdammten

Rest der Welt kommen zum Erliegen, als Aeryn das Handtuch zu Boden gleiten lässt und sich auf einen der niedrigen Schemel setzt.

Mein Mund ist wie ausgedörrt, obwohl ich von Wasser umgeben bin. Ich weiß nicht, ob ich noch atme, doch es kümmert mich auch nicht. Ich kann nur starren und ich schäme mich nicht dafür. Später werde ich es, da bin ich mir sicher, aber jetzt gleitet mein Blick über ihren nackten Rücken, den Schwung ihrer Hüften, ihr Haar, das sie mit gekonnten Bewegungen löst und das sich schließlich bis knapp über ihren Po ergießt. Und im Spiegel erkenne ich ihre Brüste. Blubberblasen steigen auf, als ich unter Wasser einen erstickten Laut von mir gebe.

Ich blinzele so wenig wie möglich, während ich ihr dabei zusehe, wie sie sich den Schmutz und Schweiß des Trainings vom Körper schrubbt. Jederzeit rechne ich damit, dass sie sich auflöst, weil sie nichts weiter als ein weiteres Hirngespinst von mir sein kann. Ein erneuter Streich meiner Vorstellungskraft.

Doch Aeryn bleibt bestehen, auch als sie sich den Bottich mit mittlerweile sicher kaltem Wasser über den Kopf kippt, um sich den Schaum abzuspülen. Sie erschaudert und prustet, ehe sie sich das Haar auswringt und aufsteht. Nackt und nass huscht sie hinüber zum großen Becken und springt hinein.

Ich entspanne mich etwas, nun da ich ihren entblößten Körper nicht mehr direkt vor mir habe. Vielleicht schaffe ich es, mich aus dem Badehaus zu schleichen, während sie eine Runde schwimmt. Bestimmt reißt sie mir den Kopf ab, wenn sie erfährt, dass ich sie die ganze Zeit über beobachtet habe wie ein …

Stimmen werden im Vorraum laut. Deutlich erkenne ich Rufus, der sich bei den anderen entschuldigt. Verdammt! Auch Aeryn hat sie gehört, denn sie hält mitten im Schwimmen inne.

Mir bleibt keine andere Wahl. Ich springe aus dem Becken, angele nach dem Handtuch, das direkt danebenliegt, und schlinge es mir um die Hüften. Im Laufen schnappe ich mir Rufus' Habseligkeiten, die er in einem Bündel verstaut und neben dem Becken liegen gelassen hat, und eile in den Vorraum, ehe er das eigentliche Badehaus betreten kann.

»Suchst du das hier?«, frage ich, während ich das Bündel hochhebe und ihm den Weg und die Sicht ins Innere versperre.

Verwirrt runzelt er die Stirn und greift nach seinen Sachen. »Ja … Danke.«

»Keine Ursache.«

Sein Blick huscht über meine Schulter und ich verlagere mein Gewicht zu dieser Seite. Rufus' Stirnrunzeln vertieft sich.

»Willst du noch mitkommen?«, fragt er schließlich. »Einer der Sklaven meint, er käme an den geheimen Weinvorrat.«

»Ich passe.«

»Wie du meinst.«

Ich halte seinen Blick mit meinem fest und beschwöre ihn stumm, endlich zu verschwinden. Als er sich zu den anderen Gladiatoren trollt, die draußen warten, stoße ich den Atem aus. Rufus hat sich etwas zusammengereimt, das konnte ich ihm deutlich ansehen. Hoffentlich hat er Aeryn nicht gesehen. Frauen sind im Männerbadehaus streng verboten und umgekehrt genauso. Es könnte mächtig Ärger geben, wenn Flavius davon erfährt.

Aber darüber mache ich mir heute Abend keine Gedanken. Am besten wäre es, wenn ich ebenfalls schleunigst verschwinde und gar nicht erst wieder hineingehe.

Nur kurz riskiere ich einen Blick über die Schulter und mache einen Satz zurück, weil Aeryn direkt hinter mir steht, nun wieder mit einem Handtuch bekleidet. Sie mustert mich mit schräg gelegtem Kopf und leicht zusammengekniffenen Raubtieraugen. Wahrscheinlich überlegt sie, ob sie mir den Hals umdrehen oder doch lieber gleich die Eier abschneiden soll.

»Ähm … ich … ich wollte gerade … Also …«

Schnell presse ich die Lippen zusammen, um mich davon abzuhalten, weiter zu stottern.

Sie wendet sich ab. »Komm wieder rein und mach die Tür zu. Die ganze warme Luft verschwindet nach draußen.«

Ich weiß, dass ich die Beine in die Hand nehmen und verschwinden sollte, um mir weitere Peinlichkeiten zu ersparen, doch meine Füße bewegen sich von ganz allein und folgen ihr willig wieder in den warmen Dunst, der im Badehaus allgegenwärtig ist.

»Ich … Entschuldige, ich wollte dich nicht … Aber du kamst rein und …«

Ich reibe mir mit der Hand über den Mund. Warum kann ich in ihrer Gegenwart nicht einen klaren Satz herausbringen?

Als sie sich wieder zu mir umdreht, zieht sie eine Augenbraue hoch. »Schon in Ordnung. Es haben mich schon einige Männer nackt gesehen.«

Ich seufze. *Danke, Aeryn, das ist genau das, was ich jetzt hören wollte.*

»Und«, fährt sie fort, »ich werde nicht die erste Frau gewesen sein, die du nackt gesehen hast.«

Ich verschlucke mich beinahe. Wenn sie wüsste, wie weit sie mit dieser Annahme danebenliegt … Doch ich werde mich nicht noch weiter erniedrigen und ihr die Wahrheit sagen.

»Hast du dich in der Tür geirrt?«, frage ich stattdessen.

Sie schüttelt den Kopf. »Im Frauenbadehaus war es so … laut. Ich wollte einfach nur meine Ruhe haben. Ich dachte, hier wäre ich allein.«

Ich nicke. »Ich wollte auch meine Ruhe. Es war ein langer Tag.«

Stille senkt sich über uns, die nur durch das leise Tröpfeln von Wasser unterbrochen wird.

Ich hasse es, dass mir nie die richtigen Worte einfallen, wenn sie in meiner Nähe ist. Dabei will ich so vieles von ihr wissen, doch ich bin unfähig die Fragen zu formulieren.

»Du hast heute gut gekämpft«, sagt sie in die Stille hinein. »Mehr als gut sogar. Du hast mich besiegt.«

»Du klingst überrascht.«

Sie zuckt mit den Schultern. »Ich habe nicht damit gerechnet, hier in der Provinz auf einen ebenbürtigen Gegner zu treffen. Ich muss zugeben, dass ich dich unterschätzt habe. Morgen wird mir dieser Fehler nicht unterlaufen.«

»Morgen?«, hake ich nach.

Sie nickt, wobei der Hauch eines Lächelns ihre Lippen umspielt. »Morgen werde ich dich erneut herausfordern.«

Ich schmunzele. »Willst du das jetzt jeden Tag machen?«

»Es ist für mich die beste Art zu trainieren.«

Sie sagt es so beiläufig, als würde es ihr nichts bedeuten, doch ich höre einen feinen Unterton in ihrer Stimme heraus, der in den vergangenen Wochen noch nicht da gewesen ist. Beinahe klingt sie, als würde sie sich darauf freuen.

»Eine Frau wie du ist mir noch nie begegnet.«

Die Worte entschlüpfen mir, ehe ich sie aufhalten kann. Am liebsten würde ich mich für sie ohrfeigen.

Doch Aeryn überrascht mich, indem sie sagt: »Ein Mann wie du ist mir auch schon sehr lange nicht mehr begegnet. Du hast nichts mit den Etureern gemein, die ich bereits kennenlernen musste.«

»Ich fasse das als Kompliment auf.«

»Als solches war es auch gedacht.«

Meine Mundwinkel heben sich zu einem Lächeln. »Das freut mich.«

Sie macht einen Schritt auf mich zu und mein Lächeln gefriert, während ich die Luft anhalte. Nie weiß ich, was sie als Nächstes tun wird. In den letzten Wochen musste ich miterleben, wie sich ihre Laune von einer Sekunde auf die andere geändert hat, weshalb ich auf der Hut bin. Doch ich werde überrascht: Federleicht streicht sie mir mit der Hand über meine noch feuchte Brust und den Bauch. Meine Haut kribbelt unter ihrer Berührung.

»Die Wunden sind beinahe verheilt«, murmelt sie, während ihr Blick der Bewegung ihrer Hand folgt. Ich schwöre, dass ich ihn genauso wie das zarte Streicheln ihrer Fingerspitzen spüren kann. »Ich kann mich nicht daran erinnern, dass du da warst. An dem Tag in der Arena, meine ich. Alles ist … nebelig, durchzogen von Feuer, dem Bersten von Gestein und Schreien. Ich weiß nur noch Bruchstücke von dem, was unmittelbar vor dem Einsturz und danach geschehen ist. Und … ich bin mir nicht sicher, ob ich mehr wissen will.«

Ich greife nach ihrer Hand. Sie ist kühl. »Du musst nicht darüber reden, wenn du es nicht möchtest. Jetzt bist du hier und alles andere wird sich finden. Ich werde den Vorfall nie wieder erwähnen.«

Sie schnaubt. »Aber Flavius wird es. Spätestens wenn ich in seiner Arena antrete, wird er mich als Barbarin ankündigen. Er wird ein Spektakel aus meinen Taten machen, sie ausschlachten und zu etwas verzerren, wozu sie nie gedacht waren.«

»Ich befürchte, das wird er«, gebe ich zu.

Daran habe ich auch schon gedacht und mir graut es vor dem Tag, an dem er Aeryn in die Arena schickt, die seine größte Errungenschaft und die Erfüllung eines Traums ist. Flavius ist auf dieses Bauwerk fast so stolz wie auf seine Vantyr, der ein Ruf vorauseilt, der sich mittlerweile bis in die hintersten Winkel des Reichs verbreitet haben wird. Sie werden von nah und fern kommen, um die Vantyr zu sehen, die es gewagt hat, die Arena der Hauptstadt dem Erdboden gleichzumachen, und keiner von ihnen wird an Erklärungen oder gar der Wahrheit interessiert sein.

Aeryns Blick wirkt entrückt, beinahe traurig. »Und die Menschen werden ihm glauben. Sie werden wollen, dass ich verliere.

Sie werden in mir jemanden sehen, der ihr Reich und ihren Frieden bedroht hat. Dabei … war meine Tat nicht dafür gedacht.«

Ich drücke ihre Hand, überrascht davon, dass sie sie mir noch nicht entzogen hat. »Erklärst du mir den Grund? Dann werde ich der Einzige sein, der die Wahrheit kennt und dir glaubt.«

Zögerlich hebt sie den Blick, bis er mit meinem verschmilzt. Deutlich erkenne ich in ihrer Miene, wie sie mit sich ringt. Ihre Zerrissenheit geht mir so nah, dass sich meine Brust schmerzvoll zusammenzieht und nur der leichte Druck ihrer Finger kann diese Qual lindern. Ich halte ihre Finger fest umschlossen und wende den Blick nicht ab, dränge sie jedoch mit keinem weiteren Wort.

Es vergeht eine Weile, bis sie den Mund öffnet und mir sagt, was an dem Abend vorgefallen ist, bevor sie und die andere Vantyr die Arena in Schutt und Asche legten. Sie erzählt von Graecus, der ihr den einzigen Wunsch verweigerte, den sie je an ihn gerichtet hat, auf den sie jedoch nicht genau eingeht. Es juckt mir in den Fingern, sie nach ihrem Wunsch zu fragen, doch ich wage es nicht, sie zu unterbrechen. Sie erzählt von ihrer Hoffnungslosigkeit und dem Wissen, für immer in dieser für sie fremden und feindseligen Welt gefangen zu sein. Als Gladiatorin. Als Sklavin. Als Eigentum eines anderen, immer dessen Willen untertan.

Diese Art zu leben ist für eine so stolze Frau wie sie kaum denkbar, und ich verstehe, dass an diesem Abend etwas in ihr zerbrochen ist.

»Ich habe mir Mühe gegeben«, murmelt sie. »Ich habe alles getan, was er von mir verlangt hat. Ich habe gekämpft, andere verletzt oder sogar getötet. Doch nichts davon war genug. Er wollte mehr. Die Menge wollte mehr. Und ich musste es ihr geben – oder untergehen.« Ihr Blick wird hart. »Ich entschied mich für Letzteres. Aber zu meinen Bedingungen. Keinen Tag länger wollte ich in diesem Reich leben und ein Dasein fristen, gegen das sich jede Faser meines Körpers sträubte. Doch es gab keinen Ausweg für mich, nur den Tod.« Sie senkt den Kopf. »Aber selbst der wurde mir verwehrt.«

Zu sagen, dass sie die richtige Entscheidung getroffen hat, indem sie die Arena zerstörte, wäre falsch. So viele Menschen wurden an dem Tag verletzt oder getötet. Beinahe auch ich.

Aber ein Teil von mir kann sie verstehen.

Als man mich in die Enge trieb, habe ich ebenfalls Entscheidungen getroffen, die zweifelhaft waren. Sie verfolgen mich, aber egal, wie oft ich über sie nachdenke, ich würde wieder genauso handeln.

Manchmal bleibt einem keine andere Wahl, als zu harten Mitteln zu greifen. Das ist weder eine Rechtfertigung für Aeryns noch für meine Taten, aber teilweise sympathisiere ich mit ihr. Ich weiß, wie es ist, keinen anderen Weg zu sehen – nur einen blutbefleckten.

»Wenn du«, beginne ich vorsichtig, »dir etwas wünschen könntest, ganz egal was – was wäre es?«

Ihr Blick findet wieder meinen und sie runzelt die Stirn.

»Ruhm?«, hake ich nach, als sie nicht auf meine Frage antwortet. »Einen festen Platz in der Gesellschaft?«

Aeryn stößt ein verächtliches Schnauben aus. »Wenn meine Göttin morgen dieses verdammte Land in den ewigen Abgrund reißen würde, würde ich ihm keine Träne nachweinen. Hier zu leben – in einem Reich voller Mörder und Diebe –, ist für mich die schlimmste Strafe. Also nein, ein Platz in der Gesellschaft käme für mich nicht infrage.«

»Was dann?«

Die Härte, die ihre Worte von eben heraufbeschworen haben, verschwindet aus ihrem Blick. »Ich will … frei sein«, wispert sie so leise, dass ich sie kaum verstehen kann. »Ich will dieses grässliche Land verlassen und so tun, als sei alles nur ein böser Traum gewesen. Ich will nach Hause und sehen, was von meinem Clan übrig geblieben ist. *Ob* etwas übrig geblieben ist.«

Mein Herz setzt einen Schlag aus. Ich spüre es ganz deutlich an der Leere, die plötzlich in meiner Brust herrscht, als die Tragweite ihres Wunsches in mein Bewusstsein sickert.

Sie zieht ihre Hand zurück. Nicht abrupt, sondern zögerlich, und macht einen Schritt zur Seite, als wolle sie wieder Abstand zwischen uns schaffen. Ich tue nichts, um es zu verhindern. Ich stehe nur stocksteif da, während ich im Kopf ohne Unterlass ihren Wunsch wiederhole: Freiheit.

Jeder Sklave träumt davon. Sogar ich stelle mir manchmal vor, nicht mehr in Flavius' Diensten zu stehen, sondern mein eigener Herr zu sein. Es sollte mich also nicht derart schockieren.

Doch das tut es. Denn wenn Aeryn ihre Freiheit zurückerlangen sollte, wird sie gehen. Sie wird nicht zögern und nicht zurückblicken. Sie wird in ihre Heimat zurückgehen, ein Ort, so weit weg, dass ich sie niemals wiedersehen werde.

»Als ich Graecus um meine Freiheit bat«, murmelt sie, den Blick ins Leere gerichtet, »hat er mich ausgelacht. Ich sei viel zu wertvoll, um mich jemals gehen zu lassen. An diesem Abend sah ich mein Leben glasklar vor mir. Ich sah die endlosen Kämpfe in der Arena. Hörte das ohrenbetäubende Jubeln der Menge, das von Jahr zu Jahr immer leise wurde, bis sie einen neuen Favoriten gefunden hatten. Ich sah mich, meines Stolzes und meiner Würde beraubt, in einem Leben ohne Perspektiven. Es gab nur einen Ausweg, und als Kallidora mir von den Gladiatoren erzählte, die sich gegen den Senat und ihre Herren auflehnen wollten, war mir klar, dass ich dabei sein wollte. Nicht um den Senat zu stürzen oder gar dieses verfluchte Land zu reformieren, sondern … um in Würde und zu meinen Bedingungen zu gehen.«

Ich versuche mir vorzustellen, was in Aeryn vorgegangen sein muss. Für mich war sie stets eine Lichtgestalt. Nie hätte ich es für möglich gehalten, dass sie im Inneren derart zerrissen und fragil sein könnte.

Auch jetzt ist ihr Blick leer und jedes Leuchtens beraubt. Sie auf diese Weise zu sehen, verstärkt den Schmerz in meiner Brust, bis ich kaum noch atmen kann.

Ich verstehe nun, warum sie wütend auf mich und jeden war, als sie zu sich kam und merkte, dass ihr Plan fehlgeschlagen war. Es ist meine Schuld. Ich bereue es nicht, sie gerettet zu haben – das könnte ich niemals! –, aber dennoch bin ich es, der ihr dieses neue Leben aufgezwungen hat, das von ihrem Standpunkt aus gesehen noch schlimmer als das alte sein muss.

Ohne weiter darüber nachzudenken, greife ich nach ihrer Hand und ziehe sie wieder zu mir. Geduldig warte ich, bis sie mich ansieht, und gebe mir Mühe, die Leere in ihren grünen Augen nicht noch näher an mich heranzulassen.

»Ich werde dir helfen«, verspreche ich.

Ihre Augenbrauen zucken, als könnten sie sich nicht entscheiden, ob sie sich zusammenziehen oder in die Höhe schießen sollen. »Was?«

Meine Finger verkrampfen sich um ihre, als ich die Worte ausspreche, die ich nicht länger zurückhalten kann. »Ich werde dir dabei helfen, deine Freiheit zu erlangen.«

Aeryns Augen weiten sich, doch sie bleibt stumm.

»Ich weiß, dass du niemandem vertraust«, murmele ich. »Auch mir nicht, und das verstehe ich. Nach allem, was du durchgemacht hast …«

Sie bläht die Nasenflügel und ich weiß sofort, dass ich etwas Falsches gesagt habe. »Ich will dein Mitleid nicht.«

»Das ist kein Mitleid«, widerspreche ich. »Es war falsch, was dir widerfahren ist. Aber darum geht es jetzt nicht. Keiner von uns kann die Vergangenheit ändern, doch unsere Zukunft ist noch nicht geschrieben. Lass mich dir helfen!«

»Warum?«

Ihre Stimme ist kalt. Lauernd. Als erwarte sie einen Haken. Und ich kann es ihr nicht verdenken. Jeder, dem sie begegnet ist, wollte sich an ihr und ihren Fähigkeiten bereichern.

Doch die Antwort auf ihre scheinbar simple Frage ist alles andere als einfach. Die Wahrheit würde sie nicht verstehen, und sie würde Aeryn nur weiter von mir entfernen.

»Weil ich dein Freund bin«, sage ich daher. »Du kannst mir vertrauen.«

»Das sagst du andauernd.«

Ich schmunzele. »Vielleicht solltest du mich endlich beim Wort nehmen. Was hast du zu verlieren?«

Das war offenbar genau der Satz, den sie hören musste.

»Nichts«, gibt sie zu.

Ich spüre, wie mein Lächeln breiter wird, und der Schmerz verschwindet aus meiner Brust. Noch denke ich nicht daran, was geschieht, wenn wir Erfolg haben und Aeryn ihre Freiheit erlangen sollte. Denn das wird weder morgen noch übermorgen geschehen. Bis dahin haben wir Zeit.

Zeit, die wir zusammen verbringen können – als Freunde. Alles ist mir recht, solange sie mich nicht mehr komplett abweist.

Sie seufzt und entzieht mir ihre Hand. Ich will sie gerade fragen, warum sie das tut, als sie ihr Handtuch löst und es zu Boden gleiten lässt und splitterfasernackt vor mir steht.

Jedes Wort, jeder Gedanke löst sich in Luft auf. Ich stehe nur da und starre, unfähig einen Laut von mir zu geben.

Erst mit einiger Verspätung kann ich meinen Blick dazu zwingen, sich von ihren Brüsten zu lösen und zu ihrem Gesicht zurückzukehren. Dort entdecke ich einen Hauch Verwirrung.

»Du erwartest doch sicher eine Gegenleistung für deine Hilfe«, sagt sie ruhig, beinahe monoton.

Ich gebe einen erstickten Laut von mir, der nicht einmal mit

Fantasie als Wort zu erkennen wäre. Meine Wangen brennen, als ich mich bücke, ihr Handtuch aufhebe und es ihr reiche, nachdem ich mich abgewandt habe.

»Ich … Ich erwarte gar nichts«, zwinge ich mich zu sagen.

Und das ist die Wahrheit. Selbst wenn es anders wäre, wäre ich nie auf dieses … Angebot eingegangen. Die Frage, wie oft sie selbiges bereits anderen Männern unterbreitet hat, verbiete ich mir. Mir vorzustellen, wie viele Männer vor mir diesen wundervollen Körper nackt gesehen haben, macht mich nur wütend.

Zögerlich nimmt Aeryn das Handtuch entgegen und wickelt es sich wieder um. »Tut mir leid. Ich wollte dich nicht in Verlegenheit bringen. Ich dachte nur … Früher konnte ich über Graecus' Vermögen verfügen, doch jetzt habe ich nichts. Nicht einmal die Kleidung, die ich jeden Tag trage, gehört mir. Ich habe nichts, was ich dir als Gegenleistung anbieten könnte.«

»Doch«, sage ich. »Da gibt es etwas.«

»Und was wäre das?«

Ich drehe mich zu ihr um. »Deine Zeit und Gesellschaft. Unterhalte dich mit mir. Wann und worüber du willst. Erzähle mir von dir. Iss mit mir zu Abend. Mehr verlange ich nicht.«

Sie neigt den Kopf. Noch immer tanzt Verwirrung in ihren wunderschönen Augen. »Ich werde nicht schlau aus dir, junger Wolf.«

Ich seufze. »Ich hätte verlangen sollen, dass du mich nicht mehr so nennst …«

Damit entlocke ich ihr ein flüchtiges Schmunzeln. »Zu spät. Deinen Namen musst du dir erst noch verdienen.«

KAPITEL 26

AERYN

Zurück in meiner Zelle wandere ich ziellos auf und ab und kaue an meinem Daumennagel, während ich mich in Gedanken verfluche. Ich bin so eine Idiotin! Warum habe ich mich ihm angeboten und – schlimmer noch! – wieso wollte ich, dass er das Angebot annimmt?

Der junge Wolf hat mich nie angesehen wie die zahllosen anderen Männer, denen ich hier in Eturien bereits begegnet bin. Als sei ich ein Stück Fleisch oder ein Gegenstand, den sie besitzen wollen und nach ihrem Gutdünken benutzen können. Oft genug spüre ich seinen Blick auf mir, doch nie verursachte er mir ein unangenehmes Gefühl.

Ganz im Gegenteil.

Vielleicht ist das der Grund. Als er mir angeboten hat mir zu helfen, musste ich ihm etwas als Gegenleistung bieten, denn bisher hat mir noch nie jemand etwas Gutes tun wollen, ohne einen Hintergedanken zu haben. Selbst jetzt kann ich seine Beweggründe nicht begreifen. Etureer denken nur an sich, an ihren Reichtum und ihre Stellung. Andere und vor allem diejenigen, die unter ihnen stehen, nutzen sie gnadenlos aus, um sich selbst zu bereichern.

Doch ich besitze nichts von Wert. Nichts, außer meinem Körper.

Ich habe mich noch nie auf diese Weise angeboten oder auch nur daran gedacht, denn das hätte mich käuflich wirken lassen. Das bin ich nicht. Bei jedem anderen hätte mich die bloße Idee angewidert, aber nicht bei ihm.

Es hätte mir nichts ausgemacht. Überhaupt nichts. Eigentlich wollte ich es sogar. Ich kann mich nicht mehr an den letzten Mann erinnern, mit dem ich das Bett geteilt habe. Er ist zu einem gesichtslosen Niemand geworden, so wie die anderen vor ihm. Aber ich weiß, dass es lange her ist. *Monate.* Der junge Wolf hätte mir helfen können die körperlichen Bedürfnisse, die in mir schwelen, zu befriedigen. Es wäre für uns beide von Vorteil gewesen.

Aber er lehnte ab.

Ich bin mir noch nicht sicher, wie ich ihm morgen wieder in die Augen sehen soll. Es ist das erste Mal, dass mich jemand zurückgewiesen hat.

Ich halte inne, als ich Schritte auf der Steintreppe höre. Diese Schrittfolge ist mir mittlerweile fast so vertraut wie meine eigene. Mit einem tiefen Atemzug stoße ich die mir unbekannte Nervosität aus und spiele meine Rolle, die mir in Fleisch und Blut übergegangen ist.

»Ich habe nicht damit gerechnet, dich heute Abend noch zu sehen«, sage ich in hoffentlich neckischem Tonfall, als der junge Wolf, beladen mit zwei Tabletts voller Essen, vor der Zellentür auftaucht. »Vorhin hatte ich Angst, dass dein Kopf gleich platzen würde, so rot wie er war.«

»Haha«, grollt er, als er die Tabletts abstellt und den Schlüsselbund von seinem Gürtel nimmt. Wieder ziert eine herrliche Röte seine Wangen und breitet sich bis zu den Ohren aus. »Schön zu sehen, dass wenigstens einer von uns sich darüber amüsieren kann.«

Ich muss mir auf die Unterlippe beißen, um nicht zu lachen.

Ich lache nicht mehr. Jede Freude und jedes Glücksgefühl ist schon vor Jahren in mir abgestorben. Warum ist es plötzlich wieder da? Wieso bewegen sich meine Lippen in einer Art und Weise, die ihnen fremd sein müsste?

Nach außen hin geduldig, aber innerlich mit klopfendem Herzen warte ich darauf, dass der junge Wolf meine Zelle aufgeschlossen und die Tabletts hineinbugsiert hat.

»Ich will sichergehen, dass du genug isst«, sagt er in immer noch leicht angefressenem Tonfall, der mich noch mehr amüsiert. Es ist so einfach, ihn zu ärgern, trotzdem bereitet es mir unheimlich viel Spaß.

»Mein Appetit ist schon seit Tagen wieder da«, halte ich dagegen. »Und er ist größer als deiner.«

»Das stimmt.« Schmunzelnd stellt er mein Tablett zu meinem Bett, das andere für ihn auf den niedrigen Tisch, der an der gegenüberliegenden Wand steht. »Mir ist noch nie eine Frau begegnet, die so viel essen kann wie du.«

Ich winke ab. »Das höre ich nicht zum ersten Mal. Auch Kallidora war eine gute Esserin.«

An Kallidora zu denken, macht mich schwermütig. Ich kann nur hoffen, dass sie einen schnellen Tod gefunden hat und ehrenvoll im Kreis unserer Ahnen aufgenommen wurde. Zum ersten Mal kommt mir nicht in den Sinn, dass ich ihr so schnell wie möglich ins Reich der Ahnen folgen möchte. Einen Moment bin ich darüber verwirrt, deshalb verdränge ich den Gedanken an sie schnell wieder.

Ich setze mich aufs Bett, während der junge Wolf sich auf dem Boden mir gegenüber niederlässt. Uns trennen gute zwei Meter, doch ich bin mir seiner Nähe heute mehr bewusst als die Tage zuvor. Irgendetwas ist anders zwischen uns, aber ich kann nicht benennen, was das ist.

Wir essen schweigend. Mehrmals erwische ich ihn dabei, wie er mich mustert, weil auch mein Blick nahezu magisch von ihm angezogen wird. Und immer wieder schweifen meine Gedanken zu unserer Begegnung im Badehaus ab. Ich denke daran, dass mir durchaus gefallen hat, was ich gesehen habe. Mehr als nur *gefallen.* Anders als die meisten Gladiatoren besitzt er sehnige, aber trotzdem ausgeprägte Muskeln und weiß sie auch einzusetzen, wie er heute auf dem Trainingsplatz eindrucksvoll demonstriert hat.

Wie es wohl ist, wenn diese Muskeln sich ausschließlich für mich bewegen – ohne dass einer von uns beiden eine Waffe in Händen hält?

Ich weiß nicht, ob mir meine Gedanken quer auf der Stirn stehen, doch die Röte auf seinen Wangen vertieft sich. Blinzelnd wendet er den Blick von mir ab und starrt auf seinen noch halb vollen Teller.

Als ich das angespannte Schweigen zwischen uns nicht mehr aushalte, frage ich: »Warum bist du hier?«

Er sieht von seinem Tablett auf und runzelt die Stirn. »Soll ich wieder gehen?«

Schnell schüttele ich den Kopf. Keine Ahnung, warum ich ihn das gefragt habe. Vielleicht weil ich hören wollte, dass er aus freien Stücken hier ist. Dass er gern meine Gesellschaft sucht.

Aber ich will auf keinen Fall, dass er geht.

In den Tagen, die er nicht hinab in mein Gefängnis gestiegen ist, spürte ich zum ersten Mal in meinem Leben Einsamkeit. Ich hasste dieses Gefühl. Es ließ mich schwach wirken und das machte mir Angst.

Nachdem man mich nach Eturien verschleppte, traf ich fast sofort auf Kallidora und fand in ihr eine Freundin, Schwester und Mentorin. Auch wenn wir uns nicht immer sahen, waren wir verbunden.

Doch Kallidora ist nicht hier. Unser Band existiert nicht mehr. Zum ersten Mal war ich in jenen Tagen wirklich allein. Zwar kam

Nilsa mehrmals zu mir, aber ich war zuvor derart gemein zu ihr, dass sie nur hastig ihre Arbeiten verrichtete. Ich konnte ihr deswegen nicht böse sein, doch mein Stolz verbot es mir, mich bei ihr zu entschuldigen.

Es blieb nur der junge Wolf. Der Mann, der für gewöhnlich hartnäckig meine Nähe suchte, egal, wie oft ich ihn anschrie oder verspottete.

Doch er kam nicht mehr. Er ließ mich in der Dunkelheit zurück, die mit kalten Klauen nach mir griff.

Dass er nun hier sitzt, freut und ängstigt mich gleichermaßen. Solange er hier ist, ist die Dunkelheit fern. Ich kann ihr Flüstern nicht hören, aber still ist es trotzdem nicht. Mein Herz schlägt viel zu laut. Ich denke und tue Dinge, auf die ich sonst nicht einmal im Traum käme.

Ich fürchte mich davor, dass mich seine Nähe ebenfalls schwach werden lässt. Dass ich vergesse, was das Wichtigste für mich ist: diesem Leben zu entkommen.

Aber noch mehr fürchte ich mich vor den Momenten, in denen er nicht da ist und ich der Dunkelheit anheimfalle. Sie ist eine noch furchteinflößendere Gesellschaft als die Schwäche.

»Willst du heute gar nichts fragen?«, hake ich nach, als wir uns stumm ansehen.

Es ist, als würden wir krampfhaft versuchen, den jeweils anderen einzuschätzen, scheitern aber beide.

»Ich habe viele Fragen an dich«, gibt er zu. »Ich könnte all die Nächte meines Lebens damit zubringen, dir und deinen Antworten zu lauschen.«

Wieder spüre ich ein seltsam fremdes Zucken an meinen Mundwinkeln. »Dann stell eine deiner Fragen.«

Er platziert das Tablett neben sich auf dem Boden und zieht die langen Beine nah an den Körper. »Wie heißt die Insel, von der du stammst?«

Ich gebe einen abschätzigen Laut von mir. »Wir geben unserem Land keine Namen, wie ihr Etureer es tut.«

»Warum nicht?«

Auch ich stelle mein Tablett beiseite. »Weil das Land der Göttin gehört und irgendwann wird sie es zurückfordern. Bis dahin ist es unsere Aufgabe, es zu ehren und zu verwalten. Es wäre vermessen, ihm einen Namen zu geben, wo es doch nicht unser Besitz ist.«

Er schweigt eine Weile, ehe er nickt. Ein friedvoller Ausdruck liegt auf seinem Gesicht. »Mir gefällt eure Denkweise. Erzähl mir mehr! Wie hast du gelebt?«

Ich schließe die Augen und beschwöre die Erinnerung an unser Dorf herauf. Aus Holz und Schilf gebaute Hütten. Nah am Meer, sodass das Erste und Letzte, was ich jeden Tag hörte, das Rauschen der Wellen war. Dichte Wälder. Der Geruch nach Salz und Holz, vermischt auf eine ganz bestimmte Art und Weise. Ein Duft, den ich seither nie wieder gerochen habe.

Ich fürchte mich davor, ihn zu vergessen. Wie viel *habe* ich wohl bereits vergessen?

»Unser Leben ist einfach«, zwinge ich mich zu sagen. Meine Stimme klingt rau, überwältigt von den Eindrücken, die ich so lange in mir eingeschlossen habe. »Wir leben im Einklang mit der Natur. Jede Vantyr trägt Magie in sich und nutzt ihr Element zum Wohle des Clans. Wasservantyr bewässern die Pflanzen oder gehen fischen. Erdvantyr bestellen die Felder. Windvantyr rufen die Regenwolken herbei.«

Aufmerksam lauscht er meinen Erklärungen. »Und welche Aufgabe haben die Feuervantyr?«

Ich starre auf meine Hand, über der keine Funken erscheinen. Da ist nicht mehr als ein sachtes Kribbeln und auch nur, wenn ich mich darauf konzentriere. »Wir sind die Beschützer des Clans. Oder wir sollten es sein.« Ich schüttele den Kopf, um die Erinnerungen an jene Nacht zu vertreiben, in der wir versagt haben.

Der junge Wolf scheint mein Unbehagen zu bemerken, denn er wechselt schnell das Thema. »Gibt es bei euch einen König? Oder ein Clanoberhaupt?«

»Nicht direkt«, sage ich. »Als Herrscher würde ich am ehesten den Rat der vier Weisen bezeichnen. Sie sind die Ältesten des Clans und führen die Übrigen mit ihrer Weisheit. Viele empfangen den Willen der Göttin und deuten ihre Zeichen. Direkt dem Rat ist eine Feuervantyr unterstellt, die im Falle eines Angriffs das Kommando übernimmt. Meine Mutter hatte diese Position inne.«

Als er keine weitere Frage stellt, huscht mein Blick zum jungen Wolf, der mich ansieht, als müsse er ein schwieriges Rätsel lösen.

»Was?«, frage ich.

»Ich versuche nur, mir eine Gesellschaft vorzustellen, die nicht von alten Männern regiert wird, die schon lange vergessen haben, was wirklich zählt, und die für die Stimmen ihres Volkes taub geworden sind.«

Mir entgeht nicht der zynische Unterton in seiner Stimme. »Das klingt, als hättest du schlechte Erfahrungen gemacht.«

Er nickt. »Allerdings. Aber darum soll es jetzt nicht gehen. In deiner Aufzählung habe ich nichts von Männern gehört. Gibt es die nicht bei euch?«

Wieder bin ich kurz davor zu lächeln. »Natürlich gibt es Männer. Sonst wäre es auch für uns Vantyr schwierig, uns fortzupflanzen. Aber Männer werden nie mit einer magischen Gabe geboren. Sie haben ihren festen Platz in unserer Gesellschaft und verrichten ihre Arbeiten, werden geachtet und geliebt, aber sie bekleiden keine hohen Ämter.«

»Wie muss ich mir eure Männer vorstellen? Sind sie genauso gute Kämpfer wie du?«

Ich wiege den Kopf hin und her. »Sie sind ganz anders als ihr Etureer, oder zumindest die meisten von euch. Unsere Männer sind …«

Ich breche ab, um die richtigen Worte zu finden. Oder besser: um die richtigen daran zu hindern, meinen Mund zu verlassen.

Sie sind wie du, will ich am liebsten sagen. *Stark, doch gleichzeitig sanft und verständnisvoll.*

»Wir Vantyr sind nicht einfach«, sage ich stattdessen. »Unsere Kraft beansprucht uns. Gerade in unserer Jugend und der ersten Zeit als Erwachsene wächst sie immer weiter, bis wir übervoll von ihr sind. Deshalb suchen wir uns einen Mann, der unsere Magie nicht nur akzeptiert, sondern ihr Gegenstück darstellt. Wir – die Magie und die Vantyr, in der sie lebt – reagieren auf ihn.« Ich wende den Blick ab. »Es ist schwierig zu beschreiben. Aber wenn dies geschieht, ist es … ein besonderer Moment.«

»Hat deine Magie … auf jemanden reagiert?«, fragt er zögerlich.

Ich will mit Nein antworten, stocke jedoch und denke zurück an meinen Kampf gegen Brutus. Ich hatte die Kontrolle verloren und musste mich dem Brennen meiner Magie geschlagen geben. Danach sperrten mich die Wachen in eine Zelle, doch der junge Wolf kam zu mir. Es war gefährlich und ich hatte instinktiv Angst um ihn. So große Angst, dass sie sogar das Lodern meines Feuers überlagerte. Ich hätte ihn töten können. Jeden anderen hätte ich angegriffen, aber ihn nicht. Meine Magie zog sich zurück, kurz nachdem er die Zelle betreten hatte. Sie ließ sich von der ruhigen Energie, die er ausstrahlte, besänftigen und zurück in den Schlaf singen.

Göttin, warum ist mir das nicht früher aufgefallen? Bis eben habe ich nicht mehr an diesen Vorfall zurückgedacht, aber jetzt kriecht mir Panik die Kehle hoch. Das … kann nicht sein!

Mehr und mehr Ereignisse fluten meine Gedanken, wann immer meine Magie vor Freude unter meiner Haut kribbelte, wenn der junge Wolf in der Nähe war.

»Also ja?« Er rutscht unruhig auf seinem Platz herum. »Wie ist das bei euch? Bist du ihm dadurch versprochen?«

Ich blinzele mehrmals. Seine Frage bewirkt, dass die Panik verpufft, und ich breche in schallendes Gelächter aus. Der junge Wolf reißt ungläubig die Augen auf, während ich mir den Bauch halten muss, weil ich nicht mehr aufhören kann zu lachen. Der Laut klingt fremd aus meinem Mund und doch bin ich machtlos dagegen.

Während ich mir die Tränen von der Wange wische, schüttele ich den Kopf. »So läuft das nicht bei uns. Wir werden nicht jemandem *versprochen*. Wir wählen unsere Männer selbst.«

»Immer? Gibt es keine … vorteilhaften Verbindungen bei euch? Schließlich hatte deine Mutter eine hohe Position inne.«

Ich stoße ein schnaubendes Lachen aus. »Wenn ein Mann versucht hätte, mich gegen meinen Willen zu nehmen oder einzusperren, hätte ich ihn mit meinem Feuer in ein Häufchen Asche verwandelt. Und meine Schwestern und Tanten hätten mir geholfen, seine kümmerlichen Überreste anschließend in alle Winde zu zerstreuen.«

Er schmunzelt und sieht dabei so gut aus, dass sich mein Herz verkrampft. »Das kann ich mir bildlich vorstellen. Deine Schwestern also? Hattest du viele Geschwister?«

»Oh, nein, ich bin Einzelkind. Wir nennen gleichaltrige oder jüngere Vantyr Schwestern und die älteren Tanten. Aber du hast Geschwister, richtig?«

Er nickt. »Zwei ältere Brüder. Wir kommen nicht gut miteinander aus. Ich bin … anders als sie und das ließen sie mich schon im Kindesalter spüren.«

»Du bist tatsächlich anders«, murmele ich. »Wenn ich es nicht besser wüsste, würde ich sagen, du bist im falschen Volk geboren.«

»Du bist nicht die Erste, die das zu mir sagt. Meine Mutter ist die einzige Person, die immer zu mir gehalten und nicht versucht hat, mich in eine Form zu pressen, in die ich nicht hineinpasse. Für meinen Vater waren meine Erfolge bei der Armee nie gut genug.«

»Ich erinnere mich kaum an meinen Vater«, sage ich. »Er starb an einem Fieber, als ich noch klein war.«

»Hat deine Mutter keinen neuen Mann gewählt?«

Ich schüttele den Kopf. »Viele haben um sie geworben, aber sie lehnte ab. Sie hat meinen Vater so sehr geliebt, dass sie blind für andere wurde und keinen von ihnen haben wollte. Ich habe sie einmal gefragt, warum sie sich für keinen anderen entschied. Sie sagte, es wäre unmöglich einen anderen zu erwählen, wenn man den perfekten Mann gehabt hatte. Ich weiß bis heute nicht, ob ich sie verstanden habe, und nun kann ich sie nicht mehr fragen. Aber sie hat sich ihre Wahl nicht leicht gemacht. Das tut keine von uns. Wir wählen nicht aus einer Laune heraus.«

»Wie … hätte der Mann sein müssen, den du gewählt hättest?«

So wie du, schießt es mir sofort durch den Kopf, aber ich presse fest die Lippen zusammen, um diese Worte nicht auszusprechen. Ich schaue ihn nur an und versinke im tiefen Meeresblau seiner Augen.

»Ich weiß nicht«, sage ich statt der Wahrheit nach einer halben Ewigkeit. »Ich war zu jung, als ich … verschleppt wurde. Ein paar Jahre hätten noch ins Land ziehen müssen, bis die ersten jungen Männer um mich geworben hätten.«

»Geworben? Mit Geschenken?«

»So in etwa.« Ich tippe mir gegen das Kinn, während ich überlege, wie ich ihm unsere Traditionen am besten erklären kann. »Ein Mann muss beweisen, dass er für die Vantyr sorgen kann. Erst dann zieht sie überhaupt erst in Betracht, seinem Werben

Gehör zu schenken, trotz aller Anziehung, die vielleicht zwischen ihnen herrschen mag. Obwohl unsere Magie immer zu einem gewissen Teil mitentscheidet, lassen wir uns nicht durch bloße Gefühle blenden, und die Männer müssen ihren Wert beweisen, um uns vollends zu überzeugen. Dazu gehen sie für gewöhnlich in den Wald, um ohne Waffen ein Tier zu erlegen und anschließend das Fleisch und das Fell der Vantyr zu bringen, deren Herz und Magie sie erobern wollen. Beides legen sie vor ihre Hütte, und wenn die Vantyr über das Werben nachdenkt, holt sie Fleisch und Fell ins Innere. Wenn nicht, lässt sie es draußen liegen als Zeichen dafür, dass sie ablehnt.« Auf sein Stirnrunzeln hin zucke ich mit den Schultern. »Es ist ein alter Brauch, der noch aus der Zeit stammt, als die Clans nicht sesshaft waren, sondern von Insel zu Insel gezogen sind. Heute geht es eher um die Symbolik.«

Er lehnt sich zurück gegen die Wand und lächelt versonnen. »Je länger ich darüber nachdenke, umso schöner finde ich diesen Brauch. Auf alle Fälle besser als die Art, wie eine Ehe bei uns geschlossen wird – durch Verhandlungen, bei denen die Betroffenen oft nicht mitzureden haben.«

»Das hört sich an, als sprichst du aus Erfahrung.« Ich neige den Kopf. »Natürlich. Einem gut aussehenden Kerl wie dir müssen die etureischen Frauen in Scharen nachlaufen.«

Er blinzelt. »Du hältst mich für gut aussehend?«

Ein Leuchten stiehlt sich in seine meeresblauen Augen und hindert mich daran, das Gesagte zurückzunehmen oder es als Scherz abzutun.

»Ich habe schon hässlichere Männer als dich gesehen«, sage ich möglichst leichthin. In meinen Ohren klingt meine Stimme aufgesetzt und falsch.

»Ich habe auch bedeutend hässlichere Frauen als dich gesehen«, murmelt er mit einem Lächeln. »Aber um auf deine Frage zurückzukommen: Nein, mir laufen keine Frauen in Scharen hinterher. Dazu verfüge ich über zu wenig Geld und Einfluss.«

»Manchmal vergesse ich, dass das die beiden einzigen Dinge sind, an denen Etureern etwas liegt.«

Er gibt einen zustimmenden Laut von sich, ehe sich wieder Schweigen über uns legt. Obwohl es nicht unangenehm ist, sträube ich mich dagegen. Ich möchte mit ihm reden. Ihn besser kennenlernen. Bisher habe ich nur von mir erzählt und mit den Erinnerungen alte Wunden aufgerissen, die mich heute Nacht heimsuchen werden.

»Darf ich jetzt eine Frage stellen?«

Er macht eine auffordernde Handbewegung. »Nur zu.«

»Als wir heute während des Trainings gekämpft haben, hat Nilsa dich Bluttribun genannt. Was bedeutet das?«

Sofort verschwindet das Leuchten aus seinen Augen und seine Miene verhärtet sich. »Lass mich dir dazu eine Gegenfrage stellen: Woher stammen die Narben an deinen Handgelenken?«

Ich ziehe scharf die Luft ein. »Das geht dich nichts an.«

»Genauso wenig wie es dich angeht, wie ich an den Beinamen Bluttribun gelangt bin«, entgegnet er kühl. »Und ehe du mir nicht verrätst, woher du die Narben hast, werde ich dir deine Frage nicht beantworten.« Er schüttelt leicht den Kopf. »Ich meine es nicht böse. Aber es gibt Dinge … Wahrheiten, für die wir noch nicht bereit sind. Erinnerungen, die wir noch nicht mit dem anderen teilen wollen. Das verstehe ich. Und ich werde dir deine Frage beantworten, wenn du mir meine beantwortest, doch nicht eher.« Er steht auf. »Es ist spät. Morgen wird wieder ein anstrengender Tag.«

Ich knirsche mit den Zähnen und bin wütend auf mich selbst. Nie hätte ich gedacht, dass diese augenscheinlich einfache Frage die Stimmung zwischen uns derart kippen lässt. Jeder Sklave schien zu wissen, was sich hinter dem Beinamen verbirgt – nur mich lässt er im Dunkeln.

Ich könnte ihm sagen, dass die Narben von mir stammen, aber er hat recht: dazu bin ich nicht bereit. Über meine verlorene Heimat und meinen Clan zu reden, war schon schwer genug. Noch mehr Türen zu meiner Vergangenheit will ich nicht aufstoßen. Nicht heute Nacht. Ich will nicht, dass er mich danach mit anderen Augen sieht.

Ich will nicht, dass er mich als das arme, verängstigte Mädchen sieht, das ich einst war und das nichts mit der kaltherzigen Gladiatorin zu tun hat, die ich heute bin. Und erst recht will ich sein Mitleid nicht.

Also lasse ich zu, dass er zur Tür geht. Als er sie öffnet, wendet er sich noch einmal zu mir um.

»Ich danke dir für den Abend und die Gespräche. Und dafür, dass du gelacht hast. Das solltest du öfter tun.«

»In meinem Leben gibt es sehr wenig, was mich zum Lachen bringt.«

»Dann werde ich mir ab heute mehr Mühe geben. Schlaf gut, Aeryn.«

»Gute Nacht«, murmele ich.

KAPITEL 27

CATO

Sie hat gelacht. Aus vollem Hals. Tränen liefen ihre Wange hinunter.

Ich habe noch nie etwas Schöneres gesehen oder gehört.

Als sie lachte, blieb mein Herz für einen Moment stehen, nur um dann in einen freudigen, aber viel zu schnellen, neuen Takt zu verfallen. Ich reibe mir über die Brust, als könnte ich so dieses Gefühl wieder heraufbeschwören, doch es stellt sich nicht ein. Dazu müsste ich erneut hinunter zu ihrer Zelle gehen und sie zum Lachen bringen. Ob es mir wieder gelingen wird? Ich hoffe es. Aber nach dem, wie unser Gespräch geendet hat, bin ich mir nicht sicher. Zumal ich sie für einige Tage verlassen muss, um Flavius' Lieferung für die Arena zu beaufsichtigen.

Vielleicht hätte ich ihre Frage einfach beantworten sollen, doch das konnte ich nicht. Ich wünschte, Nilsa hätte nie in Aeryns Gegenwart davon angefangen.

Also knüpfte ich eine Bedingung an meine Antwort und stellte ihr die Frage, die mir Aeryn wohl nie beantworten wird. Ihre Narben sind mir das erste Mal aufgefallen, als ich ihre Handgelenke festhielt und sie zum Essen zwang. Ich wäre ein Narr, wenn ich mir nicht denken könnte, woher sie stammen, doch ich will ihn von ihr hören – den Grund, warum sie dachte, dass der Tod der einzige Ausweg sei.

Aeryn war für mich eine starke, aber kalte und unnachgiebige Gladiatorin. Eine Frau, die mit dem Schwert in der Hand das bekommt, was sie will. Die ein Nein oder eine Niederlage nicht gelten lässt.

Ich dachte, dass sie auch abseits der Kämpfe und der Arena stark und unnachgiebig sei.

Doch offenbar war das ein Irrtum.

Hinter ihrer Fassade verbirgt sich ein weicher und gleichzeitig verletzlicher Kern, den sie sorgsam vor der Welt verbirgt. Heute Abend hat sie mir einen winzigen Blick darauf gewährt, als sie von ihrer Mutter sprach. Sie muss so eine herausragende Kriegerin wie ihre Tochter gewesen sein, die jedoch ihre Güte und Liebe nicht versteckte.

Ob Aeryn auch wie ihre Mutter werden kann? Oder klammere ich mich an etwas, was niemals eintreten wird?

»So spät noch unterwegs?«

Nilsas fröhliche Stimme reißt mich aus meinen Gedanken. Beinahe wäre ich in sie hineingelaufen, obwohl sie gut sichtbar mit einer Laterne in der Hand über den großen Hof geschlendert sein muss.

Doch ich habe keine Augen für sie oder andere Frauen.

»Ich war bis eben bei Aeryn«, murmele ich.

»Das habe ich mir schon gedacht«, sagt sie, während sie sich bei mir unterhakt und mir mit ihrer Laterne Licht spendet. »Und? Hat sie etwas nach dir geworfen oder dich angeschrien?«

»Diesmal nicht.« Ein Schmunzeln stiehlt sich auf meine Lippen. »In den letzten Tagen kommen wir ganz gut zurecht.«

»Das ist doch ein Fortschritt!« Als ich schweige, hakt sie nach: »Oder?«

Ich lasse mich von ihr über den Hof zum Haupthaus ziehen, wo sich mein Zimmer befindet. »Ich weiß nicht«, gebe ich zu. »Wir können uns unterhalten, aber ich habe immer das Gefühl, dass wir Welten voneinander entfernt sind.«

»Herrje, dich hat es wirklich erwischt, nicht wahr?«

»Irgendwie schon«, nuschele ich.

Es laut auszusprechen, macht meine Gefühle real. Bisher waren sie nur in mir – in meinem Herzen und meinem Kopf –, doch nun gebe ich sie zu. Nilsa gegenüber kann ich das, aber Aeryn … Was würde sie tun, wenn sie die Wahrheit wüsste? Würde sie mich auslachen? Mich wieder einen Welpen nennen und mich verspotten? Oder würde sie sich gänzlich von mir abwenden?

Ich stoße geräuschvoll den Atem aus. »Ich weiß nicht, was ich tun soll. Ich genieße es, mit ihr zu reden. Sogar unseren Kampf heute habe ich genossen. Und danach im Badehaus …«

»Badehaus?«, kiekst Nilsa und bleibt so abrupt stehen, dass ich das Gefühl habe, gegen eine Wand gelaufen zu sein. »Was meinst du damit? Ich will jedes noch so kleine Detail wissen.«

»Nun, sie …« Ich reibe mir mit der freien Hand über den Nacken. »Sie kam ins Badehaus der Männer, als ich noch dort war und …«

Nilsas Augen werden groß. »Habt ihr …?«

»Was? Nein! W-Wo denkst du hin?«

Hastig mache ich mich von ihr los, doch sie hat meine brennenden Wangen gesehen.

»Du hättest aber gern, oder?«, fragt sie mit einem wissenden Grinsen.

Ich erspare mir eine Antwort, die sowieso in Gestammel enden würde, und gebe nur ein Grummeln von mir.

»Du könntest die Hälfte der Sklavinnen haben, wenn du sie nur nett bitten würdest, aber du suchst dir ausgerechnet die Frau aus, die dich bei einem falschen Wort zerfleischen wird.«

»So ist sie nicht«, grolle ich. »Und mir geht es nicht … *darum.*« Denn das hätte ich heute haben können, wenn ich sie nicht aufgehalten hätte. »Ich … mag sie wirklich. Aber ich weiß nicht, wie ich zu ihr durchdringen kann.«

»Sie ist keine Etureerin«, sagt Nilsa, als sie sich wieder bei mir unterhakt. »Also solltest du aufhören, sie wie eine Etureerin zu behandeln.«

Nun bin ich derjenige, der wie angewurzelt stehen bleibt. Ich schlinge beide Arme um Nilsa und wirbele sie herum, wobei ich ihr einen quietschenden Laut entlocke.

»Du bist ein Genie, Nilsa!« Ich küsse sie auf die Wange. »Richtest du Aeryn morgen früh bitte von mir aus, dass sie keinen Streit anzetteln soll, während ich weg bin?«

»Was? Aber … wo willst du denn hin?«

»Die Steinlieferung für die Arena beaufsichtigen.« Ich spüre, wie sich ein breites Grinsen auf meinem Gesicht ausbreitet. »Und meine Chancen verbessern.«

KAPITEL 28

AERYN

Die Nacht war furchtbar. Noch schlimmer, als ich es befürchtet hatte. Die Dunkelheit suchte mich mit ihrem Flüstern heim, aber diesmal kam sie nicht allein. Die Geister meiner Mutter und einiger Schwestern und Tanten waren bei ihr. Sie sagten kein Wort, sondern starrten mich nur stumm an. Ihr Schweigen war grausamer als alle Vorwürfe, die sie mir hätten machen können. Ich flehte sie an, mir zu vergeben. Erklärte ihnen, dass ich keine Wahl gehabt hatte. Dass ich nicht aus freien Stücken auf das Schiff der Etureer gegangen war. Doch sie starrten weiter.

Und starrten. Und starrten.

Bis ich unter ihren unnachgiebigen Blicken zusammenbrach und mich weinend am Boden zu einem Bündel zusammenrollte.

Als ich endlich aufwachte, war mein Kissen tränennass, ebenso wie meine Wangen.

Auch jetzt, nachdem ich mich angezogen und alle verräterischen Spuren weggewaschen habe, herrscht Chaos in mir. Ich weiß nicht, was ich denken oder fühlen soll. Ich habe Angst davor, erneut die Augen zu schließen. Werden ihre Geister mich wieder heimsuchen? Ist ihr Auftauchen eine Warnung der Ahnen, dass ich den jungen Wolf nicht noch näher an mich heranlassen sollte als ohnehin schon?

Der bloße Gedanke daran, ihn auf Abstand zu halten, verursacht ein Stechen in meiner Brust. Ich bin vielleicht seit zwanzig Minuten wach und lausche schon auf seine Schritte auf der Treppe, obwohl ich weiß, dass es morgens Nilsa ist, die zu mir kommt und mich abholt. Ihre Hilfe brauche ich zum Glück nicht mehr, aber sie bringt mir immer noch mein Frühstück und führt mich hinaus zum Training.

Dort werde ich ihn treffen.

Das dumpfe Stechen löst sich auf. Er wird auf dem Übungsplatz stehen und die bereits eingetroffenen Gladiatoren unterweisen. Dann wird er sich zu mir umdrehen, als wüsste er genau, wann ich mich ihm nähere, obwohl ich kein Geräusch verursacht habe. Und er wird mich mit diesem sanften Lächeln ansehen, das ein unablässiges Kribbeln in meinem Bauch auslöst und mich derart benommen macht, dass ich seine Anweisungen erst beim zweiten Mal verstehe.

Ich kann es kaum erwarten, ihn zu einem weiteren Trainingskampf herauszufordern. Heute ist es mir sogar egal, ob ich gewinne oder verliere. Gegen ihn zu kämpfen war ... Ich finde keine Worte dafür. Besser als jeder Sieg in der Arena. Besser als jedes Zusammensein mit einem Mann. In den Minuten, die wir uns im Ring gegenüberstehen, gibt es nur uns beide und ich fühle mich ihm auf eine Art und Weise verbunden, die mir fremd und gleichzeitig vertraut ist.

In diesen Minuten verspüre ich keine Wut und auch keine Angst vor der Zukunft. Ich fühle mich nicht schuldig dafür, dass ich überlebt habe.

Als ich Nilsas Schritte höre, springe ich vom Bett auf und haste zur Tür.

Fragend zieht die Sklavin eine Augenbraue nach oben, nachdem sie aufgeschlossen hat und eingetreten ist. »Was ist denn mit dir los? Normalerweise muss ich dich aus dem Bett zerren und mir dein Gemaule darüber anhören, dass du lieber liegen bleiben willst. Und heute«, sie verengt die Augen, »bist du schon angezogen und hast dir die Haare gekämmt.«

»Du solltest dich darüber freuen«, gebe ich zurück.

»Sollte ich das?« Sie zuckt mit den Schultern. »Hier, dein Frühstück.«

Nilsa stellt eine Schüssel Hafergrütze auf den Tisch und ich mache mich hastig daran, die nach nichts schmeckende Masse zu löffeln, weil sie mich erst zum Training gehen lassen wird, wenn ich aufgegessen habe.

»Cato lässt dich grüßen«, sagt sie mit einem wissenden Grinsen.

Ich erstarre und lasse den Löffel auf halben Weg zu meinem Mund in der Luft hängen.

»Er bittet dich, keinen Streit anzuzetteln und dein Training ernst zu nehmen, während er nicht da ist.«

»Er ist nicht da?«, echoe ich, wobei meine Stimme vor leichter Panik nach oben rutscht. »Wo ist er?«

»Ich bin nicht sein Kindermädchen. Und deins zum Glück auch nicht mehr.« Sie zieht eine Schnute. »Obwohl ich dir das Haar schöner geflochten hätte, als du es heute gemacht hast.«

Ich verdrehe die Augen. Als ob mich meine Frisur interessieren würde!

»Er hat gestern Abend nichts davon gesagt, dass er weggeht.«

Ich könnte mich dafür ohrfeigen, wie weinerlich ich klinge. Vor einigen Tagen hätte ich das vermutlich getan, aber jetzt ist es mir egal.

Ist er meinetwegen gegangen? Habe ich gestern Abend etwas Falsches gesagt?

Nilsa stellt sich mit einem Seufzen hinter mich und löst meinen geflochtenen Zopf. »Iss weiter. So kann ich dich nicht nach draußen lassen. Du siehst aus wie ein schlecht gerupftes Huhn.«

Ich schnaube. »Das kümmert mich nicht. Du kannst übrigens froh darüber sein, dass du eine Frau bist.«

»Warum?«

»Weil ich dir sonst die Hand dafür gebrochen hätte, dass du, ohne zu fragen, mein Haar angefasst hast.«

Nilsa kichert. »Das habe ich schon öfter getan, falls es dir entgangen sein sollte.«

Ich nicke. »Da wusste ich es aber. Doch jetzt hast du es einfach so getan – ohne meine Zustimmung und einen triftigen Grund. Wir Vantyr erlauben nur vertrauten Frauen und einem bestimmten Mann, unser Haar zu berühren. Wir schneiden es auch nicht – mit zwei Ausnahmen.«

»Die da wären?«, fragt sie, während sie mein braunes Haar mit den Fingern kämmt.

»Wenn wir uns selbst oder dem Clan Schande bereitet haben, schneiden wir es so kurz wie möglich. Und aus Trauer, wenn unser Partner oder ein nahes Familienmitglied stirbt.«

Dunkel erinnere ich mich daran, dass meine Mutter ihr wunderschönes dunkelblondes Haar abgeschnitten hat, als mein Vater starb. Ich habe danebengesessen und geweint. Ich war so jung, dass ich nicht mehr weiß, ob ich mehr über Vaters Tod oder Mutters blonde Locken geweint habe, die in Büscheln zu Boden fielen.

»Ich habe mich schon öfter gefragt, warum du dein Haar so lang trägst«, sagt Nilsa, als sie es flicht. »Ich dachte immer, dass es bestimmt hinderlich im Kampf ist.«

»Meistens habe ich es hochgesteckt«, sage ich. »Aber es abzuschneiden, kam nie für mich infrage.«

»Hmm«, murmelt sie hinter mir. »Hat Cato dein Haar schon mal berührt?«

Ich versteife mich. »Nein. Wie kommst du darauf?«

»War nur so ein Gedanke. Ich dachte, ich bekäme wenigstens von dir ein paar Details. Also, was läuft zwischen dir und ihm?«

Ich verziehe den Mund und verfluche Nilsa stumm für ihr fehlendes Feingefühl. Aber irgendwie schätze ich auch diese Eigenschaft an ihr. Bei ihr muss ich mich nicht ständig fragen, was in ihr vorgeht; sie bindet es mir sowieso unumwunden auf die Nase.

»Nichts«, sage ich.

Sie seufzt. »Ich bin weder dumm noch blind, also …«

Ich zucke mit den Schultern, wohlwissend, dass ich ihr nicht so einfach davonkommen werde, da sie Blut geleckt hat. »Ich habe ihn einmal geküsst, aber danach …«

Sie packt mich an den Schultern und dreht mich zu sich herum. Ich muss all meine Instinkte niederkämpfen, um nicht dagegen anzukämpfen und ihr versehentlich wehzutun.

Mit großen Augen und ungläubig geöffnetem Mund starrt sie zu mir herab. »Ihr … Du … Du hast ihn geküsst? Warum weiß ich davon nichts? Wann?«

Ich befreie mich aus ihrem Klammergriff. »Als wir uns das erste Mal begegnet sind.«

Ich befürchte, dass ihr gleich die Augen aus den Höhlen fallen könnten, so sehr reißt sie sie auf. »Wie bitte?«

»Ähm …« Plötzlich um eine Antwort verlegen, wende ich den Blick ab. »Nun, ich war eine Gladiatorin und musste immer wieder kämpfen. Jeder Tag hätte mein letzter sein können und … Na ja, als ich ihn sah, hielt ich es für eine gute Idee.«

Als ich sie aus den Augenwinkeln betrachte, blinzelt sie mehrmals. »Du hieltest es für eine gute Idee«, wiederholt Nilsa dumpf. »Aber warum ausgerechnet Cato? Ich meine, die Arena in der Hauptstadt muss groß sein. Ich war noch nie dort, doch ich stelle sie mir riesig vor. Auf jeden Fall riesig genug, dass noch andere Männer dort gewesen wären, die … du für *eine gute Idee* hättest halten können.«

Ich verziehe den Mund. »Natürlich waren da andere Männer,

aber … ich weiß auch nicht. Er hatte etwas an sich, was mich … an die Männer meines Volkes erinnerte.«

»Und … abgesehen davon?«

Mein Blick huscht wieder zu ihr. »Was meinst du?«

»Na ja, keine Ahnung. Findest du … ihn attraktiv?«

»Natürlich«, sage ich. »Jeder mit Augen im Kopf muss ihn attraktiv finden. Sicher würde es viel Spaß machen, mit ihm zu schlafen.«

»Spaß?«, echot Nilsa, wobei ihre Stimme in beängstigende Höhen schießt. »Du würdest nur aus Spaß mit ihm schlafen wollen?«

Nun bin ich diejenige, die verwirrt blinzelt. »Ja, warum denn sonst?«

Seufzend reibt Nilsa sich über die Stirn, als würde sich dahinter ein fieser Kopfschmerz zusammenbrauen. »Ihr seid hoffnungslose Fälle, alle beide … Wir machen jetzt Folgendes: Wir packen diesen Kuss und die Einstellung, dass du nur aus Spaß mit ihm schlafen willst, in eine Kiste, verschließen sie ganz fest und reden nie wieder davon. Erst recht nicht Cato gegenüber.«

Ich runzele die Stirn. »Warum?«

»Verstehst du es wirklich nicht?«

Nach kurzem Zögern schüttele ich den Kopf.

»Heilige Götter …« Nilsas Stimme ist eine Mischung aus Unglauben und Enttäuschung. »Er mag dich. Er mag dich vielleicht sogar mehr, als gut für ihn ist. Aber wenn du ihm sagst, dass du ihn damals geküsst hast, weil du es für eine gute Idee hieltest, oder dass du rein aus Spaß mit ihm schlafen willst, kannst du ihm auch gleich das Herz bei lebendigem Leib rausreißen und es vor seinen Augen zerquetschen, solange es noch schlägt.«

Ich bekomme kein einziges Wort heraus, sondern kann Nilsa nur anstarren.

Sie verschränkt die Arme. »Hast du nichts dazu zu sagen?«

»Ich … weiß nicht, was …«, stottere ich.

Ich reibe mir über die Brust, um das dumpfe Ziehen darin zu dämpfen. Ich war vierzehn, fast fünfzehn, als die Etureer mich verschleppten. Zu jung, um mich ernsthaft für einen der jungen Männer unseres Clans zu interessieren. Und nach meiner Ankunft hatte ich andere Probleme, als eine Romanze zu suchen – Überleben, zum Beispiel. Deshalb ist mir dieses Gefühl, das nun ungehemmt in meiner Brust wütet, völlig fremd.

Ich habe die letzten Tage seine Nähe genossen und mich danach gesehnt, aber ich war zu feige, dieser Sehnsucht einen anderen Namen zu geben. Genauso wenig wie der Tatsache, dass meine Magie sich von ihm beruhigen ließ. All das habe ich weit von mir weggeschoben und mir gesagt, dass ich mich irgendwann damit befassen würde.

Vielleicht auch nie.

Ich hätte gelernt, mit dem zufrieden zu sein, was ich habe. Doch Nilsa hat ausgesprochen, wozu weder der junge Wolf noch ich in der Lage waren.

Er mag dich.

Ich schlucke angestrengt. Wie kann er mich mögen – nach allem, was ich zu ihm gesagt oder wie ich ihn behandelt habe?

Nilsa nimmt meine Hand. »Ich mische mich nicht ein, versprochen, aber ich bitte dich … Cato hat bereits genug durchgemacht. Wenn du ihn nicht magst oder ihn nur benutzen willst, dann stoße ihn von dir und suche dir irgendeinen anderen Kerl. Erspare ihm zusätzliches Leid.«

»Du hast ihn gern«, murmele ich.

Sie nickt und ein kalter Stich bohrt sich in meine Brust, ohne dass ich es verhindern kann. »Aber nicht auf die Art, wie du denkst. Er ist für mich wie ein Bruder und ich will ihn vor weiterem Schmerz beschützen. Und so ungern ich das sage, aber du hast ihn bereits genug verletzt. Äußerlich wie innerlich. Die

Wunden an seiner Brust mögen dank Astors Fähigkeiten gut verheilen, aber er hat trotzdem gelitten.«

Ich schlucke angestrengt. Aus der Gewohnheit und Selbstschutz heraus will ich sagen, dass ich ihn nicht darum gebeten habe, mich aus der einstürzenden Arena zu retten. Dass er selbst schuld ist. Doch ich presse fest die Lippen zusammen, ehe mir diese Worte entschlüpfen können.

»Wie kann er mich mögen?«, wispere ich stattdessen. »Er kennt mich nicht.«

»Doch, das tut er«, sagt Nilsa. »Sogar ich kenne dich, und das nur durch seine Erzählungen. Aber wie ich vorhin schon meinte, ich halte mich da raus. Ihr müsst das selbst auf die Reihe kriegen.«

»Ich weiß nicht, ob ich das kann.« Mich fröstelt es und ich reibe mir mit beiden Händen über die Arme. »Ich weiß nicht, wie ich mich verhalten soll. Ich habe … es nie gelernt. Was, wenn …?«

Nilsa legt mir eine Hand an die Wange und ich verstumme. »So etwas muss man nicht lernen.« Ihre Hand gleitet tiefer und kommt schließlich über meinem Herzen zum Ruhen. »Du musst nur fühlen.«

»Ich weiß nicht, wie das geht«, gebe ich leise zu.

»Dann lass es dir von ihm zeigen.«

Ein fremdartiges Kribbeln wütet bei ihren Worten in meinem Bauch. Es ist so stark, dass es fast meine Zweifel überlagert.

»Und … wenn ich es nicht kann?«

Nilsa zieht die Augenbrauen zusammen. »Auch das würde er akzeptieren, wie ich ihn kenne. Er würde dich nie zu etwas zwingen, was du nicht willst oder wozu du nicht bereit bist. Aber … Wenn du ihn nicht willst, dann behandele ihn ab jetzt wie jeden anderen. Lass ihn nicht weiter an dich heran.«

»Das kann ich nicht. Er ist mein Trainer und so was wie mein Freund – der einzige, den ich habe – und …«

»Und?«

Erneut reibe ich mir über die Brust. »Ich habe kein Wort dafür.«

»Dann lass dir eins einfallen«, murmelt sie. »Ehe es für euch beide zu spät ist.«

Noch bevor ich einen Fuß auf den Trainingsplatz gesetzt habe, umringen mich die anderen Gladiatoren. Da der junge Wolf nicht hier ist, glauben sie, mich nun in der Hand zu haben. Wie dumm sie doch sind! Es war der junge Wolf, der *sie* vor *mir* beschützt hat.

»Ich will keinen Ärger«, presse ich zwischen zusammengebissenen Zähnen hervor. Nicht, weil es die Wahrheit wäre, sondern weil mich der junge Wolf darum gebeten hat.

Doch sie lassen sich davon nicht besänftigen. Also picke ich mir ihren Anführer heraus – der Gladiator, zu dem alle aufsehen – und statuiere an ihm ein Exempel. Verglichen mit mir ist er ein Hüne; seine Oberarme sind dicker als meine beiden Oberschenkel zusammen. Aber es ist nicht einfach, viele Muskeln schnell zu bewegen. Ich brauche drei Hiebe – zwei in den Bauch und einen gegen das Kinn –, um ihn zu Boden zu schicken. Er kippt um wie ein gefällter Baum und bleibt einige Augenblicke bewegungslos liegen, ehe er ein schmerzerfülltes Stöhnen von sich gibt. Diese kurze Demonstration genügt zum Glück, dass die anderen von mir abrücken. Ich stolziere an ihnen vorbei; jeder Muskel in meinem Körper ist angespannt und bereit erneut zuzuschlagen, falls sie ihre Meinung ändern sollten. Sie tun es nicht und ich bin froh darüber.

Allein zu trainieren ist mir nicht fremd, doch nach den letzten Tagen fehlt mir etwas. *Jemand.* Wieder und wieder huscht mein Blick zu dem großen Tor des Anwesens, als könnte ich den jungen Wolf mit bloßer Willenskraft dazu bringen, dort zu erscheinen.

Ich hoffe, dass nicht ich der Grund bin, warum er gegangen ist. Und dass er bald zurückkommt.

Ich absolviere mein Training allein. Drei Tage lang. Liegestütze. Klimmzüge. Ausdauer.

Mehrmals flaniert Flavius am Rand des Übungsgeländes entlang und begutachtet unseren Fortschritt. Auf mir ruht sein Blick besonders lange, aber ich gebe mir keine Mühe, ihn zu beeindrucken. Ich war froh, dass er mich die letzten Wochen bis auf unsere eine Unterhaltung ignoriert hat, aber ich habe nicht vergessen, warum ich hier bin. Sobald sich eine Gelegenheit bietet, werde ich Flavius auf meine Freiheit ansprechen. Mehr als Nein sagen kann er nicht. Bei Graecus hat mich die Aussicht, auf ewig sein Eigentum zu sein, in Angst und Schrecken versetzt. Ich sah keinen anderen Ausweg, als mein Leben zu beenden.

Jetzt denke ich nicht daran. Meine Zukunft ist plötzlich weit entfernt und ich plane nur in kurzen Intervallen. Vor allem die, in denen der junge Wolf vorkommt, sind wichtige Ankerpunkte meines täglichen Lebens geworden.

Jeden Tag ist meine erste Frage an Nilsa die, ob er zurück ist. Doch jedes Mal verneint sie. Die Angst, dass er nicht zurückkommt, nimmt mit jedem Tag zu.

Am fünften Tag hieve ich mich missmutig aus dem Bett. Ich habe keine Lust auf Einzeltraining. Mittlerweile bin ich so fit wie vor meiner Verletzung und ich spüre das latente Glimmen in meinen Adern. Auch meine Magie ist zurück und wartet darauf, dass wir einen Kampf bestreiten, doch die anderen Gladiatoren machen einen großen Bogen um mich.

Als ich hinüber zum Tisch schlurfe, auf dem meine Trainingskleidung liegt, wird mein Blick von etwas vor der Gittertür angezogen, was gestern Abend noch nicht dort war. Verwundert gehe ich darauf zu.

Ich staune nicht schlecht, als sich das braun-graue Bündel als zusammengefaltetes Fell entpuppt. Wenn mich nicht alles täuscht, ist es ein Wolfsfell. Ich lasse die Hand darübergleiten. Weich schmiegen sich die einzelnen Haare an meine Finger. Dazwischen ertaste ich etwas Hartes und ziehe es hervor. Ein Eckzahn, fast so lang wie mein Zeigefinger.

Ich bin machtlos gegen das Lächeln, das sich auf meinen Lippen ausbreitet, ebenso wie gegen das glucksende Lachen, das meinen Hals emporsteigt.

Vorsichtig bugsiere ich das Fell durch die Gitterstäbe und drücke es an meine Brust, während ich den Zahn fest umklammert halte. Wieder und wieder streiche ich über das Wolfsfell, ehe ich es auf meinem Bett ausbreite. Es muss ein großes Tier gewesen sein, auf jeden Fall ausgewachsen. Und es wurde von jemandem ohne Übung gehäutet, wie ich belustigt feststelle, als mir die winzigen Löcher im dichten Pelz auffallen. Aber das macht es nur noch besonderer in meinen Augen.

Ich höre Nilsa erst, als sie die Tür aufschließt. »Was ist *das* denn?«, fragt sie erschrocken.

»Ich brauche Nadel und Faden«, sage ich statt einer Antwort. »Und ein dünnes schwarzes Lederband. Kannst du das für mich auftreiben?«

»Ähm …«

Ich drehe mich zu ihr um. »Ich brauche die Sachen.«

Sie runzelt die Stirn. »Du strahlst ja regelrecht! Habe ich dich je lächeln sehen? Und das wegen dieses … Fells?«

»Es ist viel mehr als bloß ein Fell«, murmele ich. »Er hat mir zugehört.«

Nun hellt sich auch Nilsas Miene auf. »Ah, es geht hierbei um Cato. Dann besorge ich dir die Sachen natürlich. Du musst mir nur versprechen, sie gut zu verstecken. Flavius hat angeordnet, dass du nichts in die Finger kriegst, was du als Waffe nutzen könntest.«

»Nadel und Faden? Was soll ich damit tun? Einen Aufstand anzetteln?«

Sie zuckt mit den Schultern. »Bei dir weiß man ja nie. Also, bist du fertig?«

Mein Blick huscht zur Tür. Der junge Wolf muss zurück sein.

»Würdest du mir heute wieder einen Zopf flechten?«, frage ich fast schüchtern und entlocke Nilsa damit ein seliges Lächeln.

»Aber sicher doch.«

Mein Herz klopft wie verrückt, als ich Nilsa die Stufen hinauf folge. Ich kann mich nicht daran erinnern, wann ich je derart nervös war. Doch ganz gleich, wie oft ich mir sage, dass es keinen Grund für meine Nervosität gibt, kann ich mich nicht beruhigen. Als ich seine knappen Befehle vom Übungsplatz her höre, wird es noch schlimmer. Fast eine Woche musste ich auf seine Stimme verzichten.

»Wenn ich dich so ansehe«, raunt Nilsa verschwörerisch, »hast du die Bezeichnung für ihn gefunden, nach der du gesucht hast.«

Wirklich benannt habe ich es noch nicht, aber die Tatsache,

dass ich das Fell ohne Zögern in meine Zelle geholt habe, spricht Bände. Zumindest in der Sprache meines Volkes, und die ist für mich die einzige, die zählt.

»Danke für deine Hilfe«, murmele ich.

»Immer wieder gern. Ich lege dir die gewünschten Sachen auf das Tablett mit deinem Abendessen. Und jetzt geh! Er starrt schon die ganze Zeit her.«

Sie scheucht mich davon, ehe sie mit beschwingtem Gang zurück an ihre Arbeit huscht. Ich wünschte, ich könnte ebenso unbekümmert sein wie sie, doch in meinem Inneren tobt ein Sturm. Gefühle, die ich für tot oder einen Mythos hielt, zerren an mir, bis ich nicht mehr weiß, was ich denken soll.

Ich gebe es auf, mein wild klopfendes Herz beruhigen zu wollen, und wende mich in Richtung Übungsplatz. Tatsächlich liegt der Blick des jungen Wolfs auf mir, doch als er mich auf sich zukommen sieht, blinzelt er hastig und wendet sich wieder dem Gladiator zu, der auf seine Anweisungen wartet. Ich beiße mir auf die Unterlippe, doch das Grinsen scheint auf meinem Gesicht festgewachsen zu sein.

Beim Näherkommen fällt mir der dicke Verband an seinem Unterarm auf.

»Hat sich Astor das schon angesehen?«, frage ich statt einer Begrüßung und deute auf den Verband.

Schnell versucht er, den Arm hinter seinem Rücken zu verstecken. »Ja … ähm … hat er. Und dabei hat er mich mit so vielen Schimpfwörtern bedacht, dass ich sie unmöglich alle wiederholen kann.«

Ich neige den Kopf. »Warum sollte Astor das tun?«

»Ach, du kennst den alten Kauz. Mit unkooperativen Patienten geht er nicht zimperlich um. Vor allem nicht mit denen, die zusätzlich noch selbst schuld an ihrer Verletzung sind.« Unruhig tritt er von einem Fuß auf den anderen, während ich mich am

Anblick seiner roten Wangen weide. »Ich … ähm … habe etwas vor … deine Tür gelegt. Hast du es gefunden?« Er seufzt. »Vergiss die Frage, natürlich hast du das. Bestimmt bist du darüber gestolpert. Was ich eigentlich fragen will, ist …«

»Ja?«, hake ich nach, als er händeringend nach Worten sucht.

Verlegen hebt er den Blick. »Dir macht das Spaß, oder? Mir dabei zuzusehen, wie ich mich winde.«

»Du hast ja keine Ahnung«, raune ich und mache einen Schritt auf ihn zu. Nun stehe ich ihm so nah, dass ich seinen abgehackten, warmen Atem auf dem Gesicht spüren kann. »Also, was wolltest du wissen?«

Ich sehe ihn angestrengt schlucken, ehe sein Blick zu meinen Lippen gleitet. Sofort beginnen sie zu kribbeln.

Ich habe ihn bereits geküsst – flüchtig und ohne darüber nachzudenken. Würde ich ihn jetzt küssen, wäre es anders. Nichts daran wäre flüchtig oder bedeutungslos. Und es wäre mehr als bloß eine gute Idee.

In den letzten fünf Jahren und vielleicht in meinem ganzen Leben wollte ich nichts so sehr wie diesen Kuss.

Ein Räuspern neben uns holt uns jedoch wieder in die Realität zurück, in der es mehr gibt als nur uns beide.

»Wir warten auf Eure Befehle, Tribun«, sagt einer der ruhigen Gladiatoren, mit denen ich noch nicht aneinandergeraten bin. Deshalb kenne ich auch seinen Namen nicht.

Die Miene des jungen Wolfs ist völlig verwirrt und in einer anderen Situation hätte ich darüber gelacht. Jetzt möchte ich dem Gladiator am liebsten den Hals umdrehen.

»Befehle?«, wiederholt er, als müsse er erst die Bedeutung dieses Wortes begreifen. »Ja, ich … werde sofort das Training beaufsichtigen. Habt ihr bereits die Waffen geholt?«

Ich schicke mich an, mir ebenfalls eine Holzwaffe zu holen und mit dem Training zu beginnen, als der junge Wolf nach meiner Hand greift. Warm und fest umschließen seine Finger meine und ein heißes Prickeln schießt meinen Arm hinauf. Mit sanftem Druck zieht er mich wieder zu sich.

»Hast du … es in deine Zelle geholt?«, fragt er vorsichtig, ohne mich dabei loszulassen.

Ich schürze die Lippen. »Wer weiß? Am besten wäre es, wenn du heute Abend zu mir kommst und selbst nachsiehst.«

»Aeryn.« Mein Name aus seinem Mund klingt gequält und andächtig gleichermaßen. Noch nie hat jemand meinen Namen auf diese Weise ausgesprochen.

Ich erwidere den Druck seiner Finger. »Du solltest dich um das Training kümmern, das du fünf Tage vernachlässigt hast.«

»Du machst mich wahnsinnig«, raunt er. »Ich werde den ganzen Tag an nichts anderes denken können, wenn du mir nicht sagst, ob du … es hast liegen lassen oder …«

Ich lege ihm die freie Hand an die Wange und er verstummt. Ohne darüber nachzudenken, stelle ich mich auf die Zehenspitzen.

Nicht um ihn zu küssen, sondern um meine Stirn gegen seine zu lehnen. Eine uralte Geste meines Volkes, um tiefe Zuneigung und bedingungsloses Vertrauen auszudrücken.

Er versteht die Bedeutung dahinter nicht, aber für mich … bedeutet sie *alles.*

Noch nie habe ich diese Geste bei einem Mann oder bei jemandem angewandt, der nicht zu meinem Volk gehörte. Doch es fühlt sich richtig an. Mehr noch als richtig.

Und ich halte ihn auch nicht auf, als er die Hand hebt, sie an meine Wange legt und sie dann ein Stück nach hinten schiebt, um seine Finger durch einige Strähnen meines Haares gleiten zu lassen, die sich aus dem Zopf gelöst haben.

Ich sinke zurück auf die Füße. Seine Augen sind groß und ich sehe ihm an, dass er etwas sagen will, aber ich schüttele den Kopf.

»Kümmere dich um das Training, ehe du Ärger mit Flavius bekommst«, murmele ich leise.

Er nickt zögerlich, löst seine Finger jedoch nicht von meinen. »Willst du wieder gegen mich kämpfen?«

Ich lächele ihn an. »Wie könnte ich da widerstehen?«

KAPITEL 29

CATO

Ich habe keine Ahnung, was ich zu den anderen Gladiatoren sage. Die Worte, die meinen Mund verlassen, klingen in meinen Ohren wie eine fremde Sprache. Wahrscheinlich rühren daher auch ihre verwirrten Mienen.

Meine Gedanken kreisen einzig und allein um die Frage, die Aeryn mir nicht beantworten wollte. Hat sie das Fell in ihre Zelle geholt? Oder hat sie es draußen gelassen als Zeichen ihrer Ablehnung?

Irgendwie muss es mir trotzdem gelingen, den heutigen Tag hinter mich zu bringen.

Die Wunde an meinem Unterarm tut weh und pulsiert, doch das lasse ich mir nicht anmerken. Astor hat mich einen Narren und Trottel und einiges Schlimmeres geschimpft, als ich ihm notgedrungen erzählen musste, wie ich mir einen Wolfsbiss eingefangen habe. Das Tier hat sich stärker gewehrt, als ich vermutete. Wahrscheinlich kann ich von Glück reden, dass es nur meinen Unterarm und nicht meine Kehle erwischt hat.

Nachdem alle Gladiatoren aufgewärmt sind, teile ich sie in Gruppen ein, damit sie gegeneinander kämpfen können. Alle, bis auf Aeryn. Sie wartet bereits darauf, dass ich sie zu mir rufe, um unseren Zweikampf zu bestreiten. Ich fühle ihre Aufregung, die auch auf mich überzuspringen scheint. Sie kribbelt unter meiner

Haut und lässt mein Herz schneller schlagen, bis ich mich erst recht auf nichts anderes mehr konzentrieren kann als sie.

Grazil wie eine Raubkatze läuft sie am äußeren Rand des Geländes auf und ab und harrt darauf, dass ich mich ihr endlich zuwende. Die Götter wissen, dass ich nichts lieber täte, aber ich bin mir sicher, dass Flavius in der Nähe ist. Ich habe keine Ahnung von Bauwerken, aber der Unruhe und Rastlosigkeit meines Herrn zufolge kann es nicht mehr lange dauern, bis die Arena fertiggestellt ist und die ersten Kämpfe stattfinden. Er lauert darauf, dass seine Gladiatoren gut trainiert sind, um die Eröffnung zu einem Spektakel zu machen.

Und vor allem lauert er darauf, dass seine teuerste Errungenschaft bereit ist.

Mit einer Kopfbewegung locke ich Aeryn zu mir und sauge ihre geschmeidigen Bewegungen in mich auf. Die übrigen Gladiatoren wirken grobschlächtig gegen sie, obwohl sie ihr Jahre an Erfahrung voraushaben.

Bei der Eröffnung werden alle nur Augen für Aeryn haben. Wenn ich sie richtig vorbereite, wird sie das Spektakel liefern, auf das Flavius hofft. Vielleicht steht er ihrem Wunsch, ihr die Freiheit zu gewähren, dann aufgeschlossener gegenüber. Als ich ihn vor meinem Weggehen vorsichtig darauf angesprochen habe, hat er mir keine klare Auskunft gegeben.

Aber er hat es auch nicht sofort abgetan.

Im Gegensatz zu ihrem früheren Herrn ist Flavius durch und durch ein Geschäftsmann. Er weiß, dass er Aeryn nicht für immer benutzen kann. Dass sie früher oder später verlieren wird oder gar nicht mehr kämpfen kann. Bis dahin wird er auf jeden Fall die Ausgaben für sie wieder reingeholt haben wollen …

»Bist du bereit?«, frage ich Aeryn.

Sie nickt. Selbst diese Bewegung wirkt erhaben, als würde eine Königin sie ausführen.

»Was ist mit dir?« Sie deutet auf den Verband an meinem Unterarm. »Wird dich die Verletzung nicht behindern?«

Ich zucke mit den Schultern. »Es wird schon gehen.«

Sie neigt den Kopf. Eine weitere Warnung bekomme ich nicht. Im letzten Moment reiße ich mein Holzschwert hoch, um ihren Hieb abzufangen. Sie ist schneller geworden und in ihren Angriffen liegt weit mehr Kraft als noch vor ein paar Tagen. Unglaublich, wozu eine Vantyr fähig ist. Mehr als diesen Angriff brauche ich nicht, um zu wissen, dass ich keine Chance gegen sie habe, doch das hindert mich nicht daran, unseren Zweikampf zu genießen.

In ihrer Gegenwart schlägt mein Herz viel zu schnell. Und wenn sie mich mit diesem wilden, ungezähmten Blick ansieht, weiß ich nicht mehr, wie man atmet.

Der zweite Angriff gebührt mir. Aeryn macht einen Ausfallschritt zurück, um im Gleichgewicht zu bleiben, hat aber kein Problem, meiner Attacke standzuhalten. Mit einer Drehung ihres Schwertes versucht sie, mir meines zu entwenden, doch ich halte den Griff verbissen fest.

»Was habe ich versucht dir beizubringen?«, raune ich.

Ihre Mundwinkel zucken. »Die Kämpfe sollen nicht schnell vorbei sein.«

Ich nicke und stoße sie ein Stück zurück. »Wenn du das weißt, hör auf, mich entwaffnen zu wollen.«

Sie verdreht die Augen, lächelt dabei aber.

An den Anblick einer lächelnden Aeryn werde ich mich hoffentlich nie gewöhnen.

Wieder geht sie auf mich los, wieder pariere ich. Wir umrunden einander, als würden wir die Schritte zu einem Tanz aufführen, den nur wir kennen. Mit jedem Angriff, jeder Finte, die ins Leere läuft, jedem Ausfallschritt pulsiert das Blut heißer durch meine Adern. Ich gehe völlig in diesem Übungskampf auf und nehme nichts um mich herum mehr wahr – nur noch Aeryn. Und ihr scheint es genauso zu gehen. Noch nie habe ich ihren Blick derart fokussiert erlebt. Ihre grünen Raubtieraugen funkeln überschwänglich, während sie blitzschnell meine Bewegungen analysiert und darauf reagiert. Unentwegt liegt ein Lächeln auf ihren Lippen, ohne dass es gehässige Züge annimmt.

Ich wäre der glücklichste Mann der Welt, wenn sie mich immer auf diese Weise ansähe.

Als sie einen weiteren Hieb von mir abblockt und ich ihr so nah bin, dass ich die helleren Sprenkel in ihren grünen Augen erkennen kann, neigt sie schelmisch den Kopf.

»Ich denke, wir sollten Ernst machen.«

Ich bin drauf und dran, ihr zu sagen, dass ich schon die ganze Zeit Ernst mache und froh bin, ihren Angriffen bisher die Stirn geboten zu haben. Aber mein Körper reagiert schneller und ich nicke.

Aeryn gibt jede Vorsicht und Zurückhaltung auf. In ihrem nächsten Hieb liegt so viel Kraft, dass ich ihn bis hinauf in die Schulter spüre und beinahe meine Waffe loslasse. Die Bisswunde an meinem Unterarm pulsiert und ziept; wahrscheinlich ist sie aufgegangen. Doch ich weiche nicht zurück. Ich lege all mein Körpergewicht gegen ihren Angriff und dränge sie dadurch ein Stück nach hinten.

»Du bist gut«, murmelt sie, ohne den Blick von mir zu lösen.

Ein warmes Gefühl explodiert in meiner Brust. »Du bist besser«, sage ich. »Aber das heißt nicht, dass ich es dir leicht mache.«

Ich trete einen Schritt zurück, sodass sie für den Bruchteil einer Sekunde aus dem Gleichgewicht gerät. Dieses winzige Zeitfenster nutze ich, um wieder auf sie loszugehen. Da sie noch damit beschäftigt ist, im weichen Sand einen festen Stand zu finden, gelingt es ihr später als gewöhnlich, ihre Waffe zu heben. Die Wucht meiner Attacke schleudert sie zur Seite und nun verliert sie endgültig das Gleichgewicht. Aeryn geht zu Boden, fängt sich aber mit einer Hand ab. Selbst geübte Kämpfer lassen in einer solchen Situation die Waffe los, um beide Hände frei zu haben, aber nicht Aeryn. Kaum dass sie hingefallen ist, wirbelt sie herum und tritt mir die Beine weg. Alles geschieht so schnell, dass ich keine Möglichkeit habe, ihr auszuweichen.

Sehr viel weniger grazil als sie lande ich im Sand und gebe einen dumpfen Laut von mir, als ich aufschlage.

Noch ehe ich realisiert habe, wie mir geschehen ist, sitzt Aeryn rittlings auf mir, ein Bein auf jeder Seite, und hat die Spitze ihrer Holzwaffe direkt auf meinen Hals gerichtet.

Ich liege da wie erstarrt. Nicht weil sie mich überrumpelt und besiegt hat. Auch nicht, weil ich mich verletzt habe. Sondern weil sie auf mir sitzt. Ich spüre ihr Gewicht auf mir – an genau der Stelle, wo ich sie schon so lange spüren will.

Und ich reagiere darauf. Ich könnte tot sein und würde trotzdem darauf reagieren.

Sie bemerkt es ebenfalls, wie mir ihre neckisch hochgezogene Augenbraue und die Art beweisen, wie sie leicht ihr Gewicht verlagert. Nun spüre ich sie noch deutlicher und gebe einen halb erstickten Laut von mir.

Meine Hände bewegen sich von ganz allein. Sanft fahre ich mit den Fingern über ihre Knie und die Oberschenkel hinauf, genieße das leichte Zucken ihrer Muskeln und die Wärme ihrer Haut, die ich durch die dünne Leinenhose fühle. Nur mit knapper Not kann ich den Drang unterdrücken, meine Hüften zu bewegen. Ich will es. Ich will es so sehr, dass ich an nichts anderes denken kann.

Das Funkeln des Kampfes verschwindet aus Aeryns Augen und macht einer anderen Art von Leuchten Platz. Einem, das mich noch mehr in seinen Bann schlägt und mich keinen klaren Gedanken mehr fassen lässt.

Ein träges Klatschen reißt mich aus meinen Fantasien, in denen es niemanden außer Aeryn und mich gab. Unbarmherzig lande ich in der Realität und sehe uns umringt von den anderen Gladiatoren, einigen Sklaven und Flavius, der applaudiert.

Auch Aeryn blinzelt, als müsse sie erst wieder zu sich kommen, und rappelt sich schließlich auf. Sofort vermisse ich ihr Gewicht und ihre Wärme auf mir. Hastig setze auch ich mich auf und gebe mir die größte Mühe, die verräterische Beule in meiner Hose zu verbergen, indem ich mich in den Schneidersitz setze.

»Eine beeindruckende Vorstellung«, sagt Flavius, als er die Hände sinken lässt. Sein Blick gleitet zu Aeryn, die ihn stolz und eine Spur trotzig erwidert. »Aber nichts anderes habe ich erwartet. Die Eröffnung ist in drei Tagen. Und du«, er zeigt auf Aeryn, »wirst meine Hauptattraktion sein.«

Ich komme auf die Füße. »Die Verletzung an ihrem Bein ist noch nicht …«

Flavius schneidet mir das Wort mit einer knappen Handbewegung ab. »Natürlich ist sie verheilt. Seit Wochen willst du mir einreden, dass sie noch nicht so weit ist, doch ich konnte mich mit eigenen Augen vom Gegenteil überzeugen.«

Ich knirsche mit den Zähnen, erspare mir aber eine Erwiderung.

Flavius winkt Nilsa herbei, die offenbar auch unter den zuschauenden Sklaven war. Die junge Sklavin knickst eilig. »Du wirst dafür sorgen, dass sie zu den Kämpfen aussieht wie die Wilde, die sie ist, und während der anschließenden Empfänge wie der feuchte Traum all jener, die noch nie eine Vantyr gesehen haben. Und du«, sein unnachgiebiger Blick landet auf mir, »wirst auf der Stelle aufhören, mich deswegen anzustarren, als würdest du mir gleich an die Kehle gehen wollen. Sonst werde ich dich daran erinnern, dass sie *mein* Eigentum ist und ich mit ihr tun und lassen kann, was ich will. Sie in den Augen der potenziellen *patrons* begehrenswert anstatt wie eine Barbarin aussehen zu lassen, sollte auch dir recht sein.«

»Wieso?«, zwinge ich mich zu fragen. In mir brodelt es so sehr, dass ich Flavius am liebsten vor versammelter Mannschaft niederschlagen würde. Dabei weiß ich nicht einmal, woher meine Wut rührt.

Flavius schnaubt. »Warst du nicht derjenige, der wissen wollte, was ich im Tausch für ihre Freiheit will?«

Aus den Augenwinkeln sehe ich, wie Aeryn sich überrascht zu mir umwendet.

»Und was ist es, was Ihr wollt?«, knurre ich, krampfhaft darum bemüht, vor allen Anwesenden die Fassung zu bewahren.

»Ihr Gewicht in Gold zusätzlich zu den Ausgaben, die ich bisher für sie hatte«, antwortet mein Herr.

Ich schlucke angestrengt und auch einige Sklaven schnappen nach Luft. Ich habe nur eine ungefähre Vorstellung davon, was Flavius den Senatoren und Soldaten Estrards gezahlt hat, damit sie Aeryn am Leben und von dannen ziehen ließen. Es muss eine unvorstellbar hohe Summe gewesen sein. Dann die Behandlung ihrer Wunden. Und zusätzlich noch ihr Gewicht in Gold.

»Sicherlich bist du auch zu dem Schluss gekommen, dass sie sehr wohlhabende *patrons* benötigt«, murmelt Flavius scheinbar desinteressiert. »Es wird mehr brauchen als ihr Können in der Arena, um die Geldgeber vergessen zu lassen, was sie in der Hauptstadt angerichtet hat.«

Aeryn reckt das Kinn, und noch bevor sie den Mund aufmacht, weiß ich, dass das, was sie zu sagen hat, mir nicht gefallen wird.

»Ich habe Euer Wort?«, hakt sie nach. »Ihr lasst mich frei, wenn Ihr die geforderte Summe erhaltet?«

Flavius breitet die Arme aus. »Alle hier Anwesenden sollen meine Zeugen sein. Astor kennt als einer meiner engsten Vertrauten die korrekte Summe, die du mir schuldig bist, um deine

Freiheit zu erlangen. Er wird es sein, der alles überwacht. Ich bin nur derjenige, der das Geld am Ende nimmt.«

»Und Ihr sollt es bekommen«, sagt Aeryn kühl. »Wenn ich dazu nackt auf den Tischen tanzen muss, dann werde ich das tun.«

Ich kneife die Augen zu und kann gerade so einen gequälten Laut daran hindern, meinen Mund zu verlassen. Allein der Gedanke daran bringt mich um den Verstand! Aber ich kann es mir bildlich vorstellen … Aeryn ist keine Frau, die halbe Sachen macht. Wenn es ihrem Ziel dienlich ist, wird sie jeden Weg beschreiten – ohne Rücksicht auf die Konsequenzen. Ich habe weder das Recht noch die Möglichkeit, sie daran zu hindern. Wenn ich es versuchte und ihr Vorschriften machte, würde sie sich gänzlich von mir abwenden und sich nur noch auf das Erlangen ihrer Freiheit konzentrieren.

Flavius nickt zufrieden. »Du solltest dich auch während der Kämpfe anstrengen. Wie du sicherlich bemerkt hast, sind wir nicht in der Hauptstadt. Es wird dauern, bis sich herumgesprochen hat, dass es hier eine Arena gibt, und noch länger, bis die steinreichen Adligen aus Estrard hier einreisen. Und«, er macht einen Schritt auf sie zu, »du solltest dir bessere Manieren zulegen. Etureer lieben es, einen guten und blutigen Kampf zu sehen, aber danach bevorzugen sie Frauen … unterwürfig.«

Aeryn bleckt die Zähne und stößt ein Grollen aus. Ich rechne Flavius hoch an, dass er nur kaum merkbar zusammenzuckt, schließlich kenne ich Aeryns einschüchternde Wirkung aus erster Hand.

»Nur damit wir uns verstehen«, raunt Flavius. »Falls du vorhast, hier etwas Ähnliches zu versuchen wie in Estrard, werde ich nicht davor zurückschrecken, deinen gesamten Körper mit meinem Brandzeichen zu überziehen. War das deutlich genug?«

Ehe Aeryn etwas Unüberlegtes erwidern kann, dränge ich

mich zwischen die beiden. Ich spüre Aeryn hinter meinem Rücken vor Zorn beben.

»Mein Herr«, sage ich möglichst ruhig, obwohl es auch in mir brodelt. »Sie hat verstanden, was für sie auf dem Spiel steht. Nilsa und ich werden dafür sorgen, dass sie für die anschließenden Empfänge vorbereitet ist.«

Sein Blick huscht zu mir. »Sei nicht dumm, Junge«, mahnt Flavius.

Mehr muss er nicht sagen. Er weiß, wie es um meine Gefühle steht und was es mit mir anstellen wird, wenn ich Aeryn dabei zusehen muss, wie sie schmierigen Politikern und Adligen schmeichelt.

Ich schlucke angestrengt. »Es ist zu spät.«

Flavius verzieht den Mund. »Sag nicht, ich hätte dich nicht gewarnt.«

Ich nicke, woraufhin Flavius das Übungsgelände verlässt. Auch die Sklaven zerstreuen sich.

»Zurück ans Training«, knurre ich barscher als beabsichtigt den anderen Gladiatoren zu, die sich widerwillig trollen.

»Was hat Flavius mit seiner Warnung an dich gemeint?«, fragt Aeryn leise, als uns die anderen nicht mehr beachten.

Ich dränge die Wut zurück und schüttele den Kopf. »Nichts Wichtiges.«

Sie glaubt mir kein Wort, das sehe ich ihr deutlich an, doch ich tue nichts, um es ihr zu erklären. Die Tatsache, dass sie es nicht versteht, schmerzt mehr als genug.

»Du solltest weitertrainieren«, murmele ich.

Als ich mich abwenden will, greift sie nach meiner Hand. Ihr Griff ist herrlich warm. Verwundert schaue ich von unseren verschlungenen Händen in ihr Gesicht.

»Danke«, sagt sie. »Dafür, dass du Flavius gefragt hast. Wenn ich es getan hätte …« Sie zuckt mit den Schultern. »Wahrscheinlich hätte er mir nichts gesagt, weil ich ihn bedroht hätte. Oder Schlimmeres. Aber nun weiß ich, dass es möglich ist, meine Freiheit zurückzubekommen – dank dir.«

»Dank mir nicht zu früh.« Meine Stimme klingt rau. »Noch haben wir nichts erreicht.«

Ein selbstsüchtiger Teil von mir wünscht sich, dass wir nie etwas erreichen werden. Dass Aeryn nie einen *patron* finden oder genug Gold erwirtschaften wird, um ihre Freiheit zurückzukaufen. Dann würde sie bei mir bleiben.

Aber ich bringe diesen Teil rigoros zum Schweigen, indem ich mir das Leuchten ihrer Augen in Erinnerung rufe, als ich sagte, dass ich ihr helfen würde. Ich werde ihr Vertrauen nicht missbrauchen.

Auch wenn es mich zerstören wird.

KAPITEL 30

AERYN

Es ist Nilsa, die mir an diesem Abend mein Essen bringt, zusammen mit den Utensilien, um die ich sie gebeten habe. Nadel und Schere verstecke ich unter meiner Strohmatratze, damit wir nicht in Schwierigkeiten geraten. Es ist Jahre her, seit ich etwas genäht habe, aber meine Ehre gebietet es, dass ich es selbst tue und nicht eine Sklavin darum bitte.

Liebevoll streichele ich über das Fell, das ausgebreitet auf meinem Bett liegt. Der junge Wolf hat vermutlich noch nie ein Tier gehäutet, wie mir die Fehler in Haut und Fell zeigen, aber er hat sich trotzdem bemüht. *Für mich.* Weil er mir zugehört hat und die Tradition meines Volkes achtet, obwohl er keiner von uns ist.

Zum wohl hundertsten Mal an diesem Abend schaue ich zur Gittertür, als könne ich ihn mit bloßer Willenskraft dort erscheinen lassen.

Aber egal, wie sehr ich mich anstrenge, er kommt nicht.

Ob es etwas mit dem zu tun hat, was Flavius zu ihm gesagt hat? Ich habe nicht einmal die Hälfte dessen verstanden, was die beiden Männer untereinander sprachen, aber ich wurde das Gefühl nicht los, dass es dabei um mich ging.

Seufzend reibe ich mir über die Stirn. Ich bin in solchen Dingen ein hoffnungsloser Fall. Wie hält er es nur mit mir aus? Als wir heute gegeneinander gekämpft haben, habe ich so viele Emotionen in seinem Gesicht gesehen. Emotionen, für die ich erst im Nachhinein die richtige Bezeichnung fand, die ich jedoch währenddessen eingehend studiert habe.

Anerkennung. Stolz. Zuneigung. Begehren.

Emotionen, die meine eigenen identisch spiegelten und die ich mir bisher nicht eingestehen wollte. Doch seit heute Morgen, als ich das Fell vor der Tür zu meiner Zelle fand, kann ich es.

Als ich endlich die ersehnten Schritte auf der Steintreppe höre, wage ich kaum zu atmen. Sie sind langsamer als gewöhnlich, fast zögerlich, aber ich erkenne sie trotzdem.

»Ich war mir nicht sicher, ob du kommst«, sage ich, noch ehe ich seine Gestalt vor der Gittertür sehe.

Einen Moment verweilt er dort und starrt auf den Boden, ehe er den Blick hebt und ihn durch meine Zelle schweifen lässt. Als er schließlich an dem Fell auf meinem Bett hängen bleibt, verschwindet die angespannte Härte aus seiner Haltung.

»Ich brauchte doch die Antwort auf meine Frage, die du mir verwehrt hast«, sagt er. Sein Blick findet meinen. »Du hast es reingeholt.«

Ich gehe zur Tür und bleibe direkt vor ihm stehen, nur getrennt durch die schwarzen Gitterstäbe. Vorsichtig greife ich nach seinem verletzten Arm und wickele den Verband ab. Er lässt es geschehen. Als ich die rot umrandeten Bissspuren sehe, stoße ich seufzend den Atem aus.

»Ich hätte dir sagen sollen«, murmele ich, während ich sanft mit den Fingern über die Verletzungen fahre, »dass unsere Männer die Felle von Kaninchen oder Rehen bringen.«

Sein Körper zuckt unter einem Lachen zusammen. »Das hättest du mir allerdings früher sagen sollen. *Kaninchen?*«

Ich nicke. »Aus ihrem Fell lassen sich hervorragende Schuhe machen. Aber du musstest dich mit einem Wolf anlegen. Warum? Gibt es hier bei euch keine Kaninchen?«

»Die gibt es durchaus«, sagt er, »aber sie waren in meinen Augen kein passendes Geschenk für eine Frau wie dich. Vielleicht wollte ich dich auch ein wenig beeindrucken. Hatte ich Erfolg?«

Seine Worte wärmen die Stellen in mir, die dunkel und kalt und über so lange Zeit gefühllos waren.

»Gut möglich«, antworte ich schmunzelnd auf seine Frage hin, während ich noch immer seine Verletzungen liebkose. Sie sehen nicht gefährlich aus, und da ich weiß, dass Astor sich darum gekümmert hat, mache ich mir keine Sorgen. Trotzdem ist es mir ein Bedürfnis, sie zu würdigen – auf die eine Art, die mir möglich ist. »Du hättest vorsichtiger sein sollen.«

Mit der freien Hand umgreift er die, mit der ich über seine Verletzungen streichele. »Ich habe mit bloßen Händen einen Wolf erlegt. Was muss ich noch tun, um in deinen Augen etwas wert zu sein?«

Ich schlucke angestrengt, als ich den verletzten Ausdruck in seinem Gesicht sehe, der nicht von den Bissspuren herrührt. »Meine Bitte, dass du vorsichtiger sein sollst, zielte nicht darauf ab, dich schwach erscheinen zu lassen. Gerade weil du in meinen Augen etwas wert bist – vielleicht sogar mehr, als du ahnst –, will ich nicht, dass dir etwas zustößt.«

Hastig senke ich den Blick, als sich seine Augen überrascht weiten. »Wenn ich mir vorstelle, dass du allein und ohne Waffen diesem Wolf entgegengetreten bist, randalieren sämtliche Instinkte in mir, weil ich nicht dabei war, um dir zur Seite zu stehen. Dich einer Gefahr auszusetzen, geht gegen alles, woran ich glaube. Aber ich …« Meine Finger verkrampfen sich um seine. »Ohne meine Magie bin ich nur eine halbe Vantyr. Vielleicht nicht einmal das. Ich habe kein Recht, dir …«

Abrupt verschließt er meinen Mund mit einem Kuss. Er kommt so plötzlich und unerwartet, dass ich scharf die Luft durch die Nase einziehe. Als ich mich von der ersten Überraschung erholt habe, verfluche ich die verdammte Gittertür, die mich daran hindert, ihn näher zu mir zu ziehen und mich an ihn schmiegen zu können.

Seine Lippen sind genauso weich, wie ich sie in Erinnerung habe. Und genau wie nach unserem ersten Kuss prangt der Ausdruck von Verwirrung auf seiner Miene, als er sich zurückzieht und mich eingehend mustert, als suche er Anzeichen dafür, dass er zu weit gegangen sein könnte. Doch solche Anzeichen wird er nicht finden.

»Du hast jedes Recht«, murmelt er rau, als er zum selben Schluss gekommen ist, »und ich will nie wieder etwas anderes hören.«

Noch immer fühlt sich mein Hals an wie zugeschnürt. »Möchtest du … nicht reinkommen?«

Er neigt den Kopf. »Das würde ich gern, aber Flavius hat mir den Schlüssel zu deiner Zelle abgenommen. Es wäre zu meinem eigenen Besten, hat er gesagt.«

Ich kralle die Finger in die Gitterstäbe und stelle mir vor, dass sie Flavius' Hals wären. Doch ich zwinge mich, den Griff wieder zu lockern. Ich darf meiner Wut nicht die Oberhand überlassen. Nicht in einem Moment wie diesem, von dem ich dachte, dass ich ihn nie erleben würde.

Anstatt die Gitterstäbe zu malträtieren, streichele ich über die Wange des jungen Wolfs. »Wünschst du dir, dass das eben unser erster Kuss gewesen wäre?«

Er schmiegt sich in meine Handfläche. »Nein. Der erste war genauso perfekt wie der eben. Es gibt keinen Moment, den ich bereue – selbst die nicht, in denen du mich angeschrien oder verspottet hast.«

»Es tut mir leid«, wispere ich kaum hörbar.

Und das tut es wirklich. Doch wieder einmal finde ich nicht die richtigen Worte, um meinen Gefühlen Ausdruck zu verleihen.

Um ihm zu sagen, wie glücklich ich darüber war, dass er stets meine Nähe gesucht hat, egal, wie ungebärdig ich mich ihm gegenüber verhalten habe. Wie enttäuscht ich war, als er mich mied. Wie einsam.

Er streicht mir eine Haarsträhne aus der Stirn. Seine Finger hinterlassen eine heiße Spur auf meiner Haut. »Ich wollte nur sehen, ob du das Fell hereingeholt hast, damit ich mich nicht länger selbst quäle. Ich hatte gehofft, du würdest schon schlafen, um mir weitere Peinlichkeiten zu ersparen, falls es … noch hier draußen gelegen hätte.« Er seufzt. »Ich sollte gehen. Vielleicht erbarmt sich Nilsa morgen und gibt mir heimlich ihren Schlüssel zu deiner Zelle.«

Er küsst mich auf die Stirn; so sanft, dass ich es fast für eine Einbildung halte. Viel sanfter als alle Berührungen, die ich in den letzten Jahren empfangen habe.

Als er sich umdreht, um zu gehen, schnürt mir Panik die Kehle zu. Ich will nicht, dass er geht, aber noch weniger will ich, dass er verletzt wird.

»Cato!«, rufe ich, wobei meine Stimme ein Stück höher rutscht.

Einen Fuß bereits auf der ersten Stufe, bleibt er wie angewurzelt stehen und dreht sich langsam zu mir um. Seine meeresblauen Augen sind weit aufgerissen und sein Mund steht ein Stück offen.

Noch nie habe ich ihm gegenüber seinen Namen benutzt.

»Ich werde wohl nie verstehen, was du in mir siehst«, sage ich. »Ich bin keine einfache Frau, wie du sie aus deinem Land kennst, und werde nie eine solche sein.«

»Das weiß ich«, sagt er, als er wieder zur Gittertür kommt. »Und es macht mir nichts aus.«

»Trotzdem sollst du verstehen, was du dir einhandelst, wenn du mich wählst.« Ich strecke einen Arm durch das Gitter und drehe ihn so, dass er mein Handgelenk sehen kann. »Du hast mich gefragt, woher ich diese Narben habe. Wenn du die Geschichte – *meine* Geschichte – hören willst, werde ich sie dir erzählen.«

»Das musst du nicht. Ich …«

Ich schüttele vehement den Kopf. »Du sollst verstehen, warum ich bin, wie ich bin, ehe du … dich gänzlich für mich entscheidest.«

Mit dem Daumen streicht er über die wulstigen Narben an meinem Handgelenk. »Das habe ich längst. Keine Geschichte wird daran etwas ändern können.« Ich erschaudere wohlig unter der sanften Berührung. »Aber ich werde dir trotzdem zuhören. Um die Frau, die mir schon vor Jahren mein Herz gestohlen hat, besser kennenzulernen.«

Meine Hände zittern, als wir uns auf den Boden setzen – jeder auf seiner Seite der Gittertür. Als er das Zittern bemerkt, nimmt Cato meine Hand und hält sie fest. Sanft streichelt er über den Handrücken, bis ich mich einigermaßen beruhigt habe und bereit bin, den schlimmsten Tag meines Lebens nicht nur als Albtraum erneut zu durchleben.

»Sie kamen mitten in der Nacht.« Meine Stimme klingt heiser und ich muss mich zum Sprechen zwingen. »Ich wachte durch die Schreie auf. Meine Mutter war bereits aus der Hütte geeilt. Ich sah die Flammen ihrer Magie, die sie auf unbekannte Angreifer niedergehen ließ. Ich spürte ein Beben unter meinen Füßen und wusste, dass auch andere Vantyr dabei halfen, unseren Clan zu verteidigen. Das konnte nur bedeuten, dass uns eine große Bedrohung gegenüberstand. Ich wollte ebenfalls helfen, immerhin war auch ich eine Feuervantyr und eine zukünftige Wächterin. Als ich meine Mutter in dem Gewirr aus Magie und Angreifern fand, befahl sie mir aber, meine jüngeren Schwestern tief in den Wald zu bringen und mich dort mit ihnen zu verstecken.«

»Deine Mutter war sehr klug«, murmelt Cato, als ich nicht weitersprechе. »Sie wollte euch schützen.«

»Ich weiß«, wispere ich. »Ich wollte die Mädchen in Sicherheit bringen und dann schnell zurück zu meiner Mutter, um ihr zu helfen.« Ich schlucke hastig. »Doch ich führte meine Schwestern direkt ins Verderben.«

Er schweigt, ebenso wie ich, und drängt mich nicht, weiterzureden. Ich nehme mir die Zeit, die ich brauche.

»Es war mitten in der Nacht und stockfinster. Noch dazu zog ein Gewitter auf. Die dunklen Wolken schirmten sogar das Licht der Sterne von uns ab. Die Etureer warteten bereits im Wald auf uns. Wahrscheinlich haben sie sich in mehrere Gruppen aufgeteilt. Eine, die das Dorf angriff, und eine, die sich das holte, weshalb sie gekommen waren. Sie packten mich, ehe ich reagieren konnte, und drückten mir ein glühendes Eisen gegen die Schulter. Manchmal habe ich heute noch den Gestank von verbranntem Stoff und verkohlter Haut in der Nase. Sie brandmarkten auch noch einige andere Mädchen, die sie für alt genug hielten, Magie wirken zu können, und trieben den Rest zusammen. Ich schrie und kratzte und trat und versuchte mit aller Macht, mein Feuer hervorzurufen, um diese Bastarde in Asche zu verwandeln. Aber nichts geschah. Ich war völlig hilflos und konnte nichts tun, als sie uns feixend fesselten und sich über die Schultern warfen. Ich wusste, was uns bevorstand. Jede von uns wusste es.«

»Woher?«, fragt Cato zögerlich.

»Wir wachsen mit diesem Wissen auf. Uns wird von klein auf von fremden Kriegervölkern erzählt, die nach unserer Magie gieren, um sich zu unterhalten oder ihre Heere zu stärken. Es sind nicht nur die Etureer. Es gibt mehr wie sie. Doch Eturien liegt unserem Eiland am nächsten.«

»Wir sind … also so was wie eure Schauergeschichten?«

»Nicht direkt«, sage ich. »Diese Warnungen dienen nicht dazu, unartigen Kindern Angst einzujagen. Wir wissen, dass sie wahr sind. Und wir wissen auch, wie wir uns zu verhalten haben, wenn der undenkbare Fall eintreten sollte.«

Abwartend sieht er mich an, die Augenbrauen leicht zusammengezogen.

»Wir beenden lieber unser Leben, anstatt in Gefangenschaft zu geraten.«

Cato stößt geräuschvoll den Atem aus. »Aeryn …«

»Jede Vantyr weiß das. Auch meine Schwestern und ich wussten es. Wir wussten, was uns bevorstand. Hin und wieder kam es vor, dass eine gefangen genommene Vantyr den Weg zurück nach Hause fand. Aber sie war … nur noch ein Schatten ihrer selbst. Sie hatten sie gebrochen. Ihr ihre Magie geraubt. Sie zu Taten gezwungen, die sie aus freien Stücken nie begangen hätte. Sie hatten alles gebrochen – ihren Stolz, ihren Willen, ihre Seele, ihre Zukunft. Alles, was für uns wichtig ist. Wir wählen lieber den Tod als so ein Leben.«

Ich atme tief durch. »Sie brachten uns zu ihrem Schiff. Mich schlugen sie so lange, bis ich ohnmächtig wurde. Jedenfalls kam ich erst wieder zu mir, als wir bereits auf See waren. Drei der Mädchen gelang es, ihren Häschern zu entkommen. Sie sprangen vom Schiff in die eiskalten und sturmgepeitschten Wellen der Nacht. Ich wünschte, ich hätte auch springen können … Aber die Etureer waren nicht dumm. Sie packten die verbliebenen Mädchen – sechs, mich eingeschlossen – und sperrten uns unter Deck in ein Verlies. Es hatte eine Luke direkt über uns, durch die es die ganze Zeit über reinregnete. Wir froren erbärmlich, doch noch mehr zitterten wir vor Angst.«

Es fällt mir schwer, die Erinnerungen an diese furchtbare Nacht nicht zu nah an mich heranzulassen. Oft kam sie mich in meinen schlimmsten Albträumen besuchen, doch diesmal spreche ich freiwillig darüber. Das habe ich noch nicht einmal gegenüber Kallidora getan. Wahrscheinlich musste ich das auch nie, weil sie Ähnliches durchgemacht hatte. Wir verstanden uns, weil wir Leidensgenossinnen waren, aber Cato hat mich gewählt, obwohl er jede andere hätte haben können.

Ich muss ihm klarmachen, wie zerbrochen ich bin.

»Durch den Sturm«, fahre ich mit rauer Stimme fort, »wankte das Schiff. Ich weiß bis heute nicht genau, was geschehen ist, aber ich nehme an, dass sich eine der Laternen gelöst hat und auf den Boden fiel, wodurch das Glas zersprang. Als das Schiff wieder schlingerte, rutschte eine Glasscherbe durch die Luke zu uns herab und fiel mir direkt in den Schoß. Sie war in etwa so groß wie meine Handfläche damals. Ich starrte sie an. Ich wusste, was ich zu tun hatte, doch mein Kopf war komplett leer. Ich fühlte auf einmal nichts mehr, weder die Kälte noch Angst.«

»Hast du … dann …?«

Ich schüttele den Kopf. »Ich war das älteste der Mädchen. Ihre große Schwester nach den Maßstäben meines Volkes. Und ich war eine Feuervantyr, eine Wächterin. Ich habe dabei versagt, sie in Sicherheit zu bringen, doch erneut wollte ich nicht versagen. Also ließ ich ihnen den Vortritt. Keine von ihnen zögerte. In ihren Mienen sah ich die gleiche ruhige Entschlossenheit, die auch von mir Besitz ergriffen hatte, als mir die Scherbe in den Schoß fiel. Es dauerte nicht lange, bis das sowieso feuchte Stroh zu unseren Füßen blutgetränkt war. Die Mädchen … Sie sahen aus, als würden sie schlafen.«

Cato streckt einen Arm durch das Gitter, legt ihn mir um die Schulter und zieht mich so nah wie möglich an sich heran.

»Als ich endlich an der Reihe war«, wispere ich, »kamen die Etureer reingestürmt. Ich hatte nur den Bruchteil einer Sekunde Zeit. Der Schnitt an meinem Handgelenk war nicht tief genug und zu weit oben angesetzt. Sie nahmen mir die Scherbe ab, fesselten mich an Händen und Füßen und sperrten mich in eine

Kajüte, die einer der Männer, der auch meine Wunde versorgte, Tag und Nacht bewachte. Ich konnte mich nicht davon überzeugen, ob es den anderen Mädchen besser ergangen war. Ob sie ... es geschafft hatten, während ich ... Ich hatte überlebt, obwohl ich sterben wollte. Ich hatte ... wieder versagt.«

»Nein, Aeryn«, murmelt Cato. »Du hast nicht versagt. Weder beim Versuch, deine Schwestern zu retten, noch bei ...« Er bricht ab und drückt seinen Kopf gegen meinen.

»Ich lebte«, hauche ich. »Zumindest mein Körper lebte. Alles andere starb jedoch. Ich fühlte nichts mehr – weder Schmerz noch Angst oder Kummer. Diese Gefühle kamen auch nie zurück. An meine Ankunft in Eturien kann ich mich nicht erinnern, und das ist wahrscheinlich besser so. Ich weiß nicht mehr, wie ich von dem Schiff gekommen bin und auf den Sklavenmarkt gebracht wurde, wo ... Graecus auf mich aufmerksam wurde und schließlich das provisorische Brandmal gegen das mit seinen Initialen tauschte.«

Ich habe Graecus einmal zu einem Sklavenmarkt begleiten müssen. Zu sehen, wie die armen Seelen angepriesen und zur Schau gestellt wurden, machte mich so wütend, dass ich am liebsten den gesamten Markt niedergebrannt hätte. Einst muss ich auch dort oben auf einem Podest gestanden haben – schutzlos und nackt, damit mich jeder interessierte Sklavenhändler von oben bis unten begutachten konnte. Diese Erinnerung habe ich zum Glück nicht.

»Ich will mir gar nicht vorstellen, wie es dir ergangen sein muss«, murmelt Cato. »Jung. Allein. Inmitten von Fremden, die dich nur ausnutzen wollten.«

»Erst Kallidora drang mit der Zeit zu mir durch«, sage ich. »Sie war es, die meinen zweiten Selbstmordversuch vereitelte und sich um meine Wunde kümmerte. Anfangs hasste ich sie dafür, doch sie sagte mir, ich solle nach vorn sehen. Meinen Schwestern wäre mehr geholfen, wenn ich den Weg zurück nach Hause finden und weitere solcher Überfälle verhindern könnte. Das ließ mich weitermachen. Ich trainierte wie eine Wahnsinnige, um das Fehlen meiner Magie wettzumachen. Ich übte, ohne eine Pause zu machen, bis ich umkippte.«

Ich ziehe die Beine nah an den Körper und schlinge die Arme darum. »Manchmal glaube ich, dass der letzte Rest Güte und Freude auf diesem Schiff zusammen mit meinen Schwestern gestorben ist. Ich war Teil einer Gemeinschaft und plötzlich … war ich allein. Nachdem sie mich gefangen nahmen, habe ich nicht mehr gelacht. Ich weiß nicht mehr, was Glück ist. Ich war dankbar dafür, Kallidora als Vertraute und Mentorin zu haben. Und ich weiß, dass ich es weitaus schlimmer als mit Graecus hätte treffen können, aber … Glück ist mir fremd geworden. Ich weiß nicht, wie ich jemandem vertrauen kann. Wie ich mich öffnen soll. Vielleicht ist es dieses Fehlen von Güte und Freude, was mich in den Augen meiner Ahnen schwach wirken lässt. Das muss der Grund sein, warum sie mir seit Jahren die Aufnahme in ihre Reihen verwehren.«

Nun streckt er auch die andere Hand durchs Gitter und legt sie mir an die Wange. Geduldig wartet er, bis ich ihn ansehe, und wischt mit dem Daumen die Tränen weg, die sich, ohne dass ich es bemerkt habe, einen Weg hinabgebahnt haben.

»Du bist nicht schwach, Aeryn. Du bist stark und mutig und stolz und … inspirierend. Und … ich … Ich würde … Ich würde alles dafür geben, dass du dich durch meine Augen sehen könntest. Du kannst lächeln, das hast du mir bewiesen. Du kannst fühlen. Alles, was du glaubst vergessen zu haben, kannst du wieder lernen. Und wenn deine verdammten Ahnen dich nicht haben wollen, dann ist es ihr Pech und mein Gewinn.«

Es fühlt sich an, als würde sich etwas in meinem Inneren verschieben. Ein kurzer Schmerz, der in pure Wärme übergeht. Fast als würde etwas wieder an seinen richtigen Platz rutschen. Mein nächster Atemzug wirkt befreiter, ohne die Last der Schuld, die jahrelang auf meiner Brust lag.

Nachdem ich meine Geschichte erzählt habe, fühle ich mich leer, aber gleichzeitig voll – übervoll von Gefühlen für den Mann, der mich fest im Arm hält, so gut es durch die Gitterstäbe möglich ist. Ich schmiege den Kopf an seine Schulter und schließe die Augen.

Ich möchte ihn so vieles fragen, doch mir steht nicht der Sinn nach Reden. Stattdessen genieße ich das fremde Gefühl der Geborgenheit so lange, bis mein Geist in einen friedvollen Schlaf abdriftet.

KAPITEL 31

CATO

Ich schrecke hoch, als ich Schritte höre. Mein erster Blick gilt Aeryn, deren warmen Körper ich neben mir spüre. Auch sie hat die Augen geöffnet und beobachtet die Treppe, ohne sich zu rühren. Doch ich spüre, dass sie angespannt ist. Da die sich nähernden Schritte aber zu leicht für Flavius oder einen anderen Mann sind, drücke ich ihre Hand, die ich die ganze Nacht über nicht losgelassen habe. Sofort entspannt sie sich.

»Aufstehen, Aeryn«, trällert Nilsa, noch ehe sie am Fuß der Treppe angekommen ist. »Du musst in einer halben Stunde … oh.«

Sie bleibt so abrupt stehen, als sei sie gegen eine unsichtbare Wand gelaufen, und starrt uns aus weit aufgerissenen Augen an. In einem einzigen Moment registriert sie unsere verschlungenen Hände, die Nähe, mit der wir gegen die Tür kauern, und unsere zweifelsohne verschlafenen Blicke.

»Ich … wollte nicht stören«, stammelt sie und hebt wie zur Entschuldigung das Tablett an, das sie trägt. »Ich wollte nur Aeryn zum Training bringen, aber wie es aussieht, wird auch der Trainer nicht pünktlich sein.«

Ich schmunzele und streiche mit dem Daumen über Aeryns Handrücken. »Es ist gut, dass du uns weckst«, sage ich zu Nilsa. »Besser du als Flavius.« Ich drehe den Kopf zu Aeryn. »Wir sehen uns nachher auf dem Übungsplatz.«

»Ich habe dich gestern besiegt«, erinnert sie mich mit herrlich rauer Stimme und einem kleinen Lächeln. »Ich muss keine Anweisungen mehr von dir entgegennehmen. Aber vielleicht tue ich es trotzdem. Wenn du wieder gegen mich kämpfst.«

Ich weiß, dass sie auch diesmal gewinnen wird, dennoch würde ich alles tun, was sie glücklich macht. Und da es mich ebenfalls glücklich macht, gegen sie zu kämpfen, fällt mir die Entscheidung leicht.

»Nichts lieber als das.«

Ich komme ungelenk auf die Füße. Auf dem harten Steinboden zu schlafen, gehört nicht zu meinen besten Ideen, aber ich würde die letzte Nacht für nichts auf der Welt eintauschen wollen. Auch schmerzende Knochen und Muskeln werden mich nicht vom Gegenteil überzeugen.

Aeryns Vergangenheit ging mir mehr als nur an die Nieren. Ich verstehe ihre Wut und ihren Hass auf mein Volk. Niemand wird je versucht haben, sich in ihre Lage zu versetzen. Und niemandem wird sie je einen Blick auf das junge Mädchen gewährt haben, das in einer sturmgepeitschten Nacht eine Entscheidung treffen musste, die nicht nur ihr eigenes Leben betraf.

Zu viel Verantwortung auf zu jungen Schultern. Zu viel Verlust in einem Herzen, das bis dahin nur eine fest zusammenhaltende Gemeinschaft kannte.

Kein Wunder, dass sie beinahe daran zerbrochen wäre.

Doch ich weiß nun, dass sich in ihr – verborgen hinter der stolzen und kühlen Fassade der Gladiatorin – eine Frau verbirgt, die auch zu anderen Gefühlen als Hass und Wut fähig ist. Irgendwo tief in ihr hat das Herz des Mädchens von damals überlebt, allen Widrigkeiten zum Trotz.

Ich werde alles dafür tun, dass diesem Herzen und der Frau, in der es schlägt, nie wieder ein Leid geschieht.

»Hast du nicht etwas vergessen?«, fragt Aeryn, nachdem sie ebenfalls aufgestanden ist.

Ich wende mich zu ihr um, ohne zu wissen, was sie meint. Eine Hand in mein Hemd gekrallt, die andere an meine Wange gelegt, zieht sie mich näher zu sich, bis sie mich küssen kann.

Als ihre Lippen auf meine treffen, jagt ein wohliger Schauer nach dem anderen durch mich hindurch. Dieser Kuss ist völlig anders als die beiden vorherigen. Tiefer. Inniger. Als ihre Zunge sanft an meiner Unterlippe entlangfährt, vergesse ich alles um mich herum. Es ist mir egal, dass Nilsa hier ist und einen freudig-quietschenden Laut von sich gibt. Wenn ich könnte, würde ich die verdammte Tür zwischen uns öffnen und Aeryn so fest an mich pressen, dass ich nicht mehr sagen könnte, wo ich aufhöre und sie beginnt. Ich erwidere das Streicheln ihrer Zunge und neige den Kopf, um den Kuss vertiefen zu können.

Prompt stoße ich mit der Nase an einen der Gitterstäbe. Damit entlocke ich Aeryn ein Kichern. Unser wunderschöner Kuss ist zwar dahin, aber auch ich lächele und fühle mich befreiter als jemals zuvor.

»Bis nachher«, wispert sie, als sie ihre Hände zurückzieht.

»Bis dann.«

Nilsas wissendes Grinsen verfolgt mich, bis ich die Treppe erklommen habe. Selbst oben höre ich noch ihre aufgeregte Stimme, mit der sie auf Aeryn einredet, um ihr sicherlich so viele Details wie möglich zu entlocken.

Leider kann ich mein Versprechen Aeryn gegenüber nicht halten. Flavius hat heute andere Pläne mit mir, als mich das Training beaufsichtigen und gegen Aeryn kämpfen zu lassen.

Noch bevor ich am Übungsplatz ankomme, lässt er mich von

einem der Sklaven zu sich in seine Gemächer rufen. Meine durch letzte Nacht und den Kuss eben beschwingten Schritte geraten merklich ins Stocken, als ich die Stufen zu den privaten Räumen meines Herrn im ersten Stock des Haupthauses erklimme. Hier war ich erst gestern Abend, als Flavius mir den Schlüssel zu Aeryns Zelle abgenommen hat. Astor muss mich bei ihm verpfiffen haben. Oder Flavius hat sich selbst etwas zusammengereimt, nachdem er den Verband an meinem Unterarm gesehen hat, der höchstwahrscheinlich nicht vom Beaufsichtigen einer Steinlieferung stammen kann.

Nur flüchtig streift mein Blick meine Zimmertür direkt neben Flavius' Räumen und ich überlege, ob es besser wäre, frische Kleidung anzuziehen, entscheide mich aber dagegen.

Ich klopfe an die reich verzierte Tür und trete nach Flavius' knapper Aufforderung ein. Er sitzt hinter einem Tisch und sieht stirnrunzelnd einige Schriftstücke durch, die mit Sicherheit mit seiner Arena zu tun haben. Seit er vor gut drei Jahren den Entschluss gefasst hat, hier im Nirgendwo eine Arena zu bauen, redet er von nichts anderem mehr; zumindest hat mir Nilsa das erzählt. Ich stehe erst seit einigen Monaten in seinen Diensten, doch selbst mir kommt sein Arena-Gerede langsam, aber sicher zu den Ohren raus. Vor allem jetzt, da er Aeryn jeden Tag dort hineinschicken wird und ich nie weiß, ob sie lebend herauskommt.

»Ihr wolltet mich sehen?«, zwinge ich mich zu fragen, als ich einen guten Meter vor dem Tisch verloren im Zimmer stehe.

Flavius gibt einen brummelnden Laut von sich, den ich als Zustimmung deute. »Ich wollte uns beiden die Lebenszeit sparen und mich mit Vorhaltungen zurückhalten, aber mir wurde berichtet, dass du gestern Abend wieder zur Zelle hinabgestiegen bist.«

Ich knirsche mit den Zähnen, neige aber den Kopf.

»Noch nie hat es ein gutes Ende genommen, wenn eine Gladiatorin sich verliebt«, fährt Flavius fort, ohne mich eines Blickes zu würdigen. »Weder für sie noch für den anderen.«

»Wenn sie ihre Freiheit zurückhat, wird sie keine Gladiatorin mehr sein«, halte ich dagegen, obwohl ich weiß, dass ich besser schweigen sollte.

Flavius hebt den Blick. Ich zucke beinahe unter der Berechnung in seinen dunkelblauen Augen zusammen. »Und dann? Sie wird in ihre Heimat zurücksegeln und du bleibst hier – zurückgelassen wie ein Hund, den man nicht mehr haben will. Jetzt mag sie dich vielleicht nützlich finden, aber sobald sie hat, was sie will, wird sie dich nicht mehr brauchen. Und außerdem weißt du ganz genau, dass ich dich nicht aus meinen Diensten entlassen darf.«

Ich schlucke angestrengt, während sich meine Hände wie von selbst zu Fäusten ballen.

Flavius lehnt sich in seinem Stuhl zurück. »Ich erzähle dir da nichts Neues, nicht wahr?«

»Das spielt keine Rolle«, presse ich hervor. »Ich habe ihr versprochen, ihr zu helfen, und ich werde mein Wort halten.«

»Dann hilf ihr meinetwegen«, sagt er. »Solange ich ihre Kosten wieder drin und Gewinn aus ihr geschlagen habe, ist es mir egal. Zu anderen Arbeiten als zum Kämpfen taugt sie sowieso nicht. Ich habe dich von Anfang an gewarnt, sie nicht zu nah an dich heranzulassen. Sie ist keine sittsame Etureerin, die ihrem Mann die Wünsche von den Augen abliest. Diese Frau ist eine ungezähmte Bestie.«

»Redet nicht so über sie!«, begehre ich auf. »Sie ist keine Bestie oder Barbarin. Ihr Volk hat mehr Ehre und Stolz als unseres. Ihre Traditionen …«

Flavius lässt seine Faust auf den Tisch krachen. »Ich will nichts davon hören! Es interessiert mich nicht, was du in deinem liebeskranken Hirn in ihr siehst. Sie hat Menschen getötet – Gladiatoren wie Unschuldige – und sie würde nicht davor zurückschrecken, dieses Anwesen in Flammen aufgehen zu lassen, wenn sie die Möglichkeit dazu hätte. Willst du das leugnen?«

»Nein, aber …«

»Nichts *aber*! Genau so verhält sich eine Bestie. Diese Frau kann nur in Ketten oder Gefangenschaft gehalten werden. Sobald sie frei ist, werde ich selbst ihre Überfahrt zu ihrer verdammten Insel bezahlen, um nicht Gefahr zu laufen, ihr nächstes Opfer zu werden. Aber du«, er deutet mit dem Zeigefinger auf mich, »wirst hierbleiben. Ich habe einen Eid geschworen und zweimal meinen Kopf für dich hingehalten. Du bist mir mehr als ein Leben schuldig. Die Barbarin kann gehen, wenn sie ihre Schulden beglichen hat, doch für dich gibt es keinen Preis, der groß genug ist, um mich zufriedenzustellen. Du, Cato aus dem Hause Luscinius, wirst mir bis an dein Lebensende dienen. Und sollte ich durch einen dummen Zufall sterben, bevor ich deine Schuld als abgegolten bezeichnet habe, wirst du deine restlichen Lebensjahre auf den Galeeren verbringen.«

Ich habe nie mit meinem Schicksal gehadert. Ganz im Gegenteil: Am liebsten hätte ich den Boden unter Flavius' Füßen angebetet, zum Dank, dass er mich unter seine Fittiche genommen und mir den sicheren Tod erspart hat. Natürlich weiß ich, dass seine Entscheidung, für mich zu bürgen, nicht reinster Nächstenliebe entsprungen ist. Ihm geht es um die Verbindung zu meinem Haus – den Luscini. Auch wenn mein Vater und ich uns alles andere als nahestehen, ist er Flavius nun etwas schuldig.

Doch heute wünschte ich, Flavius hätte mir nie geholfen. Dann wäre ich zwar Aeryn nicht begegnet, aber ich müsste mir nicht anhören, dass es keinen Ausweg für uns gibt.

In einem Punkt hat Flavius recht: Sobald sie die Chance dazu hat, wird Aeryn in ihre Heimat zurückgehen. Und ich werde hierbleiben.

Mein Leben gehört mir nicht mehr. Nicht nach meiner Tat in der Armee und erst recht nicht mehr, seit ich um Aeryns Leben gefleht habe. Ich werde jedes Jahr, jeden Tag, jede Minute meines restlichen Lebens damit verbringen, diese Last an Schuld zu begleichen. Anders als Aeryn habe ich keine Möglichkeit, mich freizukaufen.

»War das dann alles, Herr?«, knurre ich zwischen zusammengebissenen Zähnen hervor.

Flavius seufzt. »Ich sehe schon, ich dringe nicht zu dir durch. Aber von mir aus! Lass dir das Herz brechen. Sieh meinetwegen zu, wie sie sich umdreht und geht. Noch mal werde ich sie dir nicht zurückbringen.«

Seine Worte verfehlen ihr Ziel nicht, doch ich gebe mir die größte Mühe, mir dies nicht anmerken zu lassen.

»Du wirst heute und morgen die abschließenden Arbeiten an der Arena beaufsichtigen«, teilt er mir mit. »Sieh zu, dass alles für die Eröffnung bereit ist.«

Ich verneige mich knapp und wende mich zur Tür. Es ist mir gleich, dass es wie eine Flucht aussieht. Ich kann keine Sekunde länger in diesem Zimmer bleiben.

»Und übrigens«, sagt Flavius, als ich den rettenden Ausgang beinahe erreicht habe, »werden auch deine Eltern zur anschließenden Feier kommen. Ich habe mich sehr über ihre Zusage gefreut.«

Meine Finger verkrampfen sich um den Türgriff. Ich habe meine Eltern nicht mehr seit meiner Entlassung aus der Armee gesehen. Von Vater sah ich nur dessen Rücken, weil er es nicht ertrug, mir in die Augen zu sehen. Und Mutter … Ihr Gesicht war tränenüberströmt, als sie mich in Flavius' Dienste stellte. Seit diesem Tag habe ich keinen Kontakt mehr zu ihnen. Meine Mutter schreibt mir hin und wieder, aber ihre Briefe lesen sich wie eine emotionslose Aneinanderreihung von Begebenheiten. Kein Wort lässt die warmherzige Frau erkennen, die meine Mutter eigentlich ist. Deshalb habe ich ihre Briefe nie beantwortet.

Ich würde am liebsten darauf verzichten, sie auf der Feier zu sehen.

»Ich erwarte«, sagt Flavius geschäftig, »dass du vorzeigbar bist und nicht herumläufst wie einer meiner Sklaven.«

»Bin ich das denn nicht?«, presse ich hervor, ohne mich zu ihm umzudrehen.

»Nein. Einem Sklaven hätte ich niemals den Wunsch erfüllt, eine Wilde zu retten. Ich hätte nicht für ihn gebürgt. Ich hätte ihm nie einen guten Rat gegeben oder ihn notfalls zu dem gezwungen, was das Beste für ihn ist. In meinen Augen bist du der Sohn, den ich nie hatte. Auch wenn du das vermutlich gerade nicht hören willst. Und nun verschwinde!«

Ich flüchte ohne eine Verabschiedung aus dem Zimmer. Vor dem Anwesen wartet bereits ein gesatteltes Pferd auf mich.

»Kannst du Aeryn etwas ausrichten?«, frage ich den Sklaven, der das Pferd am Zügel hält.

Er zieht den Kopf zwischen die Schultern. »Nicht unbedingt.«

»Dann sag Nilsa, sie soll es ausrichten«, grummele ich.

Viele der Sklaven fürchten sich vor Aeryn. Die meisten hält sie durch ihre unnahbare Art auf Abstand. Den anderen kamen blutige Geschichten über sie zu Ohren, sodass sie freiwillig einen großen Bogen um sie machen.

Nachdem ich meine Botschaft übergeben habe, steige ich in den Sattel und reite los in Richtung der Arena.

Obwohl die Arbeiten so gut wie abgeschlossen und nur noch Kleinigkeiten zu erledigen sind, schaffe ich es am selben Tag nicht mehr zurück. Gemeinsam mit den verbliebenen Arbeitern und einigen Sklaven schlafe ich in den unterirdischen Gängen der neu erbauten Arena, in denen ein herrlich kühles Klima herrscht. Um diese Jahreszeit sind auch die Nächte in Eturien heiß und trocken, doch hier unten lässt es sich aushalten. Es ist fast wie im Keller von Aeryns Zelle. Wenn ich das Schnarchen und Schnaufen der fremden Männer um mich herum ausblende, könnte ich mir fast ihren weichen Körper neben mir vorstellen, so wie gestern Nacht.

Ich bin völlig erledigt, weil ich selbst mit angepackt habe, anstatt die Arbeiten nur zu beaufsichtigen, dennoch kommen meine Gedanken nicht zur Ruhe. Hier, allein und ohne Aeryns Nähe, kommen mir wieder all die ungeliebten Wahrheiten in den Sinn, die Flavius mir um die Ohren gehauen hat.

Es sind Wahrheiten, daran besteht kein Zweifel. Tatsachen, vor denen ich seit Tagen – wenn nicht gar Wochen – die Augen verschließe und so tue, als wären sie ein ganzes Leben entfernt.

Aeryn wird gehen, das steht außer Frage. Und ich werde ihr nicht folgen können. Ob sie überhaupt will, dass ich ihr folge? Wir haben nicht über das gesprochen, was uns verbindet. Wir haben es nicht benannt. Da waren nicht mehr als ein paar Küsse und eine Nacht nebeneinander. Vielleicht ist es für sie nichts, während es für mich alles ist.

Gut möglich, das ich mich in etwas verrenne, was niemals wahr werden kann. Oder was ein klar umrissenes Ende hat.

Denn welche Gefühle uns auch immer verbinden mögen, am Schluss werde ich derjenige sein, der allein und mit gebrochenem Herzen zurückbleibt.

KAPITEL 32

CATO

Am nächsten Tag – einen Tag vor der Eröffnung der Arena – können wir die restlichen Arbeiten abschließen. Die Sonne geht bereits unter, als mir der Vorarbeiter noch ein Gespräch ans Bein binden will, das ich jedoch abwürge. Ich mag ihn, er ist ein tüchtiger Mann, aber um nichts auf der Welt will ich eine weitere Nacht mit all diesen fremden Männern verbringen müssen, wenn daheim Aeryn auf mich wartet.

Das tut sie doch, oder?

Ehe sich diese Zweifel zu all den anderen gesellen können, steige ich in den Sattel und reite zurück zum Anwesen, in der Hoffnung, es noch vor Einbruch der Dunkelheit zu erreichen. Zwar kann man die Arena vom Anwesen aus sehen, doch der Weg dazwischen zieht sich über mehrere Kilometer. Noch sind es nur Trampelpfade und keine befestigten Straßen, die von Sizia zur Arena führen. Laut Flavius wird sich dieses Problem in wenigen Tagen von selbst erledigen, wenn ganze Scharen an Zuschauern die Arena stürmen, um seine Attraktion zu sehen.

Denk nicht daran, schimpfe ich mit mir selbst auf dem Weg nach Hause.

Ich gebe mir die größte Mühe, alle schwermütigen Gedanken von mir zu schieben, doch auf dem eintönigen und einsamen Weg habe ich nichts anderes zu tun. Ich gehe sogar dazu über, die Sträucher zu zählen, an denen ich vorbeikomme – alles, um mich von Aeryn und dem morgigen Tag abzulenken. Wird sie brillieren, so wie Flavius es sich erhofft? Oder wird sie einem fremden Gegner unterlegen sein und sich wieder verletzen? Ist ihre Verletzung vielleicht noch nicht vollständig verheilt und wird sie einschränken? Wird sie potenziellen *patrons* auffallen? Natürlich wird sie das ... Wahrscheinlich sogar mehr, als mir lieb ist.

Ich wünschte, ich könnte derjenige sein, der ihr ihren Traum erfüllt. Ich wünsche mir so sehr, dass ich derjenige sein könnte, den sie braucht. Und den sie will, auch darüber hinaus.

Doch es wird ein Fremder sein, ein reicher Sack, der nicht wie ich Skrupel hat, Aeryns Gegenleistung anzunehmen.

Beim bloßen Gedanken daran verkrampfen sich meine Hände so stark um die Zügel, dass das Leder knarzt.

Diese und andere Gedanken begleiten mich auf dem Rückweg und rauben mir fast den Verstand.

Noch bevor ich in den weitläufigen Hof des Anwesens reite, kommt mir Nilsa entgegen. Sie braucht gar nicht den Mund aufmachen. Allein ihr entsetzter Gesichtsausdruck genügt, um mein Herz einen Schlag aussetzen zu lassen.

»Was ist passiert?«, frage ich, während ich hastig aus dem Sattel gleite.

»Aeryn.«

Mehr muss sie nicht sagen, um mein Herz gänzlich zum Stehen zu bringen.

Ich frage nicht nach Einzelheiten, sondern eile ihr hinterher. Nilsa führt mich schnurstracks zum Übungsplatz, wo ein Tumult tobt. Es dauert viel zu lange, bis ich mich durch die gaffenden Sklaven gekämpft habe und endlich sehen kann, was vor sich geht. Mit den Ellenbogen schiebe ich mich zur vorderen Reihe vor.

Mehrere Gladiatoren haben Aeryn gepackt, die sich mit Händen und Füßen wehrt. Einige andere liegen mit blutiger Nase, eingeschlagenen Zähnen oder sonstigen oberflächlichen Verletzungen am Boden.

»Wo bleibt das Eisen, verdammt?«, bellt der eine.

Ich bin zu sehr damit beschäftigt, Aeryn anzustarren, als sagen zu können, wer gerade gesprochen hat.

Über ihre Arme und Hände und den Hals verlaufen glühende Linien. Fast so, als würde ein Feuer in ihren Adern lodern und durch ihre Haut hindurchscheinen. Das habe ich bereits zweimal gesehen. Einmal im Kampf gegen Brutus und das andere Mal, als sie zusammen mit der anderen Vantyr die Arena zum Einsturz brachte. Auch in ihren Augen schießen Flammen empor. Ihre sonst grasgrünen Iriden funkeln in einer Mischung aus Rot, Orange und Gelb.

Ich werde unsanft zur Seite gestoßen, als sich ein anderer Gladiator einen Weg zu Aeryn bahnt. In seiner Hand hält er eine eiserne Stange und an deren oberem Ende …

»Nein!« Ich postiere mich vor dem Gladiator mit dem Eisenstab, an dessen oberem Ende Flavius' Initialen rotgolden glühen. »Niemand rührt sie an!«

»Aber, Tribun, sie ist … gefährlich«, sagt der Gladiator direkt vor mir. »Ein weiteres Brandzeichen wird sie wieder zur Vernunft bringen.«

Ich blecke die Zähne. »Wenn du mit dem Ding auch nur in die Nähe ihrer Haut kommst, werden deine Eier mit dem Eisen Bekanntschaft machen.« Als ich sicher bin, dass er zögert, wirbele ich zu den anderen Gladiatoren herum, die Aeryn an Armen und Schultern gepackt haben. »Lasst sie auf der Stelle los!«

»Aber sie …«

»Sofort!«

Meine Stimme hallt über den ansonsten mucksmäuschenstillen Platz. Es ist, als würden alle Anwesenden die Luft anhalten, um nichts von dem zu verpassen, was nun folgen wird.

Zögerlich lassen die Gladiatoren von Aeryn ab, die sich sofort mit bloßen Händen auf sie stürzt. Wie ein wildes Tier hat sie die Zähne gefletscht und die Finger zu Krallen gebogen.

»Seht Ihr?«, begehrt der Gladiator mit dem Eisen auf. »Sie muss unter Kontrolle gebracht werden.«

Ich achte nicht auf ihn, sondern haste nach vorn. Als Aeryn erneut auf die Gladiatoren losgeht, stelle ich mich dazwischen und packe sie an den Handgelenken. Ich bin überrascht von der rohen, ungehemmten Kraft, die ihr in diesem Zustand innewohnt. Obwohl ich mein gesamtes Gewicht gegen sie stemme, könnte sie mich spielend überrumpeln. Doch für einen kurzen Moment klärt sich ihr gehetzter Blick, als sie mir ins Gesicht sieht. Die Flammen schlagen weiter darin empor, aber sie kommt ein Stück weit zu sich.

»Aeryn«, sage ich vorsichtig. Den Griff um ihre Handgelenke zu lockern, wage ich nicht.

»*Mins wulfk ar jūras blujām seīm*«, murmelt sie.

Ihre Worte sind melodisch und klar und treffen mich direkt ins Herz, das wieder normal schlägt. Sie klingen wie die Sprache, die ich schon einmal aus ihrem Mund gehört habe. Damals, kurz nachdem sie hier in Sizia zu sich kam und begriff, dass ihr Plan fehlgeschlagen war, klangen ihre ausgestoßenen Worte jedoch hart und waren wahrscheinlich mit unzähligen Schimpfworten gespickt, deren Bedeutung ich nie wissen wollte. Jetzt könnte ich dieser fremdartigen, aber wohklingenden Sprache pausenlos lauschen.

Als ich sie loslasse, schlingt sie beide Arme sofort um sich selbst, als müsse sie sich davon abhalten auseinanderzubrechen.

Schnell hebe ich sie hoch und presse sie an mich. Sie vergräbt das Gesicht an meinem Hals, während ihr Körper in meinen Armen zittert, obwohl ihre Haut so heiß ist, dass ich am liebsten die Hände zurückziehen würde, um mich nicht zu verbrennen.

»Aus dem Weg!«, knurre ich die Gladiatoren und Sklaven an, die uns mit offenen Mündern angaffen.

Sie gehorchen und ich bin froh darüber, keinen handfesten Kampf vom Zaun brechen zu müssen.

Nur Nilsa hält sich neben mir. »Flavius ist nicht da«, sagt sie, während wir zum Haupthaus eilen. »Er ist in der Stadt, um ein paar Geldgebern um den Bart zu gehen.«

Ich will mir nicht ausmalen, was geschehen wäre, wenn Flavius hier gewesen wäre. Er hätte nicht gezögert und Aeryns Körper mit Brandmalen übersät, um sicherzugehen, dass ihm kein ähnliches Schicksal wie Graecus bevorsteht.

»Wo willst du hin?«, fragt Nilsa, als ich die Stufen zum Eingang des Haupthauses erklimme.

»Ich bringe sie in mein Zimmer«, sage ich, ohne stehen zu bleiben.

Für die Zelle habe ich keinen Schlüssel mehr. Ich könnte Nilsa bitten mir ihren zu geben, aber ich werde Aeryn in ihrem Zustand nicht unbeaufsichtigt lassen.

»Flavius wird nicht vor morgen früh zurück sein«, sagt Nilsa. »Ich muss sie spätestens kurz nach Sonnenaufgang anziehen. Kriegst du sie bis dahin wieder auf die Beine?«

Ich drücke Aeryn fester an mich. Sie zittert immer noch und auch die verschlungenen Muster unter ihrer Haut sind nicht weniger geworden.

»Ich weiß es nicht«, gebe ich zu.

Als sie gegen Brutus kämpfte und ihre Magie hervorbrach, sperrten die Wachen sie in eine Zelle in der Arena, als wäre sie ein wildes Tier. Ich werde nicht zulassen, dass ihr jemand etwas antut. Niemand wird sie anstarren oder ihr ein Leid zufügen.

Doch wie ich ihre Magie zurückdrängen soll, weiß ich nicht. Vielleicht braucht sie nur Ruhe.

»Viel Glück«, murmelt Nilsa. »Ich bin in der Küche, falls ich dir helfen kann.«

»Danke«, sage ich.

Es fühlt sich an, als sei es Wochen her, seitdem ich zuletzt in meinem Zimmer war. Es ist für einen Leibwächter sehr gut ausgestattet, auch wenn es nicht sehr geräumig ist. Ich nenne ein Bett, einen Schreib- und einen Waschtisch und ein Bücherregal, das die gesamte Wand einnimmt, mein Eigen. Beinahe stiefmütterlich behandelt hängen meine Tribunrüstung und mein Schwert in einer Ecke. Das Zimmer ist verglichen mit Flavius' Räumen klein, aber es reicht mir völlig.

Behutsam lege ich Aeryn aufs Bett. Die feurig roten Muster, die unter ihrer Haut entlanglaufen, bilden einen harten Kontrast zu den einfachen, weißen Laken.

Ich knie mich neben das Bett und nehme ihre Hand. Die andere lege ich auf ihre Stirn. Sie glüht förmlich, aber ich kann nicht sagen, ob sie Fieber hat. Vielmehr scheint ihr gesamter Körper zu kochen. Unruhig windet sie sich auf den Laken. Ihre Lider flattern, doch seit sie vorhin mit mir gesprochen hat, ist sie nicht wieder zu sich gekommen.

»Aeryn«, flüstere ich und lege eine Hand an ihre Wange. Sie seufzt und das Flattern ihrer Lider ebbt ab. »Kannst du mich hören?«

»Kantu biji ma, Mīlastīno?«

Ihre Stimme ist so dünn, dass ich sie auch nicht verstünde, wenn sie meine Sprache sprechen würde.

»Sag mir, wie ich dir helfen kann«, bitte ich.

Unvermittelt reißt sie die Augen auf. Ihr Blick wirkt wieder wild und huscht ziellos umher.

»Alles ist gut«, sage ich hastig. »Du bist in meinem Zimmer. Dir wird hier nichts geschehen.«

Anstatt auf meine Worte zu reagieren, springt sie aus dem Bett. Sie bewegt sich so schnell, dass ich zu spät reagiere. Wie damals in der Zelle der Arena drückt sie mich gegen die nächste Wand und stemmt ihren Unterarm gegen meinen Hals. Ich versuche nicht mich zu wehren. Stattdessen lege ich wie damals eine Hand an ihre Hüfte und die andere an ihre Wange.

»Ich bin hier.«

Sofort schwindet die Wildheit aus ihrem Blick und sie stößt mit einem erleichterten Seufzen den Atem aus. »Wo … warst du so lange?«, fragt sie mit brüchiger Stimme.

»Verzeih mir«, murmele ich. »Ich musste wieder zu Flavius' Arena. Wie kann ich dir helfen?«

Statt einer Antwort schiebt sie meine Hand, die bis eben an ihrer Hüfte ruhte, unter ihr Hemd. Ich ziehe scharf die Luft ein, als ich die heiße, weiche Haut ihrer Taille unter den Fingern spüre. Aeryn gibt gleichzeitig ein Seufzen von sich. Mit wenigen Griffen öffnet sie den oberen Verschluss meines Hemdes und schmiegt die erhitzte Wange an den Ansatz meines Halses.

»Du bist so wundervoll kühl«, nuschelt sie undeutlich gegen mein Schlüsselbein.

Ich schlucke angestrengt, wage aber sonst keinen Muskel zu rühren. »S-Soll ich Nilsa sagen, d-dass sie dir ein Eisbad einlassen soll?«

Was rede ich da eigentlich? Ich will nicht, dass sie mich loslässt oder dass ich die Hände von ihr nehmen soll. Doch ich habe keine Ahnung, wie ich mich in dieser Situation verhalten muss.

Aeryn löst sich ein Stück von mir, greift sich in den Nacken und zieht sich mit einer fließenden Bewegung das Hemd über den Kopf. Ich erstarre völlig. Wahrscheinlich steht mein Mund sperrangelweit offen, während ich krampfhaft darum bemüht bin, ihr nur ins Gesicht zu schauen. Ich verbiete mir die Frage, was – und ob! – sie etwas unter ihrem Hemd trägt. Die Versuchung nachzusehen ist beinahe übermächtig. Pausenlos rufe ich mir die Benimmregeln ins Gedächtnis, die meine Mutter mir eingebläut hat, als ich in das Alter kam, in dem ich mich für junge Frauen interessierte.

Ich erinnere mich an kein einziges Wort. Keine einzige Regel.

»Entspann dich, Cato«, sagt Aeryn mit dem Anflug eines schelmischen Lächelns. Ich werde mich nie daran gewöhnen, meinen Namen aus ihrem Mund zu hören. »Für mich ist die Temperatur deiner Haut der perfekte Ausgleich zu meiner. Im Moment geht es mir nur darum, dass du das Feuer in meinen Adern runterkühlst, ehe mir die Haut vom Leib schmilzt. Das schafft kein Eiswasser.« Ihre Finger nesteln bereits am nächsten Knopf meines Hemdes. »Das schaffst nur du. Und es ginge bedeutend schneller, wenn du dein Hemd ebenfalls ausziehen würdest.«

Ich weiß nicht, ob ich noch atme. Oder anderweitig auf ihre Worte reagiere. Ich starre sie nur an, als hätte ich nicht verstanden, was sie gesagt hat. Ich verhalte mich wie ein erbärmlicher Idiot, doch es gibt nichts, was ich dagegen tun kann. Sobald es um Aeryn geht, stehe ich völlig neben mir.

Erst ein sanftes Streicheln ihrer Hand über meine Wange bringt mich in die Realität zurück.

»Hast du Angst vor mir?«, fragt sie zögerlich und mit zusammengezogenen Augenbrauen.

Ich lege die Hand über ihre, um sie an Ort und Stelle zu halten. »Ich wäre ein Narr, wenn ich Nein sagen würde.«

»Ich würde dir nie etwas tun«, beteuert Aeryn und ich glaube ihr. »Selbst vorhin, als die Magie in mir die Oberhand hatte, habe ich dich erkannt. Und ich …«, sie krallt die Finger in mein Hemd, »… brauche deine Hilfe.«

Ich gebe es auf, mir all die guten Gründe ins Gedächtnis zu rufen, warum das hier – sie, ich, allein in meinem Zimmer und noch dazu halb nackt – eine verdammt dumme Idee ist, und ziehe mir das Hemd über den Kopf. Flüchtig huscht mein Blick über Aeryn und ich bin gleichermaßen erleichtert und enttäuscht darüber, dass sie eines dieser engen Bustiers wie die Sklavinnen trägt.

Aeryn folgt meinem Blick und grinst. »Nilsa besteht auf diese Dinger, seit ich das Training wiederaufgenommen habe. Sie meint, dass sonst den armen Männern die Augen aus dem Kopf fallen, wenn ich mich zu schnell bewege.«

Ich unterdrücke ein Lachen. »Meine würden das vermutlich.« Einen Arm schlinge ich um ihre Mitte, um sie nah an mich zu ziehen, mit der anderen Hand streichele ich über ihren Rücken. »Gut so?«

Sie gibt ein Summen von sich. Ich spüre die leichte Vibration davon bis hinab in den kleinen Zeh. »Wundervoll.«

Ich weiß nicht, wie lange wir eng umschlungen dastehen, doch irgendwann bemerke ich, dass die Hitze aus ihrem Körper weicht. Sie ist zwar immer noch wärmer, als ein Mensch sein sollte, aber sie glüht nicht mehr. Auch ihre Muskeln wirken nicht mehr angespannt.

»Können wir uns hinlegen?«, fragt sie.

Nur undeutlich verlassen die Worte ihren Mund. Ich stütze sie, während ich sie zurück zum Bett führe und mich hinter sie lege, damit ich sie mit dem Rücken an meine Brust ziehen kann. Die Linien unter ihrer Haut glühen nur noch schwach.

»Was war der Auslöser?«, frage ich.

Sie zuckt fahrig mit den Schultern. »Oft gibt es keinen. Im Laufe der Zeit staut sich meine Magie in mir an. Durch das Brandsiegel hat sie keine Chance, aus mir herauszuströmen, und irgendwann … kocht sie über. Es ist furchtbar. Jedes Mal glaube ich, mein Kopf würde vor Hitze platzen. Ich kann nicht mehr klar denken und bin nicht mehr Herr meiner Sinne. Alles ist verschwommen. Ich versuche, mittels Anstrengungen meine Magie zu beruhigen. Ein Kampf wirkt da wahre Wunder. Aber du … warst heute nicht da. Dir hätte sie nicht geschadet, doch ich musste mit den anderen Gladiatoren vorliebnehmen …«

»Du hast einige von ihnen ziemlich übel zugerichtet.«

»Das wollte ich nicht. Aber ich konnte nicht aufhören. Das Feuer brüllte nach immer neuen Gegnern, aber die anderen waren viel zu schwach für mich. Das schien meine Magie nur noch wütender zu machen.« Sie dreht sich halb zu mir um. »Habe ich jemanden ernsthaft verletzt?«

Ich schüttele den Kopf. »Einige oberflächliche Verletzungen, soweit ich es gesehen habe. Flavius wird toben, weil morgen doch die Eröffnung ist, aber alle waren bei Bewusstsein, konnten aufstehen und mir aus eigenen Kräften aus dem Weg gehen. Also keine Verletzungen, die sie an der Teilnahme der Arenakämpfe morgen hindern.«

Aeryn nickt und dreht sich wieder um, wobei sie näher an mich heranrutscht als zuvor. Krampfhaft versuche ich an etwas anderes zu denken als ihren Po an meinem Schritt.

»Und …«, fieberhaft suche ich nach einer Frage, die ich ihr stellen kann, »… jetzt ist deine Magie zufrieden und zieht sich zurück?«

»Sie hatte ihre Kämpfe«, sagt Aeryn. »Nach einem Anfall fühle ich mich immer schwach und wund. Wenn es in der Arena passierte, wusste ich manchmal nicht, wie ich zurück ins Anwesen gekommen bin. Aber … der Grund, warum meine Magie heute so fügsam ist und ich nicht völlig neben mir stehe, bist du.«

Sie kuschelt sich fester in meine Arme und ich könnte jauchzen vor Glück. Doch ich tue es nicht.

»Ich habe dir etwas von mir erzählt«, sagt sie leise. »Nicht nur jetzt, sondern auch am Abend in der Zelle.«

Ich weiß, worauf sie anspielt: auf unsere Erinnerung-für-Erinnerung-Übereinkunft. Und sie hat recht – ich bin an der Reihe.

»Vor ein paar Tagen hast du mich gefragt, warum Nilsa mich Bluttribun genannt hat«, beginne ich daher.

Sie dreht sich in meinen Armen, bis ihr Gesicht meinem gegenüberliegt. »Ich möchte es wissen, aber ich weiß nicht, ob ich kluge Fragen stellen kann. Mein Kopf fühlt sich ... noch etwas benebelt an.«

Ich streiche ihr eine Haarsträhne aus der Stirn. »Es macht mich so glücklich, hier mit dir zu liegen und dich im Arm zu halten. Ich genieße das Vertrauen, das du mir schenkst, denn ich weiß, dass du nur schwer vertrauen kannst nach allem, was dir zugestoßen ist. Mir geht es ähnlich. Ich dachte, ich würde das Richtige tun, aber ich ... habe Angst, dass du ...«

Sie streckt sich und streift mit den Lippen über meine. Mir entweicht ein Laut zwischen Seufzen und Stöhnen, den ich beim besten Willen nicht zurückhalten kann.

»Ganz egal, was du mir gleich sagen wirst«, murmelt sie nur einen Hauch von meinen Lippen entfernt, »nichts wird meine Meinung über dich ändern können. Ich werde dich noch genauso sehen wie jetzt. Das schwöre ich.«

Ich ziehe sie näher zu mir, bis ich die Stirn gegen ihre lehnen kann. Nun ist sie es, die fast den gleichen Laut von sich gibt wie ich zuvor.

»Und danach«, wispert sie, »erkläre ich dir, was diese Geste für mich bedeutet.«

»Versprochen?«

»Versprochen.«

Ich warte, bis sie sich wieder an mich geschmiegt hat. Es fällt mir leichter, in die dunkelsten Stunden meines bisherigen Lebens abzutauchen, wenn ich sie dabei nicht anschauen muss. Ich fürchte mich davor, Abscheu oder Ekel in ihren Augen zu sehen. Oder Unverständnis für meine Taten. Ich weiß nicht, was mich härter treffen würde.

»Ich stamme aus einer der ältesten und angesehensten Familien Estrards«, beginne ich, »doch als jüngster von drei Söhnen blieb ich von den meisten Empfängen und vorteilhaften Ehen verschont. Anders als meine Brüder musste ich nicht den halben Tag in einem stickigen Zimmer sitzen und Politik studieren. Ich konnte mit meinem Leben anfangen, was ich wollte. Aber ich wusste nie, was das sein sollte. Ich war gut im Umgang mit dem Schwert, doch es bereitete mir keine Freude, andere zu verletzen. Ich war ruhig und in mich gekehrt. Als ich achtzehn war, wurde es meinem Vater zu bunt und er verlangte von mir, dass ich mich für eine Laufbahn entscheiden sollte. In die Politik wollte ich nicht, also blieben der Dienst in der Armee oder eine Ausbildung zum Priester.«

Aeryns Körper zuckt unter einem halb unterdrückten Lachen zusammen. »Priester? Du?«

»Ich wäre ein guter Priester geworden.«

»Ein Teil von dir unterhalb der Gürtellinie würde dem nicht zustimmen.«

»Dieser Teil hat bei mir nicht viel zu melden.«

Sie hebt den Kopf. »Das ist mir schon aufgefallen.«

Ich verdrehe die Augen. »Dann weißt du sicherlich, dass das Zölibat kein Ausschlusskriterium für mich gewesen wäre. Jedenfalls«, ich warte, bis sie den Blick wieder gesenkt und den Kopf gegen meine Brust geschmiegt hat, »war ich kurz davor, das Priestertum zu wählen. Ich machte mir nichts aus dem Reichtum meiner Familie und stellte mir den geregelten Tagesablauf sehr erholsam vor. Aber dann besuchte ich mit meinem Vater die Arena in Estrard und änderte meine Meinung.«

»Wieso?«

»Weil ich dich kämpfen sah.«

Ihr Blick findet meinen. »Mich?«

Ich nicke. »Wir saßen ziemlich weit hinten. Ich konnte dein Gesicht nicht erkennen, aber ich sah deine Bewegungen. Deine Präzision und dein bedingungsloser Wille zum Sieg übten eine derartige Faszination auf mich aus, dass ich tags darauf wieder in die Arena ging, obwohl ich diese sinnlosen Kämpfe stets verabscheute. Und den Tag darauf saß ich wieder im Publikum und wartete darauf, dass du die Arena betratest. Ich erfuhr deinen Namen durch die Sprechchöre. Jedes Mal, wenn ich dir zusah, wollte ich genauso gut kämpfen können wie du. Die Grundvoraussetzungen hatte ich, doch ich wollte sie nie anwenden – bis dahin. Du hast mich inspiriert und meinem Leben einen Sinn gegeben.«

»Aber du … kanntest mich nicht.«

Ich schüttele den Kopf. »Ich habe dich stets nur aus mehr als zwanzig Metern Entfernung gesehen und habe mir vorgestellt, was für ein Mensch du bist. Wie du aussiehst. Wie du dich gibst, wenn du nicht in der Arena deine Gegner das Fürchten lehrst.«

»Du hast dir mich vorgestellt?«, wiederholt sie. »Wie war ich in deiner Vorstellung?«

Ich spüre ein Lächeln auf meinen Lippen. »Die Realität ist sehr viel besser.«

Eine zarte Röte, die ich noch nie zuvor bei ihr gesehen habe, schleicht sich auf ihre Wangen. »Du bist also meinetwegen zur Armee gegangen.«

»Sozusagen. Ich wollte so kämpfen und mich so bewegen können wie du. Eturien ist mit sehr vielen Ländern im Krieg, sodass ein steter Bedarf an Soldaten herrscht. Der gute Name meiner Familie verschaffte mir sogar den Posten eines Tribuns, obwohl ich nicht darum gebeten hatte. Ich wollte nicht sofort die Verantwortung über eine ganze Einheit haben, sondern«, ich zucke mit den Schultern, »mich erst einmal einleben. Lernen. Und mich aus eigenem Können hocharbeiten. Doch diese Möglichkeit wurde mir genommen. Von jetzt auf gleich war ich Tribun und musste als knapp Zwanzigjähriger gestandene Soldaten von dreißig und mehr Jahren befehligen. Meine Männer … waren alles andere als begeistert, einen Grünschnabel wie mich vor die Nase gesetzt zu bekommen. Sie ließen keine Gelegenheit aus, um mir das Leben schwer zu machen.«

»Was haben sie getan?«

Ich seufze. »Zerschnittene Zeltplanen. Nägel in den Stiefeln. Sand im Essen. Das Übliche.«

»Hast du es ihnen heimgezahlt?«

Ich schüttele den Kopf. »So war ich damals nicht. Und bin es auch heute nicht. Ich konnte nie beweisen, wer für die Schikanen verantwortlich war. Also nahm ich sie klaglos hin und tat meine Arbeit. Ich hoffte, dass sie irgendwann bemerken würden, dass ich ihnen nichts Böses wollte. Nach einigen Wochen wurden wir an die Front versetzt. Ein vergleichsweise ungefährliches Terrain an der östlichen Grenze Eturiens. Ein paar Aufständische, die zur Räson gebracht werden sollten. Keine große Sache. Ich wusste, dass man mich testete. Wahrscheinlich hatte mein Vater diese Front ausgehandelt, damit ich mich in den Augen der höchsten Befehlshaber beweisen konnte. Wir waren etwa fünf Tage unterwegs und schlugen am Zielort unser Lager auf. Fast zwei Wochen lang geschah nichts. Wir bekamen keinen Aufständischen zu Gesicht, sondern hingen irgendwo im Nirgendwo fest. Das Einzige, was die Laune meiner Männer hob, waren die … Dirnen, die sich jedem Tross anschlossen.«

»Ah«, schnurrt Aeryn. »Ich nehme an, dass eine dieser Dirnen auch deine Laune verbesserte?«

»Nein.«

Sie blinzelt überrascht. »Was meinst du mit Nein?«

Ich ziehe eine Augenbraue hoch. »Hast du mal eine dieser Dirnen gesehen? Keine, die noch die Chance hat, in der Stadt oder einem Provinzdorf Freier zu finden, schließt sich einem Tross in feindliches Gebiet an. Das machen nur die, die verzweifelt sind und nicht mehr anderweitig ihren Lebensunterhalt verdienen können.«

Ich schüttele mich, als ich mich an die älteren Frauen mit verfilzten Haaren und greller Schminke erinnere, die sich mir in regelmäßigen Abständen an den Hals geworfen hatten, weil sie bei mir das große Geld witterten. Lieber wäre ich unberührt gestorben, als eine von ihnen an mich heranzulassen.

»Ich hatte dich«, gebe ich leise zu. »Die Vorstellung von dir. Das hat mir gereicht.«

Die Vorstellung von Aeryn half mir über schlimme und einsame Zeiten hinweg. Sie stillte nicht nur mein körperliches Verlangen, wenn ich mich auf der harten Pritsche in meinem Zelt selbst berührte, sondern stärkte mir auch während der Schikanen den Rücken. Ich stellte mir vor, dass sie bei mir war, hinter mir stand und mir sagte, dass ich den Kopf oben halten sollte. In meiner Vorstellung war sie es, die mich aufrichtete, wenn ich am liebsten alles hingeschmissen hätte. Sie erinnerte mich daran, dass ich so sein wollte wie sie: ein gnadenloser Kämpfer, der niemals aufgab.

»Auch meine Männer bemerkten irgendwann, dass ich mich nicht mit den Dirnen abgab«, sage ich. »Es gab Gerüchte, die ich zu ignorieren versuchte. Ich war fast froh darüber, als endlich die Rebellen angriffen und meine Männer etwas anderes zu tun hatten, als über mich herzuziehen. Wir schlugen den Aufstand nieder, doch einige der erfahrenen Soldaten waren der Meinung, dass wir die Bedrohung an der Wurzel packen sollten. Sie schlugen vor, in den umliegenden Dörfern nachzusehen, ob dort weitere Rebellen Unterschlupf gefunden hatten. Ich stellte klar, dass ich Plünderungen, Vergewaltigungen oder das Töten von Alten,

Frauen und Kindern hart bestrafen würde, und alle waren meiner Meinung. Es ginge ihnen nur darum, die Bedrohung auszurotten. Also gestattete ich den Einsatz.«

Ich spüre, dass Aeryn den Atem anhält.

»Du weißt es, nicht wahr?«, frage ich mit einem traurigen Lächeln. »Hätte ich es damals auch wissen sollen?«

Sie schlingt die Arme um mich und hält mich fest. »Was haben sie getan?«

Ihre Umarmung ist tröstlich und ich lasse sie zu, obwohl ich in ihrer Gegenwart keine Schwäche zeigen will. Aber Aeryn gibt mir nicht das Gefühl, schwach zu sein.

»Es dauerte nicht lange, bis der erste meiner Männer sich eine der dort lebenden Frauen herauspickte. Er zerrte sie an den Haaren zum Rest der Truppe. Als ich dazukam, wollte ich ihn von der Frau wegziehen, doch zwei der anderen Soldaten packten mich und zwangen mich auf die Knie.« Ich drücke die Stirn gegen Aeryns Schulter, während sie mir beruhigend über den Nacken streichelt. »Nicht alle machten mit, aber keiner schritt ein. Das war in meinen Augen fast genauso schlimm. Der Rädelsführer feixte, dass ich gut zusehen sollte, als er sich die Hose auszog. Damit ich endlich lernen könnte, wie es geht.«

Aeryns Hand hält inne. »Lebt dieser Mistkerl noch?«

»Nein.«

Ihre Finger fahren wieder sanft über meinen Nacken. »Gut. Sonst hätte ich ihm einen Besuch abgestattet, ihm seinen Schwanz abgeschnitten und ihm in den Rachen gestopft, bis er daran erstickt.«

Gegen meinen Willen muss ich bei der Vorstellung grinsen. »Das hätte ich gern gesehen. Sein Tod verlief verglichen damit viel zu schnell.«

Eine Weile gebe ich mich ihren behutsamen Berührungen hin. Ich fürchte mich nicht vor ihren Händen, die schon mehr als ein

Leben genommen haben. Das haben meine auch. Sie starrten vor Blut, als ich fertig war, doch es kümmerte mich nicht.

»Irgendwer zerriss das Kleid der Frau. So furchtbar das auch klingen mag, aber es war mein Glück, denn der Anblick einer nackten jungen Frau lenkte die beiden Männer, die mich gepackt hielten, so sehr ab, dass ich mich befreien konnte. Ich entwand einem das Schwert und streckte den anderen nieder. Ich tötete meine eigenen Männer. Meine eigene Einheit. Doch das war mir in dem Moment völlig egal. Als Nächstes war der Kerl dran, der die Frau festhielt. Ich rammte ihm das Schwert in den Hals, ehe er reagieren konnte. Ein paar der Männer versuchten mich wieder zu packen. Aber sie hatten keine Waffen, weil sie sich bereits die Hosen ausgezogen hatten. Ich zögerte nicht. Jeder, der sich mir näherte oder meine Befehle missachtet hatte, machte Bekanntschaft mit dem Schwert. Ich kann nicht sagen, wie viele ich getötet habe. Irgendwann versanken meine Füße im vom Blut aufgeweichten Boden.«

»Wären die Männer dafür, dass sie deine Befehle missachtet haben, nicht sowieso hingerichtet worden?«, fragt Aeryn. »Ich habe gehört, dass den Etureern Befehlstreue über alles geht.«

Ich stoße den Atem aus. »Ihnen wäre auf jeden Fall der Prozess gemacht worden. Am Ende hätte ihr Wort gegen meines gestanden. Ein Heer ist eine eingeschworene Einheit und die Männer haben mich nie leiden können. Sie hätten niemals gegeneinander ausgesagt. Die Angeklagten wären mit einer Ermahnung davongekommen.«

»Dann ist es gut, dass du die Gerechtigkeit selbst in die Hand genommen hast.«

»Leider sahen das mein Vorgesetzter und mein Vater nicht so. Es war nur eine Frage der Zeit, bis die Kunde von meinen Taten die Hauptstadt erreichte. Das Dorf und auch die Frau waren unbeschadet, aber das Vertrauen meiner Männer war völlig dahin. Plötzlich war ich derjenige, dem der Prozess gemacht wurde. Nicht öffentlich, denn das hätte Schande über meine Familie gebracht. Im Stillen wurde mir mein Posten entzogen. Es kümmerte mich nicht. Ich wurde dazu angehalten, weiterhin die Rüstung mit dem Wolfsemblem zu tragen, wenn ich mich in der Öffentlichkeit bewegte, um den Schein zu wahren.«

Aeryn schnaubt. »Wärst du beleidigt, wenn ich sage, dass die etureeische Armee mich anwidert? Jetzt noch mehr als zuvor?«

»Wäre ich nicht«, gebe ich zu. »Mich widert sie auch an. Ich war froh, als ich entlassen wurde. Nicht unehrenhaft, wegen der hohen Stellung meines Vaters, aber doch mit Nachdruck. Mein Vater wandte sich daraufhin völlig von mir ab. Ich hatte keinen Zugriff mehr auf das Familienvermögen, aber auch keine Ausbildung. Zurück in die Armee konnte ich nicht und meine Ersparnisse reichten nicht ewig. Meine Mutter machte mich mit Flavius bekannt, mit dem sie viele Jahre befreundet war, der aber wegen seiner niederen Stellung nie in ihren Kreisen verkehrte. Er nahm mich in seine Dienste und ich war ihm dankbar dafür. Ohne seine Hilfe hätte ich früher oder später auf den Galeeren anheuern müssen.«

»Du hättest sicher etwas gefunden, was du kannst«, widerspricht Aeryn.

Ich schüttele den Kopf. »Das bezweifle ich. Aber darum geht es nicht. In Flavius' Diensten kam ich aus der verdammten Hauptstadt heraus, und wenn ich doch dorthin zurückmusste, dann, um die Kämpfe in der Arena zu verfolgen.« Ich schmiege mich an sie. »Um dich zu sehen. Es hatte nur Vorteile für mich.«

»Und letztendlich auch für mich.«

Ein vorsichtiges Lächeln umspielt meine Lippen.

»Woher stammt der Beiname Bluttribun?«, fragt Aeryn.

»Den gaben mir die Bewohner des Dorfes«, murmele ich. »Nachdem ich … die Frau verteidigt und einige meiner Männer getötet hatte, war ich von oben bis unten blutbesudelt. Die

Bewohner bejubelten mich, als sie merkten, dass ihnen von mir keine Gefahr drohte. Eine der Familien muss weitläufig mit Nilsa verwandt sein.« Ich verziehe den Mund. »Ich habe ewig gebraucht, um das ganze Blut abzuwaschen, aber den Beinamen werde ich wohl nie los.«

»Wenn man die Geschichte kennt, passt er zu dir. Du besitzt Prinzipien. In meiner Zeit in Eturien bin ich nicht vielen Menschen mit Prinzipien begegnet. Den meisten geht es nur um Reichtum und Einfluss. Du hättest deine Männer einfach machen lassen können. Wenn du weggesehen hättest, wärst du bestimmt von deinem Vorgesetzten gelobt worden.«

»Ich hätte nie wieder in den Spiegel schauen können.«

Aeryn streichelt mir über die Wange. »Das bewundere ich an dir. Du bleibst dir treu, auch wenn die Konsequenzen alles andere als angenehm sind. Ich wünschte, das könnte ich auch – einfach das tun, woran ich glaube. Aber ich … gehöre nicht mir, sondern muss mich dem Willen anderer beugen. Wenn mein Herr mir befiehlt zu springen, darf ich nur fragen ›wie hoch?‹.«

»Dir geht es nicht anders als mir«, sage ich. »Flavius mag mich zwar unter seine Fittiche genommen haben, aber ich muss ihm trotzdem gehorchen. Wenn er mich verstößt, gibt es keinen Ort mehr für mich, an den ich gehen könnte.«

»Was ist mit deinen Eltern?«

»Zu meiner Mutter habe ich nur sporadischen Kontakt. Mit meinem Vater habe ich seit meiner Entlassung aus der Armee kein Wort mehr gewechselt.«

Aeryn zieht die Nase kraus. »Er ist ein Idiot. Ein typischer Etureer. Ich bin heilfroh, dass du nicht so bist.«

»Es gab eine Zeit, in der ich mir gewünscht habe, ich wäre so wie er. Das hätte mir einige Probleme erspart.« Ich greife nach ihrer Hand und halte sie fest. »Aber dann wäre unser erstes Treffen anders verlaufen, nicht wahr?«

»Einen spießigen Etureer hätte ich niemals geküsst!« Das Lächeln verschwindet aus ihrem Gesicht. »Bereust du es wirklich nicht? Dass das unser erster Kuss war, meine ich.«

Ich streiche mit der Nasenspitze über ihre. »Wie kommst du darauf? Das war der mit Abstand beste Moment meines Lebens! Bereust du es denn?«

»Nein«, gibt sie zu. »Das mit uns ist nur so … anders, als es sein sollte.«

»Ich finde nichts Schlechtes an ›anders‹. Nicht, wenn es dabei um dich und mich geht.«

Sie schmiegt die Stirn an meine. »Ich liebe es, wenn du mir so nah bist«, murmelt sie. »Ich fühle mich geborgen und sicher, wenn du bei mir bist.«

»Genauso fühle ich mich auch bei dir«, erwidere ich leise.

»In meinem Volk«, langsam öffnet sie die Augen und ich ertrinke fast in dem nun wieder strahlenden Grün ihrer Iriden, »lassen wir nur unsere engsten Vertrauten so nah an uns heran. Die Stirn an die eines anderen zu lehnen, ist der höchste Vertrauensbeweis. Einerseits natürlich, weil ein Angriff aus einer solchen Nähe viel einfacher ist und kaum abgewehrt werden kann. Aber es hat noch andere Gründe.«

»Welche?«, wispere ich.

»Es heißt, man könne dem anderen bis auf den Grund der Seele schauen, wenn man ihm so nah ist. Man sieht all seine Wünsche, Ängste und Geheimnisse. Nichts kann er verbergen oder verschleiern, alles wird offengelegt. Es erfordert Vertrauen, dass der andere dieses Wissen nicht ausnutzt und gegen einen verwendet.«

»Ich würde nie …«

»Ich weiß«, unterbricht sie mich. »Das wollte ich damit nicht sagen.«

»Du hast mir dieses Vertrauen noch vor unserem zweiten Kuss

entgegengebracht«, sage ich, als ich mich daran erinnere und es nun richtig zuordnen kann. »Als ich dir das Fell gebracht habe.«

»Finde nur ich es seltsam, dass wir unsere Küsse zählen?«

Ihre Stimme klingt heiser und bringt mein Blut zum Kochen. Genauso stelle ich mir ihre Stimme kurz nach dem Aufwachen vor.

»So viele hatten wir noch nicht«, entgegne ich.

»Wenn mir die Augen nicht mehr vor Müdigkeit zufallen, sollten wir das ändern.«

Ich drehe mich so, dass sie den Kopf auf meiner Schulter betten kann. »Du musst dich ausruhen. Morgen ist die Eröffnung.«

Ich lasse den Blick über ihren fast nackten Oberkörper gleiten, kann aber keine roten Linien mehr entdecken. Ihre Magie scheint sich zurückgezogen zu haben.

Sanft streichele ich ihr über den Kopf. »Eine Frage habe ich noch, oder bist du zu müde?«

»Hmm?«

»Als ich vorhin zurückkam, hast du etwas in deiner Muttersprache zu mir gesagt. Ich habe es nicht verstanden, aber es klang wunderschön. Verrätst du mir, was es bedeutet?«

»Mins wulfk ar jūras blujām seīm.«

»Ja, das war es.«

»Es heißt ›Mein Wolf mit den meerblauen Augen‹.«

Ich bin unfähig zu beschreiben, was ich gerade empfinde. Zu stark, zu überwältigend sind die Gefühle, die in mir toben. Aeryn bedachte mich öfters mit dem wenig schmeichelhaften Beinamen »junger Wolf«, doch nun finde ich keinerlei Spott in ihren Worten. Nur Zuneigung und Vertrauen.

Und vielleicht sogar mehr als das. Bei mir ist es auf jeden Fall mehr. So viel mehr.

Ich ziehe sie näher an mich und hauche ihr einen Kuss auf die Stirn. »Schlaf gut, Liebste.«

KAPITEL 33

AERYN

Ich erwache durch ein sanftes, vorsichtiges Streicheln an meinem Bauch. Es kitzelt so sehr, dass ich mir auf die Unterlippe beißen muss, um nicht zu kichern.

Als ich zu mir komme, bemerke ich die Ruhe in mir – ein Zustand, den ich beim Aufwachen nicht kenne.

Keine Albträume. Keine Wut. Keine Leere.

Da ist nichts als pures Glück in mir, als ich mich verschlafen rekele und ein Schnurren von mir gebe. Sofort bricht das Streicheln ab.

»Entschuldige«, murmelt Cato. Sein Atem streicht mir bei jeder Silbe über den Nacken. »Ich wollte dich nicht wecken.«

Ich spüre seinen festen, nun warmen Körper hinter mir und schmiege mich fester an ihn. Gestern war er im Gegensatz zu mir herrlich kühl und half mir dabei, meine Magie unter Kontrolle zu bringen. Doch jetzt spüre ich die Hitze, die von ihm ausgeht und auf mich überzuspringen scheint.

»Mach weiter«, wispere ich rau.

Er gehorcht und ich schließe genüsslich die Augen, als seine Finger wieder über meinen Bauch tanzen. Jeder Zentimeter Haut, den er berührt, steht in Flammen und lechzt nach mehr.

Ich kann mich nicht erinnern, jemals derart sanft, aber gleichzeitig begehrlich berührt worden zu sein.

Sein Streicheln weckt einen verzehrenden Hunger in mir, eine Sehnsucht, die ich nie zuvor verspürt habe. Sie geht über bloßes körperliches Verlangen hinaus und vibriert sogar noch in meinen Knochen.

»Ich bin noch nie neben einer Frau aufgewacht«, murmelt Cato. »Und ich konnte meine Hände nicht bei mir behalten. Verzeih, falls ich …«

Ich drehe mich zu ihm um und er bricht mitten im Satz ab. Offenbar versucht er aus meiner Miene schlau zu werden. Mit dem Daumen streiche ich knapp unter seiner Unterlippe entlang.

»Hast du nichts Besseres mit diesem hübschen Mund zu tun, als dich zu entschuldigen?«, frage ich. »Wenn ich unzufrieden bin oder etwas nicht will, bin ich durchaus in der Lage, dir das zu sagen. Bis dahin«, ich lehne mich vor, verteile kleine Küsse auf seinem Hals und entlocke ihm damit eine Reihe von rauen Lauten, die meinen Hunger nur vergrößern, »will ich, dass du weitermachst.«

»Aber ich …« Sein Körper versteift sich. »Ich hab noch nie … Ich weiß nicht, was ich …«

»Soll ich dir ein Geheimnis verraten?«

Sofort habe ich seine Aufmerksamkeit.

»Ich bin auch noch nie neben einem Mann aufgewacht.«

Cato runzelt die Stirn.

Ehe er den Mund aufmachen kann, sage ich: »Ich habe sie stets weggeschickt, nachdem ich fertig war. Neben einem Fremden zu schlafen, hätte ich nicht ertragen. Wahrscheinlich hätte ich kein Auge zugemacht. Aber neben dir habe ich geschlafen wie ein Baby. Und ich bin noch nie auf solch wundervolle Weise geweckt worden. Alles andere«, ich lehne die Stirn gegen seine, »kann ich dir zeigen, wenn du willst.«

Die Geschichten meines Volkes müssen wahr sein, denn in diesem Moment meine ich, bis auf den Grund seiner Seele schauen zu können. Ich ertrinke im Blau seiner Iriden und erkenne darin alles, was ich wissen muss: seine Zerrissenheit, die aber mehr und mehr dem eigenen Verlangen weicht.

»Heilige Götter, ja«, raunt er.

Ich schmunzele, als ich ihn an der Schulter zurück aufs Bett drücke, damit ich auf ihn klettern kann. Ein Bein auf jeder Seite lasse ich mich auf seinem Schoß nieder und werde sogleich von seiner Härte begrüßt, die sich erwartungsvoll zwischen meinen Beinen regt. Catos Augen sind riesig, als er zu mir aufschaut und mich schier mit Blicken verschlingt. Beinahe wird das Meerblau gänzlich von seinen Pupillen verschluckt. Ich genieße es in vollen Zügen, von ihm auf diese Weise angesehen zu werden. Ich fühle mich wunderschön, begehrenswert und erhaben wie eine Göttin.

Seine Augen werden noch größer, als ich hinter mich greife, die Schnürung des Bustiers löse und das Stück Stoff von mir werfe.

»Ich hoffe«, schnurre ich, »dass du noch mehr tun wirst, als mich nur anzuschauen.«

Cato schluckt sichtlich angestrengt, ehe er den Mund mehrmals öffnet und schließt, ohne dass ein Ton herauskommt. Ich muss fast darüber lachen, aber das hätte er mir übel genommen.

Als er sich immer noch nicht regt, doch mir auch nicht zu verstehen gibt, dass es ihm unangenehm ist, greife ich nach seiner Hand. Federleicht streichele ich mit den Fingern über seine Handfläche; so sanft, dass ich das Zucken seiner Muskeln darunter spüre. Ich führe seine Hand zu meinem Mund und hauche mehrere Küsse hinein, ehe ich über die Spitze seines Zeigefingers lecke. Die Berührung ist derart kurz und zart, dass ich befürchte, er könne sie nicht spüren.

Doch er spürt sie, wie mir das Stöhnen beweist, das sich seiner Kehle entringt – der erste Laut, den er von sich gibt, seit ich auf ihm sitze.

Ich wünschte, er würde noch viel mehr dieser Laute von sich geben. Sie schießen mir direkt in den Unterleib und verursachen dort ein Pochen, das mich fast in den Wahnsinn treibt. Aber ich darf nichts überstürzen.

Ich habe es noch nie langsam angehen lassen, doch ich kann nicht behaupten, dass es mir mit ihm keine Freude bereitet.

Erneut lecke ich über seinen Zeigefinger und werde wieder mit einem heiseren Stöhnen belohnt. Anschließend lege ich seine Hand an meinen Hals und schiebe sie mit meiner Stück für Stück tiefer. Ich zittere vor Anspannung, als wir endlich an meiner Brust angelangt sind. Auch Catos Hand bebt. Er zögert einen Moment, für den ich ihn am liebsten verflucht hätte, ehe er meine Brust umfasst. Sie passt perfekt in seine Handfläche. Ich gebe ein stöhnendes Seufzen von mir, als sich meine Brustwarze verlangend dagegen drückt.

»Mehr«, raune ich.

Er gehorcht begierig. Mit dem Daumen reibt er über meine Brustwarze, findet genau die richtige Intensität und ich ziehe scharf die Luft ein, als heißes Verlangen ausgehend von dieser Berührung durch den Rest meines Körpers schießt.

Catos Augen leuchten, als er mich verschmitzt angrinst. »Ich mag keinerlei Erfahrung haben, aber ich habe viel Fantasie. Und das hier«, sanft, aber fest genug kneift er mir mit Daumen und Zeigefinger in die Brustwarze, bis ich wieder stöhne, »habe ich in meiner Vorstellung sehr oft mit dir gemacht.«

»Ist das so?«, schnurre ich.

Bisher habe ich Cato für zu schüchtern und auch eine Spur zu verklemmt gehalten, um sich solche Dinge auch nur vorzustellen. Doch ich bin begeistert davon, wie gut er seine Fantasien in der Wirklichkeit umsetzen kann.

Mit einer Krümmung meines Zeigefingers locke ich ihn in eine sitzende Position und verlagere das Gewicht auf seinem Schoß.

Schnell presst er das Gesicht gegen meine Schulter, um sein tiefes Stöhnen zu dämpfen. Dann küsst er die vernarbte Haut, wo ich mir vor Monaten das alte Brandzeichen herausgeschnitten habe.

Ich umfasse sein Kinn und drücke seinen Kopf ein Stück hoch, sodass er mich ansehen muss. »Und jetzt«, wispere ich, ehe ich sanft mit den Lippen über seine streiche, »zeigst du mir, was du mit deinem Mund alles anstellen kannst.«

Noch ehe ich den Rücken durchdrücke, damit er besser an meine Brust kommt, schließen sich seine Lippen bereits um die empfindliche Spitze. Ich kralle beide Hände in sein dunkelbraunes Haar, suche den dringend benötigten Halt und dränge mich ihm entgegen. Als er behutsam daran saugt und anschließend mit der Zunge darüberfährt, verliere ich beinahe den Verstand. Den Kopf in den Nacken gelegt gebe ich mich seinen Liebkosungen hin und wiege die Hüften auf seinem Schoß. Er kommt meinen Bewegungen entgegen, mit jedem Stoß fester und fahriger.

Meine inneren Muskeln ziehen sich verlangend zusammen, doch ich mahne sie zur Ruhe. Ich will diesen Moment, dieses für ihn erste Mal länger auskosten und zu einem unvergesslichen Erlebnis machen. Cato und ich, wir sind so viel mehr als ein Mann und eine Frau oder eine Zufallsbekanntschaft. Zwischen uns brennt ein Feuer, das nicht mit einem einfachen Akt gelöscht werden kann. Selbst mir geht es nicht nur um eine schnelle Befriedigung meiner Bedürfnisse. Wir brauchen beide mehr.

Für ihn ist dies alles neu, deshalb werde auch ich etwas tun, was ich noch nie zuvor getan habe.

Ich drücke ihn zurück aufs Bett. Vor Verwirrung runzelt er die Stirn und ich sehe ihm an, dass ihm bereits die Frage auf der Zunge liegt, ob er etwas falsch gemacht hat. Doch weiter könnte er von der Wahrheit nicht entfernt sein. Ich lächele ihn an, woraufhin er sich beruhigt, aber nicht entspannt. Ich sollte versuchen, das zu ändern.

Als ich mich vorlehne und mir knabbernd und küssend einen Weg von dem Ansatz seines Hals hinab über die Brust bahne, hält er die ganze Zeit über die Luft an. Erst als ich an seinem Bauch ankomme und meine Brüste sich gegen seinen Schritt drücken, gibt er unzusammenhängende Laute von sich. Ohne meinen langsamen Weg nach unten zu unterbrechen, schaue ich nach oben und begegne seinem Blick.

»Habe ich das in deiner Vorstellung auch gemacht?«, frage ich heiser, als mein Mund knapp über dem Bund seiner Hose schwebt.

Cato schluckt krampfhaft, ehe er mit ungläubig aufgerissenen Augen den Kopf schüttelt.

Ich gebe einen abschätzigen Laut von mir. Ohne seinen Blick freizugeben, reiße ich seine Hose auf. Er krallt beide Hände so fest in die Laken, dass die Sehnen an seinen Unterarmen hervortreten.

Ich schaue nach unten. Wieder ziehen sich meine inneren Muskeln zusammen, als ich ihn zum ersten Mal sehe, und allein die Vorstellung, ihn in mir zu haben, bringt mich zum Stöhnen. Groß und hart reckt er sich mir entgegen. Als ich ihn in die Hand nehme, beginnt er sofort zu zucken und Cato stößt Worte aus, die sich verdächtig nach einem Fluch anhören.

»Aufhören?«, frage ich mit einem schnurrenden Unterton in der Stimme.

Panisch huscht sein verschleierter Blick zu mir. »Bist du wahnsinnig?«

Ich schmunzele zufrieden, während ich die Hand auf und ab bewege und das feste und gleichzeitig seidige Gefühl unter meinen Fingern genieße. Noch nie habe ich das Bedürfnis verspürt, einen Mann auf diese Weise zu berühren, geschweige denn es tatsächlich getan. Noch nie wollte ich einem von ihnen Lust bereiten. Aber bei Cato will ich alles davon.

Gestern Abend hat er unseren ersten Kuss als den schönsten Moment seines Lebens bezeichnet. Ich gebe mir Mühe, dass dies zumindest der zweitschönste Moment für ihn wird. Und auch mir macht es mehr Spaß, als ich es je für möglich gehalten hätte. Ich genieße jedes Zucken, jedes Pulsieren in meiner Hand und vor allem die Laute, die ich ihm entlocke.

Ich streiche mir eine Haarsträhne hinters Ohr, ehe ich mich vorlehne, um ihn in den Mund zu nehmen. Catos animalisches Stöhnen geht mir durch und durch. Ich versuche ihn tiefer aufzunehmen, nur um es erneut zu hören.

»Verdammt, Aeryn, ich …«

Seine Hüften zucken unkontrolliert und seine Muskeln verkrampfen sich. Als ich mit der Zunge über die Spitze lecke, ist es um ihn geschehen. Heiß ergießt er sich in meinen Mund und bleibt schließlich erschöpft und schwer atmend liegen.

Ich krabbele zu ihm nach oben. Kaum dass ich bei ihm angelangt bin, zieht er mich zu sich und verschlingt mich geradezu mit einem Kuss. Seine Finger gleiten durch mein offenes Haar, während er an meiner Unterlippe knabbert. Mit der anderen Hand streichelt er an der Außenseite meiner Brust entlang, dann über meine Taille. So sanft, dass ich darunter zusammenzucke. Ohne die Lippen von meinen zu nehmen, zieht er mit den Fingern eine quälend heiße Spur an meinem Hosenbund entlang.

»Bitte«, hauche ich an seinem Mund.

Ich habe noch nie gebettelt, aber ich schäme mich nicht dafür. Ich würde ihn auf Knien anflehen, wenn er mich nur endlich dort berührt, wo ich ihn unbedingt spüren will.

»Du musst mich nicht darum bitten«, wispert er. »Ich will es mindestens genauso sehr wie du.«

Viel zu langsam öffnet er den Knopf meiner Hose. Ich wünschte, er würde mir das verdammte Ding einfach runterreißen, so wie ich es bei ihm gemacht habe. Doch Cato ist vorsichtig und behutsam und gibt mir dadurch das Gefühl, etwas ganz Besonderes zu sein.

Als meine Hose endlich offen ist, hebe ich die Hüften, um seinen Fingern entgegenzukommen. Gleichzeitig stöhnen wir auf, als er einen Finger in mich eintaucht und spürt, wie feucht ich bin.

Doch viel zu schnell zieht er seinen Finger, seine ganze Hand wieder zurück. Empört schnappe ich nach Luft, greife nach ihm, als er sich von mir entfernen will. Angst, zu weit gegangen zu sein oder etwas falsch gemacht zu haben, kühlt mein erhitztes Blut auf einen Schlag runter.

Doch Cato packt meine Hosenbeine. Ich winde mich heraus, liege nun völlig nackt unter ihm und lasse atemlos zu, dass er mich an den Hüften packt und zur Bettkante zieht. Mein ganzer Körper zittert, als er sich davor und zwischen meine gespreizten Beine kniet.

Mit einem versonnenen Lächeln betrachtet er mich. »Das hier ist tausendmal besser als jede Fantasie, die ich je hätte haben können.«

Bei jeder Silbe streicht sein warmer Atem über meine feuchte Mitte. Ich wimmere bei jedem Luftzug, der sich wie eine seiner sanften Liebkosungen anfühlt. Ich bin dermaßen erregt, dass ich nur wenige Sekunden brauchen werde, sobald er …

Die Tür fliegt mit so viel Schwung auf, dass sie gegen den Schrank dahinter knallt. Erschrocken zucken wir beide zusammen. Während ich instinktiv die Muskeln anspanne, um mich zu verteidigen, wirft Cato das Laken über mich, um mich zu bedecken, und greift dann nach dem Kissen, um es auf seinen Schoß zu drücken.

»Also erstens«, sagt Nilsa, nachdem sie sich von ihrem ersten Schreck erholt hat, »weiß ich wahrscheinlich besser als du, wie sie nackt aussieht, weil ich sie wochenlang waschen und anziehen musste.«

Ich stoße ein Grummeln aus und presse die Handballen gegen meine zusammengekniffenen Lider. Warum muss sie ausgerechnet *jetzt* auftauchen?

»Zweitens«, fährt sie unerbittlich fort, »solltet ihr abschließen, wenn ihr allein sein wollt.«

»Flavius hat mir meinen Schlüsselbund abgenommen«, murrt Cato, nachdem er seine Hose wieder hochgezogen und geschlossen hat. »Da war auch der Schlüssel zu meinem eigenen Zimmer dran.«

Nilsa verdreht die Augen. »Wie auch immer. Drittens weiß ich, dass es schlecht für die Gesundheit ist mittendrin aufzuhören, aber so leid es mir tut, ich muss dir Aeryn jetzt entreißen. Flavius ist auf dem Rückweg und ich muss sie für die Arena fertig machen. Ich habe noch nie diese Muster auf ihre Haut aufgetragen, wie Flavius sie haben will, deshalb …«

»Schon gut«, grummele ich, werfe das Laken von mir und klaube meine Kleidung vom Boden auf.

Cato kniet noch immer vor dem Bett und sieht mir mit einem traurig-verlorenen Ausdruck dabei zu, wie ich fahrig in Hemd und Hose schlüpfe. Als ich angezogen bin, streichele ich ihm über die Wange, während er zu mir aufschaut.

Mit Nilsa im selben Raum fällt es mir unendlich schwer, die Worte zu finden, die ich vielleicht zu ihm sagen würde, wenn wir unter uns wären. Dass alles in Ordnung ist und wir genau an dieser Stelle weitermachen, sobald die verdammte Arenaeröffnung vorüber ist. Dass ich die Minuten zähle, bis ich seine Berührungen erneut spüren darf. Berührungen, die mir mehr Lust bereitet haben als je etwas anderes zuvor. Dass ich am liebsten keinen Fuß aus seinem Zimmer, seinem Bett setzen würde.

Aber ich will nicht, dass Nilsa die Leidtragende ist. Sie war es, die mir einen Schubs in die richtige Richtung gegeben hat. Wahrscheinlich ist sie die einzige Unterstützung und Freundin, die ich noch auf dieser Welt habe. Ich kann es nicht mit meinem Ehrgefühl vereinbaren, ihr zu schaden, nur weil ich noch nicht befriedigt bin.

In den letzten Tagen mag ich große Fortschritte gemacht haben, aber jetzt bekomme ich kein Wort heraus. Ich streichele Cato nur über den Kopf und lächele ihn an. Ein wenig vertreibe ich damit den traurigen Ausdruck auf seinem Gesicht.

»Sehen wir uns in der Arena?«, frage ich leise.

Cato legt seine Hand auf meine, die an seiner Wange ruht. »Natürlich.«

Ich nicke. Dann folge ich Nilsa aus dem Zimmer.

KAPITEL 34

CATO

Ich weiß nicht, was heute früh in mich gefahren ist. In der Vergangenheit war ich regelrecht stolz darauf, meine Triebe besser unter Kontrolle zu haben als andere junge Männer. Wenn meine Brüder sich in irgendwelche Frauengeschichten verstrickten, schüttelte ich nur mitleidig den Kopf.

Aber heute Morgen, als ich neben einer halb nackten Aeryn aufwachte, war es um mich geschehen. Ich *wollte* keine Kontrolle mehr haben. Ich wollte sie nur berühren. Überall. Ich wollte die nun wieder normale Wärme und Weichheit ihrer Haut unter meinen Fingern spüren. Und als sie so wundervoll auf meine sicherlich stümperhaften Berührungen reagierte, da …

Da wollte ich *alles.*

Alles von ihr. Alles, was sie mir bereit war zu geben.

Ich dachte nicht mehr. Ich zauderte nicht mehr. Ich fühlte nur noch.

Seit ich ihr das erste Mal begegnet bin, beherrscht diese faszinierende Frau meine Gedanken. Sie krallte sich schon damals in ihnen fest und ließ mich blind für andere junge Frauen werden. Auch wenn von mir nicht erwartet wurde, eine vorteilhafte Ehe einzugehen, stellte mir meine Mutter reihenweise heiratswillige Kandidatinnen vor – eine tugendhafter als die andere.

Und langweiliger.

Ich ließ die Treffen mit ihnen über mich ergehen, weil ich niemals zugeben konnte, dass es bereits eine Frau in meinem Leben gab – die ich noch nie von Nahem gesehen und mit der ich noch nie ein Wort gewechselt hatte.

Und die nicht einmal wusste, dass ich existierte.

Doch das war mir egal. Sie war in meinem Kopf, meinem Herzen, meinen Gedanken und wildesten Fantasien.

Während meiner Zeit in der Armee wurden vor allem die Fantasien ausgeprägter, besonders wenn ich irgendwie das Treiben um mich herum in den anderen Zelten ausblenden musste.

Aber keine einzige davon reichte an die Wirklichkeit heran, wie mir der heutige Morgen gezeigt hat.

Dabei haben wir nicht miteinander geschlafen. Hier lässt mich meine Vorstellungskraft, auf die ich die letzten Jahre so stolz war, im Stich. Ich weiß nicht, wie es sein wird. Wie es sich anfühlen wird. Wie ich mich anstellen werde. Wird Aeryn zufrieden sein? Oder werde ich versagen?

Ich gebe mir Mühe, diese und ähnliche Gedanken nicht den wundervollen Morgen überschatten zu lassen. Ebenso wenig wie die bevorstehende Eröffnung. Aeryn ist stark. Sie hat sich sehr gut erholt und verfügt wahrscheinlich über dieselbe Ausdauer wie vor ihrer Verletzung. Sie wird ihren Gegner in der Arena das Fürchten lehren. Trotzdem bleibt ein Rest Angst, der sich verbissen in meinem Herzen festsetzt. Ein Kampf, ganz gleich wie einstudiert und gestellt er sein mag, ist nie vollkommen vorhersehbar. Es kann immer etwas schiefgehen. Die Waffen, mit denen sie kämpfen, sind keine stumpfen Übungswaffen aus Holz, die höchstens eine Prellung hevorrufen, wenn einer der Kämpfer nicht schnell genug ausweicht.

Ich spritze mir eiskaltes Wasser ins Gesicht und starre mein Spiegelbild wütend an. Wenn Aeryn von meinen Gedanken wüsste, würde sie die Augen verdrehen und mit mir schimpfen.

Sie mag es nicht, wenn sie in Watte gepackt oder unterschätzt wird. Das habe ich früher nicht getan und ich werde jetzt nicht damit anfangen. Denn das würde sie mir nie verzeihen.

Doch der Kampf zur Eröffnung ist nur ein kleiner Teil des heutigen Tages. Mehr Angst habe ich vor dem anschließenden Empfang. Vor der Art, wie die reichen Säcke Aeryn angaffen werden. Wie sie sie mit Blicken ausziehen werden und im Kopf überschlagen, wie viel sie zahlen müssen, um alles von ihrem Körper zu sehen.

Ich balle die Hände zu Fäusten und mahne mich zur Ruhe. Vielleicht wird es nicht so schlimm. Vielleicht sind während des Empfangs nur Würdenträger wie meine Eltern anwesend, die höchstens steife Konversation mit Aeryn betreiben wollen.

Ich stelle mir Aeryns Miene vor. Ich weiß genau, wie ihr Gesicht aussieht, wenn sie überlegt, ob sie lieber schweigen oder ihrem Gegenüber die Zunge herausreißen soll, weil er sie mit seinem Geplapper zu Tode langweilt. Gegen meinen Willen muss ich lächeln.

Nachdem ich mich beruhigt habe, ziehe ich die Tribunrüstung an und fahre mit den Fingern über das erhabene Wolfsrelief.

Mein Wolf mit den meerblauen Augen.

Nicht ›Welpe‹. Nicht ›junger Wolf‹. Sondern ›mein Wolf‹.

Das gehört zu den schönsten Dingen, die sie je zu mir gesagt hat. Es ist mehr, als ich mir je zu erhoffen gewagt habe.

Beflügelt von diesem Gedanken, der die Ängste und Zweifel in Schach hält, verlasse ich mein Zimmer.

Das Anwesen gleicht einem Bienenstock. Der Großteil der Sklaven ist dazu eingeteilt, die Böden zu wienern und die Kerzen zu erneuern, Tische und Stühle herbeizutragen und sie so im Eingangsbereich zu platzieren, dass noch genügend Raum zum Laufen bleibt.

Flavius' Anwesen ist nur in etwa halb so groß wie Graecus', doch mein Herr lässt sich nicht lumpen. Offenbar erwartet er genauso viele Gäste wie sein Kontrahent. Wo er diese unterbringen will, ist mir ein Rätsel, aber damit muss ich mich nicht befassen. Meine Aufgabe ist es, auf seine und die Sicherheit der Gladiatoren zu achten und darauf aufzupassen, dass die Gäste sich nicht am Tafelbesteck vergreifen, das extra für diese Veranstaltung aus dem Keller geholt wird. Ich habe es noch nie zu Gesicht bekommen, doch heute überlässt Flavius nichts dem Zufall.

Nilsa entdecke ich nirgends. Wahrscheinlich ist sie noch damit beschäftigt, Aeryn vorzubereiten. Also erkläre ich mich bereit einem der Sklaven zu helfen, noch benötigte Sitzkissen zur Arena zu schaffen. Ich lasse mir auf dem Weg dorthin Zeit und gehe noch den bereits anwesenden Sklaven zur Hand, die den bogenförmigen Eingang schmücken.

Es ist fast Nachmittag, als Flavius gemeinsam mit den Gladiatoren eintrifft. Während mein Herr einen Rappen reitet, sitzen die Gladiatoren in voller Montur auf einem Karren. Bestimmt schwitzen sie fürchterlich unter der etureischen Mittagssonne. Mein Blick huscht über die Ankommenden, doch Aeryn entdecke ich nirgends. Sofort spüre ich Panik nach mir greifen und die Gedanken überschlagen sich in meinem Kopf. Ist ihr etwas geschehen? Konnte sie … fliehen?

»Sie ist am anderen Ende des Trosses bei der Sklavin«, brummt Flavius, der meinen Blick bemerkt. »Die übrigen Gladiatoren waren froh, als sie es abgelehnt hat, auf dem Karren mitzufahren, und lieber gelaufen ist.«

Ich schlucke angestrengt eine Erwiderung herunter. Sie ist die ganze Strecke hierher gelaufen? Und dann soll sie noch einen Kampf bestreiten? Der Weg ist nicht unbedingt weit – etwa fünf Kilometer –, aber unwegsam durch dornige Büsche und unebene Straßen.

Ich beaufsichtige, dass die Gladiatoren in die Arena begleitet und in den für sie vorgesehenen Warteräumen untergebracht werden. Danach haste ich sogleich zurück nach draußen, um Aeryn zu suchen.

Ich entdecke sie sofort, obwohl sie ein Stück abseits steht und sich mit Nilsa unterhält. Es ist, als würde mein Blick magisch von ihr angezogen werden. Seit ich sie kenne, glaube ich an diese Art von Magie.

Mein Herz setzt für einen Schlag aus. *Nilsa hat sich selbst übertroffen*, ist das Erste, was mir durch den Kopf schießt.

Als Zweites bemerke ich das Fell, das Aeryn, einem kurzen Überwurf gleich, um die Schultern hängt. Ich kenne dieses Fell. Sein ehemaliger Träger kam mir so nah, dass er sein Gebiss in meinem Unterarm verewigen konnte.

Als ich losgezogen bin, um einen Wolf zu suchen, kam ich mir unsagbar dumm vor. Während ich durch die Ebenen von Eturien streifte, warf ich mir ohne Unterlass vor, dass Aeryn das Fell sowieso vor ihrer Tür liegen lassen würde. Dass es ihr nichts bedeuten würde. Es nun um ihre Schultern hängen zu sehen, erfüllt mich mit einem noch stärkeren Gefühl als Stolz, für das ich keinen Namen kenne. Alles, was mit ihr zu tun hat, geht tiefer, als dass ich es in Worte fassen könnte.

Das Fell passt perfekt zum Rest ihrer Erscheinung. Wie Flavius es gefordert hat, steht eine Frau vor mir, die andere Etureer als Barbarin bezeichnen. Das braune Haar ist zum Großteil offen und ungebändigt; nur an Stirn und Schläfen sind einige Strähnen zurückgeflochten, damit es sie nicht beim Kämpfen behindert.

Ihre Kleidung ist knapp, wie ich es von ihren vorherigen Kämpfen gewohnt bin. Bauch und Beine sind nahezu unbedeckt. Über sie winden sich rote Wirbel, die jedoch nicht halb so eindrucksvoll sind wie ihre echten magischen Zeichen.

Aeryn unterbricht ihr Gespräch mit Nilsa und dreht sich zu mir. Nun erhasche ich auch einen Blick auf ihr Gesicht, nicht nur auf ihr Profil. Ihre Augen sind dunkel umrandet, sodass die grünen, katzengleichen Iriden noch stärker leuchten. Die dunkle Schminke zieht sich hinauf bis zu ihren Schläfen, verläuft dann in ein Rot, das sich in die Schlieren einfügt, die sich über ihren Hals nach unten winden, unter dem Wolfsfell verschwinden und erst knapp unter ihrer Brust wieder auftauchen.

Ein Schmunzeln lauert auf Aeryns blutrot geschminkten Lippen, als sie mein Starren bemerkt.

»Gute Arbeit, Nilsa«, sagt Flavius, der zu uns getreten ist, ohne dass ich es bemerkt habe. Beim Klang seiner Stimme zucke ich zusammen. »Sie sieht wahrlich aus wie eine Wilde. Hoffen wir, dass sie genauso kämpft.«

Aeryn erspart sich eine Erwiderung, worüber ich froh bin. Das Letzte, was wir jetzt gebrauchen können, ist eine Eskalation zwischen ihr und Flavius. Die Nerven meines Herrn liegen wegen der bevorstehenden Eröffnung blank; wahrscheinlich wäre er bei einem falschen Wort aus Aeryns Mund so wütend geworden, dass er sämtliche Zugeständnisse ihr gegenüber zurückgenommen hätte.

Ich neige den Kopf vor Flavius. »Ich bringe sie hinein, wenn Ihr gestattet.«

»Nein, das mache ich selbst«, brummt Flavius. »Ich will nicht riskieren, dass Nilsa kurz vor dem Kampf die Verzierungen erneut anbringen muss, weil du sie verwischt hast.«

Mit einer knappen Kopfbewegung bedeutet er Aeryn ihm zu folgen. Sie malmt mit dem Kiefer, folgt ihm jedoch nach kurzem

Zögern. Im Vorbeigehen streift sie mit den Fingern über meinen Handrücken und ein Prickeln schießt ausgehend von dieser zarten Berührung meinen Arm hinauf und beruhigt meine angekratzten Nerven.

Stolz und mit erhobenem Haupt folgt sie Flavius in die Arena.

»Tut mir leid wegen heute früh«, murmelt Nilsa zerknirscht. »Ich dachte, lieber ich als Flavius.«

»Damit hast du recht«, gebe ich zu. »Aber er weiß es sowieso.«

»Und er heißt es nicht gut.«

Ich schüttele den Kopf. »Er ist der Ansicht, er täte mir einen Gefallen, wenn er mich von der gefährlichen Wilden fernhält, der es nur darum geht, mir das Herz zu brechen.«

Nilsa nickt bedächtig. »Würde ich mich nicht für euch beide freuen, hätte ich dir vermutlich denselben Rat gegeben.«

»Wieso?«

Sie nimmt meine Hand. »Weil ich weiß, dass du sie nicht vergessen wirst, wenn sie geht. Ich fürchte, dass du dann einsam wirst. Und irgendwann verbittert.«

Ich erwidere den tröstenden Druck ihrer Finger. »Sie wird ihre Freiheit nicht für mich aufgeben, oder?«

Sie schluckt sichtlich angestrengt. In ihren fast schwarzen Augen schimmert Mitleid. »Du weißt, dass ich dich mag. Und sie mag ich mittlerweile auch. Ich habe mir so gewünscht, dass ihr beide zueinanderfindet. Darf ich dir als Freundin einen Rat geben, auch wenn du ihn nicht hören willst?«

Ich schließe mit einem gequälten Seufzen die Augen, nicke aber, obwohl ich den ungefähren Wortlaut ihres Rates bereits kenne.

»Wenn ich du wäre«, beginnt sie vorsichtig, »würde ich Aeryn nicht vor eine Wahl stellen, die keiner von euch treffen will. Versuche, es so lange wie möglich zu genießen. Vielleicht ändert sie von selbst ihre Meinung, aber … setze nicht deine Hoffnungen darauf. Du hast mir einmal von deiner Mutter erzählt, erinnerst du dich? Dass sie immer gesagt hat, deine Seele sei zu warm für diese kalte, hässliche Welt. Das stimmt. Und Aeryns Seele ist zu ungezähmt, um in Gefangenschaft zu überleben. Wenn sie weiterhin eine Sklavin bleibt, wird sie diejenige sein, die verbittert. Und irgendwann wird sie nicht mehr die Aeryn sein, die du kanntest.«

Ich zwinge mich zu einem Lächeln. »Du bist sehr weise für dein Alter.«

Sie zuckt mit den Schultern. »Das kommt daher, weil alle zu mir kommen und um einen Rat bitten. Ich habe Übung darin. Ich wünschte nur, ich könnte dir einen besseren geben.«

Ich drücke nochmals ihre Hand, ehe ich sie loslasse. Ihr Rat mag nicht das gewesen sein, was ich hören wollte, aber er war richtig. Jetzt muss ich mich nur noch selbst davon überzeugen, das Richtige zu tun.

KAPITEL 35

AERYN

Ich habe erwartet, eine winzige Arena vorzufinden – passend zu diesem Provinznest. Verglichen mit der Arena der Hauptstadt ist sie wirklich klein, aber Flavius hat nichts dem Zufall überlassen. Trotz ihrer geringen Größe und der Tatsache, dass sie neu erbaut wurde, wirkt sie alt und erhaben. Ein passendes Drumherum für das blutige Schauspiel, das gleich folgen wird.

Flavius bringt mich in einen großen unterirdischen Raum, in dem sich bereits seine restlichen Gladiatoren aufwärmen. Sie werfen mir nur kurze, abschätzende Blicke zu, als ich den Raum betrete. Auch ich lasse sie links liegen – damit kommen wir alle am besten zurecht.

Nachdem ich mir die Schienbein- und Unterarmschützer aus steifem Leder angelegt habe, beginne ich ebenfalls mit meinen Aufwärmübungen.

Als wir hergekommen sind, habe ich einen flüchtigen Blick auf die fremden Kämpfer erhascht, gegen die wir antreten werden. Flavius ist nicht so dumm, seine eigenen Investitionen gegeneinander in den Ring zu schicken, weshalb er fremde Gladiatorenbesitzer eingeladen hat. Keinen von ihnen kenne ich, aber ich mache mir keine Sorgen. Ich bin gut in Form und hier draußen im Nirgendwo wird es niemanden geben, der an meine Fähigkeiten heranreicht.

Mein Kampf wird der erste sein; das waren die einzigen Worte, die Flavius eben an mich gerichtet hat. Kein »Viel Glück« oder »Ich erwarte Großes von dir«. Er ist anders als Graecus, das wird mir von Tag zu Tag mehr bewusst. Während sich mein früherer Herr wenigstens zum Schein nach meinem Wohlbefinden erkundigt hat, sieht Flavius in mir nichts anderes als eine Investition. Für ihn bin ich kein Lebewesen mit Gefühlen und Bedürfnissen. Wahrscheinlich wägt er sogar die Kosten für mein Essen und meine Kleidung ab.

Und eben habe ich deutlich zu spüren bekommen, dass er gegen meine Beziehung mit Cato ist. Dass er davon ahnt, hat mich nicht überrascht. Seine offene Abneigung hingegen schon. Es sollte ihm egal sein, was seine Gladiatorin und sein Leibwächter treiben, solange beide ihre Pflichten nicht vernachlässigen. Aber ich war nicht mutig genug, ihm das ins Gesicht zu sagen. Nach seinem Zugeständnis, mir die Freiheit zu schenken, wenn ich genügend Gold habe, will ich mir keinen Fehltritt erlauben.

In unserem Raum spüren wir, wann die Arenabesucher eintreffen. Das Mauerwerk erzittert unter den zahllosen Fußpaaren der Zuschauer, die über uns nach ihren Sitzplätzen suchen und sich lautstark unterhalten. Für die Menschen hier muss ein Arenakampf ein großes Ereignis sein; für mich ist es Alltag, obwohl es Monate her ist, seit ich meinen letzten Kampf bestritten habe. Aber meine Muskeln und mein gesamter Körper erinnern sich.

Ich wähle ein Einhandschwert und einen Schild, meine bevorzugte Kombination. Sowohl Schwert als auch Schild scheinen brandneu zu sein; nicht eine Kerbe verunstaltet die Klinge oder das Holz. Das wird sich bald ändern.

Als ich Schritte im Flur höre, beschleunigt sich meine Atmung, wie immer vor einem Kampf. Obwohl meine Magie nach dem Ausbruch gestern zufrieden ist, spüre ich sie in meinen Adern summen. Wäre nicht das Brandzeichen auf meiner Schulter, wäre sie da, um mit mir zu kämpfen. Ich reibe die Fingerspitzen aneinander. *Bald,* verspreche ich ihr. *Bald wirst du wieder frei sein, genau wie ich.*

Als sich die Tür öffnet, setzt für einen Schlag mein Herz aus. Auch das kenne ich von früher. Ganz gleich, wie viele Kämpfe ich bestritten habe, ein gewisses Maß an Aufregung ist immer dabei. In der Tür steht ein grobschlächtig wirkender Sklave, den ich noch nie gesehen habe. Offenbar keiner von Flavius' Männern. Sein Blick findet meinen und er nickt mir zu.

Ein letztes Mal überprüfe ich Schwert und Schild und den Sitz meiner leichten Lederrüstung. Ehe ich dem fremden Sklaven nach draußen folge, streiche ich über das Fell, das sich an meinen Hals und die Kinnpartie schmiegt. Heute ist der erste Kampf, von dem ich weiß, dass Cato ihn beobachten wird. Obwohl ich nicht mit allen seinen Lehren als mein Ausbilder übereinstimme, will ich ihn stolz machen.

Cato wartet bereits am Eingang der Arena auf mich. Als er mich sieht, stiehlt sich wieder ein warmer Glanz in seine Augen. Schon jetzt meine ich ein stolzes Funkeln darin zu erkennen.

Der Sklave entschuldigt sich einsilbig und geht davon, um meinen Gegner zu holen.

»Bist du bereit?«, fragt Cato, als wir unter uns sind.

Ich schenke ihm ein schiefes Lächeln. »Ich bin immer bereit für einen Kampf. Wer wird mein Gegner sein?«

»Ich kenne die anderen Kämpfer nicht«, antwortet er. »Viele haben ihre Teilnahme erst kurzfristig bekannt gegeben.«

Es spielt keine Rolle, gegen wen ich antrete. Ich werde ihn

besiegen. Ein vorfreudiges Kribbeln durchfährt mich. Aus der Arena höre ich, wie ein Sprecher die heutigen Begegnungen ankündigt, gefolgt vom ohrenbetäubenden Applaus der Menge. Ein Teil von mir hat dieses Geräusch und den damit einhergehenden Rausch vermisst. Ich konnte es nie leiden, nur für den perfiden Spaß der Menge zu kämpfen. Aber wenigstens befriedigten die Kämpfe meine Magie. Nun hat meine Kraft jedoch eine andere Art gefunden, ihre Gefangenschaft zu ertragen.

Jetzt habe ich einen anderen Grund, um zu kämpfen. Genau genommen zwei Gründe. Einerseits um endlich meine Freiheit zu erlangen. Andererseits um den Mann stolz zu machen, den meine Magie und ich erwählt haben und der mich trainiert hat.

»Wie wünscht man in deinem Volk einer Kriegerin viel Glück?«, fragt Cato.

Ich verschränke meine Finger mit seinen. *»Lai viete vada jūsu«*, sage ich in meiner Muttersprache.

Stockend wiederholt Cato die Worte. Ich muss über seinen Akzent schmunzeln.

»Was bedeutet es?«, will er wissen.

»Die Göttin führe deine Hand.«

Er verstärkt den Druck um meine Finger. »Ich will nicht ängstlich klingen … Ich weiß, dass du eine herausragende Kämpferin bist, aber …«

Ich lege die andere Hand an seine Wange, stelle mich auf die Zehenspitzen und lehne die Stirn an seine. »Ich passe auf mich auf. Versprochen.«

Er schließt mit einem zufriedenen Seufzen die Augen. »Danke.«

Als ich die Arena betrete, werde ich – wie erwartet – als die blutrünstige Barbarin angekündigt, die Estrard in Angst und Schrecken versetzt hat. Ausschweifend wird von meinen Taten erzählt, die gehörig ausgeschmückt werden. Ich warte nur darauf, dass die Stimmung der Zuschauer jeden Moment kippt, und halte aus den Augenwinkeln Ausschau nach fauligem Gemüse, das nach mir geworfen wird.

Doch nichts dergleichen geschieht. Die Menge scheint sich ekstatisch darüber zu freuen, dass ich wieder eine gefangene Gladiatorin bin und für ihr Vergnügen kämpfen werde. Vielleicht warten sie auch nur darauf, dass ich besiegt werde, ich kann es nicht sagen. Doch ich ernte frenetischen Applaus, ganz im Gegensatz zu meinem Gegner, dem nur pflichtschuldig applaudiert wird.

Während der Sprecher ein paar Worte über meinen Kontrahenten verliert, nehme ich ihn in Augenschein. Er ist bereits älter, schätzungsweise Ende vierzig, wenn nicht gar über fünfzig, doch seine Muskeln sind noch immer sehnig. In der rechten Hand hält er eine Axt, die so wuchtig ist, dass er sie im Kampf bestimmt nur mit beiden Händen führen muss. Kein Schild. Sein Gesicht wird von einem Helm mit zwei Guckschlitzen verdeckt, der Oberkörper ist ungepanzert und bietet viel Angriffsfläche für mich. In Sachen Kraft werde ich ihm unterlegen sein, also baue ich von Anfang an auf meine Schnelligkeit.

Es sollte nicht allzu lange dauern, ihn zum Aufgeben zu zwingen.

Als der Sprecher aus der Arena hastet, wirbele ich mein Schwert herum und laufe auf und ab.

»Ich habe lange darauf gewartet, gegen dich zu kämpfen, Aeryn«, tönt mein Gegner. Seine Stimme klingt blechern durch den Helm.

»Ich hatte gehofft, du wärst beim Einsturz der Arena krepiert.« Er schnaubt. »Du kannst dir meine Überraschung vorstellen, als ich hörte, dass du noch lebst.«

Nichts, was ich noch nicht gehört hätte, deshalb steige ich nicht darauf ein, sondern überlege, wo ich meinen ersten Angriff platziere.

»Ich werde dich das Fürchten lehren!«

Ich verdrehe die Augen. »Willst du kämpfen oder mir ein Ohr abkauen?«

Seine Muskeln verspannen sich; das kann ich selbst auf die Entfernung von mehreren Metern deutlich erkennen. Vorsichtshalber stelle ich einen Fuß zurück, um für einen Überraschungsangriff gewappnet zu sein.

Meine Instinkte haben mich auch diesmal nicht im Stich gelassen. Mit einer Geschwindigkeit, die ich ihm niemals zugetraut hätte, stürmt er auf mich zu und schwingt die Axt über dem Kopf. Ich weiche ihm im letzten Moment aus; früher wäre es mir nicht möglich gewesen. Ich wirbele herum, nutze meinen Schwung und führe meinerseits einen Angriff aus. Die Klinge meines Schwerts streift ihn an der ungeschützten Seite, doch er zuckt nicht einmal zusammen. Stattdessen schlägt er erneut mit der Axt nach mir. Ich spüre den Luftzug der wuchtigen Waffe viel zu nah an meinem Rücken.

Verdammt, wer ist dieser Kerl?

Meinen nächsten Angriff pariert er und stößt mich so weit zurück, dass ich taumele. Diesen Augenblick der Schwäche nutzt er aus, hebt die Waffe über den Kopf und lässt sie auf mich niedergehen. Ich reiße den Schild hoch und blocke dadurch die Attacke ab, aber sie ist derart kraftvoll, dass mein Holzschild mit einem ohrenbetäubenden Krachen zerbirst. Ich schreie auf, als sich gleißender Schmerz meinen Arm hinauffrisst.

Aufgrund seiner breiten Statur hätte ich meine rechte Hand dafür verwettet, dass er zwar kraftvoll, aber langsam und schwerfällig ist, doch das Gegenteil ist der Fall.

»Na?«, raunt mein Gegner. »Wann wirst du deine Kraft rufen? Ohne sie bist du offensichtlich nur eine drittklassige Gladiatorin. Mein Sohn hätte sonst niemals gegen dich verloren. Und du«, er rammt mir die stumpfe Seite seiner Waffe in den Bauch und ich sacke nach Luft schnappend auf die Knie, »hast auf die uralte Gladiatorenehre gespuckt. Auch ich werde dir keine Gnade zuteilwerden lassen.«

Mein Kopf ruckt nach oben. »Brutus …?«

Der Mann vor mir gibt ein Knurren von sich. »Er war mein Sohn. Du hast ihn mir genommen, obwohl der Senator ihn verschonen wollte. Du hast ihn kaltblütig getötet.«

Ich knirsche mit den Zähnen. Es ist zwecklos ihm zu erklären, dass ich nicht Herr meiner Sinne bin, wenn das Feuer von mir Besitz ergreift. Mir muss schleunigst etwas einfallen, wie ich den Kerl besiegen kann.

Mein linker Arm hat einiges abbekommen und mein Schild ist dahin. Ich muss mich also allein auf den Angriff konzentrieren.

Der Gladiator tritt so nah an mich heran, dass er die Sonne von mir abschirmt, und hebt erneut die Axt, wohl um den finalen Schlag auszuführen. Ich schlucke jeden Zweifel hinunter und spanne alle Muskeln an, während ich auf die allerletzte Sekunde warte, ehe ich ausweiche. Nur um Haaresbreite verfehlt mich die scharfe Schneide. Ich höre deutlich, wie sie die Luft zerteilt, als sie an mir vorbeisirrt und im Sand stecken bleibt.

Ich springe auf die Füße und ziele auf seinen Bauch. Da er beide Hände um den Griff der Axt gelegt und auf sämtlichen Schutz verzichtet hat, habe ich eine große Angriffsfläche.

Zumindest dachte ich das.

Er lässt die Waffe los und macht einen Satz zurück, sodass ich ihn nur mit der Klinge streife. Eine oberflächliche Wunde, aus der kaum Blut fließt.

»Dachtest du, dass du mich so leicht besiegen könntest?«, grollt er.

»Wenn ich ehrlich bin, ja«, gebe ich zurück.

Ich nehme mir den Moment und sehe nach meinem linken Arm. Er pulsiert immer noch vor Schmerz, aber ich kann keine offenen Wunden oder gar einen Bruch erkennen. Offenbar ist er nur geprellt. Trotzdem wird er mich einschränken. Ich muss diesen verdammten Kampf so schnell wie möglich hinter mich bringen.

Erneut gehe ich auf ihn los. Diesmal fängt er meinen Hieb in der Luft ab. Seine Hand schließt sich unerbittlich um meinen Unterarm, sodass ich mich nicht mehr bewegen kann. Ich gebe ein Grollen von mir, lasse das Schwert in die andere Hand fallen und stoße zu. Da mein linker Arm kaum zu gebrauchen ist, ist auch der Stoß alles andere als präzise. Trotzdem brüllt mein Gegner vor Schmerzen. Ehe ich jedoch erneut zustoßen kann, holt er ebenfalls mit der Linken aus und rammt sie mir ins Gesicht.

Ich werde zurückgeschleudert. Den Aufprall merke ich nicht, weil alles um mich herum für einen Moment schwarz wird. Keuchend komme ich im Sand der Arena zu mir. Keine Sekunde zu spät, denn ich muss mich zur Seite rollen, weil mein Gegner plötzlich über mir aufragt und nach mir tritt.

Ich habe jegliche Orientierung verloren. Mein Arm pulsiert, mein Kopf dröhnt und alles um mich herum dreht sich, als ich wackelig auf die Füße komme. Zum Glück habe ich mein Schwert nicht losgelassen.

»Du Miststück entkommst mir nicht!«, brüllt mein Gegner und holt mich dadurch ins Hier und Jetzt zurück.

Ich schüttele den Kopf, um die letzten Nachwirkungen des Fausthiebs zu vertreiben, ehe ich zische: »Dann komm doch her!«

Er macht sich nicht die Mühe, seine Axt zu holen. Wie ein wild gewordener Stier geht er auf mich los. Schneller als zuvor und nun, da ihn keine Zweihandwaffe mehr behindert, bleibt mir noch weniger Zeit, mich auf den Angriff einzustellen.

Ich tauche unter einem erneuten Fausthieb hinweg und will gerade mit dem Schwert zustechen, als er mich mit der anderen Hand zurückstößt. Ich springe zur Seite; er versucht mich an den Haaren zu packen, doch greift ins Leere. Knurrend fahre ich zu ihm herum, hole weit mit dem Schwert aus. Er fängt die Klinge in der Luft ab. Überrascht reiße ich die Augen auf.

»Du magst schnell sein«, grollt er, während Blut aus seiner Hand tropft und im Sand versickert, »aber das reicht nicht.«

Ich bekomme den Eindruck, dass er recht hat.

»Und«, fährt er fort, ohne dass ich ihn darum gebeten hätte, »dir fehlt etwas Entscheidendes.«

Ich lehne mich mit meinem ganzen Körpergewicht vor. Die Klinge drückt sich noch tiefer in seine Handfläche, doch er zuckt nicht einmal mit der Wimper.

»Was soll das sein?«, knurre ich.

»Ein Grund zu kämpfen.«

Ich schnaube. Was weiß er schon? Ich habe mehr als einen Grund zu kämpfen. Der wichtigste ist, dass ich keine andere Wahl habe. Aus freien Stücken wäre ich nicht hier.

»Wenn du gegen mich eine Chance haben willst«, raunt er, »solltest du endlich Ernst machen.«

Mit einem Ruck ziehe ich meine Waffe zurück. Diesmal entfährt ihm zumindest ein Grunzen.

Aus den Augenwinkeln sehe ich eine Bewegung am Arenaeingang. Nur kurz wende ich den Kopf und entdecke Cato, der von zwei Wachmännern daran gehindert wird, die Arena zu stürmen.

Mit einer Hand umklammere ich fest den Griff meines Schwertes. Die andere presse ich auf mein Herz.

Ich weiß, dass du erst hier warst, murmele ich meiner Kraft zu, *aber ich brauche deine Hilfe.*

Seit sie versiegelt wurde, habe ich es aufgegeben, mit ihr zu reden. Sie war nicht mehr als ein in mir eingesperrtes Ungeheuer, das zu den ungünstigsten Momenten hervorbrach. Unberechenbar. Unvorhersehbar. Mehr Ballast denn Hilfe. Aber dank Cato habe ich wieder einen Draht zu meiner Magie gefunden, auch wenn es eher ein dünnes Fädchen ist.

Ihre Antwort ist ein leichtes Aufflackern. Eine stumme Frage, ob ich es ernst meine und sie um Hilfe bitte.

Als wäre sie es, die jegliches Vertrauen in mich verloren hat.

Keine Toten!, schärfe ich ihr ein. *Hilf mir, diesen verdammten Kampf zu gewinnen, dann darf sich Cato wieder um dich kümmern.*

Sie summt zur Antwort in meinen Adern – ein freudiges Aufflammen ihrer feurigen Kraft –, ehe sie ungehemmt durch mich hindurchströmt. Innerhalb eines Sekundenbruchteils scheine ich von Kopf bis Fuß in Flammen zu stehen, doch diesmal ist das Brennen nicht schmerzhaft. Es fühlt sich an, als würden Abertausende Ameisen unter meiner Haut entlangkrabbeln – ein angenehmeres Gefühl als in den letzten Kämpfen, wo ich dachte, bei lebendigem Leib verbrennen zu müssen. Nur eine Stelle an meinem Körper glüht unangenehm: das Brandmal an meiner Schulter. Es ist, als würde sich die Versiegelung mit aller Macht gegen das Aufbäumen meiner Magie stellen. Lange werde ich mich nicht dagegen behaupten können.

Ich stoße den angehaltenen Atem aus und öffne die Augen. Mein Gegner weicht mit einem schlecht unterdrückten Keuchen einen Schritt zurück, als er die zweifelsohne feurig-lodernden Iriden und die roten Male auf meiner Haut sieht.

Ich gebe ihm nicht die Zeit, sich eine Taktik zurechtzulegen, sondern stürze vor. Verglichen mit jetzt, kommen mir meine Bewegungen von zuvor langsam und ungelenk vor. Brutus' Vater hat keine Möglichkeit, mir auszuweichen.

Meine Magie ist bereits mehrmals hervorgebrochen, aber diesmal verliere ich nicht die Kontrolle. Ich kann meinen Hieb steuern. Wäre es anders, hätte ich meinem Gegner ohne viel Federlesens den Kopf von den Schultern getrennt. Doch so kann ich meinen Arm stoppen, als die Klinge ganz leicht in der Halsseite eindringt und wenige Tropfen Blut hervorquellen.

Er starrt mich aus großen Augen an, unfähig einen Muskel zu rühren.

»Knie nieder«, knurre ich, »und gib dich geschlagen. Ich will kein Gemetzel veranstalten.«

Noch immer bewegt er sich nicht.

Ich verziehe den Mund. »Knie nieder!«

Meine Stimme hallt in der mucksmäuschenstillen Arena wider. Es ist, als würde jeder Zuschauer den Atem anhalten.

Nach einer gefühlten Ewigkeit lässt er sich auf die Knie sinken. Er nimmt den Helm ab und neigt den Kopf, um mir seinen ungeschützten Nacken zu präsentieren.

Ich schnaube. »Ich werde dich nicht töten«, grolle ich. »Ich wollte auch deinen Sohn nicht töten, aber er hätte mich umgebracht, wenn ich ihm nicht zuvorgekommen wäre.«

Mein Gegner blickt zu mir auf. In seinem Gesicht sehe ich Brutus, nur um Jahre gealtert. Und ich sehe Trauer und Schmerz – beides habe ich verursacht. Doch ich finde keine lobenden Worte über seinen toten Sohn.

»Brutus ging es nur um den Ruhm und das Gold, und um beides zu erlangen, stand ich ihm im Weg. Er war dumm genug mich so weit zu reizen, dass meine Magie eingreifen musste, aber damals hatte ich sie noch nicht unter Kontrolle.«

Er zieht die Augenbrauen zusammen, wirkt jedoch nicht überrascht. »Ruhm und Gold sind die einzigen Gründe zu kämpfen.«

Ich schüttele den Kopf. »Du hattest recht«, murmele ich, als ich mein Schwert sinken lasse. »Damals, als ich gegen deinen Sohn antreten musste, hatte ich noch keinen Grund für meine Kämpfe gefunden. Aber heute habe ich ihn.«

Mit einer Kopfbewegung deute ich zum Ausgang, wo Cato sich noch immer gegen die beiden Wachen stemmt. Brutus' Vater folgt meinem Blick.

»Mir geht es nicht um Ruhm und Gold. Ich kämpfe für mich, für meine Freiheit. Und für ihn. Damit er stolz auf mich sein kann.«

Er senkt den Blick. »Ich war auch stolz auf meinen Sohn. Das wäre ich auch weiterhin gewesen, selbst wenn er gegen dich verloren hätte. Aber das war ihm nicht genug.«

»Geh nach Hause«, sage ich. »Betrauere deinen Sohn und behalte ihn in guter Erinnerung.«

Ich suche nicht nach dem Senator, der über das Leben des Unterlegenen entscheiden soll. Ich entscheide selbst. Als ich das Schwert mit der Spitze voran in den Arenasand ramme, brandet frenetischer Jubel los, der mir in den Ohren klingelt. Die Zuschauer schreien meinen Namen, wieder und wieder.

Ich hebe die Hand und balle sie als Zeichen des Sieges zur Faust. Die Lautstärke des Applauses nimmt weiter zu, obwohl ich das für unmöglich gehalten hätte. Ihr Klatschen und Schreien ist mir zuwider, aber ich vergesse nicht, warum ich hier stehe. Und was ich tun muss, um meine Freiheit zu erlangen.

Ich wende mich ab und gehe winkend zum Ausgang. Es fällt mir schwer, den Rücken gerade und den Kopf oben zu halten. Meine Magie kämpft gegen das Siegel an, mein Arm pulsiert vor Schmerzen und an meiner Wange bildet sich wahrscheinlich gerade ein Bluterguss von dem Fausthieb, den Nilsa nachher kaum wird überschminken können. Doch ich werde keine Schwäche zulassen. Nicht solange Hunderte Augenpaare auf mich gerichtet sind.

Die Wachen lassen mich passieren.

»Aus dem Weg, verdammt!«, grollt Cato sie an, als sie ihn noch immer nicht durchlassen wollen.

Erst als ich sicher bin, dass die Zuschauer mich nicht mehr sehen können, lehne ich mich kraftlos gegen die kühle Gesteinsmauer. Nur am Rande bekomme ich den Tumult hinter mir mit. Gut möglich, dass Cato die Wachen niedergeschlagen hat, denn plötzlich steht er neben mir und stützt mich. Ich seufze erleichtert, als ich seine herrlich kühlen Hände auf meiner Haut spüre, und auch meine Magie summt vor Freude. Sie zieht sich zurück und begehrt nicht mehr gegen ihre Gefangenschaft auf. Ohne sie verstärken sich jedoch die Schmerzen.

Obwohl Cato nur sanft über meinen linken Arm streicht, zucke ich zusammen. Sofort zieht er seine Hand zurück.

»Götter, dein Arm«, murmelt er. »Astor muss sich das ansehen. Kannst du laufen?«

Kraftlos lasse ich mich gegen ihn sinken und vergrabe das pochende Gesicht an seiner Brust. Mein erster Kampf nach meiner Verletzung. Ich habe gewonnen, aber ich bin völlig erledigt. War mir mein Gegner ebenbürtig? Oder bin ich doch nicht so fit, wie ich dachte?

»Genau das«, tönt Flavius hinter mir, »ist die Art von Spektakel, die ich von dir erwartet habe, Vantyr.«

Cato legt schützend einen Arm um mich, doch ich rappele mich auf, um mich umzudrehen und Flavius in die Augen sehen zu können.

»Dafür habt Ihr mich schließlich gekauft«, zwinge ich mich zu sagen.

»Und ich habe den richtigen Gegner für dich gewählt«, erwidert Flavius. »Durch deinen Sieg konntest du beweisen, dass du nicht die blutrünstige Bestie bist, als die dich die Etureer sehen.«

Ich verdrehe die Augen. »Und wenn ich ihn getötet hätte, wären die Zuschauer zum nächsten Kampf gekommen, um frisches Blut fließen zu sehen. In jedem Fall hättet Ihr gewonnen.«

Flavius hebt den rechten Mundwinkel. »Ich schätze es, wenn

ich meine Beweggründe nicht erläutern muss. Wider Erwarten stellst du dich nicht nur als gute Investition, sondern auch als klug heraus. Es wäre ein Jammer, dich freizulassen, aber ich bin ein Ehrenmann und stehe zu meinem Wort. Wir werden sehen, wie du dich heute Abend auf dem Empfang schlägst. Bis dahin solltest du dich waschen und deine Wunden versorgen lassen.« Sein Blick huscht zu Cato hinter mir und verfinstert sich. »Und du solltest aufhören, meine Wachen zusammenzuschlagen, sonst wirst du demnächst ihre Aufgaben übernehmen – zu Zeiten, in denen sie *nicht* kämpft. Verstanden?«

»Jawohl, Herr.« Ich höre deutlich Catos Zähneknirschen.

Flavius seufzt. »Nun bring sie schon zu Astor. Ich muss mich weiter um den Ablauf kümmern.«

Cato legt sich meinen rechten Arm um den Hals und legt die Hand an meine Taille, um mich zu stützen.

»Ich kann allein gehen«, murre ich.

»Dessen bin ich mir sicher«, murmelt er mit einem Lächeln in der Stimme, ohne mich loszulassen.

Trotz meines Einwandes bin ich dankbar für seine Hilfe. Ich lehne den Kopf an seine Schulter und stolpere neben ihm her durch die Gänge unterhalb der Zuschauerränge. Mittlerweile wird der nächste Kampf angekündigt, doch die Worte des Sprechers gehen im Stampfen unzähliger Füße und den Jubelrufen unter.

»Du hast großartig gekämpft«, sagt Cato.

Ich schnaube. »Du hättest vor Panik beinahe die Arena gestürmt. Ich denke daher, dass ich eine ziemlich schlechte Figur gemacht habe.« Als er schweigt, grolle ich: »Jetzt wäre ein guter Zeitpunkt, um mir zu widersprechen.«

Damit entlocke ich ihm ein Schmunzeln. »Wozu?«, fragt er. »Du würdest die Lüge sicherlich erkennen. Schließlich hast du recht, ich wollte die Arena stürmen. Alles in mir hat sich dagegen gesträubt, dir dabei zusehen zu müssen, wie dieser Kerl dich verletzt. Hätte deine Magie nicht eingegriffen, hätte ich es getan. Und bei mir wäre er vermutlich nicht so glimpflich davongekommen.«

Auch ich muss nun lächeln, als ich mich daran erinnere, wie ich meine Magie zur Kooperation überredet habe.

Als wir bei Astors Kammer ankommen, die schon aus einigen Metern Entfernung nach einer wilden Mischung aus frischen Kräutern und eingekochten Tinkturen riecht und in der er während der Kämpfe Verletzungen behandelt, schüttelt der alte Heiler nur seufzend den Kopf, nachdem er mit einem Blick das Ausmaß meiner Verletzungen erfasst hat.

Cato weicht nicht von meiner Seite, während Astor die oberflächlichen Schnitte und Platzwunden mit einer Salbe bestreicht und mir ein Säckchen mit Eis reicht, das ich mir an die Wange drücken soll.

»Den linken Arm solltest du eine Weile schonen«, sagt Astor, als er die Prellung begutachtet. »Aber das wirst du nicht, also erspare ich mir Vorhaltungen. Wähle morgen einen leichteren Schild, vielleicht kannst du ihn halten. Ansonsten wirst du mit einer Einhandwaffe vorliebnehmen müssen.«

»Ich komme schon zurecht«, sage ich. »Es ist nicht meine erste Prellung und wird nicht meine letzte sein.«

Astor entlässt uns mit einem Wink und ohne weitere Ermahnungen. Ich bin nicht seine Lieblingspatientin, aber er ist der fähigste Heiler, mit dem ich je zu tun hatte.

Im Gang zieht Cato mich an sich. Da niemand zu sehen ist, schmiege ich mich an ihn und genieße das Gefühl, nicht aus eigener Kraft stehen zu müssen. Sanft umfasst er mein Kinn und begutachtet mein Gesicht von beiden Seiten. Besonders lange verweilt sein Blick auf der, die einen Hieb von Brutus' Vater kassiert hat und noch immer pocht.

Die Augenbrauen zusammengezogen, murmelt er: »Ich wünschte, ich müsste nie wieder einen deiner Kämpfe sehen.«

»Ich dachte, du hättest bereits viele gesehen.«

Er nickt. »Aber diesmal war es anders. Ich war nicht bloß ein Zuschauer, ich …« Er lehnt die Stirn gegen meine und ich schließe einen Moment selig die Augen. »Ich kann die richtigen Worte nicht aussprechen.«

»Warum nicht?«

»Weil ich Angst vor deiner Antwort habe.«

Tief in seinen Augen sehe ich sie – die Worte, die er nicht auszusprechen wagt. Worte, die meinen Wunsch nach Freiheit ins Wanken bringen könnten. Worte, die nicht zu seinem Versprechen, mir zu helfen, passen.

Ich mache mich von ihm los und trete einen Schritt zurück. »Ich werde weiterkämpfen«, sage ich bestimmt. »Ich werde nicht bis an mein Lebensende eine Gladiatorin bleiben. Ich will frei sein.«

Cato wendet den Blick ab. »Ich weiß.«

Ich lege ihm eine Hand an die Wange und drehe seinen Kopf wieder zu mir. »Wären unsere Rollen vertauscht, hätte ich auch Angst um dich. Ich würde dir bei jedem Kampf beistehen wollen. Ich verstehe dich. Deshalb hoffe ich, dass du mich ebenfalls verstehst.«

»Das tue ich«, sagt er sanft. »Verzeih mir meine Selbstsucht.«

Ich stelle mich auf die Zehenspitzen, um ihn zu küssen. Nur flüchtig, falls jemand vorbeikommt und uns bei Flavius verpetzt. »Es gibt nichts zu verzeihen.«

Als ich mich zurückziehen will, umschließt er unendlich vorsichtig mein Gesicht mit beiden Händen, um erneut die Lippen auf meine zu drücken. »Ich habe vergessen mitzuzählen«, flüstert er, ehe er mich wieder küsst. »Unser wievielter Kuss war das?«

»Wenn du sie noch zählen kannst, waren es zu wenige.«

KAPITEL 36

CATO

Beinahe wäre das eingetreten, wovor Nilsa mich gewarnt hat. Beinahe hätte ich Aeryn gefragt, ob sie bleiben wird – bei mir. Weil ich sie liebe. Beinahe hätte ich sie angefleht mit den Kämpfen aufzuhören. Und beinahe hätte mir Aeryn eine noch niederschmetterndere Antwort gegeben als sowieso schon.

Wieder war ich zu feige sie zu fragen, wie wir das, was zwischen uns ist, nennen sollen. Wie wir damit umgehen sollen. Die Angst, dass sie mir rundheraus sagt, das mit uns liefe nur so lange, bis sie ihre Freiheit erlangt hat, ist so gewaltig, dass ich mir fast gewünscht habe, sie würde verlieren. Ich schäme mich dafür, aber es gab tatsächlich einen winzigen Teil in mir, der gehofft hat, Aeryn wäre in der Arena die Unterlegene. Vielleicht hätte Flavius sie dann nicht mehr als seine kostbare Vantyr gesehen und ihm wäre es egal, was zwischen ihr und mir vorgeht.

Nachdem ich durch Astors Einschätzung beruhigt wurde, dass Aeryns Verletzungen nur oberflächlich sind – nichts, was ihr Vantyr-Blut nicht in Windeseile wird heilen können –, habe ich sie zu Nilsa gebracht. Die junge Sklavin muss Aeryn für den Empfang fertig machen.

Ich wünschte, ich müsste mich auch fertig machen, aber ich trage bereits meine Tribunrüstung. Mit weniger brauche ich mich im Saal nicht blicken zu lassen. Ich könnte mir die anderen

Kämpfe ansehen, verwerfe diese Möglichkeit jedoch. Wenn Aeryn nicht kämpft, konnte ich den Arenakämpfen noch nie etwas abgewinnen.

Als die Sonne untergeht, strömen die Gäste zuhauf ins Anwesen. Es kommt mir so vor, als hätte Flavius ganz Sizia und halb Estrard eingeladen. Ich entdecke einige bekannte Gesichter, aber die meisten Gäste sind Politiker oder Adlige, die ich noch nie zuvor gesehen habe.

Flavius bewegt sich unter ihnen, als hätte er sein Leben lang nichts anderes getan. Die Tatsache, dass er einst in Ungnade gefallen ist und deshalb in der Provinz sein Dasein fristen muss, scheint heute Abend vergessen zu sein. Die Gäste beglückwünschen ihn wortgewandt zu seiner erfolgreichen Arenaeröffnung und versichern, die kommenden Kämpfe so oft wie möglich anzusehen.

Als sein Leibwächter ist es meine Pflicht, mich nah bei Flavius aufzuhalten. Schon nach einer guten halben Stunde habe ich das Bedürfnis, eine der Kerzen umzuwerfen und einen Brand auszulösen, um diesen Empfang zu beenden. Ich war noch nie ein Freund dieser Art der Zurschaustellung von Geld, Macht und Ansehen.

Wenigstens wird von mir erwartet, dass ich still bin. So komme ich nicht in Versuchung, etwas Unangebrachtes zu sagen.

Nachdem sie ihre üblichen Glückwünsche vorgebracht haben, fragen die Gäste ausnahmslos nach Aeryn. Auch das trägt nicht dazu bei, mich zu beruhigen. Sie ist die Hauptattraktion des heutigen Abends, daran lässt auch Flavius keinen Zweifel. Jedem

Gast versichert er, dass die schöne Vantyr bald eintrifft und jeder die Gelegenheit bekommt, mit ihr zu reden. Bei dem verschlagenen Lächeln, das einige der Senatoren daraufhin zeigen, dreht sich mir der Magen um.

Gerade als ich mich entschuldigen will, um frische Luft zu schnappen, öffnet Nilsa die Tür zum Saal. Augenblicklich kommen alle Gespräche zum Erliegen. Auch ich weiß nicht, ob ich noch atme.

Mit stolz gerecktem Kinn und geschmeidig wie eine Raubkatze schwebt Aeryn in den Saal. Sie trägt ein blutrotes Gewand, das sanft ihre Kurven umspielt und so tief ausgeschnitten ist, dass es fast nichts der Fantasie überlässt. In der Taille wird es von einem goldenen Gürtel zusammengehalten. Bei jedem Schritt blitzt die nackte Haut ihrer Beine auf, denn der Rock ist fast bis zur Hüfte geschlitzt. Ähnlich wie heute Morgen ist ihr braunes Haar aus dem Gesicht geflochten und fällt ihr ansonsten offen bis zur Taille. Nilsa muss die roten Muster erneuert haben, denn wieder winden sie sich über jeden Zentimeter von Aeryns freigelegter Haut. Breite goldene Armreife klimpern an ihren Handgelenken – neben dem simpel anmutenden dünnen Lederband um ihren Hals der einzige Schmuck.

Erst als sie an mir vorbeiläuft und auf Flavius zugeht, erkenne ich, worum es sich bei dem schwarzen Lederband handelt: es ist um einen spitzen Eckzahn gewickelt, der ähnlich wie der Anhänger einer Kette fast zwischen ihren Brüsten verschwindet. Ich kenne diesen Zahn verdammt gut und es erfüllt mich mit einem unerklärlichen Stolz, dass sie ihn trägt. Genau wie heute Morgen, als ich das Wolfsfell um ihre Schultern liegen sah.

So kurz, dass ich es fast für eine Einbildung halte, wirft Aeryn mir einen Blick zu, der mir durch und durch geht, als sie an mir vorbeischwebt und anschließend den Kopf vor Flavius neigt; nur knapp, beinahe zu knapp, doch unser Herr stört sich nicht daran, sondern heißt seine siegreiche Vantyr wortreich im Saal willkommen.

Nilsa huscht zu mir, legt mir einen Finger unters Kinn und schiebt meinen Kiefer zurück nach oben. »Mund zu«, raunt sie, »sonst verstärkt sich der Eindruck, dass du ein Trottel bist.«

»Haha«, murre ich.

Hat mein Mund etwa die ganze Zeit über offen gestanden? Ich würde es niemals zugeben, aber Nilsa hat recht damit, dass ich ein Trottel bin. Sobald Aeryn in meiner Nähe ist, verabschiedet sich mein gesunder Menschenverstand und es gibt nichts, was ich dagegen tun kann.

Ich verfolge mit Blicken, wie Flavius sie den ersten Gästen vorstellt, die interessiert das Brandmal an Aeryns Schulter mustern.

Nilsa zupft an meinem Ärmel und grinst mich an, als ich mich ihr zuwende. »Willst du mir nicht sagen, dass ich hervorragende Arbeit geleistet habe?«

Mein Blick gleitet zurück zu Aeryn, die sich erstaunlich sicher zwischen all diesen fremden Menschen bewegt.

»Aber du bist wahrscheinlich der Falsche, den ich fragen sollte«, meint Nilsa. »Flavius' Vorgabe war, dass sie der wandelnde feuchte Traum aller Etureer sein soll. Deiner war sie schon vorher.« Als ich ihr wieder nicht antworte, seufzt sie. »Ich lasse dich mal weiter deine Arbeit machen, auch wenn du gerade nur am Starren bist. Wenigstens diesmal mit geschlossenem Mund.«

Sie huscht davon; ich merke es nur an der wohltuenden Ruhe neben mir. Sie hat recht, ich bin viel zu sehr mit Starren beschäftigt, als mich auf etwas anderes konzentrieren zu können. Dabei weiß ich seit heute früh, wie Aeryn unter diesem Kleid aussieht. Trotzdem übt sie einen solchen Reiz auf mich aus, dass ich sie am liebsten hier und jetzt …

»Cato«, murmelt eine weibliche Stimme neben mir.

Ich bin derart in meinen Fantasien gefangen, dass ich Nilsa beinahe angeknurrt hätte. Warum ist sie schon wieder hier? Als ich zu ihr herumfahre, gerate ich ins Stocken. Vor mir steht nicht Nilsa, und wäre mein Geist nicht auf Abwegen gewesen, hätte ich die sanfte Stimme sofort erkannt.

»Mutter«, sage ich.

Ich greife nach ihrer Hand und hauche einen Kuss darauf. Als ich wieder gerade stehe, streicht sie mir mütterlich über die Wange und lächelt dabei. Ihr Lächeln sieht noch genauso aus wie damals – bevor alles schieflief.

»Es tut gut dich wiederzusehen, mein Lieber«, sagt sie, während ihr Blick jede Veränderung an mir registriert.

Auch mein Blick wandert über ihr Gesicht und ihre Gestalt. Sie wirkt hagerer. Die Falten um ihre Augen und ihre Mundwinkel waren noch nicht so tief, als ich sie das letzte Mal gesehen habe.

Ich frage mich, wer für diese tieferen Falten die Schuld trägt: mein Vater oder einer meiner Brüder? Ich tippe auf Ersteren.

Meine Mutter stammt, ebenso wie mein Vater, aus den gehobenen Kreisen Eturiens. Ich habe sie nie gefragt, wie ihre Ehe zustande kam, aber aus Liebe haben sie sicherlich nicht geheiratet. Ich erinnere mich an viele Streitigkeiten zwischen ihnen, aber an keinen einzigen innigen Moment. Ich wüsste nicht, dass sie sich jemals an den Händen gehalten, geschweige denn geküsst hätten. Als ich jünger war, war diese Distanziertheit zwischen Mann und Frau für mich selbstverständlich; nun, da ich weiß, wie Aeryn und ich miteinander umgehen, frage ich mich, ob die Ehe meiner Eltern von Anfang an derart gefühlskalt war oder ob auch sie eine glückliche Zeit hatten.

Mutters Mundwinkel heben sich zu einem Lächeln. »Du siehst gut aus. Stattlich. Und du strahlst.«

Ich räuspere mich und weiche ihrem prüfenden Blick aus, der

alles wahrzunehmen scheint. Doch sie lässt sich davon nicht abschrecken.

»Hat etwa eine Frau das Kunststück vollbracht, meinen ruhigen Jungen zu verzaubern?«

Da es keinen Sinn hat, es zu leugnen, murmele ich: »Möglich, aber es ist … kompliziert.«

»Ich möchte sie unbedingt kennenlernen.«

»Ich glaube nicht, dass das so eine gute Idee ist«, zwinge ich mich zu sagen.

Mutter wird über Aeryns Aufzug die Nase rümpfen. Nicht nur über ihren Aufzug – über *sie.* Die Tatsache, dass sie keine feine Etureerin ist. Dass sie überhaupt keine Etureerin ist. Keine freie Frau. Jede Einzelheit würde die Falten in Mutters Gesicht nur weiter vertiefen. Und das will ich nicht. Sie hat genug Sorgen mit Vater und meinen Brüdern. Ich will kein weiterer Quell für ihre Sorgen sein, auch wenn ich ihr Aeryn liebend gern vorstellen würde.

»Machst du ihr noch den Hof oder … seid ihr schon weiter?« Ihr Lächeln wird breiter. »Kann ich mich bald auf Enkelkinder freuen?«

»Äh …« Ich schlucke angestrengt und spüre Hitze in meine Wangen kriechen. »So weit sind wir nicht. Und … äh …«

Eine schwere Hand landet auf meiner Schulter. Auch ohne den Kopf zur Seite zu neigen, spüre ich an dem Gewicht, das mich schier zu Boden drückt, wer zu mir getreten ist.

»Hast du keine Pflichten, um die du dich kümmern musst?«

Vaters Stimme ist tief und voll, aber stets schwingt in ihr ein vorwurfsvoller und grausamer Unterton mit, der mir eine Gänsehaut beschert. In der Vergangenheit musste ich oft erfahren, was denen blüht, die ihn enttäuschen. Ich tat es oft. Jetzt bin ich ein erwachsener Mann, doch die Aura aus Selbstsicherheit und Macht, die meinen Vater umgibt, verfehlt auch nun ihre Wirkung nicht bei mir. Augenblicklich stelle ich mich aufrechter hin und vertreibe das Brennen aus meinen Wangen.

»Ich vernachlässige meine Pflichten nicht, sei versichert«, sage ich möglichst ruhig. »Flavius schätzt es wenig, wenn ich ihm bei Besprechungen in den Nacken atme.«

Vater gibt ein Brummen von sich; ich weiß nicht, ob es abwertend oder anerkennend gemeint ist, aber ich würde auf Ersteres tippen. »Dann hast du bestimmt Zeit, um uns die Barbarin zu zeigen.«

Ich versteife mich und muss die Zähne zusammenbeißen. Am liebsten würde ich ihn anbrüllen, dass ich Aeryn nicht herumzeige wie ein seltenes Tier im Käfig. Aber dann fällt mir wieder ein, dass die meisten Gäste genau deswegen hier sind. Es geht ihnen nicht darum, ihre Beziehungen mit Flavius zu vertiefen oder ihn zur erfolgreichen Arenaeröffnung zu gratulieren.

Wie von selbst huscht mein Blick suchend durch den Saal. Aeryn ist nicht schwer zu finden; sie ist der Mittelpunkt der Aufmerksamkeit. Die Gäste drängen sich um sie, bestürmen sie mit Fragen, die sie mit hoheitsvoll abweisender Miene beantwortet. Als einer der Männer seine Hand auf ihre Schulter legt, sehe ich deutlich, dass sie unter der Berührung zusammenzuckt. Wie ich Aeryn kenne, muss sie sich beherrschen, dem Kerl dafür nicht jeden Finger einzeln zu brechen.

»Entschuldigt mich«, sage ich zu meinen Eltern und warte nicht ihre Erlaubnis ab.

Zielsicher bahne ich mir einen Weg durch die Gäste hindurch. Ein regelrechter Pulk hat sich um die junge Vantyr gebildet, sodass ich in den vorderen Reihen meine Ellenbogen einsetzen muss, um zu ihr zu gelangen. Als sie mich sieht, verschwindet der verbissene Ausdruck aus ihrem Gesicht und macht Erleichterung Platz.

Ich wende mich an den Gast, der noch immer beiläufig seine Hand auf Aeryns Arm gelegt hat. »Es tut mir leid«, knurre ich um Freundlichkeit bemüht, »aber ich muss Euch bitten Eure Hand wegzunehmen.«

Der Gast, ein rundlicher Politiker, wie mir seine feinen Gewänder beweisen, verzieht den Mund, während er mich von oben bis unten betrachtet. »Wir haben uns nur unterhalten.«

Meine Hände ballen sich zu Fäusten. Ehe ich jedoch den Mund aufmachen kann, geht Flavius dazwischen. »Ich muss mich für den Ton meines Leibwächters entschuldigen. Aber er hat recht: Ich schätze es nicht, wenn mein Eigentum berührt wird. Wenn Ihr eine private Unterredung mit meiner Vantyr wünscht, wird Euch das etwas kosten. Bis dahin wahrt Ihr Abstand, wie Ihr es auch bei einer hohen Etureerin tun würdet.«

Mit sichtlichem Widerwillen zieht der Gast seine Hand zurück. Ich stoße den angehaltenen Atem aus.

»Das Buffet ist eröffnet«, sagt Flavius laut genug, dass jeder ihn verstehen kann, und scheucht die Gäste mit einer auffordernden Armbewegung davon zu den reich gedeckten Tischen im hinteren Bereich des Saals. »Ich kann kaum glauben, dass ich das sage«, murmelt er mir zu, nachdem wir unter uns sind, »aber ich will, dass du heute Abend nicht von ihrer Seite weichst. Sobald einige dieser Männer zu viel getrunken haben, könnte es … zu Vorfällen kommen. Ich werde dafür sorgen, dass die Sklavinnen woanders arbeiten und heute Abend keine von ihnen mehr hier zu sehen ist.« Er schnaubt. »Seit über zehn Jahren habe ich mit dieser Gesellschaft nichts mehr zu tun. Ich habe gehofft sie hätte sich zum Besseren gewandelt, doch das Gegenteil scheint der Fall zu sein.«

»Ich werde Aeryn nicht aus den Augen lassen«, verspreche ich.

Flavius seufzt. »Das wird dich nicht viel Überwindung kosten, ich weiß. Aber du bist der beste Mann dafür. Wenn ich einen anderen Sklaven darum bitten würde, habe ich Angst um seine Unversehrtheit.«

Aeryn, die unser Gespräch bisher stumm verfolgt hat, zieht

spöttisch eine Augenbraue hoch. »Ich könnte auch selbst für meine Sicherheit sorgen.«

Flavius zuckt mit den Schultern. »Wenn du das willst … Bedenke aber, dass keiner der Gäste mehr bereit sein wird, für eine private Unterredung mit dir zu zahlen, nachdem du einen der Ihren Stück für Stück auseinandergenommen hast. Wie gedenkst du dann, deine Schulden zurückzuzahlen?«

Aeryns Blick verdüstert sich. »Ich habe verstanden.«

»Fein«, brummt Flavius. »Dann werde ich mich jetzt wieder um meine Gäste kümmern. Ich will keine Klagen hören.«

»Natürlich nicht«, versichere ich.

»Aber«, sagt er, nachdem er sich bereits abgewandt hat, »sie ist sowohl mir als auch dir kostbar. Wenn nötig, kannst du sie mit allen Mitteln verteidigen. Du genießt mein vollstes Vertrauen.«

Mein Hals ist wie zugeschnürt. »Danke, Herr.«

Flavius' Worte waren – wenn auch nur zu einem Untergebenen gesprochen – so viel wärmer als die meines Vaters. Obwohl wir in letzter Zeit nicht immer einer Meinung waren, besonders wenn es um Aeryn ging, fühle ich mich Flavius verbundener als meinem eigenen Blut. Er setzt sein Vertrauen in mich, während Vater nichts als Vorwürfe für mich übrig hat.

Aeryn berührt mich sacht am Arm. »Lass uns ein Stück laufen. Ich musste die ganze Zeit hier stehen und bekam kaum Luft, so sehr haben sie mich bedrängt.«

Ich neige den Kopf ein Stück zu ihr herunter und atme ihren frischen Duft ein. »Verzeih, dass ich nicht früher bei dir war.«

Auch sie reckt sich mir entgegen, ohne mich direkt zu berühren, abgesehen von ihren Fingern, die noch immer sanft über meinen Unterarm streicheln – direkt über die verheilende Bissverletzung.

»Was hat dich aufgehalten?«, wispert sie. Der raue Klang ihrer Stimme verursacht mir eine wohlige Gänsehaut. »So, wie du mich angesehen hast, als ich in den Saal kam, hätte ich darauf gewettet, dass du dich stets in meiner Nähe aufhalten würdest.« Fragend neigt sie den Kopf. »Gefalle ich dir nicht?«

Ich muss ein Lachen unterdrücken. »Du gefällst mir immer – ob voller Staub auf dem Übungsplatz, verschwitzt von deinem Kampf in der Arena oder in einem roten Hauch von nichts.« Ich senke die Stimme. »Wobei ich zugeben muss, dass dieser rote Hauch von Nichts seine Wirkung auch bei mir nicht verfehlt.«

»Ah«, raunt sie, »ich habe schon befürchtet, dass du doch besser in einem Tempel aufgehoben wärst.«

»Und ich dachte«, murmele ich, »dass ich diese Befürchtung heute Morgen zerstreut hätte, bis Nilsa in mein Zimmer geplatzt kam.«

Aeryn gibt ein Schnurren von sich, bei dem mein Blut sofort anfängt zu kribbeln. »Nilsa wird für den Rest des Abends woanders eingesetzt. Dabei brauche ich sie dringend, um den Verschluss meines Kleides zu öffnen.«

Am ganzen Körper zitternd stoße ich den Atem aus. »Mach das nicht … Nicht hier. Ich … bin nicht gut in so was und jetzt … kann ich an nichts anderes denken.«

Sie kichert. »Habe ich dir schon gesagt, wie niedlich ich dich finde, wenn du rot wirst?«

Ich verdrehe die Augen. »*Niedlich* ist nicht unbedingt die Bezeichnung, die ich jetzt von dir hören will.«

»Ach nein?« Wieder dieses Schnurren, das mich hart schlucken lässt. »Was willst du dann hören? Dass ich heute Morgen mehr als beeindruckt war? Dass ich Nilsa verflucht habe, weil sie uns unterbrochen hat? Dass ich bis kurz vor meinem Kampf an nichts anderes denken konnte als daran, wie du dich in meinen Händen angefühlt hast? Wie du geschmeckt hast?« Sie beißt sich auf die Unterlippe, um nicht zu lachen, als sie meinen zweifelsohne überrumpelten Gesichtsausdruck sieht, und hakt sich bei mir unter. »Wir sollten dringend frische Luft schnappen, meinst du nicht auch? Sonst fangen deine Ohren noch Feuer, so sehr wie sie glühen.«

Seufzend schließe ich für einen Moment die Augen. »Könntest du aufhören mich zu ärgern?«

»Warum? Es macht so viel Spaß!«

»Weil ich nie weiß, was … die Wahrheit ist und … was nur dazu dient, mich zu triezen.«

Sie runzelt die Stirn. »Alles ist die Wahrheit«, sagt sie ernst. »Ich habe dich noch nie angelogen.« Sie schmunzelt wieder. »Ich kann dich hervorragend mit der Wahrheit triezen.«

»Na toll«, murre ich, während wir den Weg nach draußen in den Garten einschlagen.

Ihr Lächeln ist ansteckend. Ich kann ihr nicht böse sein, selbst wenn ich es wollte. Wie gern würde ich so sein wie sie oder Nilsa und frei über dieses Thema reden können. Ich wünschte, ich könnte meine Ängste einfach hinter mir lassen und handeln.

»Da ist ja die Barbarin«, brummt mein Vater, der uns kurz vor unserem Ziel abfängt.

Blinzelnd erwache ich aus meinen Gedanken. Meine Eltern sind nicht zu den Speisen gegangen, sondern haben im Saal gewartet. Ich versteife mich, während ich die beiden mustere, in der Hoffnung, dass sie uns den Weg freigeben.

»Vater, Mutter«, sage ich schließlich, »das ist Aeryn. Aeryn«, ich neige den Kopf zu ihr, »das sind meine Eltern.«

Nur für einen Moment wirkt Aeryn überrascht, ehe sich ihre Züge verhärten, als sie meinen Vater anstarrt und ihn anschließend links liegen lässt. Diese geballte Form ihrer Abneigung habe ich mehrfach am eigenen Leib zu spüren bekommen, deshalb bin ich nicht überrascht über Vaters verdatterten Blick. In seiner Stellung ist er es nicht gewohnt, dass eine Frau – noch dazu eine Unfreie – ihn mit Nichtachtung straft.

Aeryn macht sich von mir los und tritt zu meiner Mutter. Behutsam nimmt sie ihre Hände, senkt den Kopf und drückt Mutters Handrücken gegen ihre Stirn.

»Is sveicu tevi, matra. Lai viete svetri jūs solus.«

Aeryn in ihrer Muttersprache reden zu hören, ist immer wieder ein Genuss, auch wenn ich keine Ahnung habe, was sie gesagt hat. Dennoch könnte ich ihren fremdartigen, aber wohlklingenden Worten ewig lauschen.

Als Aeryn den Kopf wieder hebt, legt meine Mutter ihr eine Hand an die Wange und lächelt sie an. Dann huscht ihr Blick zu mir und sie bedenkt auch mich mit diesem warmen, wissenden Lächeln. In diesem Moment fühle ich mich, als fiele mir ein riesiger Stein vom Herzen.

Mutter löst sich von Aeryn und hakt sich bei Vater unter. »Ich bin hungrig. Lass uns etwas essen.«

Noch immer verwirrt über Aeryns Behandlung, lässt er sich widerstandslos mitziehen.

Ich lege Aeryn eine Hand an die Hüfte, woraufhin sie sich an mich schmiegt. »Was hast du eben gemacht?«

»Ich habe sie auf die respektvolle Art begrüßt, die jeder Mutter zusteht.«

»Und was hast du gesagt?«

»Ich grüße dich, Mutter. Möge die Göttin deine Schritte leiten.« Wie ich sieht sie den beiden nach, wie sie sich im hinteren Bereich des Saals unter die anderen Gäste mischen. »Sie erinnert mich an dich. In ihrem Blick liegt die gleiche Wärme und Güte wie in deinem. In meinem Volk wäre sie nie mit einem Mann wie deinem Vater gestraft gewesen.«

»Ich versuche so wenig wie möglich über die Ehe meiner Eltern nachzudenken«, gebe ich zu. »Es führt mir nur vor Augen, was in unserer Gesellschaft falsch läuft.«

Aeryn nickt. »Ich werde der Göttin auf Knien danken, wenn ich dieses verfluchte Land endlich hinter mir lassen kann.«

Sofort fühlt sich mein Herz an, als würde es von einer unsichtbaren Hand zusammengequetscht werden, doch ich gebe keinen Ton von mir.

»Lass uns nach draußen gehen«, sagt Aeryn und ich folge ihr.

Ich würde ihr überallhin folgen, wenn es mir möglich wäre.

Doch das ist es nicht.

KAPITEL 37

AERYN

Nachdem ich frische Luft geschnappt habe, gehe ich mit Cato zurück in den Saal.

Es fällt mir schwer in alte Muster zurückzufinden. Ich habe schon oft reichen Etureern geschmeichelt, wenn Graecus es von mir verlangt hat. Aber als dieser Kerl mich vorhin angefasst hat, hätte ich ihm beinahe die Nase gebrochen. Und das nur, weil er beiläufig seine Hand auf meinen Arm gelegt hat. Ich zuckte unter der Berührung regelrecht zusammen und schimpfte mich daraufhin eine Närrin. Während eines Kampfes oder des Trainings oder zu anderen Empfängen werde ich regelmäßig von Fremden angefasst. Es sollte mir nichts ausmachen.

Doch dieser Kerl war nicht Cato. Seine Hand war schwitzig, nicht warm wie die meines Wolfs. Seine Berührung war besitzergreifend, nicht vorsichtig und sanft und schüchtern.

Die Gäste haben sich gestärkt und sprechen nun dem Wein zu, den Flavius freigiebig von ausschließlich männlichen Sklaven ausschenken lässt.

Kaum dass ich mich unter die Anwesenden gemischt habe, stehe ich wieder im Mittelpunkt der Aufmerksamkeit. Ich hasse jede einzelne Sekunde davon. Das Lächeln auf meinen Lippen fühlt sich falsch und zittrig an und ich habe meine liebe Not, es aufrechtzuerhalten. Am liebsten würde ich mich zurückziehen;

mein Arm schmerzt immer noch vom Kampf, doch das darf ich mir nicht anmerken lassen. Ich bin die siegreiche Vantyr – als genau das wollen die Gäste mich sehen. Also muss ich es ihnen vorspielen.

»Komm doch näher … Wie war gleich dein Name?«

Der Kerl von vorhin winkt mich zu sich. Meine Beine versagen mir fast den Gehorsam, als ich sie zwinge, einen Schritt auf ihn zu zu machen.

»Aeryn«, antworte ich, während ich einem der voreilenden Sklaven die Weinkaraffe abnehme und dem Mann nachschenke. »Und mit wem habe ich das Vergnügen?«

Er zieht die buschigen Augenbrauen zusammen. »Du kennst mich nicht?«

Sofort merke ich, dass ich einen Fehler gemacht habe, und beeile mich ihn zu überspielen. »Verzeiht. Ich bin noch nicht lange in diesem Teil des Landes und hatte kaum Gelegenheit, das Anwesen zu verlassen.«

Er nickt nachsichtig. »Das sollten wir dringend ändern. Ich bin Jaron. Mir gehört fast ganz Sizia. Ich bin der oberste Senator und unterstehe direkt dem Kaiser.«

Mich interessiert seine politische Stellung nicht im Geringsten. Ich weiß aber nun, dass er reich ist. Wahrscheinlich der reichste Mann in diesem Saal. Vielleicht reich genug, dass er mir meine Freiheit sichern kann.

Seit Flavius mir dieses Abkommen vorgeschlagen hat, denke ich in fast jeder freien Sekunde darüber nach, wie vielen reichen Säcken ich schmeicheln muss, um die Summe zu erhalten. Nun habe ich die Chance, den ersten Schritt in die richtige Richtung zu machen, doch jeder Muskel in meinem Körper scheint sich zu versteifen.

»Was hältst du davon, wenn ich dich kommende Woche in mein Stadthaus einlade?«, fragt Jaron mit gesenkter Stimme, als wolle er mir ein Geheimnis zuflüstern.

Eisige Gänsehaut breitet sich auf mir aus. »Das kann ich nicht entscheiden«, beeile ich mich zu sagen.

»Flavius hat bestimmt nichts dagegen.« Jaron nippt an seinem silbernen Becher. »Ich kann ihn für dich fragen, wenn du möchtest.«

»Nein, ich … mache das schon selbst.«

»Du brauchst nicht schüchtern zu sein.« Er lacht, als hätte er einen Witz gemacht, und ich lächele pflichtschuldig. »Ich wollte sowieso mit Flavius reden. Dein Kampf heute hat mich sehr beeindruckt. Flavius und ich sind schon lange befreundet, aber ich weiß, dass er … nicht genug Gold hat, um seine Gladiatoren ihren Bedürfnissen entsprechend auszustatten. Du hast doch noch keinen *patron*, oder?«

»Nein«, antworte ich.

»Vielleicht melde ich mich als dein *patron*«, stellt er in Aussicht. »Die Leute wollen genau so was wie dich sehen: eine Barbarin, die gegen Eturien rebelliert hat und gescheitert ist. Sie wollen sehen, dass du wieder in deiner alten Rolle bist und Eturien dienst, anstatt es zu zerstören. Ich könnte dir dabei helfen. Aber dazu müssten wir uns etwas besser kennenlernen.«

Ich zwinge mich ruhig zu atmen. Ohne dass ich es bemerkt habe, habe ich die Hände zu Fäusten geballt. Wie gern würde ich sie Bekanntschaft mit seinem Gesicht machen lassen. Aber er ist der Anführer dieser Provinz. Wenn ich ihn hier und jetzt niederschlage, werde ich niemals einen *patron* finden.

»Verzeihung.« Cato, der sich bis eben im Hintergrund gehalten hat, schiebt sich nun zwischen Jaron und mich. »Sicherlich möchtet Ihr noch viel mit Aeryn bereden, aber auf Flavius' Wunsch hin muss sie sich auch um andere Gäste kümmern. Wenn Ihr uns jetzt entschuldigen würdet.«

Er legt mir eine Hand an meinen unteren Rücken und schiebt mich sanft zur nächsten Gästegruppe, ohne Jarons Erwiderung abzuwarten.

»Danke«, flüstere ich ihm zu.

Aus den Augenwinkeln sehe ich ihn schmunzeln. »Ich konnte doch nicht riskieren, dass du dem Vorstand von Sizia die Zähne einschlägst.« Er senkt die Stimme. »Wenn er noch eine taktlose Bemerkung über ein ›besseres Kennenlernen‹ gemacht hätte, wäre es wohl meine Faust gewesen, die in seinem feisten Gesicht gelandet wäre.«

»So kenne ich dich ja gar nicht«, raune ich.

»Ja«, brummt er. »Ich mich auch nicht.«

Ich lerne an diesem Abend noch einige hohe Tiere aus Sizia kennen. Jaron scheint tatsächlich der Ranghöchste – und Reichste – von ihnen zu sein, doch auch die anderen lassen mich spüren, dass ich nicht mehr wert bin als der Dreck unter ihren Schuhen. Sie brauchen mich, um sich zu unterhalten, aber keiner von ihnen ist an mir als Person interessiert. Ich habe aufgehört zu zählen, wie oft ich an diesem Abend meinen Namen wiederholen musste, nur damit ihn mein Gegenüber gleich wieder vergisst.

Ich bekomme noch einige Angebote von Männern, die mich als *patron* unterstützen wollen, und lehne alle privaten Einladungen mit einem Lächeln ab.

Cato ist mein Retter, wenn sich ein Gast als zu aufdringlich erweist, was leider öfters der Fall ist. Jedes Mal, wenn mich einer von ihnen an der Wange tätschelt oder es wagt, mir einen Klaps auf den Hintern zu geben, möchte ich ihn am liebsten in Flammen aufgehen lassen. Ehe ich jedoch herumwirbeln kann, hat Cato den Übeltäter bereits gepackt und ihn deutlich in seine Schranken gewiesen. Die reichen Männer von Sizia sind alles andere als begeistert darüber, von einem Leibwächter gesagt zu bekommen, was sie dürfen und was nicht. Einige stellen sogar in Aussicht, sich bei Flavius zu beschweren, doch sowohl Cato als auch ich sehen dieser Drohung gelassen entgegen.

Nur wenige Gäste zeigen ein echtes Interesse an mir. Sie fragen, woher ich stamme und wo ich kämpfen gelernt habe. Das sind die Gespräche, die ich ein Stück weit genieße. Doch sie sind selten.

Gefühlt ist es schon weit nach Mitternacht. Ich kann nur noch mit Mühe die Augen offen halten und den Gesprächen um mich herum folgen. Trotz meiner Erschöpfung zwinge ich mich weiterzumachen. Wer weiß, ob ich die nächsten Tage wieder einen solch herausragenden Sieg erringen werde. Ich muss diese Gelegenheit nutzen, um so viele Kontakte wie möglich zu knüpfen.

»Nicht anfassen«, knurrt Cato hinter mir.

Als ich mich umdrehe, hat er einen Gast, der gerade Hand an meinen Po legen wollte, am Arm gepackt. Seinen glasigen Augen zufolge hat der Mann reichlich dem Wein zugesprochen und sämtliche Hemmungen verloren.

»Nun hab dich nicht so«, lallt er, während er versucht seinen Arm aus Catos Klammergriff zu entwinden. »Sklavinnen wie sie sind dazu da, um sie anzufassen.«

Catos Blick scheint Blitze zu schießen. Als er seinen Griff verstärkt, wimmert der Gast. Obwohl ich gern sehen würde, wie Cato ihm Manieren beibringt, gehe ich dazwischen.

»Ist schon gut«, murmele ich.

»Ist es nicht.« Er bleckt die Zähne und erinnert mich mehr denn je an einen Wolf.

Ich lege ihm eine Hand auf die Brust. »Cato. Lass ihn los.«

Cato bläht die Nasenflügel und zögert noch einige Herzschläge lang, ehe er den Gast abrupt freigibt. Noch während dieser sich lautstark und lallend über die rüde Behandlung beschwert, ziehe ich Cato in einen der Nebenräume und verschließe die Tür. Nur der Mond scheint durch das Fenster herein, ansonsten ist es stockfinster.

Getrieben wie ein Tier im Käfig streift Cato im Zimmer umher, verzweifelt darum bemüht, sich zu beruhigen. So habe ich ihn noch nie erlebt. Normalerweise bin ich es, die die Fassung verliert und unüberlegt handelt.

Nach einer Weile bleibt er stehen und fährt sich seufzend mit beiden Händen durchs Haar. »Ich werde noch wahnsinnig«, presst er fast tonlos hervor. »Ich weiß nicht, was ich tun soll.«

»Alles ist in Ordnung. Du …«

»Nichts ist in Ordnung«, grollt er. »Götter, wenn du wüsstest, wie sie dich ansehen. Wie sie dich mit ihren Blicken ausziehen. In Gedanken überschlagen sie bereits, wie viel sie Flavius zahlen müssen, damit sie eine ›private Unterredung‹ mit dir bekommen. Wenn du zu ihnen schaust, lächeln sie dich an und versprechen dir das Blaue vom Himmel, aber sobald du dich umdrehst …« Er schüttelt den Kopf. »Ich sehe sie – ihre Blicke. Ich kenne ihre Hintergedanken. Und ich möchte sie dafür …« Er starrt auf seine Hände. »Ich weiß nicht einmal, was ich mit ihnen tun will. Keine Bestrafung erscheint mir ausreichend.«

»Ich … bin es gewohnt«, sage ich lahm.

Cato schaut auf und runzelt die Stirn. »Du solltest es nicht gewohnt sein. Niemand sollte das.«

Ich zucke mit den Schultern. »Ich habe immerhin noch die Wahl. Du weißt, was mit Sklavinnen geschieht, die sich weigern.«

Sein Stirnrunzeln vertieft sich. »Musstest … du schon einmal wählen?«

»Nein«, murmele ich. »Graecus war wohlhabender als Flavius. Dadurch kam ich nie in den zweifelhaften Genuss, unbedingt einen *patron* haben zu müssen. Ich hatte ein paar, aber sie machten mir nur kleine Aufmerksamkeiten, ohne eine solche Gegenleistung zu erwarten. Ich glaube, Graecus ließ ihnen höhere Gewinne bei den Wetten auf mich zukommen.«

»Flavius wird das nicht tun.«

Ich nicke. »Das habe ich mir schon gedacht.«

Mit langen Schritten kommt Cato auf mich zu. Seinen Bewegungen liegt etwas Raubtierhaftes, Kraftvolles inne, was ich noch nie zuvor bei ihm beobachtet habe, wenn er sich abseits des Übungsplatzes bewegte. Ich weiche zurück – nicht aus Angst, sondern aus dem Wunsch heraus, diese geschmeidig-starken Bewegungen länger genießen zu können –, pralle aber mit dem Rücken gegen die Wand.

Bei mir angekommen stemmt er die Hände zu beiden Seiten meines Kopfes gegen die Mauer und stößt ein frustriertes Knurren aus. Mein gesamter Körper – jede einzelne Zelle – reagiert auf ihn. Auf seine Kraft. Seine Nähe. Und auch auf seine Frustration. Ich drücke den Rücken durch und schmiege mich an ihn.

»Ich wünschte«, presst er zwischen zusammengebissenen Zähnen hervor, »dass ich dir helfen könnte. Dass ich derjenige wäre, den du brauchst.«

»Das bist du«, hauche ich.

Doch er schüttelt vehement den Kopf. »Ein Teil von mir verflucht mich sogar dafür, dass ich … der Frau damals in der Armee geholfen habe. Hätte ich es nicht getan, wäre ich bei meinem Vater nicht in Ungnade gefallen. Vielleicht hätte ich dann … mit dem Reichtum meiner Familie …«

Ich lege ihm zwei Finger an die Lippen und bringe ihn dadurch zum Schweigen. »Hör auf, bitte. Ich will nie wieder hören, dass du deine Tat bereust.«

Kraftlos rutschen seine Hände an der Wand ab und er senkt den Kopf. Ich schlinge beide Arme um ihn und ziehe ihn an mich, bis er die Stirn gegen meine Schulter drückt. So halte ich ihn fest, bis sich seine abgehackte Atmung normalisiert.

»Ich habe Angst, Aeryn«, flüstert er.

»Wovor?«, frage ich, während ich die Finger durch sein im fahlen Mondlicht rabenschwarz wirkendes Haar gleiten lasse.

»Vor vielem. Aber am meisten fürchte ich mich davor, in deinen Augen nicht genug zu sein. Ich war so froh, als du mich nicht mehr ›junger Wolf‹ oder gar ›Welpe‹ genannt hast. Doch jetzt fühle ich mich genauso hilflos wie einer. Ich muss dabei zuschauen, wie andere dich mit Blicken ausziehen, während ich gleichzeitig weiß, dass sie das Gold haben, das du brauchst, wohingegen ich … Ich habe nichts, was ich dir geben könnte.«

»Das stimmt nicht.« Ich warte geduldig, bis er sich aufgerichtet hat und mich ansieht. »Du hast mein Leben gerettet. Anfangs habe ich dich dafür verflucht, aber du hast mir gezeigt, dass es tatsächlich etwas gibt, wofür es sich zu leben lohnt. Du hast mich wieder auf die Füße gezogen, als ich aufgeben wollte. Du hast mit mir trainiert, anstatt mich einzusperren. Und«, ich ziehe an der Kette an meinem Hals und bette den Wolfszahn auf meiner Handfläche, »du hast mir zugehört. Nicht nur das, du hast mich *verstanden*. Ich habe mich noch nie einem anderen Menschen so nah gefühlt wie dir.«

Auf seinen verwirrten Gesichtsausdruck hin lächele ich. »Ich mag das Gold brauchen, um meine Freiheit zu erlangen, aber du hast mir etwas Wichtigeres geschenkt. Du hast mir das Vertrauen in andere zurückgegeben. So lange war ich allein und einsam. Gefangen im Bauch eines Schiffes auf dem sturmgepeitschten Meer segelte ich dahin, ohne irgendwo anzukommen. Ich lebte nicht, sondern existierte bloß. Ich tat das, was andere von mir erwarteten. Aber du … erwartest nichts von mir. Du nimmst mich so, wie ich bin. Bei dir kann ich das Schiff verlassen, in dem ich jahrelang eingesperrt war.«

Ich streichele ihm über die Wange, bis sich die Falten auf seiner Stirn glätten und er ein erleichtertes Seufzen ausstößt.

»Lass sie starren«, murmele ich. »Lass sie glauben, dass sie mich kaufen können. Du wirst derjenige sein, dem ich meine Zeit schenke. Lass sie ihre Fantasien haben.« Ich schmiege mich an ihn. »Nur deine werde ich wahr machen.«

Ein Ruck geht bei meinen Worten durch ihn hindurch. »Aeryn.« Mein Name auf seinen Lippen ist eine Liebkosung und ein Flehen zugleich. »Darf ich dich berühren?«

Ein Schmunzeln zupft an meinen Mundwinkeln. »Ich hatte schon Angst, du fragst nie.«

»Ärgere mich nicht«, raunt er, ehe er mich sanft in den Hals beißt. »Nicht jetzt.«

Ich gebe ein Schnurren von mir und beuge mich seinem Wunsch. Federleicht lässt Cato die Hände an meiner Taille hinabgleiten, umfasst meine Hüften, meinen Po. Ohne Hast macht er sich wieder mit meinem Körper vertraut, der sich willig seinen Berührungen hingibt. Als seine Finger endlich den Weg durch die hohen Schlitze des Kleides zu meinem Schoß finden, beiße ich mir auf die Unterlippe, um jeden Laut im Keim zu ersticken.

Ich spüre Cato an meinem Hals lachen. »Mal sehen, wie lange du das durchhältst.«

Ich schnaube. »Ich hätte dich nicht für so grausam gehal…«

Der Rest des Wortes geht in einem heiseren Stöhnen unter, als seine Finger über meinen empfindlichsten Punkt streichen. Noch nie habe ich derart sensibel, derart sehnsüchtig auf diese Berührung reagiert, doch Catos spüre ich bis in den kleinen Zeh. Mein ganzer Körper erschauert unter reinster Ekstase und ich muss mich an ihm festkrallen, als auch meine Beine zu zittern beginnen.

Unbeirrt setzen seine Finger ihre Erkundung fort, während Cato meine Reaktionen mit vor Staunen funkelnden Augen beobachtet. Meine Lider flattern, als er mit einem Finger quälend langsam in mich eindringt. Ich habe keine Kontrolle mehr über meinen Körper; er handelt von ganz allein. Ich schiebe die Hüften vor, komme seinen Berührungen entgegen, um so viel wie möglich davon genießen zu können.

»Wenn du wüsstest«, raunt er, »wie wunderschön du gerade aussiehst. Wie verletzlich. Dass du mir diese Seite von dir zeigst …«

»Nur dir«, wispere ich heiser.

Er küsst mich, verschlingt mich geradezu, während seine Fingerspitzen wieder und wieder über genau die richtige Stelle tanzen. Ich klammere mich an ihn und stöhne in seinen Mund, dankbar dafür, dass unser Kuss meine Laute dämpft.

Als ich kurz davor bin zu kommen, löst sich Cato jedoch von mir. Erschrocken schaue ich zu ihm auf, während mein ganzer Körper vor ungestilltem Verlangen bebt. Mit einem schiefen Lächeln, das meinen Magen Kapriolen schlagen lässt, sinkt Cato vor mir auf die Knie. Ehe ich fähig bin zu sprechen, hebt er mein Kleid an und beginnt, mich mit dem Mund zu verwöhnen. Vor meinen weit aufgerissenen Augen explodieren helle Sterne, als seine Zunge über mein erregtes Fleisch leckt. Ich kralle eine Hand in sein Haar, um ihn genau dort zu halten, wo ich ihn brauche, und beiße in die andere. Meine Hüften zucken unkontrolliert. Mein Blut prickelt derart heiß wie vor einem Ausbruch meiner Magie, doch darauf kann ich mich kaum konzentrieren. Meine gesamten Empfindungen, mein ganzes Sein konzentriert sich auf meinen Schoß.

Als ich endlich Erlösung finde, meine ich, die Welt um mich herum müsse auseinanderbrechen. Ich werde auseinandergerissen und neu zusammengesetzt – alles innerhalb eines Augenblicks, in dem sich mein ganzer Körper versteift, nur um dann herrlich weich zu werden.

Meine Beine geben unter mir nach und ich sinke kraftlos an der Wand zu Boden.

Nur am Rande bemerke ich, dass Cato mein Gesicht mit beiden Händen umschließt und mich sorgenvoll ansieht. »Aeryn«, murmelt er. »Ist alles in Ordnung?«

In Ordnung? Ich habe mich nie besser gefühlt. Aber ich bekomme nur ein schwaches Nicken zustande, weil sich mein Geist noch in anderen Sphären befindet.

»Deine Haut«, sagt Cato. »Deine Magie.«

Blinzelnd zwinge ich mich zurück ins Hier und Jetzt und hebe einen Arm. Schwach erkenne ich unter den aufgemalten Linien, die sich über meine bloße Haut winden, die Zeichen meiner Feuerkraft.

»Passiert das immer?«, fragt Cato.

Ich schüttele den Kopf. »Bisher noch nie.«

Ich habe keine Erklärung dafür, doch damit befasse ich mich jetzt nicht. Stattdessen lächele ich Cato an, um die Sorge aus seinem Blick zu vertreiben, und ziehe ihn zu mir, um ihn zu küssen.

»Du willst mir wirklich erzählen, dass du das noch nie gemacht hast?«, frage ich anschließend.

Er zuckt mit den Schultern und grinst dabei jungenhaft. »Das stimmt, aber das bedeutet nicht, dass ich vollkommen unwissend bin. Schließlich habe ich zwei ältere Brüder, die mich gegen meinen Willen an ihren Eroberungsgeschichten teilhaben ließen, und in der Armee schnappt man auch das ein oder andere auf.«

Ich schmunzele. »Sollte ich deinen Brüdern je begegnen, werde ich mich bei ihnen bedanken.« Ich lehne die Stirn gegen seine. »Wenn es nicht das erste Mal für dich wäre und draußen nicht dieses verdammte Fest stattfände, würde ich dich jetzt anflehen, mich gegen die Wand zu vögeln.«

Catos Körper erschaudert und in seinen Augen, die meinen so nahe sind, funkelt es. Wir sind beide weit davon entfernt, vollends befriedigt zu sein. Jeder noch so kleinen Berührung, jedem

Blick liegt eine Sehnsucht inne, die nicht mit einem Mal gestillt werden kann.

Die vielleicht nie gestillt werden kann.

Ich seufze. »So ungern ich das auch sage, aber wir müssen zurück zum Empfang.«

Ich habe völlig den Überblick darüber verloren, wie lange wir uns hier bereits verstecken. Es könnten Minuten, aber auch eine halbe Ewigkeit sein. Am liebsten würde ich für immer mit Cato hierbleiben und mich vor dem Rest der Welt verbergen, aber das können wir nicht.

Er seufzt, steht jedoch auf und reicht mir die Hand, um mir ebenfalls aufzuhelfen. Meine Beine sind noch etwas wackelig, deshalb bin ich dankbar für seine Stütze. Schnell richte ich mein Kleid und vergewissere mich, dass sich meine Magie wieder zurückgezogen hat, ehe ich mir noch einen Kuss stehle.

In kurzem Abstand verlassen wir den Raum.

Da der Empfang bereits weit fortgeschritten ist und die Gäste dementsprechend angetrunken sind, ist unser Verschwinden kaum aufgefallen. Wenn einer der Gäste fragt, wo ich abgeblieben war, versichere ich ihm, dass ich mich nur frisch machen musste.

Cato verlässt nur kurz meine Seite, um sich von seinen Eltern zu verabschieden. Sein Vater straft ihn mit Nichtachtung, wofür ich ihn am liebsten niederschlagen würde. Nur seine Mutter legt Cato zum Abschied die Hand an die Wange, ehe sie in meine Richtung schaut und mir verschwörerisch zunickt. Obwohl ich kaum ein Wort mit ihr gewechselt habe, mag ich sie bereits und danke ihr still für die Güte, die sie an Cato weitergegeben hat.

Jaron, der angeblich reichste Mann Sizias, beehrt mich wieder mit seiner Aufmerksamkeit. »Ich habe mit Flavius gesprochen.«

Ich muss mich davon abhalten, mit den Augen zu rollen. »Worüber, mein Herr?«

»Darüber, was du ihm wert bist. Eine stolze Summe hat er für dich veranschlagt.«

»Ich weiß.«

»Du wirst alt und grau sein, bis du das Gold durch deine Kämpfe zusammenhast«, prophezeit er.

Ich knirsche mit den Zähnen und nippe an meinem Glas mit Punsch, um es zu überspielen.

»Ich habe Flavius angeboten, zumindest einen Teil der Summe zu bezahlen.«

Mein Hals fühlt sich an wie zugeschnürt. »Was verlangt Ihr als Gegenleistung?«

»Nun«, sagt Jaron gedehnt. »Zuerst muss ich eine Vorstellung dafür bekommen, wie viel dein Gewicht in Gold wert ist.«

Ich erstarre. Ein großer Teil von mir will ihm den Inhalt meines Glases ins Gesicht schütten für die Dreistigkeit, mit der er mir begegnet. Der andere, deutlich kleinere Teil wirft mir vor, dass ich dumm wie Stroh wäre, wenn ich diese Möglichkeit ungenutzt verstreichen ließe.

»Ich werde dich bald zu mir einladen«, sagt er gedehnt. »Hoffentlich bist du dann … ein wenig netter zu deinem potenziellen *patron.*«

Ich straffe die Schultern. »Ich bin nicht käuflich. Entweder Ihr wollt mein *patron* sein oder Ihr lasst es. Wenn Ihr eine Dirne sucht, geht ins Hafenviertel. Dort werdet Ihr sicher fündig – für weit weniger Eures Goldes.«

Jedwedes Gespräch um uns herum erstirbt. Die Stille wird durch Jarons dröhnendes Lachen durchbrochen.

»Meine Liebe, deine spitze Zunge macht dich nur noch interessanter für mich«, säuselt er. »Ich halte dich nicht für eine Dirne, aber ein wenig netter könntest du schon zu mir sein.«

Ich recke das Kinn. »Vielleicht werde ich das, wenn Ihr tatsächlich mein *patron* werdet. Bis dahin behandele ich Euch wie jeden anderen.«

»Jeden anderen?«, wiederholt er gedehnt, während sein Blick hinter mich gleitet.

Auch ohne mich umzudrehen, weiß ich, dass dort Cato steht. Ich spüre seine Anspannung und Wut, als wäre es meine eigene. Noch ein falsches Wort aus Jarons Mund und er wird auf den reichen Politiker losgehen. Ich will ihn davon abhalten, aber ich bekomme kein Wort heraus. Wie konnte Jaron uns so schnell durchschauen?

»Jaron.« Flavius' tiefe Stimme durchbricht die angespannte Stille im Saal. »Ich dachte, ich hätte mich deutlich ausgedrückt.« Gemächlichen Schrittes tritt er zu uns. »Die Vantyr gehört mir. Sie steht nicht zum Verkauf, aber ich habe ihr angeboten, dass sie sich freikaufen kann. Was sie anschließend mit ihrer Freiheit anfängt, bleibt ihr überlassen. Ihr, Jaron, könnt sie als *patron* unterstützen und so an ihren Siegen teilhaben, aber alles andere liegt in ihrer Hand.«

»Du warst schon immer zu weich, Flavius«, brummt Jaron. »Unfreie wie sie müssen sich dem Willen ihres Herrn beugen – in allen Belangen.«

Flavius seufzt. »Wer weiß? Wenn Ihr nett zu meiner Vantyr seid, ist sie Euch vielleicht irgendwann zugetan. Aber ich werde sie nicht dazu zwingen. Wenn sie Euch als *patron* ablehnt, kommt es mir nur zugute, schließlich bleibt sie dann länger in meinem Besitz.« Er klatscht in die Hände. »Es ist bereits spät und die meisten von uns sind betrunken. In diesem Zustand sollten wir keine Geschäfte mehr abschließen. Ab morgen gibt es weitere Kämpfe in der Arena, bei denen ihr meine Gladiatoren begutachten und entscheiden könnt, welchen ihr unterstützen wollt. Nun solltet ihr alle nach Hause gehen.«

Direkter als ich es je von ihm erwartet hätte, setzt Flavius seine Gäste vor die Tür. Einige murren, bestehen darauf, noch einen Becher seines teuren Weins trinken zu dürfen, doch Flavius ist unerbittlich.

Nachdem alle in ihren Kutschen sitzen, bleiben nur noch Cato, Flavius und ich zurück. Sklaven huschen durch den Saal und beseitigen die schlimmsten Spuren der Feier, doch sie nehmen keine Notiz von uns.

Seufzend reibt sich Flavius übers Gesicht. »Sei gewarnt, Aeryn. Jaron mag reich sein und sein Gold sitzt locker, aber er tut nichts ohne Hintergedanken. Mit ihm als *patron* musst du dir nie Sorgen um finanzielle Dinge machen, aber du wirst ihn bei Laune halten müssen. Und wie er unterhalten werden will, solltest du mittlerweile verstanden haben.«

Ich knirsche mit den Zähnen.

»Ich stehe zu meinem Wort«, fährt Flavius fort. »Ich zwinge dich zu nichts, aber ich werde nicht tatenlos danebenstehen, wenn du meinen Ruf beschmutzt. Ob es dir passt oder nicht, noch gehörst du mir. Wenn du den reichsten Mann Sizias vor den Kopf stößt, wird das auf mich zurückfallen. Und ich werde dann Entscheidungen treffen müssen, die ich uns allen gern ersparen würde.«

»Ich habe verstanden«, presse ich hervor.

»Wo wir gerade dabei sind«, Flavius' Stimme kühlt um mehrere Grad ab, »ich will nicht noch einmal erleben, dass ihr zwei euch während des Empfangs davonschleicht. Die Gäste mögen es kaum bemerkt haben, aber ich habe heute Abend keinen Tropfen angerührt. Mir ist sehr wohl aufgefallen, dass ihr gegangen seid.«

»Es kommt nicht wieder vor«, sagt Cato neben mir.

Flavius seufzt erneut. »Doch, das wird es, und das macht es nicht besser. Keiner von euch hat auf meine Ermahnungen gehört, deshalb muss ich deutlicher werden. Was ihr macht, wenn eure Arbeit getan ist, ist mir ab jetzt egal. Rennt von mir aus ins offene Messer, denn nichts anderes wird euch erwarten. Aber ich verlange, dass ihr eure Arbeit zu meiner Zufriedenheit erledigt. Dazu zählt auch die Anwesenheit auf Empfängen wie diesem.«

»Jawohl, Herr«, sagt Cato.

Flavius winkt ab. »Bring sie in ihre Zelle. Ich will euch erst morgen früh wiedersehen. Für heute habt ihr mir genug Kopfzerbrechen bereitet.«

»Ich habe keinen Schlüssel für ihre Zelle«, wirft Cato ein.

Zähneknirschend greift Flavius an seinen Gürtel und zieht einen Schlüssel aus seinem Schlüsselbund hervor. Ehe er ihn Cato reicht, grollt er: »Es ist mir gleichgültig, wie du es machst, aber du wirst morgen der Erste auf dem Übungsplatz sein. Ich will dich noch vor Sonnenaufgang dort stehen sehen, ist das klar? Ansonsten finde ich jemand anderen, der das Training – und sie – beaufsichtigt.«

Aus den Augenwinkeln sehe ich Cato schmunzeln. Schnell senkt er den Kopf, damit es nicht auch Flavius auffällt. »Natürlich, Herr.«

»Ja, ja«, grummelt Flavius, als Cato ihm den Schlüssel zu meiner Zelle abnimmt. »Und jetzt verschwindet.«

Das lassen wir uns nicht zweimal sagen.

KAPITEL 38

AERYN

Wir fallen fast die steile Steintreppe zu meiner Zelle hinunter, weil wir die Hände nicht voneinander lassen können. Noch auf dem Weg in den Keller zerre ich an den Schnallen, die Catos Brustpanzer an den Schultern und Seiten zusammenhalten. Nicht nur einmal fluche ich, weil sie nicht sofort aufgehen, und entlocke Cato damit ein Lachen. Er küsst mich innig, während er, ohne hinzusehen, versucht, meine Zelle aufzuschließen. Als es ihm schließlich gelingt, ziehe ich ihn hinein und dränge ihn gegen die nächstbeste Wand.

Wie schon beim ersten Mal, als ich das getan habe, lässt er sich davon nicht einschüchtern. Ein versonnenes Lächeln ruht auf seinen Lippen, während seine Hände an meinem Rücken hinabgleiten. Sehr viel behutsamer, als ich es je könnte, öffnet er die winzigen Hakenverschlüsse am Rücken des Kleides, das mir sogleich von den Schultern gleitet und zu Boden sinkt. Darunter trage ich nichts.

»Verrätst du mir noch etwas, bevor wir weitermachen?«, raunt er, während er mich geradezu mit Blicken verschlingt.

»In diesem Moment würde ich dir wahrscheinlich alles sagen, was du hören willst, wenn du dich nur endlich ausziehst.«

Er lacht und öffnet mit routinierten Handgriffen die letzten Schnallen an seiner Rüstung, an denen ich verzweifelt bin. Als er sie abgestreift hat, zieht er sich das Hemd über den Kopf. Ungeduldig warte ich darauf, dass auch seine Hose endlich verschwindet, doch er hält inne und wartet, bis ich ihm ins Gesicht sehe. Seine nun angespannte Miene verunsichert mich und ich runzele die Stirn. Hat er es sich etwa anders überlegt?

»Wie sagt man ›Ich liebe dich‹ in deiner Sprache?«, murmelt er.

Ich öffne den Mund, aber kein Wort kommt heraus. Ich bin völlig erstarrt; nur mein Herz hämmert viel zu fest gegen meine Rippen. So fest, dass es fast wehtut.

»Warum … fragst du das?«

Eine Falte erscheint zwischen seinen Augenbrauen. »Weil ich es zu dir sagen will.«

Ich zittere am ganzen Körper, als ich meinem Mund befehle, die richtigen Worte zu formen. »*Eas mīlu tevi.*«

Cato lächelt, wodurch die Falte verschwindet. Mit beiden Händen umschließt er mein Gesicht und küsst mich. So sanft, dass mir beinahe die Sinne schwinden. Dann lehnt er die Stirn gegen meine, sieht mir so tief in die Augen, dass ich in seinen versinke, und murmelt: »*Eas mīlu tevi,* Aeryn.«

Ich stoße den Atem aus, den ich die ganze Zeit angehalten habe, ohne es zu merken. »*Eas mīlu tevi, mins wulfk.*«

Seit Wochen habe ich mich geweigert, dem warmen Gefühl in meiner Brust einen Namen zu geben. Nun tue ich es, und ich weiß, dass es der richtige ist. Liebe ist etwas, was ich in mir für verloren hielt, genau wie jeden Funken Lebensfreude. Doch Cato hat diese Gefühle in mir gefunden und sie aus ihrem langen Schlaf erweckt.

»Ich wollte dir das schon so lange sagen«, flüstert er.

»Wie lange?«

Er lehnt sich zurück, sodass ich das sanfte Lächeln auf seinen Lippen sehen kann. »Seit unserem ersten Kuss. Jetzt habe ich endlich den Mut dazu. Zuvor dachte ich, dass ich mit allem zufrieden wäre, was du mir zu geben bereit bist. Heute weiß ich, dass ich alles von dir will. Alles und noch viel mehr.«

Ich schmiege mich an ihn und lasse die Hände über seine entblößte Brust mit den verblassten Narben gleiten. »Dann solltest du es dir endlich nehmen.«

Ein Ruck geht durch ihn hindurch, doch noch immer rührt er sich nicht. Es kommt mir vor, als hätte er Angst. Wovor kann ich nicht sagen.

»Cato«, wispere ich sanft, wobei er wohlig erschaudert. »Ich liebe dich.« Ich greife nach seiner Hand und führe sie zwischen meine Beine. Zeitgleich stöhnen wir auf. »Und ich will dich. So sehr, dass ich an nichts anderes denken kann.«

»Ich …« Er schluckt angestrengt. »Ich weiß nicht, was …«

Ich verschließe seinen Mund mit einem Kuss. »Dann überlass es mir. Genieße.«

Seine Muskeln zucken, als meine Finger über seinen Bauch gleiten, um seine Hose zu öffnen. Sein Atem geht schneller, ebenso wie meiner, als ich über seine Härte streichele und ihn anschließend zu meinem Strohlager führe. Nachdem er sich hingelegt hat, klettere ich auf ihn. Catos sonst meerblaue Augen sind vor Lust verschleiert und sein Körper ist zum Zerreißen angespannt, als ich mich langsam auf ihn senke. Unser Stöhnen hallt von den Mauerwänden wider, als ich ihn Stück für Stück in mich aufnehme. Er dehnt mich so weit, dass ich helle Punkte vor den weit geöffneten Augen tanzen sehe und wimmere. Ein sanfter, lustvoller Schmerz, der jedoch verfliegt, als ich mich ihm anpasse.

Mein Blut kribbelt in meinen Adern, wird heißer und immer heißer. Auf meinen Händen und Unterarmen bilden sich bereits die rötlichen Wirbel, doch weder Cato noch ich haben uns vor meiner Magie zu fürchten. Sie ist genauso glückselig wie ich, scheint es mir.

»Aeryn«, keucht Cato, »ich weiß nicht, wie lange ich …«

Ich bewege die Hüften – nur ganz kurz –, woraufhin seine Worte in einem Stöhnen untergehen. Sein Gesichtsausdruck wirkt schmerzverzerrt und angespannt, doch es liegt ein Funkeln in seinen Augen, während sein Blick dem Ausbreiten meiner Magie unter meiner Haut folgt.

»Das ist mir egal«, wispere ich. »Wir werden nicht nach einem Mal fertig sein. Mir ist es gleichgültig, wie du morgen früh als Erster auf dem Übungsplatz stehst. Bis dahin«, ich verlagere erneut das Gewicht und werde wieder mit einem Stöhnen belohnt, »werde ich dich so lange nehmen, bis wir beide vollends befriedigt sind.«

Die Anspannung verschwindet aus seiner Miene und ein verheißungsvolles Funkeln lässt seine verschleierten Augen erstrahlen. Er legt beide Hände an meine Hüften und murmelt: »Worauf wartest du dann noch?«

KAPITEL 39

AERYN

Dank Nilsa, der die undankbare Aufgabe zukommt, uns noch vor Sonnenaufgang zu wecken, schafft Cato es pünktlich zum Übungsplatz. Wie er aus dem Bett kommt, ist mir ein Rätsel, denn wir haben höchstens zwei Stunden geschlafen. Ich bin noch nie einem solch unersättlichen Mann wie Cato begegnet, doch ich weiß, ich stehe ihm in nichts nach.

Ich lasse mir mehr Zeit, um aus dem Bett zu kriechen. Ein paar Spritzer kaltes Wasser aus der Waschschüssel wirken wahre Wunder, ehe ich mich anziehe.

»Und?«, fragt Nilsa von der Tür aus.

Ich habe nicht bemerkt, dass sie noch immer da ist. »Was ›und‹?«

Sie verdreht die Augen, stellt sich hinter mich und beginnt ungefragt, mein Haar zu kämmen. »Ich hasse es, wenn ich dir jedes Wort aus der Nase ziehen muss.« Ihr Blick begegnet meinem im Spiegel und sie lächelt. »Aber ich brauche dich nur anzusehen, um die Antwort zu kennen. Du leuchtest regelrecht. Und Cato tat es auch, wenn er nicht gerade gegähnt hat.«

»Ich liebe ihn«, sage ich. »Und er liebt mich.« Ich stoße den Atem aus. »Es ist mir ein Rätsel, wie das passieren konnte, aber ich werde mich nicht beklagen. Ich habe mich noch nie so frei und unbeschwert gefühlt.«

Nilsa drückt meine Schulter. »Ich freue mich für euch. Wirklich. Ich wünschte nur …«

»Was?«

Sie runzelt die Stirn und wendet den Blick ab. »Nichts. Hör nicht auf mich.«

Ehe ich fragen kann, was sie damit meint, plappert sie über den gestrigen Empfang und die Schweinerei, die die Gäste hinterlassen haben. Darüber, dass die anderen Sklavinnen schon seit Stunden damit beschäftigt sind, den Saal zu schrubben, und sie froh darüber ist, für Cato und mich zuständig zu sein. Ich nicke, wenn sie eine Pause macht, werfe hin und wieder ein zustimmendes Brummen ein und hänge ansonsten in Gedanken der wunderbaren gestrigen Nacht nach.

Ich bin an einem Punkt in meinem Leben angekommen, den ich nie für möglich gehalten hätte.

Ich bin glücklich.

Morgens wache ich neben Cato auf, trainiere mit ihm und den anderen Sklaven – immer begleitet von Flavius' wachsamen Blicken – und absolviere meine Kämpfe in der Arena. Seit der Eröffnung stehe ich keinem ernst zu nehmenden Gegner gegenüber, sodass ich mir stets Catos Regeln ins Gedächtnis rufen muss, um einen Kampf in die Länge zu ziehen, den ich innerhalb eines Augenblicks für mich entscheiden könnte. Aber sowohl Cato als auch ich tun alles, um Flavius bei Laune zu halten. Er macht keinen Hehl daraus, dass er unsere Beziehung nicht gutheißt, aber er interveniert nicht mehr. Solange wir unsere Aufgaben erledigen, können wir danach tun und lassen, was wir wollen.

Nachts ist Cato mein gelehriger Schüler, der schon nach wenigen Tagen meinen Körper und dessen Vorlieben besser kennt als ich selbst.

So lebe ich von einem Tag auf den anderen. Wo früher eine kalte Leere war, ist nun Vorfreude und Glück. Wenn ich nachts die Augen schließe, erwartet mich kein Geflüster, kein anklagendes Starren meiner Ahnen. Da ist nur die Wärme von Catos Armen, die mich fest umschlingen und somit alles Schlechte fernhalten.

Wochen ziehen ins Land. Schnell gewöhne ich mich an die regelmäßigen Kämpfe und damit verbundenen Anstrengungen, sodass meine Beinverletzung beinahe in Vergessenheit gerät. Nur die Narbe an meinem Oberschenkel erinnert mich manchmal daran, was ich einst bereit war zu opfern und wie weit ich zu gehen bereit war. Ich ertappe mich dabei, wie ich tagelang keinen Gedanken an meine Freiheit verschwende. Bei Cato fühle ich mich frei, ohne es tatsächlich zu sein. Er stellt keine Erwartungen an mich und nimmt mich so, wie ich bin. Ein größeres Geschenk könnte ich mir nicht vorstellen.

Auch meine Magie ist friedlich. Nachts spüre ich ihr erfreutes Summen in meinen Adern und sehe ihr Leuchten auf meiner Haut, wenn wir zusammen sind.

Alles könnte perfekt sein.

Doch gut einen Monat nach der Eröffnung der Arena lässt mich Flavius zu sich rufen. Ein ungutes Kribbeln wütet in meinem Bauch. In Gedanken gehe ich durch, wen ich verärgert haben könnte, aber mir fällt niemand ein. Sogar mit den anderen Gladiatoren bin ich nicht mehr aneinandergeraten. Seit ich Cato als meinen beruhigenden Gegenpol habe, steht mir nicht der Sinn nach Streitereien.

Trotzdem gelingt es mir nicht, diese Unruhe abzuschütteln. Vor Flavius' Privatgemächern muss ich mehrmals durchatmen, bis ich in der Lage bin anzuklopfen.

»Herein«, brummt er von innen.

Ich bleibe ein gutes Stück von seinem Tisch entfernt stehen und neige den Kopf. »Ihr habt nach mir geschickt?«

»Ja.« Eine Weile mustert er mich und ich muss mich dazu zwingen, nicht von einem Fuß auf den anderen zu treten. »Ich möchte dir eine Frage stellen: Bist du zufrieden mit deinem Leben, wie es jetzt ist?«

Ich runzele die Stirn. »Warum …?«

»Keine Gegenfrage. Ich will nur Ja oder Nein hören. Wenn du Ja sagst, werde ich dir das Angebot nicht unterbreiten.«

Mir liegt die Frage nach diesem Angebot bereits auf der Zunge, doch Flavius würde mir nicht antworten. Ich kaue auf meiner Unterlippe. Wenn ich Ja sage, kann ich mich umdrehen und das Zimmer verlassen. Und ich werde nie erfahren, worum es sich bei dem Angebot handelt. Ja wäre die Wahrheit, zumindest im Moment.

Während ich dastehe und schweige, kommen mir wieder die Gründe in den Sinn, weshalb ich mich gegen meinen früheren Herrn aufgelehnt habe. Die Tatsache, dass ich nicht für immer kämpfen kann. Was geschieht dann mit mir? Wird Flavius mich weiterverkaufen und werde ich Cato womöglich nie wiedersehen?

Über nichts davon habe ich mir die letzten Wochen den Kopf zerbrochen. Diese dunklen Gedanken waren weit fort, als wären sie niemals da gewesen.

Das Gold, das ich für meine Siege von Flavius ausgezahlt bekomme, reicht gerade so, um meine Ausrüstung in Schuss zu halten. Sparen kann ich davon höchstens ein paar Kupfermünzen. Damit werde ich mich niemals freikaufen können. Auch daran habe ich die letzten Wochen nicht gedacht, doch jetzt …

Jetzt frage ich mich, was aus mir werden soll, wenn ich nicht mehr Flavius' siegreiche Vantyr bin. Als Geschäftsmann wird er keinen zusätzlichen Ballast wollen, der sich anderweitig nicht nützlich machen kann.

Und was soll ich tun, wenn Cato etwas geschieht …?

Ich balle die Hände zu Fäusten. »Ich will das Angebot hören.«

Flavius zieht eine Augenbraue hoch. »Du kamst mir glücklich vor.«

»Das bin ich auch«, versichere ich. »Mehr als ich es je war. Aber in einem Kampf halte ich mir auch mehrere Möglichkeiten offen.«

Flavius schweigt eine Weile, ehe er sagt: »Einer der Senatoren Sizias will dein *patron* werden. Du hast bereits Bekanntschaft mit ihm gemacht.«

Mein Körper verkrampft sich. »Jaron.«

Flavius nickt. »Er hat um ein privates Treffen mit dir gebeten.« Seufzend lehnt er sich in seinem Stuhl zurück. »Ich will ehrlich zu dir sein. Ich an deiner Stelle würde das Angebot ablehnen. Jaron ist nicht wie ich. Er verlangt Gegenleistungen und ist sich nicht zu schade, sie sich zu nehmen, falls sie ihm nicht freiwillig gegeben werden. Mit netten Worten und einem Lächeln allein wirst du ihm nicht beikommen. Aber fairerweise muss ich auch sagen, dass er der mit Abstand reichste Mann ist, den ich kenne. Wenn dir einer dabei helfen kann, deine Schulden abzubezahlen, dann Jaron. Und außer ihm hat bisher niemand angeboten dein *patron* zu werden.«

Dass sonst keiner mein *patron* werden will, schmerzt mich stärker, als ich es für möglich gehalten hätte. Bin ich nicht gut genug? Sind sie mit meinen Kämpfen nicht zufrieden?

»Wird Jaron … nur *diese* Art von Gegenleistung akzeptieren?«, frage ich.

»Hast du ihm etwas anderes anzubieten? Mit deiner spitzen Zunge bist du keine erbauliche Gesellschaft. Und du unterhältst keine Beziehungen, die ihm nützlich sein könnten.«

Ich lasse den Kopf sinken. »Ich verstehe, warum Ihr mir abratet.«

»Ich mache dir keine Vorschriften, wenn es um die Wahl deines *patrons* geht. Darüber entscheidest du allein.«

Ich könnte warten, bis sich ein anderer erbarmt und mein *patron* werden will, aber wenn das bisher nicht geschehen ist, wird es wohl auch nicht mehr passieren. Der Kampf zur Eröffnung war beeindruckend; mit den jetzigen Kämpfen kann ich das nicht wiederholen. Deshalb sollte ich jede Chance nutzen – und Jaron demonstrieren, dass ich mehr bin als nur ein hübscher Körper, den er besitzen will.

»Wann soll das Treffen stattfinden?«, frage ich.

Flavius mustert mich eine Weile stumm und voller Zweifel. »Heute Nachmittag«, sagt er schließlich. »Und ich werde dich nicht allein gehen lassen.«

»Ich kann sehr gut auf mich …«

»Ich weiß«, fällt er mir ins Wort. »Aber wenn du jemanden dabeihast, kommt Jaron vielleicht nicht auf dumme Gedanken. Und was auch immer du tust: Zettele keinen Streit an! Jaron ist mächtig. Viel mächtiger, als du es dir vorstellen kannst. Ein Wort von ihm, geflüstert ins richtige Ohr, könnte uns alle vernichten.«

Ich nicke. »Keine Sorge.«

Er verengt die Augen. »Die habe ich, seit ich mich für dich eingesetzt habe. Aber in den letzten Wochen dachte ich, dass du ruhiger geworden wärst. Dank Cato. Deine Freiheit scheint dir jedoch wichtiger zu sein als er.«

Ich stutze. »Was meint Ihr damit?«

Er lehnt sich zurück. »Was wirst du tun, wenn du mir nicht mehr gehörst?«

»Ich werde zurück in meine Heimat segeln.«

»Allein.«

Ich runzele die Stirn. »Wenn Cato mich begleiten will, wäre ich ...«

»Er kann dich nicht begleiten.«

Meine Atmung gerät ins Stocken. »Wieso nicht?«

»Weil seine Schuld schwerer wiegt als deine. Er kann nicht gehen, ohne seiner Familie Schande zu bereiten. Ich habe ihn in meinen Dienst genommen, um seine unehrenhafte Entlassung zu überspielen. Dafür steht er zusätzlich in meiner Schuld. Und er hat um dein Leben gefleht.« Er schüttelt den Kopf. »Es gibt keine Summe auf dieser Welt, die dies aufwiegen könnte. Wenn du gehst, dann gehst du allein.«

»Aber wenn ich Jaron dazu kriege, mein *patron* zu werden, und wenn er besonders zufrieden mit meinen Kämpfen ist, dann könnte er ... Ich könnte sparen. Ich könnte genug sparen, um Cato *und* mich freizukaufen. Ich könnte ...«

Diesmal unterbricht Flavius mich nicht; mir gehen von ganz allein die Worte aus. Ich habe bisher keinen Gedanken daran verschwendet, dass Cato ebenso an Flavius gebunden ist wie ich.

»Wie du weißt«, sagt Flavius überraschend sanft, »bin ich Geschäftsmann. Aber ganz gleich, was du mir anbietest, ich *kann* Cato nicht gehen lassen.«

»Warum?« Meine Stimme gleicht einem Krächzen.

»Ich habe es seiner Mutter geschworen. Ich kann ihn nicht gehen lassen und diesen Schwur brechen – für kein Gold der Welt. Ich habe versprochen, auf ihn aufzupassen und ihn vor Schaden zu bewahren. Deshalb war ich auch gegen eure Beziehung, aber sie war ... sehr angetan von dir, obwohl sie dir nur kurz während des Empfangs begegnet ist.«

Im ersten Moment begreife ich nicht, warum Flavius der Schwur gegenüber Catos Mutter so wichtig ist, bestand er doch stets darauf, dass Gold für ihn das Wichtigste sei.

Aber die Erkenntnis lässt nicht lange auf sich warten. »Ihr liebt sie.«

Er wendet den Blick ab. »Das ist lange her.«

Ein weiterer Gedanke drängt sich auf, und je länger ich Flavius anschaue, desto mehr Gemeinsamkeiten fallen mir zwischen meinem Wolf und meinem Herrn auf. Sie haben die gleiche Gesichtsform. Ihre Haarfarbe ist sich sehr ähnlich, wenn ich mir Flavius' erste graue Haare wegdenke. Flavius' Augen sind eine Spur dunkler, aber trotzdem schimmert auch in ihnen ein unergründliches Blau, wenn das Licht richtig fällt. Insgesamt sind es sehr viel mehr Gemeinsamkeiten, als Cato sie mit dem Mann seiner Mutter vorweisen kann.

»Ist Cato … Euer …?«

Der Blick aus Flavius' dunklen Augen ist stahlhart, als er wieder zu mir zurückschweift. »Denke diesen Gedanken nicht zu Ende. Und wenn du irgendwem gegenüber ein Gerücht in die Welt setzen solltest, werde ich dir die Zunge herausschneiden. Niemals lasse ich zu, dass du Caecilias Namen beschmutzt und ihr mit Gerüchten noch mehr Probleme bereitest, als sie ohnehin schon hat.«

»Das hatte ich nicht vor«, sage ich.

»Gut.« Seine Miene wirkt rastlos und er ändert schnell das Thema. »Willst du, dass Cato dich später zu Jaron begleitet?«

Ich nicke. Keiner der anderen Sklaven wird sich dazu bereit erklären, mit mir zu kommen und auf mich aufzupassen.

»Ich sage Nilsa Bescheid, dass sie dir passende Kleidung heraussucht.« Flavius entlässt mich mit einem Wink. »Mach mir keine Schande, Aeryn.«

Cato ist alles andere als begeistert von meinem Vorhaben, Jaron zu besuchen. Die ganze Zeit, in der Nilsa mir beim Frisieren und Ankleiden hilft, versucht er, es mir auszureden, doch ich bleibe hartnäckig.

»Und wenn er dir das Gold gibt, was dann?«, knurrt Cato. »Drehst du dich um und segelst zurück in deine Heimat?«

Nilsa legt die Bürste so leise zurück auf den Tisch, dass sie kein Geräusch verursacht. »Ich lasse euch lieber allein«, murmelt sie, ehe sie aus meiner Zelle flieht, so schnell sie ihre Füße tragen.

Ich warte, bis ihre huschenden Schritte auf der Steintreppe verklungen sind, ehe ich mich Cato zuwende. Ich trete so nah wie möglich an ihn heran und recke das Kinn. »Denkst du das von mir? Dass ich einfach gehen würde?«

Er zieht die Augenbrauen zusammen. »Das war dein Wunsch. Du willst in deine Heimat zurück.«

Ich nicke. »Und du hast mir versprochen mich zu unterstützen.«

»Aber da waren wir noch nicht … Ich dachte, dass ich … dich gehen lassen könnte. Zu diesem Zeitpunkt hätte ich es vielleicht gekonnt. Doch jetzt …«

Er stößt geräuschvoll den Atem aus und lässt den Kopf hängen; seine Stirn ist nur ein Stück von meiner entfernt, als würde er nicht wagen, nun diese Geste auszuführen.

»Ich respektiere dich«, flüstert er. »Ich respektiere deinen Wunsch. Und wenn du wirklich gehen willst, dann … werde ich dich nicht aufhalten. Mich würde es jedoch zerstören.«

Ich lege eine Hand an seine Brust, direkt über die Stelle, unter der sein Herz schlägt. »Ich hätte dich mitgenommen. In meinem

Volk wärst du nicht anders gewesen. Nicht zu sanft für diese Welt. Aber ich weiß nun, dass du nicht gehen kannst.«

Sein Blick findet meinen. Im Blau seiner Iriden liegt so viel Schmerz, dass es mir die Luft zum Atmen raubt. Schmerz, den ich spüre, als wäre er mein eigener.

»Ich möchte frei sein«, sage ich. Sofort vertieft sich der Schmerz und wird zu einem allumfassenden Schrecken. »Aber nicht, um zu gehen.«

Verwirrt runzelt Cato die Stirn. »Nicht?«

Ich schüttele den Kopf und recke mich ein Stück, um ihn zu küssen. Nur flüchtig und sanft. »Ich möchte frei sein, um nicht mehr kämpfen zu müssen. Ich will nicht mehr jeden Tag mit dem Risiko aufwachen, dass ich durch einen dummen Fehler in der Arena den Tod finden könnte. Ich möchte frei sein, um mit dir zusammen zu sein. Mit allem, was dazugehört. Wenn du mich willst.«

»Du würdest … hierbleiben?«, fragt Cato stockend. »In Eturien, dem Land, das du hasst?«

»Ich würde hierbleiben«, sage ich. »Bei dir. Dem Mann, den ich liebe. Eturien würde ich immer noch hassen, aber ich könnte damit leben. Weil ich dich hätte.«

Vorsichtig, als könnte ich bei einer zu schnellen Bewegung meine Meinung ändern, umschließt er mein Gesicht mit beiden Händen. »Du meinst das ernst, oder? Bitte sag mir, dass du mich nicht auf den Arm nimmst.«

Ich schmiege mich in seine warme Handfläche. »Das ist mein Ernst.«

Cato schenkt mir das bezauberndste Lächeln, das ich je gesehen habe. Ich meine sogar, Tränen in seinen meerblauen Augen glitzern zu sehen, als er sich zu mir herunterbeugt und den Mund auf meinen drückt. Dieser Kuss ist nicht flüchtig und sanft, sondern verzehrend. Ich nehme und gebe alles – mein Herz, meine

Seele und meine Zukunft –, genau wie er alles in diesen Kuss legt.

Alles, was ich wissen muss, um nie wieder Angst vor dem nächsten Tag oder der flüsternden Dunkelheit zu haben.

KAPITEL 40

AERYN

Jarons Stadthaus ist mehr als beeindruckend. Wenn ich wetten müsste, würde ich es auf doppelt so groß wie Graecus' Haus in Estrard schätzen. Weiße Marmorsäulen säumen sogar die lange Einfahrt. Selbst unter der erbarmungslosen etureischen Sonne besitzt Jaron grüne Wiesen, die sich rund um das Anwesen erstrecken. Wie viele Sklaven wohl nötig sind, um diesen Rasen zu pflegen?

Die Stufen, die zum Haus hinaufführen, sind ebenfalls aus Marmor und so blank poliert, dass sie in der Sonne glänzen. Statuen verschiedener, mir unbekannter Gottheiten oder Würdenträger säumen den Weg hinauf. Es kommt mir so vor, als würden sie jeden meiner Schritte beäugen.

Cato hält sich dicht hinter mir. Wie immer, wenn er sich in der Öffentlichkeit bewegt, trägt er seine Tribunrüstung, während Nilsa mich in ein eng anliegendes, aber hochgeschlossenes himmelblaues Kleid gesteckt hat, das in der Taille mit einem silbernen Gürtel zusammengehalten wird. Ebenfalls silberne Armreifen verdecken die Narben an meinen Handgelenken, die meinen potenziellen *patron* zu Nachfragen verführen könnten.

Jaron erwartet mich bereits mit einem gönnerhaften Lächeln an der riesigen Doppeltür. »Da bist du ja, meine Liebe!«, sagt er überschwänglich, ehe sein Blick hinter mich gleitet. Sofort verschwindet die falsche Freude aus seinem Gesicht. »Dein Begleiter ist sicher durstig. Für ihn findet sich bestimmt etwas Erfrischendes in der Küche.«

Auch ohne mich umzudrehen, kann ich mir Catos stechenden Blick bildlich vorstellen. »Danke für das Angebot, aber noch ist mein Durst zu ertragen. Mein Herr Flavius hat mich gebeten, Aeryn zu begleiten und sie nicht aus den Augen zu lassen.«

Die beiden Männer starren sich an, als warteten sie nur darauf, dass einer von ihnen zur Seite schaut und dadurch seine Niederlage eingesteht. Ehe sie sich noch an die Kehle springen können, gehe ich dazwischen.

»Ich danke Euch für die Einladung.« Es fällt mir schwer, süß und freundlich zu klingen. »Ich freue mich darauf, Euch näher kennenzulernen.«

Früher kamen mir diese und ähnliche Lügen leicht über die Lippen; heute muss ich mich dazu zwingen. Am liebsten würde ich mich umdrehen und wieder verschwinden, doch dann würde ich jede Chance auf Freiheit unwiederbringlich aufgeben.

Jaron führt mich durch das riesige Anwesen und protzt ungeniert mit den unzähligen Gemälden und Statuen und den weichen Teppichen, die er aus einem entfernten Land hat einschiffen lassen.

»Ihr habt eine beeindruckende Sammlung«, sage ich in der Hoffnung, diese Führung abkürzen und zum Wesentlichen kommen zu können.

»Nicht wahr?«, entgegnet Jaron.

Er streckt die Hand nach mir aus und streicht mir eine Haarsträhne hinters Ohr. Ich muss meine gesamte Willenskraft aufbieten, um gegen meine Instinkte anzukämpfen und ihm nicht sofort jeden Fingerknochen einzeln zu brechen.

»Und ich habe vor, ein weiteres seltenes Stück meiner Sammlung hinzuzufügen.«

Bedeutungsschwanger ruht sein Blick auf mir. Ich presse hastig die Lippen zusammen, damit ich ihn nicht anknurre. Hinter mir spüre ich, dass auch Cato sich versteift.

Noch nie fiel es mir so schwer zu lächeln. »Ich habe mich sehr über Euer Angebot gefreut, mein *patron* werden zu wollen.«

»Natürlich, meine Liebe.«

Er führt uns in einen Nebenraum und setzt sich auf eine Chaiselongue, die quer steht und den Mittelpunkt des Zimmers bildet. Cato gibt er mit einem abfälligen Grunzen zu verstehen, dass er in der Nähe der Tür bleiben soll, während er mich näher winkt. Alles in mir schreit, nicht zu ihm zu gehen, doch ich setze einen Fuß vor den anderen. Sollte Jaron zu weit gehen, werde ich ihm die Nase brechen – mir egal, was Flavius dazu sagen wird. Aber bis dahin werde ich nicht zulassen, dass mir die Chance auf Freiheit zwischen den Fingern zerrinnt.

»Nun«, sagt Jaron gedehnt, als ich direkt vor ihm stehen bleibe und auf ihn hinabsehe. »Flavius war sehr genau, was den Preis für dich angeht. Dein Gewicht in Gold … Zuerst muss ich eine Vorstellung davon bekommen, wie viel das ist.« Er lehnt sich auf der Chaiselongue zurück und klopft sich auf die Oberschenkel. »Setz dich.«

Ich erstarre, doch ich schlucke meinen Stolz hinunter. Mich auf seinen Schoß zu setzen, ist nicht der Untergang der Welt.

Das falsche Lächeln auf meinen Lippen zittert. »Aber nur ganz kurz.«

Erneut klopft er einladend auf seine Schenkel. Eine eisige Gänsehaut breitet sich auf meinen Armen aus, als ich einen Schritt vor mache und mich zögerlich auf seinem Schoß niederlasse. Ich vermeide es, in Catos Richtung zu schauen. Sofort sind Jarons Hände überall: an meinem Rücken, meinen Beinen, meinen Oberarmen, in meinem Haar. Ich muss an mich halten, um nicht sofort wieder aufzuspringen. Seine Berührungen sind völlig anders als die, an die ich mich die letzten Wochen gewöhnt habe. Jarons Hände sind kalt und feucht, während die meines Wolfs warm und vorsichtig sind.

»Schwerer als ich dachte.«

Ich springe auf, angeekelt von jeder einzelnen Berührung und der Nähe, die ich ertragen musste. Mich umzudrehen wage ich nicht. Ich spüre Catos Unruhe auch so. Wie ein Tier im Käfig läuft er an der Tür auf und ab.

Noch immer am ganzen Körper zitternd, frage ich: »Werdet Ihr mein *patron*?«

Jaron scheint alles andere als erfreut über mein plötzliches Aufstehen zu sein. »Das kommt darauf an.«

»Worauf?«

Bei dem schmierigen Grinsen, das er mir daraufhin schenkt, muss er gar nicht mehr den Mund öffnen. Ich kenne die Antwort auch so.

»Schicke deinen Anstandswauwau nach Hause und verbringe den Abend mit mir. Morgen früh werde ich dir meine Entscheidung mitteilen.«

Nun kann ich ein Knurren nicht mehr unterdrücken. »Nein.«

Perplex blinzelt er zu mir auf. »Was meinst du mit ›Nein‹?«

»Ich habe es Euch bereits gesagt: Ich bin keine Dirne. Ihr besitzt nicht genug Gold, um mich auf diese Weise kaufen zu können.«

Jaron besitzt die Dreistigkeit, mir ins Gesicht zu lachen. Im ersten Moment bin ich darüber verwirrt, doch schnell muss die Verwirrung Wut weichen. Ehe ich mich jedoch umdrehen und gehen kann, packt er mich am Handgelenk und zieht mich mit einem Ruck zu sich.

»Wie kommst du auf die dumme Idee, dass ich dafür bezahlen würde? Du wirst mir zu Willen sein und keine einzige Münze dafür sehen. Und erst wenn ich mit deinen … Leistungen zufrieden bin, werde ich erwägen, dein *patron* zu werden.«

Ich entreiße ihm mein Handgelenk. »Ihr widert mich an.«

Wie gern würde ich ihn dorthin treten, wo es richtig weh tut, aber Flavius' Warnung klingelt mir in den Ohren. Herr oder nicht, er hat mich über die letzten Monate nie schlecht behandelt. Und vielleicht ist er Catos Vater. Ich will ihn nicht in Verlegenheit bringen, also begnüge ich mich damit, Jaron möglichst finster anzustarren.

Doch davon lässt er sich nicht beeindrucken. Er erhebt sich und umfasst grob mein Kinn, ehe er sich vorlehnt, um mich zu küssen. Vor Schreck reagiere ich zu langsam, sodass es Catos Faust ist, die in Jarons Gesicht landet.

Jaron wird von dem unerwarteten Hieb zurückgeschleudert und verliert das Gleichgewicht. Sein Kopf kracht gegen die Chaiselongue und ein markerschütterndes Knacken erfüllt den Raum.

Dann ist es so still, dass man eine Maus husten hören könnte. Cato und ich wagen nicht Luft zu holen, während wir auf den Senator starren, der reglos und mit seltsam verdrehtem Kopf auf dem marmornen Boden liegt.

Während meiner Zeit in der Arena habe ich genug Tote gesehen, um einen zu erkennen. Dennoch stürze ich vor, knie mich neben Jaron und taste nach seinem Herzschlag. Vergebens. In falscher Hoffnung halte ich das Ohr über seinen Mund, spüre jedoch keinen Atem.

»Ist er …?« Catos Stimme bricht.

»Wir müssen hier weg.« Ich raffe mein Kleid, haste auf Cato zu und greife nach seiner Hand, doch er bleibt wie versteinert stehen und starrt auf Jaron. »Hörst du nicht? Wir müssen …«

Die Tür öffnet sich und ein Sklave kommt mit Erfrischungen herein. Abrupt bleibt er stehen, während er mit schreckgeweiteten Augen erst Cato, dann mich und schließlich den leblosen Jaron anstarrt. Das Tablett entgleitet seinen Händen. Klirrend zerbersten die Gläser und Karaffen auf dem Boden.

Es dauert nur wenige, angsterfüllte Augenblicke, bis eine Wache hereinkommt. Ich bin die Einzige, die reagiert. Während die Wache noch damit beschäftigt ist, die Situation zu begreifen, stürze ich vor und schlage sie mit einem gezielten Fausthieb gegen die Schläfe bewusstlos.

Nun erwacht der Sklave aus seiner Starre. Panisch rennt er aus dem Zimmer und brüllt nach weiteren Wachen. Ehe ich ihm nachsetzen kann, nestelt er mit zitternden Fingern an dem Schlüsselbund an seinem Gürtel, zieht die Tür hinter sich zu und verriegelt sie. Dumpf klingt der Lärm, den der Sklave macht, um weitere Wachen zu alarmieren, aus dem Korridor zu uns herein.

Mehrmals stemme ich mich mit der Schulter gegen die Tür, doch sie gibt nicht nach. Mein Blick huscht durchs Zimmer. Knapp unter der Decke sind mehrere längliche Fenster angebracht – zu hoch und schmal, als dass wir sie zur Flucht nutzen könnten. Eine andere Tür gibt es nicht.

Wir sitzen in der Falle. Und niemand wird Fragen stellen, wenn ein toter Senator vor unseren Füßen liegt.

»Wir machen Folgendes«, zwinge ich mich zu sagen und reiße damit auch Cato aus seiner Starre. »Du versteckst dich hinter der Tür und fliehst, während ich die Wachen beschäftige. Ich halte sie so lange auf, wie es mir möglich ist.«

Verwirrt blinzelt er mich an. »Was? Nein! Ich lasse dich nicht allein.«

»Bitte geh!«

»Niemals.«

Panik kriecht mir den Hals hinauf, während mein Blick hektisch von der Tür zu Cato fliegt. Draußen höre ich bereits die schweren Schritte der alarmierten Wachen.

»Bitte«, flehe ich. »Ich komme zurecht.«

Cato ist blass, doch abgesehen davon lässt er sich keinen Anflug von Angst anmerken, während er den Kopf schüttelt. »Ich werde dich nicht zurücklassen.« Er greift nach meiner Hand und führt sie zu seinem Mund, um einen Kuss darauf zu hauchen. »Was auch geschieht, wir bleiben zusammen.«

Ehe ich etwas erwidern kann, wird der Schlüssel im Schloss gedreht und die Tür erneut aufgestoßen. Riesige, muskelbepackte Sklaven strömen ins Zimmer. Sie sind zu fünft und bewaffnet, während Cato und ich nicht einmal einen Dolch haben. Als ich einen Seitenblick riskiere, sehe ich in seinem Gesicht jedoch keine Resignation. Wir beide haben schon schlimmere Situationen gemeistert und anderen Übermächten gegenübergestanden. Wir haben überlebt. Und wir werden es auch dieses Mal schaffen. Im Training haben wir meist gegeneinander gekämpft, aber jetzt stehen wir Seite an Seite. Meine Magie kribbelt vor Freude darüber und signalisiert mir, dass sie da ist und uns verteidigen wird, so gut es ihr möglich ist. Weder ich noch sie werden zulassen, dass Cato etwas geschieht.

Es ist mir gleichgültig, über wie viele Leichen ich dafür gehen muss.

Zielsicher mache ich den schwächsten Sklaven aus und konzentriere mich auf ihn. Im Laufe der Jahre habe ich gelernt, allein an der Haltung die körperliche und geistige Kraft eines Gegners einschätzen zu können. Wie erwartet hält er sich in der hinteren Reihe und überlässt seinen Kumpanen den ersten Angriff. Ich weiche den anderen Wachen aus und stürze auf den Schwächsten zu. Ich muss schnell sein; lange wird Cato die anderen nicht beschäftigen können.

Ich liege mit meiner Einschätzung nicht daneben: Wahrscheinlich hat der hintere Sklave noch nie einen echten Kampf bestritten und wurde nur wegen seiner bulligen Statur in die Wache aufgenommen. Ich brauche nur zwei gezielte Hiebe, um ihm sein Kurzschwert zu entwenden und ihm für eine Weile die Lichter auszupusten.

Doch als ich herumwirbele, um Cato zu Hilfe zu eilen, haben sie ihn bereits überwältigt.

»Weg mit dem Schwert!«, grunzt einer der Wachmänner, während er Cato eine Waffe an den Hals hält. Ein anderer drückt Cato auf die Knie.

Es sind nur noch diese beiden Sklaven übrig. Zwei andere liegen bewusstlos am Boden. Stolz nicke ich Cato kaum merklich zu und ein Lächeln zupft trotz der Situation an seinen Lippen.

»Ihr seid sicher, dass ihr euch mit uns anlegen wollt?«, frage ich die beiden Männer. »Wir haben innerhalb eines Augenblicks drei von euch ausgeschaltet. Wollt ihr wirklich erfahren, was wir mit Waffen ausrichten können?«

Sie zögern und werfen sich Blicke zu. Beinahe rechne ich damit, dass sie mit eingezogenem Schwanz die Flucht antreten, doch so leicht machen sie es uns nicht. Stattdessen drückt einer die Klinge seines Schwertes so fest gegen Catos Hals, dass Blut fließt.

Das genügt, um die Zurückhaltung meiner Magie niederzureißen.

Ich höre die gebellten Forderungen nicht mehr. Sie verkommen zu einem undeutlichen Rauschen angesichts des pulsierenden Blutes in meinen Ohren. Rückhaltlos bahnt sich meine Magie einen Weg nach draußen, nur gestoppt von dem Brandmal an meiner Schulter. Doch ich spüre sie: ihre Stärke, ihre Wut, ihre Hitze. Ich nehme all das und stecke es in meinen Angriff. Ich wünschte, meine Feinde würden durch meine Magie in Flammen aufgehen, doch sie gehen durch meine Fausthiebe nur zu Boden. Ich nehme alles bewusst wahr, doch die Wut meiner Magie über Catos vergossenes Blut vermischt sich mit meiner, und ich gebe freiwillig die Kontrolle ein Stück weit ab.

Ich schaffe es erst, mich vollends durch den Rauch und die Glut zurück ins Hier und Jetzt zu kämpfen, als ich herrlich kühle Hände zunächst an meinen Oberarmen und dann an meinen Wangen spüre. Mehrmals muss ich blinzeln, damit der feurige rote Schleier mir nicht mehr die Sicht auf Catos Gesicht nimmt.

»Komm zurück zu mir, Aeryn«, wispert er.

Diese sanften Worte durchdringen das Rauschen und Pulsieren und besänftigen die Wut meiner Magie und mich gleichermaßen.

»Du bist unverletzt?«, krächze ich.

Er lehnt die Stirn gegen meine. »Dank dir, Liebste.« Sacht küsst er mich auf die Nasenspitze und schließlich auf den Mund. »Und jetzt müssen wir verschwinden. Kannst du laufen?«

Widerstrebend entziehe ich mich seinen Liebkosungen und seinem sicheren Griff. »Es wird gehen.«

Wie immer, nachdem meine Magie eingreifen musste, fühle ich mich auch jetzt wund und schwach, als wäre ich jedweder Stärke beraubt worden. Selbst zu gehen stellt mich vor Herausforderungen, doch wir dürfen nicht zögern. Gut möglich, dass sonst …

»Pass auf!«

Cato schlingt zeitgleich mit seiner Warnung beide Arme um mich, doch zu spät.

Das Letzte, was ich bewusst wahrnehme, ist ein gleißender Schmerz an der Schläfe, ehe alles um mich herum schwarz wird.

KAPITEL 41

AERYN

Das Wissen, dass etwas ganz und gar nicht in Ordnung ist, ergreift Besitz von mir, noch ehe ich die Augen aufschlage. Ich blinzele, doch alles um mich herum ist verschwommen, und mich durchzucken solche Schmerzen, dass ich mich zusammenkrümme. Oder es zumindest versuche. Etwas hindert mich daran, doch ich bin zu benommen, um die Ursache dafür zu erkennen.

Bevor ich weiß, wo ich bin oder was geschehen ist, beherrscht mich ein Gedanke.

»Cato«, hauche ich rau.

Mein Hals fühlt sich staubtrocken an, als hätte ich seit Ewigkeiten nichts mehr getrunken. Meine Lippen sind aufgesprungen. In meinem Schädel hämmert es im gleichen Takt zu meinem Herzschlag. Aber all das verkommt zu Nebensächlichkeiten.

Ich reiße trotz der nicht enden wollenden Schmerzen wieder die Augen auf und sehe mich um.

Ich befinde mich in einer winzigen Zelle. Allein. Meine Handgelenke sind an dicke Ketten gefesselt, die jeweils seitlich zu den dunklen Steinwänden laufen. Ich knie aufrecht auf muffigem Stroh. Das einst himmelblaue Kleid hängt in Fetzen an mir herab. Irgendwo blute ich, wie mir die roten Schlieren im Stroh beweisen.

»Cato!«

Diesmal ist meine Stimme lauter, aber nicht minder krächzend. Sie hallt von den kalten, feuchten Steinwänden wider, als würde sie mich verhöhnen.

Ich will die Arme bewegen, doch die eisernen Manschetten um meine Handgelenke sind fest und die Ketten derart straff gespannt, dass ich mich keinen Zentimeter rühren kann. Jeden Ruck spüre ich bis in meine Schultern.

Panik kriecht in mir hoch. Wo bin ich? Was ist passiert? Und wo ist Cato? Seine Arme, die er schützend um mich gelegt hat, waren das Letzte, was ich gesehen habe. Ich muss hinterrücks niedergeschlagen worden sein. Danach erinnere ich mich an nichts mehr.

Erneut rucke ich an den Ketten, ungeachtet der Qualen, die meine Arme hinaufschießen. Meine Muskeln sind derart steif, dass ich schon eine ganze Weile in dieser Position knien muss.

Ich suche meine Magie in mir, finde aber nur ein schwaches Glimmen. Noch schwächer als gewöhnlich. Ich beiße die Zähne zusammen und drehe den Kopf. Meine Schultern sind durch die Art der Fesselung auf Höhe meines Gesichts, sodass ich es sofort sehe: ein neues Brandmal, das knapp über Flavius' angebracht ist.

Und ich kenne das Zeichen.

»Du bist also endlich aufgewacht«, sagt jemand von jenseits des Gitters.

Graecus.

»Ich habe gehofft, dich niemals wiedersehen zu müssen«, grollt er, während ich ihn abschätzig mustere und mich innerlich von meinem Schrecken erhole.

»Geht mir ebenso«, gebe ich zurück.

Er hat zugenommen, fällt mir auf. Sein Gesicht wirkt teigig und fahl. Und diese Falten um seinen Mund waren vor ein paar Monaten noch nicht derart ausgeprägt. Graecus war noch nie ein ansehnlicher Mann, aber nun wirkt er verbittert.

Dass er vor mir steht, kann nur bedeuten, dass ich zurück in der Hauptstadt Estrard bin. Aber wie bin ich hier hergekommen? Wie lange war ich bewusstlos?

»Dir scheint es gut ergangen zu sein«, sagt er, nachdem er mich ebenfalls begutachtet hat. »Hast du auch nur einen Gedanken an das Chaos verschwendet, das du zurückgelassen hast?«

»Nein«, antworte ich wahrheitsgemäß. »Warum sollte ich?«

Er macht einen bedrohlich wirkenden Schritt auf die Gitter zu. »Weil du mich beinahe ruiniert hast, du undankbares Gör!«

Ich schnaube, erspare mir aber eine weitere Reaktion. »Wo ist Cato?«, frage ich stattdessen.

»Ich weiß nicht einmal, wer das ist.« Graecus' Miene ist noch immer wutverzerrt. »Mach dir lieber um dich selbst Sorgen.«

Ein eisiger Schauer rinnt mir über den Rücken. »Was hast du mit mir vor?«

»Ich? Gar nichts. Ich hätte das Recht, dich sofort hinrichten zu lassen, aber dummerweise steht der Geburtstag des zukünftigen Kaisers bevor.«

Ich kann ein ungläubiges Kichern nicht unterdrücken, denn ich weiß, was das bedeutet. »Du willst mich wieder in die Arena schicken?«

»Ich nicht«, sagt Graecus bestimmt, »aber es gibt Leute, die der Meinung sind, deine Teilnahme würde … diesem Feiertag die gewisse Würze verleihen. Und letztendlich haben sie mich überzeugt.«

Ich war noch nie bei diesem Feiertag dabei, aber ich habe bei anderen Gladiatoren Geschichten aufgeschnappt. Sowohl zum Geburtstag des Kaisers als auch seines Sohnes werden alle noch lebenden Gefangenen Estrards – egal, ob Mann oder Frau, Kind oder Greis – in die Arena geschickt, um auf Leben und Tod gegeneinander anzutreten. Der Sieger wird von allen Vergehen freigesprochen, egal ob er gestohlen, vergewaltigt oder gemordet hat. Es ist ein Gemetzel, das zu einem Volksfest aufgebauscht wird.

Und nun wollen sie mich zu diesem Gemetzel in die Arena schicken.

Als ob einer dieser Taschendiebe eine Chance gegen mich hätte.

»Was geschieht mit mir, wenn ich gewinne?«, frage ich.

Graecus zuckt mit den Schultern. »Das kommt auf die Laune des zukünftigen Kaisers an. Normalerweise darf der Sieger die Arena als freier Mann verlassen und mit seinem Leben anfangen, was er will.«

Ich könnte gehen. Ich könnte endlich frei sein. Ich könnte Cato suchen.

»Wann sollen die Kämpfe stattfinden?«, will ich wissen.

»In drei Tagen.« Er wendet sich halb ab. »Neben dem Sohn des Kaisers wird auch zum ersten Mal seine zukünftige Braut dabei sein, die er bisher vor Eturien geheim gehalten hat. Und natürlich werde ich da sein und mir das Spektakel ansehen. Und ich wünsche mir nichts sehnlicher, als dich blutüberströmt im Staub der Arena liegen zu sehen. Einst warst du mein wichtigster Besitz. Heute würde ich meine gesamte Habe dafür eintauschen, deinen Kopf auf einem Spieß stecken zu sehen.«

Seine Wut ist nicht überraschend, dennoch trifft sie mich. »Du hättest mir nur die Chance auf meine Freiheit geben müssen. Eine *Chance*, um mehr habe ich nicht gebeten. Dann wäre nichts davon geschehen.«

»Nein«, knurrt er. »Ich hätte dich von Anfang an strenger behandeln sollen. Ich war zu weich mit dir. Aber das wird mir nie wieder passieren. Meine Arena konntet ihr, du und Kallidora, zum Glück nicht völlig zerstören. Die Grundmauern und die wichtigsten unterirdischen Gänge blieben trotz eurer Bemühungen intakt. Ich habe aus den Trümmern etwas Neues erschaffen.

Und es wird mir eine besondere Freude sein, dich in meiner neuen Schöpfung krepieren zu sehen.«

Abrupt wendet er sich ab und durchschreitet mit langen Schritten und wehendem Gewand den Gang, bis er aus meinem Blickfeld verschwunden ist.

Ich bleibe zurück und mein Körper wird von einem furchtbaren Zittern erfasst. Vor ihm wollte ich mir keine Schwäche erlauben, denn er hätte sie gnadenlos ausgenutzt. Doch nun kann ich sie nicht länger unterdrücken. Ich zittere vor Kälte und Angst gleichermaßen. Graecus war nie ein Mann der leeren Worte. Er kennt mich und meine Art zu kämpfen. Ihm ist klar, dass ein Taschendieb kein Gegner für mich ist. Dass er nun davon überzeugt ist, mich scheitern zu sehen, kann nur bedeuten, dass er mir nicht alles gesagt hat.

Andere mögen entschieden haben mich zu den Kämpfen zuzulassen, aber Graecus wird zu jedem Mittel greifen, um mich scheitern zu sehen.

Anhand der Jubelrufe der Arenazuschauer, die über meiner Zelle auf den Rängen sitzen müssen, kann ich ungefähr abschätzen, wie viel Zeit vergangen ist. Zweimal verklingen sie über einen längeren Zeitraum – wahrscheinlich nachts –, was bedeutet, dass ich seit zwei Tagen bei Bewusstsein bin.

Nicht ein einziges Mal lockern die Wachen während dieser Zeit meine Ketten, auch nicht als ich ihnen sage, dass ich mich erleichtern muss.

Vor einigen Monaten dachte ich, dass das Erniedrigendste, was ich je erdulden musste, das ständige Läuten nach Nilsa war, doch das ist ein Irrtum. Ich versuche das Wasserlassen so lange wie möglich zu unterdrücken. Aber irgendwann geht es nicht mehr.

Die Wachen feixen über mich und erniedrigen mich noch weiter, bis ich es kaum noch ertrage. In Gedanken male ich mir aus, wie ich ihnen das Rückgrat durch den Rachen herausreiße und zusehe, wie sie röchelnd vor mir sterben.

Diese und ähnliche Fantasien und der brennende Wunsch, nach Cato zu suchen, halten mich davon ab, gänzlich zu zerbrechen. Ohne ihn, ohne das Verlangen, ihn wiedersehen und in die Arme schließen zu können, hätte ich aufgegeben.

Einmal am Tag kommt eine Sklavin, die mich füttert und mir Wasser einflößt. Ich versuche, etwas aus ihr herauszukriegen. Hauptsächlich frage ich nach Cato, beschreibe ihn und bitte sie mir zu sagen, ob sie ihn irgendwo gesehen hat. Doch sie schüttelt den Kopf und öffnet den Mund. Ich schlucke trocken. Man hat ihr die Zunge herausgeschnitten – eine beliebte Bestrafung für lügende Sklaven.

Am dritten Tag bringt die Sklavin eine aus Leder gefertigte Kampfmontur. Endlich lösen die Wachen die Fesseln um meine Handgelenke, woraufhin ich kraftlos nach vorn sacke. Meine Beine kribbeln vom langen Knien. Meine Füße sind gänzlich gefühllos und die Haut um meine Handgelenke ist teilweise aufgescheuert.

Obwohl die Wachen ihre Speere auf mich richten und ich unmöglich ohne Hilfe stehen kann, denke ich darüber nach, mich jetzt sofort an ihnen zu rächen. Ich tue es nur nicht, um meine Teilnahme an den Festspielen nicht zu gefährden. Aber danach … Fest präge ich mir ihre Gesichter ein. Ich werde sie aufspüren. Und ich werde mir Zeit lassen, sobald ich sie gefunden habe. Jede einzelne Erniedrigung der letzten Tage werde ich ihnen heimzahlen.

Widerwillig lasse ich mir von der Sklavin die Lederrüstung anlegen. Ihre Hände sind weit weniger geschickt als Nilsas. Für mich völlig ungewohnt bedeckt mich die Rüstung aus steifem Leder komplett und lässt keinen Streifen Haut frei. Nachdem sie mein heillos verknotetes Haar zurückgebunden hat, setzt die Sklavin mir einen eisernen Helm auf – ein ähnliches Modell, wie es Brutus' Vater während unseres Kampfes getragen hat. Die Sehschlitze reichen gerade so aus, dass ich eine kleinen Teil meiner Umgebung wahrnehmen kann. Auch meine Atmung ist erschwert. Schon nach wenigen Sekunden habe ich das Gefühl, kaum noch Luft zu bekommen.

»Nimm den ab«, sage ich.

»Nichts da«, grollt einer der Wachmänner. »Wenn du den Helm abnimmst und dich zu erkennen gibst, hast du verloren und die Bogenschützen auf den Rängen werden dich augenblicklich niederstrecken. Die Zuschauer sollen nicht wissen, welche Verbrecher um ihre Freiheit kämpfen. Das würde den Spaß schmälern.«

»Ich kann mit dem Ding nicht kämpfen«, beharre ich.

Der Wachmann zuckt desinteressiert mit den Schultern. »Dann solltest du es schnell lernen. Dein erster Kampf beginnt gleich. Und die Regeln sind diesmal etwas anders.«

Ich horche auf. »Inwiefern?«

Ein breites, schmieriges Grinsen erscheint auf seinen Lippen. »In den letzten Jahren wurden alle Gefangenen gleichzeitig in die Arena getrieben und durften sich gegenseitig abschlachten, bis nur noch einer stand. Dieses Jahr treten sie Einer gegen Einen nacheinander an. Der Gewinner kommt weiter.«

Ich verziehe den Mund. Diese Idee ist garantiert auf Graecus' Mist gewachsen. Ihm ist klar, dass ich die meisten Gefangenen mit verbundenen Augen schlage. Während eines Gemetzels hätte ich schnell die Oberhand. Aber mehrere Kämpfe hintereinander … Immer gegen den Sieger … Das könnte mich an meine Grenzen bringen.

Ich versuche mich in der Montur zu bewegen. Das Leder ist hart und unbiegsam. Die Rüstung wurde wohl für einen Mann gefertigt, denn ich verschwinde fast in ihr. Unmöglich, dass ich damit meine gewohnten Leistungen bringen oder mich behände bewegen kann.

Aber ich kämpfe nicht gegen gestandene Gladiatoren, rufe ich mir ins Gedächtnis. Deshalb wird es schon irgendwie gehen. Während eines wilden Gemetzels hätten mich die Montur und vor allem der Helm stark beeinträchtigt. Aber so muss ich mich nur jeweils auf einen Gegner konzentrieren.

Sorgen mache ich mir nur um meine Ausdauer. Nachdem ich tagelang gefesselt war, wirken meine Muskeln wie eingerostet. Mein Kopf dröhnt bei einer zu schnellen Bewegung noch von dem Hieb, der mir die Lichter ausgepustet hat. Und ich schwitze bereits jetzt erbärmlich. Wenn dann noch um die Mittagszeit die etureische Sonne auf mich niederbrennt, könnte es eng für mich werden …

Mit einem Kopfnicken gebe ich den Wachmännern zu verstehen, dass sie mich nach draußen führen können. Meine ersten Schritte sind wackelig und ich muss mich an der Wand abstützen. Trotz protestierender Muskeln schleppe ich mich vorwärts und mache erst an der Waffenkammer halt. Wie immer fällt meine Wahl auf ein leichtes Einhandschwert und einen Holzschild.

»Wer ist mein erster Gegner?«, frage ich.

»Woher soll ich das wissen?«, gibt der Wachmann zurück. »Wir waren nur dafür zuständig, dich im Auge zu behalten. Und«, wieder erscheint ein schmieriges Grinsen auf seinem Gesicht, »wir hatten unseren Spaß dabei.«

Ich straffe die Schultern. »Sollte ich gewinnen, würde ich an eurer Stelle stets mit dem Rücken zur Wand schlafen.«

»Willst du uns drohen?«

Ich schnaube. »Das war eine nett gemeinte Warnung.«

Ohne auf eine Erwiderung zu warten, stolziere ich an ihnen vorbei – immer dem vertrauten und gleichzeitig verhassten Jubeln der Menge nach.

KAPITEL 42

AERYN

Es ist seltsam, dass die Kämpfer nicht wortreich angekündigt werden. Nachdem sich das Gatter geöffnet hat und ich die Arena betrete, die anders aussieht als in meiner Erinnerung, werde ich jedoch mit tosendem Applaus der Zuschauer begrüßt.

Graecus scheint die Arena nach dem Beinahe-Einsturz nicht wieder genauso aufgebaut, sondern umgebaut zu haben: anstatt eines großen Kampfplatzes gibt es nun mehrere kleinere. Ich erhasche nur kurz einen Blick auf den zu meiner Rechten, der ebenfalls durch ein mehrere Meter hohes Eisengatter abgegrenzt ist. Dort findet bereits ein Kampf statt, auf den ich mich jedoch nicht konzentrieren kann, denn mein erster Gegner ist ebenfalls eingetroffen.

Auch er trägt eine Ledermontur, die ihn von Kopf bis Fuß bedeckt. Aufgrund der Größe und Statur tippe ich aber auf einen Mann.

Ich balanciere das Schwert einen Moment in der Hand, um mich mit seinem Gewicht vertraut zu machen, ehe ich meinen ersten Angriff ausführe. Ein zweiter ist nicht nötig, denn ich erwische meinen Kontrahenten und steche ihm mein Schwert durch das Leder in seinen Bauch, bevor er die Chance hat, sich zu verteidigen. Beide Hände presst er auf die blutende Wunde, während er auf die Knie sackt. Seine Schreie werden zum Glück durch den Helm gedämpft.

Ich bin bereits auf dem Weg zum Ausgang, als ich über mir das Spannen mehrerer Bögen höre. Augenblicklich bleibe ich stocksteif stehen.

»Wo willst du hin?«, fragt der Wachmann am Ausgang; keiner von denen, die für mich zuständig waren.

»Ich habe gewonnen«, sage ich und deute auf meinen am Boden kauernden Gegner. »Er ist kampfunfähig.«

»Aber er lebt noch.«

Ich schlucke hart.

»Du hast erst gewonnen, wenn du ihn tötest. So sind die Regeln.«

Ich habe es noch nie genossen, ein Leben auszulöschen, auch wenn es sich bei meinem Gegner möglicherweise um einen Mörder oder Vergewaltiger handelt, und ein Teil von mir sträubt sich dagegen. Ich hege keinen Groll gegen den Mann, den ich höchstwahrscheinlich nicht kenne. Ihn grundlos zu töten, geht gegen meine Prinzipien.

Doch wenn ich als Siegerin dieser Festspiele hervorgehen will, muss ich mich an die Regeln halten – oder werde hier und jetzt von einem guten Dutzend Pfeile durchbohrt. Damit helfe ich niemandem, am wenigsten Cato.

Also wende ich mich um, gehe zurück zu dem jammernden Mann und bleibe vor ihm stehen.

»Es tut mir leid«, murmele ich, ehe ich das Schwert hebe und die Spitze in seinen Nacken stoße.

Sauber. Schnell. Schmerzlos. Und dennoch empfinde ich kein Hochgefühl des Sieges.

Ich sage mir, dass an meinen Händen schon zuvor Blut geklebt hat. Dass ich nicht die Regeln erstellt habe. Dass wahrscheinlich niemand auf dieser Welt meinem Gegner eine Träne nachweinen wird.

Trotzdem sind meine Schritte schwer, als ich die Arena diesmal verlassen darf und die Wache passiere. Einen gesichtslosen Niemand zu töten, mit dem mich nichts verbindet, stellt mich auf eine Stufe mit den Soldaten Eturiens. Ich bin keinen Deut besser als sie.

Schnell schiebe ich diesen und ähnliche Gedanken beiseite.

»Wann ist mein nächster Kampf?«, frage ich dumpf.

»In wenigen Minuten«, erhalte ich zur Antwort.

Ich seufze.

»Die Vorkämpfe finden gleichzeitig in den beiden kleineren Arenen statt«, sagt der Wachmann, ohne dass ich danach gefragt habe. »Die Gewinner der jeweiligen Arena stehen sich am Ende in der Hauptarena gegenüber.«

»Wie lange wird es dauern, bis der letzte Kampf stattfindet?«

Der Wachmann zuckt mit den Schultern. »Je nachdem, ob die übrigen Kämpfe auch so schnell vorbei sind wie deine, heute Nachmittag, schätze ich. Laut den Paarungen in dieser Arena hast du noch acht Kämpfe vor dir – natürlich vorausgesetzt du gewinnst alle.«

»Das habe ich vor«, grolle ich.

»Fein«, gibt er zurück, »denn ich habe meinen Sold für diesen Monat auf dich gesetzt.«

»Gute Wahl.«

Ich lasse ihn stehen und sinke in Sichtweite an der Wand gelehnt auf den Boden. Wenn ich gleich wieder da rausmuss und mir noch acht immer schwieriger werdende Kämpfe bevorstehen, sollte ich jede Sekunde Ruhe nutzen, die ich kriegen kann. Das war eine der ersten Lektionen, die Kallidora mir beigebracht hat, nachdem ich mich so weit erholt hatte, um trainieren zu können. Anfangs geriet ich unter der brennenden etureischen Sonne viel zu schnell aus der Puste. Wenn ich nicht aufpasse, wird es mir jetzt ebenso ergehen. Also befolge ich Kallidoras Rat, ziehe die Beine nah an den Körper und bette den behelmten Kopf darauf.

Die Kämpfe werden tatsächlich fordernder – oder ich bin nicht in Form. Ich könnte es auch auf die ungewohnte Rüstung oder den verdammten Helm schieben. Tatsache ist, dass ich meinen fünften Kampf um ein Haar verliere, weil ich eine Finte zu spät bemerke.

Doch ich gewinne. Irgendwie.

Und mit jedem Tod meiner Gegner stumpfe ich innerlich etwas mehr ab. Wo ich mich beim ersten noch entschuldigt habe, will ich es beim fünften und sechsten nur hinter mich bringen. Ich verabscheue mich dafür, klammere mich aber an mein Ziel, als Siegerin und frei diese Arena zu verlassen.

Ich musste schon früher in der Arena töten und hätte mir vor einigen Monaten wahrscheinlich nicht den Kopf darüber zerbrochen, doch ich habe mich verändert. *Cato* hat mich verändert – zum Besseren. Ich bin keine eiskalte Gladiatorin mehr, sondern weiß wieder, was Gefühle sind. Im Moment wünsche ich mir aber, dass ich sie nicht hätte. Ohne Skrupel wäre es einfacher für mich.

Ich bin völlig verschwitzt, als ich mein blutüberströmtes Schwert aus dem leblosen Körper meines siebten Gegners ziehe. Der Statur nach war es diesmal eine Frau. Was wohl ihr Vergehen war?

Schnell bete ich die alten Worte herunter, die mich schon früher aufrecht gehalten haben. *Mitleid bedeutet Schwäche. Schwäche bedeutet Tod.*

Ich wanke aus der Arena, begleitet vom nicht leiser werdenden Jubel der Menge. Ich sehe, dass die Zuschauer an diesem hohen Feiertag mit kostenlosen Getränken und Speisen bei Laune gehalten werden. Kraftlos lass ich mich an meinen angestammten Platz an der kühlen Arenamauer sinken. Ich würde meine linke

Hand für einen Becher Wasser eintauschen … Ich koche förmlich in der luftdichten Rüstung, doch auch in den kurzen Pausen wird mir weder Wasser noch Nahrung gereicht. Mein Stolz hält mich davon ab, darum zu bitten.

»Du musst wieder raus«, brummt der Wachmann.

Mit letzter Kraft stemme ich mich zurück auf die Füße. Ich habe das Gefühl, dass die Pausen immer kürzer werden – oder ich immer schwächer. Die Kämpfe verschwimmen in meinem Kopf zu einem einzigen und ich habe Probleme, mich an die jeweiligen Gegner zu erinnern.

Noch zwei Kämpfe, rufe ich mir ins Gedächtnis. *Dieser und der Hauptkampf gegen einen Gegner, der vielleicht ebenso geschwächt ist wie ich. Das schaffe ich. Ich muss es schaffen.*

Ich recke das Kinn, atme tief durch, und trete wieder hinaus in die Arena.

Mein Gegner ist bereits eingetroffen. Hochgewachsen und offenbar weit weniger erschöpft als ich läuft er auf der anderen Seite auf und ab und mustert jede meiner Bewegungen. Das habe ich früher auch gemacht, um meinen Gegner noch vor dem ersten Angriff einschätzen zu können. Doch jetzt fehlt mir die Kraft dazu. Ich blinzele einzelne Schweißperlen weg, die mir von der Stirn in die Augen laufen.

Noch ehe ich mich darauf einstellen kann, prescht mein Gegner vor. Im letzten Moment reiße ich das Schwert hoch, muss aber ein paar stolpernde Schritte zurück machen, um nicht gänzlich das Gleichgewicht zu verlieren.

Schritte, die mich beinahe teuer zu stehen kommen.

Ohne mir Zeit zu lassen, setzt mein Kontrahent nach. Wieder blocke ich den Hieb ab, diesmal mit dem Schild, und vollführe meinerseits einen Angriff, der jedoch ins Leere geht.

Verdammt, er ist schnell!

Ich setze ihm nach, ohne meine Deckung zu vernachlässigen. Mehrmals prallen unsere Klingen gegeneinander. Ich gebe mein Bestes, doch ich komme einfach nicht nah genug an ihn heran, um ihn zu verletzen. Gekonnt taucht er unter meinen Schwerthieben hinweg, pariert sie oder lässt mich ins Leere laufen.

Ich keuche unter dem Helm und habe mehr denn je das Gefühl zu ersticken.

Aber dann macht er einen Fehler, den ich gnadenlos ausnutze. Wahrscheinlich denkt er, ich sei am Ende. Sein Angriff ist hastig, doch ich reagiere schneller. Ich wirbele zur Seite und ramme ihm die Klinge direkt in den Bauch.

Mein Gegner gibt ein hohes Keuchen von sich, das von dem Helm verzerrt wird.

Wieder eine Frau?

Ich ziehe mein Schwert heraus und sehe nach Luft japsend dabei zu, wie mein Gegner zu Boden sackt.

Dabei rutscht ihm halb der Helm vom Kopf.

Mir stockt der Atem. Das Schwert entgleitet meinen gefühllosen Fingern, als ich mich neben meinem gefallenen Kontrahenten auf die Knie sinken lasse. Vorsichtig streife ich seinen Eisenhelm gänzlich ab.

»Nein«, hauche ich.

Es ist tatsächlich wieder eine Frau. Ein trauriges Lächeln umspielt ihre Mundwinkel, aus denen ein Blutrinnsal läuft.

»Ich ahnte … dass du es bist«, presst sie schwach hervor. Ihr rabenschwarzes Haar klebt ihr verschwitzt an Stirn und Schläfen.

»Kallidora.« Meine Stimme verkommt zu einem Krächzen. »Aber … wie? Warum?«

Sie greift nach meiner Hand. Ihr Griff ist derart kraftlos, dass ich ihn durch die Handschuhe kaum spüre. »Ich danke dir. Endlich kann ich gehen.«

»Nein, ich … Das wollte ich nicht!«

Ich umklammere ihre Finger so fest, als könnte ich sie dadurch daran hindern zu sterben. *Ich habe sie getötet.* Es war mein Schwerthieb, der sie durchbohrt hat.

Als sie hustet, spuckt sie Blut. Ich presse die freie Hand auf das Loch in ihrem Bauch, doch das Blut quillt durch meine Finger hindurch.

»Wer hätte das gedacht?«, tönt der Ansager über die totenstille Menge hinweg. »Eine waschechte Vantyr, und noch dazu eine von Graecus' Abtrünnigen! Das, liebe Zuschauer, ist ein Kampf, von dem ihr noch euren Enkeln erzählen werdet!«

Ich bin drauf und dran aufzuspringen und den Ansager so lange zu würgen, bis er kein einziges Wort mehr sagen kann.

»Sie haben mich gefangen gehalten«, flüstert Kallidora. Ich muss mich zu ihr hinunterbeugen, um sie über das nun aufbrandende Jubeln der Menge zu verstehen. »In einem dunklen Loch. Jeden Tag dachte ich, ich müsse sterben. Doch sie sagten stets, dass sie es mir nicht so leicht machen würden. Meine Wunden haben sie notdürftig versorgt, damit ich ihnen nicht krepiere. Ich *wollte* sterben. Jeden einzelnen Tag in dieser dunklen, unterirdischen Zelle wollte ich es. Ich bin froh, dass ich durch deine Hand das Ende finde, Schwester.« Sie schließt die Augen. »Und ich freue mich, unter warmen Sonnenstrahlen sterben zu dürfen.«

Tränen brennen mir in den Augen. »Nein, bitte, ich …«

»Du wirst sie alle besiegen, ich weiß es.« Sie hustet wieder. »Ich grüße deine … Ahnen von dir.«

Im Hintergrund schlachtet der Ansager unseren Sturm auf die alte Arena aus, doch ich tue so, als könnte ich ihn nicht hören.

Ich konzentriere mich einzig und allein auf die sterbende Frau vor mir.

Ich rüttele sie nicht und flehe sie nicht an, nicht zu sterben. Das wäre einer Vantyr nicht würdig. Und wenn jemand mit Würde gestorben ist, die Hand bis zur letzten Sekunde um den Schwertgriff, dann meine Schwester Kallidora.

Als ihr leerer Blick in den wolkenlosen Himmel gerichtet ist, lehne ich meine behelmte Stirn gegen ihre. »Ich danke dir«, murmele ich in unserer Muttersprache. »Für alles. Mögen die Ahnen dich in ihren Reihen willkommen heißen.«

»Wir haben einen Gewinner in dieser Arena!«, brüllt der Ansager. Ich zucke unter seiner Stimme zusammen.

Schwankend komme ich auf die Füße. *Bitte*, flehe ich meine Magie an. *Hilf mir. Brenn alles nieder. Äschere sie ein.* Doch sie bleibt stumm, betäubt durch ein weiteres Brandmal, das mich fast zu einem gewöhnlichen Menschen degradiert.

In mir rumort eine solche Wut, dass ich am liebsten jeden einzelnen anwesenden Etureer umbringen will. Ich will nicht ihr Jubeln hören, sondern ihre Schreie. Sie haben mich gegen meine beste Freundin und engste Vertraute, die ich für tot hielt, antreten lassen. Und ich … wusste es nicht und … musste sie …

Ich will die Verantwortlichen dafür leiden lassen. Graecus vor allen anderen, denn dieser Kampf ist garantiert seinem kranken Hirn entsprungen.

»Sobald der Gewinner in der zweiten Arena feststeht, werden die beiden Sieger vor dem zukünftigen Kaiser gegeneinander antreten.«

Ohne mir die Möglichkeit zu lassen, mich von dem Schock zu erholen, werde ich von zwei bewaffneten Wachen in die nächste Arena getrieben. Auch das gegenüberliegende Gatter öffnet sich und mein Gegner betritt den Kampfplatz.

Diese Hauptarena ist tatsächlich größer angelegt als die, in der ich bis eben kämpfen musste. Schätzungsweise ist sie mehr als doppelt so groß; fast so groß wie die alte, in der ich tagein, tagaus gekämpft habe. Wenn ich daran denke, dass Kallidora und ich Graecus offenbar einen Gefallen damit getan haben, seine alte Arena einzureißen, möchte ich mich am liebsten übergeben.

Ich habe Glück im Unglück: Mein jetziger Gegner scheint auch bereits einige Kämpfe hinter sich zu haben, wie mir sein schleppender Gang und seine schwere Atmung beweisen.

Diesmal wird unser Kampf wortreich angekündigt – von niemand anderem als Graecus persönlich, der auf einer Tribüne direkt neben einem Mann in feinen Gewändern steht, der der Sohn des Kaisers sein muss. Ich habe ihn mir älter vorgestellt. Neben ihm sitzt eine Frau. Das muss die zukünftige Braut sein, von der Graecus gesprochen hat. Doch ich kann sie durch die blendende Sonne nicht genau erkennen. Und ich interessiere mich auch nicht für sie. Meine gesamte Aufmerksamkeit ruht auf meinem ehemaligen Herrn.

Ich hasse jede Sekunde, in der Graecus redet und noch atmet. Dass er hier und der Spielmacher ist, ist ein Glücksfall. Ich habe befürchtet, er würde sich – wie früher – irgendwo in den kühlen Gängen unterhalb der Tribünen verstecken. Irgendwo, wo ich nicht so leicht an ihn herankommen würde.

Aber er ist hier, nur wenige Meter von mir entfernt. Ich muss nur den letzten Kampf hinter mich bringen. Ein sinnloser Tod mehr, bevor ich mich um die kümmern kann, die es verdient haben.

Und mit Graecus werde ich anfangen. Danach stehen die beiden Wachmänner auf meiner Liste, die sich darüber amüsiert haben, dass ich mich einnässen musste.

Doch der Rausch meiner Wut währt nur kurz.

Wie ich es danach lebend aus der Arena schaffen soll, um Cato zu finden, weiß ich nicht. Das ist der einzige Grund, der mich zögern lässt. Wenn es den Wachen gelungen ist, Kallidora über Monate gefangen zu halten, was werden sie mit Cato machen? Konnte er entkommen oder ist auch er gefangen und wartet auf meine Hilfe?

Ich schlucke sämtlichen Hass auf Graecus, die Wachen und ganz Eturien hinunter und klammere mich an das einzig Gute, was mir in den letzten Jahren widerfahren ist.

Um Cato zu retten, darf ich jetzt nicht in alte Muster zurückfallen.

Ein letztes Mal werde ich nach ihren Regeln spielen und das tun, was ich am besten kann.

Als freie Frau und gemeinsam mit Cato werde ich anschließend einen Weg ersinnen, um mich an Graecus zu rächen.

Und wenn dabei zufällig halb Eturien in Flammen aufgeht, werde ich diesem Land keine Träne nachweinen, bevor ich ihm auf ewig den Rücken kehre.

»Wer wird seine Freiheit gewinnen?«, fragt Graecus die Menge. »Noch könnt ihr eure Wetten platzieren, aber sobald sie ihre Schwerter kreuzen, ist es …«

Nur um ihn zur Weißglut zu bringen, stürze ich vor und schlage auf meinen Gegner ein. Mit Genugtuung nehme ich Graecus' unwirsches Grunzen wahr. Wie viel Gold ihm wohl durch die Lappen geht, weil die Zuschauer keine Zeit mehr hatten, ihre Wetten zu platzieren? Es kann ihm egal sein, denn er wird keine einzige Münze in das Reich seiner Ahnen mitnehmen können. Sofern er dort überhaupt aufgenommen wird.

Ich bin so damit beschäftigt, mich über Graecus' Ärger zu freuen, dass ich meinem Kontrahenten kaum Beachtung schenke. Er hat meine Blitzattacke pariert; das ist einigen vor ihm nicht gelungen. Ich versuche einen neuen Hieb, aber auch dieser wird abgewehrt. Schneller als ich es für möglich gehalten hätte, wechselt er von der Verteidigung seinerseits in den Angriff.

Ich schaffe es erst in letzter Sekunde, meinen Schild zu heben. Gleichzeitig schnappe ich nach Luft. Nicht weil in diesem Angriff so viel Kraft lag; auch mein Gegner ist erschöpft.

Sondern weil sein Kampfstil nahezu identisch mit meinem ist.

Und ich kenne nur einen Menschen, der seine Attacken beinahe genauso ausführt wie ich, weil er viele meiner Kämpfe gesehen hat.

Wegen des eisernen Helms kann ich sein Gesicht nicht sehen und sein Körper ist wie meiner durch eine Lederrüstung gänzlich verhüllt. Aber ich *weiß*, dass er es ist.

»Cato.«

KAPITEL 43

CATO

Keine Ahnung, wie lange ich bereits in dieser Arena stehe und Kämpfe ausfechte. Wahrscheinlich den Großteil des Tages. Die Kämpfe verschwimmen ineinander und irgendwann habe ich aufgehört zu zählen. Ich mache weiter in der Hoffnung, dass es irgendwann vorbei ist.

Meine linke Schulter macht mir noch Probleme, nachdem sie mir den Arm so weit auf den Rücken gedreht hatten, dass sie mir die Schulter auskugelten. In dem Moment spürte ich den Schmerz nicht, denn ich sah nur Aeryn, die bewusstlos vor mir lag und von mehreren Wachen aus dem Raum gezerrt wurde. Egal, wie oft ich schrie, dass ich allein für den Tod von Jaron verantwortlich war, es hörte mir niemand zu.

Sie brachten Aeryn fort. Ich weiß bis heute nicht wohin. Und mich brachten sie ebenfalls fort. Ich wehrte mich nach Leibeskräften, bis sie mich bewusstlos schlugen. Als ich zu mir kam, lag ich in einer winzigen Zelle. Meine Schulter war wieder eingerenkt, aber pulsierte unaufhörlich. Ich hatte mehrere Prellungen und Schnittwunden. Doch nichts davon war so schlimm wie die Angst, die in meinem Herzen wütete.

Ich feilschte mit den Wachen, bettelte bei den Sklaven, die mir mein Essen brachten, aber niemand wollte oder konnte mir sagen, was mit Aeryn geschehen war.

Diese Tage der Unsicherheit und Angst waren die schlimmsten, die ich je erlebt hatte. Schlimmer noch als die Tage, in denen ich nach meinem Fehltritt in der Armee auf meine Bestrafung wartete und Vaters Wut ausgesetzt war.

Heute Morgen kam ein Sklave und steckte mich in diese schrecklich steife Lederrüstung. Als er mir den eisernen Helm aufsetzte, fragte ich, was mir bevorstünde. Ich hatte meinen Frieden damit gemacht, wegen Jarons Tod hingerichtet zu werden, aber zuvor wollte ich wissen, ob Aeryn lebte. Nicht sie war es, die Jaron getötet hat. Sie sollte nicht für mein Vergehen verantwortlich gemacht werden.

Als ich erfuhr, dass ich zum Geburtstag des zukünftigen Kaisers um meine Freiheit kämpfen sollte, fasste ich den Entschluss, als Sieger vom Platz zu gehen. Um Aeryn zu suchen. Um mich zu vergewissern, dass es ihr gut geht. Um mich von ihr zu verabschieden, denn ich würde mich für mein Vergehen stellen. Aeryn würde mich einen Narren dafür schimpfen, aber meine Ehre gebietet es, dass ich nicht ungeschoren davonkomme, selbst wenn ich der Sieger dieses schaurigen Spektakels wäre. Ich würde mich stellen und damit dafür sorgen, dass Aeryn verschont bleibt. Aber erst … nachdem ich sie noch ein letztes Mal sehen und mich versichern konnte, dass es ihr so weit gut geht. Dass sie … zurechtkommt. Vielleicht würde ich es sogar schaffen, Flavius zu überreden, sie freizulassen. Wenn ich wüsste, dass sie sicher in ihrer Heimat ist, könnte ich jede Strafe hinnehmen.

Doch die Kämpfe waren hart – viel härter, als ich sie mir vorgestellt habe, obwohl ich es offenbar nur mit Halsabschneidern und Mördern zu tun hatte. Aber sie hielten sich nicht an die Regeln eines ehrenvollen Gladiatorenkampfes, sondern nutzten jede noch so kleine Lücke.

Nicht dass ihnen das etwas gebracht hätte.

Sie zu töten stellte mich vor eine Herausforderung, an der ich beinah zerbrach. Ich habe kein Problem damit, Aeryns oder mein Leben bis aufs Äußerste zu verteidigen, aber diese gesichtslosen Niemande zu töten, gegen die ich keinen Groll hegte, ging gegen alles, woran ich glaube.

Doch ich habe es geschafft. Und nun stehe ich meinem letzten Gegner gegenüber. Der letzte Kampf, der mich von meiner Suche nach Aeryn trennt.

Ich werde nicht verlieren. Niemals. Ich werde gewinnen und sie wird stolz auf mich sein.

Dass ich direkt vor dem Sohn des Kaisers kämpfe, kümmert mich nicht. Er verblasst wie alle anderen Zuschauer auch. Ich habe nur Augen für meinen Gegner.

Einen Gegner, dessen Bewegungen mir seltsam vertraut vorkommen.

Noch während ich verwundert die Stirn runzele, muss ich einen viel zu frühen Angriff abwehren. Ihm fehlte es an Vehemenz, aber ich spüre den Aufprall trotzdem in meiner wunden Schulter. Mein Gegner setzt einen zweiten Hieb nach. Auch diesmal stutze ich über die Vertrautheit, die jeder noch so kleinen Bewegung inneliegt.

Aber das … ist unmöglich. Mein Herz schlägt schneller, obwohl mein Kopf sich weiterhin gegen diese Möglichkeit sträubt.

Um sie zu prüfen, wage ich meinerseits einen Angriff. Ich spüre, wie sich mein Gegner versteift, als meine Klinge auf seinen Schild niedergeht.

Mehrere Augenblicke ist es mucksmäuschenstill. Keiner von uns wagt zu atmen oder eine weitere Attacke auszuführen.

»Cato.«

Mein Name klingt blechern durch den Helm, aber ich erkenne ihre Stimme sofort. Ich habe sie schon zuvor erkannt: an der Art, wie sie sich bewegt, einer Raubkatze gleich.

»Aeryn«, presse ich hervor.

Ich greife nach meinem Helm und sie tut es ebenfalls. Der Wachmann hat mir heute morgen eingeschärft, dass auf das Abnehmen des Helms die Todesstrafe steht, doch ich halte es keine Sekunde länger aus, sie nicht anzusehen. Ich *muss* sie sehen, damit auch mein Kopf begreift, was mein Herz längst verstanden hat.

Mit meinen schweißnassen Fingern brauche ich eine halbe Ewigkeit, um den Verschluss unter meinem Kinn zu lösen, doch irgendwann gelingt es mir. Ich streife das schwere, einengende Ding ab und kann zum ersten Mal seit Stunden wieder atmen.

Beinahe zeitgleich fällt mein Helm mit Aeryns in den Staub der verstummten Arena. Mein Blick tastet jeden Zentimeter ihres Gesichts ab. Auf ihrer Stirn steht der Schweiß und ihr Haar klebt dunkel an ihren Schläfen. Ihre Raubtieraugen sind rot gerändert. Doch abgesehen von der Erschöpfung der vorangegangenen Kämpfe scheint sie unversehrt zu sein.

Ich mache einen Schritt auf sie zu. Sie kommt mir ebenfalls entgegen. Erst als ich die Hand ausstrecke und ihre berühre, weiß ich, dass sie echt ist. Dass sie wirklich hier und kein Streich meiner Fantasie ist.

Mit einem erleichterten Seufzen fällt sie mir um den Hals und ich schlinge beide Arme um sie, drücke sie so fest an mich, dass wir kaum noch atmen können, aber das ist mir egal.

»Du lebst«, wispere ich in ihr Ohr. »Und du bist hier.«

»Ich hatte solche Angst um dich«, flüstert sie. »Ich wusste nicht, was mit dir geschehen ist.«

Ich lehne die Stirn gegen ihre und spüre das erste Mal seit Tagen keine Last mehr auf meinem Herzen.

Alles könnte perfekt sein, wäre da nicht das Geräusch von unzähligen Bögen, die gespannt werden und deren Pfeile direkt auf uns gerichtet sind. Instinktiv lege ich den Arm um Aeryns Kopf und drücke sie noch fester an mich.

Allein mir gegenüber entdecke ich dreizehn Bogenschützen auf den Rängen. Hinter und neben mir werden es noch einmal genauso viele sein. Die Chance, dass sie alle verfehlen, geht gegen null. Fieberhaft suche ich nach einer Möglichkeit, um Aeryn zu schützen, finde jedoch keine.

»Welch Überraschung!«, tönt der Sprecher, den ich erst jetzt als Graecus erkenne. Zuvor habe ich ihm keine Beachtung geschenkt. »Wer hätte gedacht, dass auch meine zweite abtrünnige Vantyr unter den Kämpfenden ist?«

Aeryn windet sich aus meiner Umklammerung und bleckt die Zähne, während sie Graecus schier mit Blicken durchbohrt. Eine solche Wut blitzt in ihren Augen auf, dass sogar ich fast vor ihr zurückweiche.

»Seine … zweite Vantyr?«, frage ich stockend. Erst als ich die Worte ausspreche, wird mir klar, was Graecus damit meint. »Kallidora.«

Aeryn bläht die Nasenflügel. Ihre ganzer Körper bebt. Wahrscheinlich halten sie nur die über dreißig Bogenschützen davon ab, sich hier und jetzt auf ihren früheren Herrn zu stürzen. Das und der Umstand, dass Graecus auf der Tribüne außerhalb ihrer unmittelbaren Reichweite ist.

Und ich verstehe sie. Wenn sie wirklich gezwungen war gegen Kallidora zu kämpfen und nun als Siegerin hier steht, bedeutet das, dass sie ihre Freundin töten musste.

»Und nun«, fährt Graecus fort, ohne sich von Aeryns mörderischen Blicken einschüchtern zu lassen, »steht sie ihrem Geliebten gegenüber. Dem Mann, mit dem sie die Ermordung eines großen Politikers geplant hat, um dieses Land in den Abgrund zu stürzen.«

»Was?«, keuche ich. »Das ist nicht wahr! Es war ein Unfall. Es stimmt, ich habe ihn getötet, aber ich wollte das nicht. Er sollte nur …« Ich breche ab und straffe die Schultern. »Wenn Ihr einen

Schuldigen sucht, dann bestraft mich, denn ich habe den Hieb ausgeführt.«

Graecus beachtet mich nicht und spricht weiter in lautem Ton zur Menge, die förmlich an seinen Lippen klebt, statt auf meine Worte zu hören. »Und wie ihr wisst, Etureer, darf nur einer als Sieger aus der Arena schreiten.«

Aeryns Blick fliegt zu mir zurück. In ihm sehe ich den gleich Schrecken, der auch mich befallen hat.

Die Zuschauer jubeln und verlangen lautstark danach, dass der Kampf endlich weitergeht.

»Ihr habt eure Helme abgenommen«, sagt Graecus. »Darauf steht die Todesstrafe. Aber unser zukünftiger Kaiser ist gnädig. Nun nehmt eure Waffen!«

»Nein«, grolle ich.

»Niemals«, zischt Aeryn gleichzeitig.

»Ihr wollt nicht?«, tönt Graecus, nicht im Mindesten beeindruckt.

Als er die Hand hebt, sirrt ein Pfeil so nah von hinten an meinem Kopf vorbei, dass ich den Luftzug an der Wange spüre. Die Spitze bleibt ein Stück vor mir im Arenasand stecken.

»Der nächste geht nicht daneben, seid versichert. Aber wen von euch beiden wird er treffen?« Graecus tippt sich gegen das Kinn, als müsse er angestrengt nachdenken.

»Dafür werde ich dich leiden lassen«, knurrt Aeryn. »In diesem Leben oder im nächsten.«

Graecus lacht nur ob dieser Drohung. Als er wieder die Hand hebt, ziehe ich Aeryn zu mir – gerade rechtzeitig, um sie aus der Schussbahn zu manövrieren. Die Menge stöhnt auf; ob vor Überraschung oder Enttäuschung vermag ich nicht zu sagen.

»Was sollen wir tun?«, wispere ich. »Wir können den Pfeilen nicht ewig ausweichen.«

Aeryn verzieht den Mund. »Ich weiß es nicht«, gibt sie leise zu.

Graecus hat uns in der Hand. Wir können uns weiterhin weigern die Waffen gegeneinander zu erheben und darauf warten, dass einer von uns hinterrücks von einem Pfeil niedergestreckt wird. Oder wir kämpfen gegeneinander. So lange, bis nur noch einer von uns beiden am Leben ist. Zur Unterhaltung der Massen. Zum ersten Mal verstehe ich, warum Aeryn nie wieder kämpfen wollte.

»Wie lautet eure Entscheidung?«, will Graecus wissen.

Aeryns Lippen zucken, weil sie ihn wieder anknurren will, doch ich nehme ihre Hand, damit sie sich auf mich konzentriert.

»Kämpfe gegen mich«, sage ich leise.

»Bist du wahnsinnig?«

Ich schüttele den Kopf. »Das ist deine einzige Chance. Mich werden sie sowieso hinrichten, weil ich für Jarons Tod verantwortlich bin. Zwar mögen sie jetzt sagen, dass mir als Sieger all meine Vergehen vergeben werden, aber das wird nicht passieren. Ich habe einen einflussreichen Mann getötet – einen von ihnen. Sie werden mich nicht ungestraft davonkommen lassen. Ich wollte dich nur noch ein Mal sehen. Und mir wäre es lieber, durch deine Hand zu sterben als durch die eines Henkers.«

»Hast du komplett den Verstand verloren? Ich könnte niemals …«

»Du hast schon mehrmals gegen mich gekämpft«, falle ich ihr ins Wort. »Und wir wissen beide, wer gewinnen wird. Ziehe es in die Länge, wie ich es dir beigebracht habe, um die Menge zufriedenzustellen. Dann kannst du diese Arena als freie Frau verlassen und in deine Heimat segeln.«

Aeryn zieht die Augenbrauen so weit zusammen, dass sich eine steile Falte dazwischen bildet. »Wie kannst du das sagen? Wie kannst du glauben, dass ich dich töten könnte? Ich habe meinen Traum von der Rückkehr in meine Heimat aufgegeben – deinetwegen. Denkst du, diese Entscheidung ist mir leichtgefallen?

Aber sie war richtig. Weil ich nicht mehr ohne dich sein will.« Sie reckt das Kinn. »Lieber sterbe ich mit dir gemeinsam, als den Rest meines Lebens ohne dich verbringen zu müssen.«

Ich schließe die Augen und lehne wieder die Stirn gegen ihre. Obwohl ihre Stimme vor Wut zitterte, spüre ich die Wahrheit in ihren Worten. Ich hatte gehofft, dass zumindest einer von uns mit dem Leben davonkommt, aber gegen Aeryns Sturkopf komme ich nicht an. Und ich will es auch nicht.

»Eure Bedenkzeit ist vorbei.«

Als ich aufschaue, ist Graecus dabei, den Bogenschützen ein erneutes Zeichen zu geben. Ich schlinge beide Arme um Aeryn und sie klammert sich an mich. Mein Herzschlag dröhnt in meinen Ohren und überlagert zum Glück das drohende Knarzen der Bogensehnen. Wen von uns beiden wird es treffen?

»Graecus«, murrt eine Männerstimme. »Ich dachte, Ihr wolltet uns ein Spektakel liefern. Stattdessen seid Ihr kurz davor, zwei bisher sehr erfolgreiche Kämpfer niederzuschießen. Einfach so. *Ohne* Spektakel.«

Vorsichtig hebe ich den Kopf, ohne Aeryn loszulassen.

»Seid versichert, mein Herr«, sagt Graecus schmeichelnd und mit einer nicht zu überhörenden Prise Nervosität in der Stimme, »auch ich habe auf ein Spektakel gehofft, aber meine ehemalige Vantyr ist … noch sturer, als ich dachte.«

»Bring sie dazu zu kämpfen«, fordert der zukünftige Kaiser. »Ich beginne mich zu langweilen. Und es ist sehr gefährlich, wenn ich mich langweile – für Euch.«

»Auf ein Wort, Geliebter«, höre ich leise die Frau neben dem Sohn des Kaisers murmeln.

Graecus zögert einen Moment, ehe er sich den Bogenschützen zuwendet und ihnen mit einer herrischen Bewegung zu verstehen gibt, dass sie sich zurückziehen sollen. Tatsächlich senken sie die Bögen, ohne einen weiteren Pfeil in unsere Richtung abzufeuern, und mischen sich unter die Zuschauer. Einige verlassen sogar die Ränge. Ich wage jedoch nicht aufzuatmen. Auch Aeryns Körper ist weiterhin angespannt.

Graecus wirft dem Kaiser, der noch immer in ein Gespräch mit der Frau vertieft ist, einige Blicke zu, wobei er sich mit einer Hand den Schweiß von der Stirn wischt. Offenbar sinnt er nach einer Möglichkeit, die Laune des Kaisers zu verbessern und uns doch noch zum Kämpfen zu bewegen.

»Bringt die Tiere«, befiehlt er schließlich.

Ich erstarre. Zum Glück habe ich noch nie einen Kampf mit wilden Tieren sehen müssen, aber ich weiß aus Erzählungen, dass es ein Gemetzel ist. Die Tiere – Löwen, Tiger und dergleichen – fristen in den unterirdischen Gängen der Arena ihr Dasein und werden so stark ausgehungert, dass sie sich auf alles stürzen, was sie nähren könnte.

Aeryns Kopf ruckt zu mir hoch. In ihren Augen steht pure Entschlossenheit.

»Du musst etwas tun, was dir nicht gefallen wird«, flüstert sie.

Ich drücke ihre Hand. »Ich vertraue dir.«

»Dann nimm dein Schwert.«

KAPITEL 44

AERYN

Während Graecus damit beschäftigt ist, die bereits murrenden Zuschauer wortreich bei Laune zu halten, und die Sklaven und Wachen die wilden Tiere aus ihren Käfigen holen, werfe ich einen prüfenden Blick auf den zukünftigen Kaiser und dessen Frau, die noch immer in ein Wortgefecht verstrickt sind. Ihre Worte kann ich nicht hören, und sie interessieren mich auch nicht. Wichtig ist nur, dass uns gerade niemand Beachtung schenkt.

Schnell löse ich die oberen Schnallen der steifen Lederrüstung. Als dies geschafft ist, ziehe ich sie so weit nach unten, dass ich die Schulter herauswinden kann.

Direkt über dem Brandmal von Flavius prangt das neue von Graecus. Zwei Brandmale sperren meine Magie völlig ein, sodass ich sie kaum noch in mir spüre, doch ich brauche sie, um Cato und mich verteidigen zu können.

»Schneide sie heraus«, sage ich eindringlich und deute auf die zwei kreisrunden Brandmale, die seitlich meine Schulter entstellen. »Alle beide.«

Cato zögert, und ich sehe ihm an, dass er gleich protestieren wird, doch ich komme ihm zuvor.

Die Finger der linken Hand fest mit seinen verschlungen wispere ich: »Ich weiß, dass du mich nicht verletzen willst, aber uns bleibt keine Wahl. Als ich das letzte Brandmal herausgeschnitten habe, dauerte es ewig, weil ich zwei Versuche brauchte. Deshalb bitte ich dich darum.«

Er ringt mit sich. Schmerz und Angst huschen über sein Gesicht, ehe er schließlich das Schwert mit der freien Hand zieht. Es ist schmutzig von den vorangegangenen Kämpfen. Schon jetzt ist mir klar, dass sich die Wunde entzünden wird, aber es muss sein. Ich drehe den Kopf, beiße in den dicken Kragen der Lederrüstung und nicke Cato zu.

Er stößt den Atem aus, doch dann verändert sich sein Blick; er wird klar und fokussiert, als er die Klinge an meiner Schulter ansetzt. Trotz seiner Entschlossenheit spüre ich, dass seine Hand zittert.

Als die Klinge in mein Fleisch eindringt, gebe ich ein Keuchen von mir und beiße fester zu, bis mein Kiefer knackt. Ich kann mich nicht erinnern, ob es damals genauso wehgetan hat, aber jetzt möchte ich am liebsten schreien. Nur das Wissen, dass Cato dann sofort aufhören wird, hält mich davon ab. Die Klinge ist ähnlich abgenutzt und mit Scharten übersät wie die, die Kallidora vor Monaten versteckt hat. Ich spüre das klebrige Blut an meinem Arm hinabfließen. Vor meinen Augen tanzen dunkle Punkte, doch ich zwinge mich dazu, gleichmäßig zu atmen.

Die Gatter knarzen ohrenbetäubend, als sie hochgezogen werden. Übertönt wird dieser Laut nur vom hungrigen Brüllen wilder Tiere.

Uns bleibt keine Zeit mehr.

Cato scheint zum selben Schluss gekommen zu sein. »Es tut mir leid«, wispert er, ehe er die stumpfe Klinge vehement durch mein Fleisch zieht.

Diesmal kann ich ein schmerzerfülltes Stöhnen nicht unterdrücken. Für einen Moment wird mein Sichtfeld schwarz, und ich habe Mühe, bei Bewusstsein zu bleiben.

Ich kann den Augenblick genau bestimmen, in dem das Hautstück mit den Brandmalen nicht mehr zu meinem Körper gehört. Meine Magie huscht durch meine Adern, als sei sie wütend darüber, dass sie sich bis jetzt zurückhalten musste.

Bevor ich sie jedoch einsetzen kann, stößt mich Cato zur Seite und rammt seine Klinge in den Hals eines Löwen, der sich hinterrücks auf mich stürzen wollte. Mit einem letzten wütenden Brüllen sackt der Löwe zusammen. Cato reagiert sofort und zieht seine Waffe aus dem leblosen Tier. Keine Sekunde zu spät, denn weitere ausgehungerte Raubkatzen umkreisen uns bereits. Die wenigen verkümmerten Muskeln zucken unter ihren verfilzten Fellen, als sie sich zum Sprung bereit machen.

Ich rappele mich auf. *Du bist frei,* flüstere ich meiner Magie zu. *Du kannst tun, was du willst, solange du Cato nicht verletzt.*

Sie flackert, als würde sie mit mir schimpfen, wie ich überhaupt auf diese Idee komme.

»Runter!«, rufe ich Cato zu, der sich sofort auf dem Boden zusammenkauert, ohne meinen Befehl infrage zu stellen.

Flammen schießen aus meinen Fingerspitzen, was die Raubkatze, die sich gerade auf uns stürzen wollte, dazu veranlasst, einen Satz zurück zu machen. Ich mustere sie, sehe den Hunger in ihrem Blick. Ich fixiere die anderen Raubtiere und erkenne in ihren Augen denselben Hunger, aber auch Hoffnungslosigkeit.

Und ich habe Mitleid. Keines dieser Tiere ist freiwillig hier. Sie sind nur Figuren in einem Spiel, das perfide Unterhaltung bietet. Genauso wie Cato und ich im Moment. Genauso wie ich es jahrelang sein musste, ohne einen Ausweg zu sehen.

Ein abgemagerter Tiger setzt eine Pfote nach vorn und brüllt mich an. Ich brülle zurück und halte mich nah bei Cato, der sich wieder aufgerichtet und die Finger fest um den Griff seines Schwertes gelegt hat.

Mit hämmerndem Herzen warte ich auf das nächste Tier, dessen Hunger größer ist als seine Vernunft. Doch ich warte vergebens. In ihren Blicken erkenne ich deutlich ihren flackernden Kampfeswillen. Genau mit diesem Blick hat mich Kallidora bedacht, als ich ihr sagen musste, dass Graecus meine Bitte um Freiheit abgelehnt hat. In den Augen der Raubtiere erkenne ich nicht nur meine Schwester, sondern auch mich selbst wieder. Meine eigene Hoffnungslosigkeit, die mich seit meiner Gefangenschaft in ihren Klauen hatte.

Ich richte mich zu voller Größe auf und lasse mehr Feuer aus meinen Fingern lodern. Nicht um den Tieren zu schaden – es sei denn, sie bedrohen Catos oder mein Leben –, sondern um sie auf Abstand zu halten. Solange von ihnen keine direkte Gefahr ausgeht, bringe ich es nicht übers Herz, ihnen zu schaden. Ihnen fühle ich mich verbundener als den allermeisten Etureern, und Gleichgesinnte habe ich noch nie grundlos verletzt, wenn ich nicht dazu gezwungen wurde.

Als sich mehrere Raubkatzen zu den Gattern zurückziehen, scheuche ich die restlichen mit meinen Flammen hinterher, ohne eine von ihnen zu treffen. Es ist ungewohnt, dass mein Feuer mir gehorcht, ohne gegen eine Mauer zu prallen.

Ich meine, in den Augen einiger der Tiere Verwunderung aufblitzen zu sehen. Vielleicht darüber, dass ich nicht einfach kurzen Prozess mit ihnen gemacht habe.

Gerade will ich den Mund öffnen, um ihnen in meiner Muttersprache für ihre Kooperation zu danken, als Graecus' vor Wut schrille Stimme die Stille zerreißt, die sich über die Arena gelegt hat.

»Erschießt sie endlich!«, schreit mein früherer Herr von der Tribüne aus.

Die Menge, die bis eben fassungslos und mit angehaltenem Atem das Aufeinandertreffen mit den Raubkatzen verfolgt hat, schnappt nun hörbar nach Luft, nur um sie gleich darauf erneut anzuhalten.

Einige Bogenschützen stürmen auf die Ränge und spannen wieder ihre Waffen. Ich schnaube verächtlich. Mit ihnen habe ich kein Mitleid. Als ich den ersten Feuerball auf die Bogenschützen und somit auch in die Zuschauerränge schieße, bricht Panik aus. Kreischend versuchen die Menschen sich in Sicherheit zu bringen.

Während ich noch genug Kraft für einen weiteren Feuerball sammele, schießen die übrig gebliebenen Bogenschützen von der anderen Seite der Arena auf uns.

Cato stößt mich zur Seite; um ein Haar verliere ich das Gleichgewicht, kann mich aber gerade noch abfangen und einen weiteren Feuerangriff auf unsere Gegner entfesseln. Erst ein schmerzerfülltes Stöhnen aus Catos Mund lässt mich wieder zu ihm herumwirbeln.

»Cato!«

Mein Herz setzt für einen Schlag aus, als ich den Pfeilschaft sehe, der aus seinem Rücken ragt. Fahrig schieße ich einen weiteren Feuerball auf die Ränge, ohne genau zu zielen. Meine gesamte Aufmerksamkeit liegt einzig und allein auf Cato. Aus den Augenwinkeln sehe ich, dass mein Feuerangriff keinen Schaden anrichtet, aber die Bogenschützen müssen in Sicherheit hechten, was uns einige wertvolle Sekunden verschafft.

Sämtliche Farbe ist aus Catos Gesicht gewichen, doch er beißt tapfer die Zähne zusammen, als ich beide Hände an seine Schultern lege.

»Geht schon«, presst er hervor und schenkt mir ein schwaches Lächeln.

Ich erkenne die Lüge in seinen Worten. Der Pfeil steckt knapp unterhalb seiner Schulter, etwa eine Handbreit von seiner Wirbelsäule entfernt. Nicht sehr tief, aber tief genug, dass er ihn in seinen Bewegungsabläufen beeinflussen wird.

Verdammt! Soll ich ihn rausziehen? Hier, inmitten der staubigen Arena? Was, wenn ich dadurch noch mehr Schaden anrichte? Was, wenn die Pfeilspitze in irgendwas getränkt war? Das traue ich Graecus' Untergebenen zu … Aber wenn ich den Pfeil drinlasse, wird er Cato beeinträchtigen. Mit jeder Bewegung könnte er sich weiter ins Fleisch graben und noch schlimmere Verletzungen hervorrufen.

Ich kaue auf meiner Unterlippe, während ich das Für und Wider innerhalb eines Augenblicks abwäge.

»Aeryn.« Mit einer sanfter Berührung an meiner Wange bringt er mich dazu, ihn anzusehen. »Es geht mir gut.«

Ich erspare mir Widerworte; für eine Diskussion haben wir keine Zeit.

»Lass mich wenigstens den Schaft abbrechen«, sage ich.

Cato nickt und wendet mit grimmigem Gesichtsausdruck den Kopf ab. Kein Laut kommt über seine Lippen, als ich den Schaft entzweibreche, doch danach wirkt er noch blasser als zuvor.

Blut sickert aus der Wunde hervor, läuft den Arm hinunter und tropft ihm bereits von der Hand. Auch die Wunde an meiner Schulter, wo zuvor die beiden Brandmale prangten, klafft weiterhin offen, und ich bekomme den Blutverlust bereits zu spüren.

Aber ich darf nicht schlappmachen!

Nachdem ich mich überzeugt habe, dass Cato sicher stehen kann, wirbele ich herum und lasse mein Feuer gezielt auf die letzten Bogenschützen niedergehen, die ich nun problemlos auf den fast leeren Rängen ausfindig mache.

Graecus bellt Befehle, die ich über das Knistern meines Feuers und das Pulsieren meines Blutes in meinen Ohren nicht verstehen kann.

Nun eilen unzählige Wachmänner in die Arena. Mit lautem Geschrei und erhobenen Waffen stürmen sie von allen Seiten auf uns zu.

Ich werfe einen Blick über die Schulter. Cato hat sein Schwert fest in der Hand und wehrt die erste Welle heranbrandender Wachen ab. Wahrscheinlich fällt nur mir auf, dass seine Bewegungen nicht ganz so fließend sind wie gewöhnlich.

Keiner von uns beiden wird ewig weitermachen können. Ich muss es beenden, solange ich noch die Kraft dazu habe.

Wir sind noch nicht fertig, flüstere ich meiner Magie zu. Ihr Prickeln ist schwächer, doch sie ist mir zu Willen. Bevor die zweite Welle an Soldaten gegen uns branden kann, erschaffe ich einen schützenden Ring aus loderndem Feuer um Cato und mich.

Ich muss mich darauf konzentrieren, den Zauber aufrechtzuerhalten, aber vorerst verschafft uns dieser Schutzwall Zeit, um wieder zu Atem zu kommen.

Ich recke das Kinn und schaue nach oben zur Tribüne. Der zukünftige Kaiser scheint das Gespräch mit seiner Frau beendet zu haben, denn er starrt mir mit einem Ausdruck entgegen, den ich erst nach einem Moment deuten kann. Zunächst hätte ich ihn für Desinteresse gehalten, doch da ist ein angestrengter Zug um seinen Kiefer. Er scheint wenig erfreut über den Verlauf der Kämpfe zu sein.

»Habt Ihr Euch so die Festspiele zu Eurem Geburtstag vorgestellt?«, höhne ich die Tribüne hinauf.

Graecus öffnet den Mund, doch der Sohn des Kaisers bringt ihn mit einer Handbewegung zum Schweigen, bevor er sich erhebt. Mit gemäßigtem Schritt tritt er zur Brüstung der Tribüne knapp vier Meter über mir.

»Nein«, gibt er zu, während er versucht mich mit eiskalten Blicken zu durchbohren.

Doch sie prallen an meinem Feuer ab, das mich wie ein Schutzschild umgibt und endlich wieder eine Einheit mit mir bildet.

»Doch das ist nun nicht mehr von Belang«, sagt der zukünftige Kaiser und gibt den Wachen mit einer Handbewegung zu verstehen, dass sie sich zurückziehen sollen.

Ich stoße ein Lachen aus. Noch nie ist mir ein solcher Idiot untergekommen!

Das ist meine Chance! Als Sohn des Kaisers hat er eine viel größere Macht als Graecus. Wenn ich ihn erwische oder zumindest verwunde, wird so viel Chaos herrschen, dass Cato und ich diese Arena im Tumult verlassen können.

Ohne zu zögern, schieße ich einen Feuerball hinauf und ziele direkt auf den zukünftigen Kaiser. Obwohl nur der Bruchteil einer Sekunde vergeht, kommt es mir wie eine halbe Ewigkeit vor.

Kurz bevor meine Attacke ihn erreicht, zerbirst der Zauber mit einem lauten Knall, gefolgt von einem Zischen.

Graecus, der sich geduckt hat, um meinem Angriff zu entgehen, hebt verwundert den Kopf. Auch ich starre verwirrt auf den Sohn des Kaisers, der keine Miene verzieht, während er meinen Blick erwidert. Er ist keinen Zentimeter zurückgewichen und hat auch die Hände nicht bewegt, die noch immer auf der Brüstung liegen. Wie ist es ihm dann gelungen …?

Die junge Frau, die die ganze Zeit über ebenfalls auf der Tribüne war und die ich bis eben völlig vergessen hatte, tritt an die Seite des zukünftigen Kaisers. Nun ruht meine gesamte Aufmerksamkeit auf ihr. Ich kann es nicht genau benennen. Es ist die Art, wie sie dasteht – nicht wie eine unterwürfige oder hochgeborene Etureerin. Der zukünftige Kaiser und Graecus verkommen zu Nebenfiguren, während ich über die Entfernung hinweg versuche die Frau zu mustern.

Ein warmes Lächeln umspielt ihre Lippen, als sie die Hand bewegt und einen Wasserzauber hervorruft. »Ich grüße dich, Schwester.«

Graecus fallen schier die Augen aus dem Kopf, während der Kaiser lächelnd die Frau ansieht. Ich kann sie nur weiterhin anstarren. Mein Blick huscht vom Wasserzauber, der offenbar meinen Feuerball unschädlich gemacht hat, zu ihrem Gesicht und wieder zurück.

Cato tritt zu mir und berührt mich sanft an der Hand. »Ist sie …?«

»Es ist lange her, Aeryn«, sagt sie, ehe ich auf Catos Frage antworten kann.

Erst jetzt begreife ich, wer sie ist. Nur eine Vantyr würde mich Schwester nennen und solch einen Zauber wirken können, das ist klar. Doch sie ist mehr als eine andere Vantyr. Über die mehreren Meter Entfernung habe ich sie nicht gleich erkannt, aber jetzt weiß ich es: Sie ist eines der Mädchen, die mit mir vor über fünf Jahren auf dem Schiff waren, das mich in dieses Land brachte.

»Wie … wie bist du …?«, stammele ich.

Sie zuckt mit den Schultern und der Wasserzauber löst sich über ihrer Hand auf. »Ich gehörte wie du zu den Glücklosen, die überlebt haben. Mich verschlug es als Sklavin in den Palast, weil meine Magie nie derart ausgeprägt war. Und dort«, sie greift nach der Hand des zukünftigen Kaisers, »traf ich ihn. Denjenigen, den ich und meine Magie erwählt haben. So wie auch du dein Gegenstück hier in diesem Land gefunden hast.«

Ich schaue zu Cato, der meinen Blick liebevoll erwidert.

»Als wir dachten, alles sei verloren, haben wir doch das Wichtigste für uns gefunden«, fährt sie fort. »Ich danke dir für das, was du in jener Nacht getan hast. Du wolltest uns beschützen und hast uns bei dieser schweren Entscheidung begleitet. Dazu gehört wahre Größe, die jemand, der nicht von unserem Volk stammt, niemals wird verstehen können.«

»Ich …« Mein Hals fühlt sich an wie zugeschnürt. »Ich habe versagt. Ich konnte euch nicht retten.«

»Es gibt nichts, was du dir vorwerfen musst«, entgegnet sie. »Jede von uns wusste, was ihr bevorstand, und hat die Scherbe aus freien Stücken genommen. Ich kann nicht sagen, ob es zu ihrem Besten war. Das kann nur die Göttin entscheiden. Aber ich weiß, dass viele an dem Los, das wir beide zu tragen hatten, zerbrochen wären. Ich hatte Glück. Du musstest deines erst finden und hart dafür kämpfen. Doch damit ist jetzt Schluss.« Begütigend legt sie die Hand auf den Arm des zukünftigen Kaisers. »Ich bin sicher, dass mein Geliebter zu seinem Ehrentag eine Ausnahme macht und euch beide begnadigt, damit ihr als Freie die Arena verlassen könnt.«

Der Sohn des Kaisers runzelt die Stirn, während er abwechselnd die Frau neben sich und mich mustert. »Das verstößt gegen uralte Traditionen und …«

»Wir waren uns doch einig«, murmelt die junge Vantyr ruhig, aber nicht minder eindringlich, »dass es viele Traditionen gibt, die wir reformieren sollten, sobald du an der Macht bist, Liebster.« Ihr Blick gleitet betont langsam zu Graecus. »Und mit Männern wie dem da sollten wir anfangen.«

»Oh, da bin ich dir gern behilflich«, knurre ich.

Sie nickt. »Er gehört natürlich dir.«

Graecus wird bei jedem Wort blasser und ich genieße jede Sekunde davon. Nach allem, was er mir angetan hat und noch antun wollte, was er Kallidora angetan hat, ist ein schneller Tod zu gut für ihn. Nein, für ihn habe ich etwas Besonderes im Sinn.

»Die Raubkatzen sind sicher hungrig, nachdem sie jahrelang zu eurer Unterhaltung dienen mussten«, sage ich.

Die junge Vantyr neigt den Kopf. »So soll es geschehen. Und danach werde ich dafür sorgen, dass sie in dem Land freigelassen werden, aus dem sie stammen. Und euch beiden steht es ebenfalls frei zu gehen.«

Ich schlinge die Arme um Cato und drücke das Gesicht gegen seinen Hals. Er hält mich so fest, als hätte er Angst, dass ich mich jede Sekunde in Luft auflösen könnte. Dass alles nur ein

Traum sei. Davor fürchte ich mich auch. Doch jeder Atemzug, der von seinem Duft und seiner Wärme erfüllt ist, lässt mich an die Wirklichkeit glauben.

Die junge Vantyr erwartet Cato und mich am Ausgang der Arena, nachdem ein Heiler notdürftig unsere Wunden versorgt und die Pfeilspitze fachmännisch aus Catos Rücken entfernt hat. Zum Glück saß der Pfeil nicht tief; die steife Lederrüstung muss die Wucht des Schusses abgefangen haben. Die ganze Zeit über haben wir einander nicht losgelassen, als brauchten wir die Berührung des anderen, um daran zu glauben, dass es wirklich geschieht. Dass wir hier und frei und zusammen sind.

Von Nahem kann ich endlich das Gesicht der Vantyr mit dem einer meiner Schwestern in Einklang bringen.

»Orenia«, sage ich.

Sie lächelt. »Verzeih, dass ich nicht früher zu dir kommen konnte. Es stieß … auf nicht viel Gegenliebe, dass der zukünftige Kaiser sich für mich – eine Fremde und noch dazu Sklavin – entschieden hat. Hätte ich dir, der beliebtesten Gladiatorin des ganzen Landes, einfach so die Freiheit geschenkt, hätte ich mir im Volk keine Freunde gemacht. Aber ich habe dich nicht vergessen. Ich wünschte nur, ich hätte dir eher helfen können.«

Ich nehme ihre Hand und drücke sie. »Es gibt nichts zu verzeihen. Wir stehen beide hier. Unsere Ahnen können stolz auf uns sein.«

»Das sind sie bestimmt. Auf dich besonders. Ich bewundere, dass du trotz allem nie vergessen hast, woher du stammst. Ich war mehrmals kurz davor, mich gänzlich anzupassen, nur um keine Probleme zu bekommen. Wahrscheinlich bin ich mittlerweile mehr Etureerin denn Vantyr, aber dank dir werde ich meine Wurzeln nie vergessen. Und ich werde alles dafür tun, dass keiner anderen Vantyr ein Schicksal wie uns bevorsteht. Diese Veränderungen werden Zeit brauchen, deshalb bitte ich dich, nach Hause zurückzukehren und unseren Clan zu verteidigen, wie es immer deine Bestimmung war, während ich mich von hier aus um alles kümmere.«

Ich trete nah an sie heran und lehne die Stirn gegen ihre. »Ich vertraue dir, Schwester. Ich verspreche, dass ich unser Volk beschützen werde.«

»Danke.«

Ich löse mich von ihr. »Darf ich noch einen Wunsch äußern?«

»Nur zu«, sagt Orenia.

»Es gibt da eine junge Sklavin, die dir hervorragende Dienste leisten und dir mit Rat und Tat zur Seite stehen könnte. Einen von der Göttin gesegneten Heiler. Und einen weiteren Mann mit einem herausragenden Gespür für gute Geschäfte und mit Beziehungen. Hättest du Verwendung für sie?«

Orenia lächelt. »Freunde von dir sind auch meine Freunde, erst recht wenn sie sich als nützlich erweisen.« Ihr Blick huscht zu Cato neben mir und sie neigt den Kopf. »Ich danke dir dafür, dass du meine Schwester gerettet hast und für sie da warst, als sie dich brauchte. Eure Zuneigung, selbst im Angesicht des Todes, hat mich tief beeindruckt. Ich wünsche euch alles Glück dieser Welt.«

»Das wünsche ich Euch auch, Mylady.« Cato verneigt sich vor ihr.

Ich schmunzele über seine gepflegten Umgangsformen. Auch Orenias Lächeln wird breiter. »Er wird sich ganz wundervoll in unserem Volk machen«, wispert sie mir verschwörerisch zu.

»Das wird er«, pflichte ich ihr bei. »Und dafür liebe ich ihn noch mehr.«

EPILOG

CATO

Schon nach einem halben Tag auf See weiß ich mit Sicherheit, dass ich ein Leben auf den Galeeren niemals durchgehalten und mich lieber freiwillig in die Fluten gestürzt hätte.

Zu Aeryns Belustigung verbringe ich die meiste Zeit über die Reling gebeugt, wohingegen sie sich auf dem Schiff bewegt, als hätte sie festen Boden unter den Füßen. Ich beneide sie darum.

Wenn die Übelkeit halbwegs erträglich ist, leistet sie mir Gesellschaft, und ich bitte sie, mir mehr von den Gepflogenheiten ihres Volkes zu erzählen.

Mit ihren Erzählungen hält Aeryn mich davon ab, die Stunden bis zu unserer Ankunft zu zählen. Anders als die ersten Male, als ich sie von ihrem Volk und ihrer Jugend habe sprechen hören, leuchten nun ihre Augen und sind nicht überschattet von den Schrecken der Nacht, als Etureer sie ihrem Heim und ihrer Familie entrissen.

Mir hingegen fiel es nicht schwer, meine Heimat zu verlassen. Selbst meine Mutter vergoss keine Träne, sondern ließ mich mit einem Lächeln ziehen, weil sie wusste, dass es mir gut gehen wird. Besser als in Eturien auf jeden Fall. Sie war nur traurig, ihre Enkelkinder wohl niemals kennenlernen zu können. Doch Flavius versicherte ihr, dass er ihr in ein paar Jahren eine Überfahrt schenken und sie begleiten wird, damit sie uns besuchen kann.

Flavius, Astor und Nilsa stehen dank Aeryns Hinweis nun im Dienst der zukünftigen Kaiserin. Ich bin sicher, dass auch sie glücklich mit ihrem neuen Wirkungskreis sind. Vor allem Nilsa war froh, dass ihre neue Herrin wahrscheinlich keine Nachttöpfe nach ihr werfen wird, wie Aeryn es zu Beginn getan hat.

Sämtliche Wut und Getriebenheit, die Aeryns Geist vor Monaten noch benebelt haben, sind verschwunden. Als ich meinte, dass ich froh darüber sei, dass die Freiheit sie beruhigt hat, hat Aeryn mich ausgelacht und anschließend geküsst. Lächelnd sagte sie, dass es nicht ihre Freiheit ist, die sie geerdet hat.

Sondern dass es mein Verdienst ist.

Ich mache mir keine Sorgen darüber, dass es mit uns nicht funktionieren könnte. Ich habe Aeryn bereits in ihrer dunkelsten Zeit erlebt und mich trotzdem in sie verliebt. Nichts wird meine Gefühle für sie je schmälern können.

Die letzten Kilometer müssen wir mit einem Ruderboot zurücklegen, da der Kapitän des Schiffes nicht wagt noch näher an die Insel der Vantyr heranzusegeln. Zu viele Schiffe hätten bereits ihr Ende auf dem Grund des Meeres gefunden. Tatsächlich kommen wir an einigen Schiffswracks vorbei.

Zum Glück ist uns das Wetter gewogen; die Sonne scheint, aber ihre Strahlen sind nicht so heiß wie in Eturien. Außerdem weht eine laue Brise.

Schon von Weitem sehe ich die üppig bewachsene Insel. In meiner Vorstellung war sie kleiner – gerade groß genug, um einen Vantyr-Clan zu beherbergen. Doch sie ist weit größer, als ich es mir hätte erträumen können, und bietet sicher mehreren Clans Platz.

Als wir endlich den Strand erreichen und aus dem Boot klettern, beginnt sofort die Erde unter unseren Füßen zu beben. Aeryn zieht mich nah an sich heran und beschwört ihre Magie, um uns zu beschützen.

Mehrere Frauen treten aus dem Wald heraus, der auf der Insel allgegenwärtig zu sein scheint und direkt an den Strand grenzt. Sie sind nicht bewaffnet, aber das müssen sie auch nicht sein, schließlich haben sie die Macht über die Elemente.

In sicherem Abstand bleiben sie stehen und beäugen Aeryns Feuer, das um ihre Finger flackert.

Aeryn ruft ihnen etwas in ihrer Muttersprache zu – wahrscheinlich sagt sie, dass wir in Frieden kommen –, woraufhin sich eine der Frauen aus der Gruppe löst und zögerlich einige Schritte auf uns zu macht.

Aeryns Feuer erlischt und ihr ganzer Körper versteift sich. »*Matra*«, wispert sie.

Dieses Wort kenne ich: *Mutter*. Und tatsächlich: Auf den zweiten Blick erkenne ich Aeryn in der Vantyr vor uns. Eine ähnliche Statur, etwas hellere Haare, der gleiche stolze Blick aus grünen, leicht schräg stehenden Augen.

Aeryn greift nach meiner Hand. Ich drücke sie fest, um ihr zu zeigen, dass dies wirklich geschieht. Dass wir hier sind. Und dass ihre Mutter entgegen allen Erwartungen doch noch lebt. Bisher ging Aeryn davon aus, dass ihr gesamter Clan in jener Nacht ausgelöscht wurde.

Ich spüre ihre Aufregung und ihre Zweifel, als wären sie meine eigenen. Aber ich spüre auch die unendliche Dankbarkeit und Erleichterung. All diese Gefühle sind so mächtig, dass sie beinahe zu viel für mich werden.

Nachdem sie sich zu mir umgedreht hat und ich ihr aufmunternd zugenickt habe, löst Aeryn sich von mir. Sie stolpert auf die andere Vantyr zu und fällt ihr nach kurzem Zögern schluchzend um den Hals. Ungläubig schiebt ihre Mutter sie auf Armlänge von sich und mustert sie mit gerunzelter Stirn. Als auch sie ihre Tochter erkennt, fängt sie ebenfalls an zu weinen.

Die übrigen Vantyr umringen die beiden Frauen und heißen Aeryn willkommen wie ein Familienmitglied, das nur wenige Tage fort und auf Reisen war.

Lächelnd wischt Aeryn sich die Tränen von der Wange, dreht sich zu mir um und streckt die Hand nach mir aus. Als ich sie ergreife, werde auch ich sogleich von den anderen Vantyr umringt, die in dieser melodischen Sprache auf mich einreden. Ich verstehe kein Wort, aber ihre Mienen wirken freundlich und erleichtert und ich bekomme sofort das Gefühl, dass ich ebenfalls willkommen bin. Dass ich nicht anders oder ein verhasster Etureer bin.

Es ist erstaunlich, dass die Frauen eines fremden Volkes mir sogleich dieses Gefühl vermitteln, das ich in meinem eigenen Land über zwanzig Jahre lang vergeblich gesucht habe.

Auf dem Weg hierher habe ich für keine Sekunde an Aeryn und mir gezweifelt. Ich *weiß*, dass ich mein Leben mit ihr verbringen will. Aber ich hatte Sorge, dass ich mich in der Fremde, innerhalb eines anderen Volkes erst beweisen muss. Daran bin ich in der etureischen Armee gescheitert und ich hatte Angst, dass ich auch diesmal scheitere. Ich hatte Panik, dass Aeryn sich meinetwegen schämen oder eine Entscheidung treffen muss, vor die ich sie niemals stellen wollte.

Aber innerhalb eines Augenblicks werden diese Ängste zerschlagen, ebenso wie der riesige Stein, der bis jetzt auf meiner Brust lag. Ich kann frei atmen und mit erhobenem Haupt stehen. Ich kann ich selbst sein, ohne Sorge, dass ich meiner Familie oder meinem Namen Schande bereite.

Nichts davon muss ich je wieder fürchten.

Aeryn stellt mich ihrer Mutter vor. Ich kann mich beim besten Willen nicht an die Worte erinnern, die sie damals zu meiner

Mutter gesagt hat, als sie ihr das erste Mal begegnet ist, aber ich erinnere mich an die Geste.

Also nehme ich die Hände der älteren Frau in meine, neige den Kopf und führe sie an meine Stirn, um ihr für die Tochter zu danken, die mir vor Jahren das Herz gestohlen hat und der ich bis ans Ende der Welt folgen würde.

Und noch viel weiter. Für immer.

ENDE

TRIGGERWARNUNG

Diese Geschichte enthält folgende sensitive Themen:
Tod
Suizid
Entstellung
Körperliche Gewalt
Psychische Gewalt

DANKSAGUNG

Die Idee zu einer Gladiatoren-Geschichte hatte ich schon lange. Tatsächlich gab es im ursprünglichen Manuskript von »Stoneheart« bereits eine Arenaszene, die im Laufe der Entwicklung jedoch herausgekürzt wurde und nur schmückendes Beiwerk war. So ganz wollte die Idee aber nie verschwinden. Und irgendwann hatte ich die Möglichkeit, eine völlig neue Geschichte um das Thema »Gladiator« zu bauen.

Ich bin unendlich dankbar dafür, dass meine Lektorin bei Carlsen / Impress, Nicole Boske, genügend Potenzial in dieser Geschichte gesehen hat, dass sie als Klappbroschur unter dem Carlsen-Label erscheinen durfte.

Meiner für dieses Projekt zuständigen Lektorin Janina Roesberg danke ich aus tiefstem Herzen für ihr Engagement – auch angesichts meiner Zweifel.

Ohne meine wundervolle Lektorin Wencke Woitzik wäre Aeryns und Catos Geschichte heute nicht das, was sie ist. Vielen, vielen Dank für deine Gespräche, Sprachnachrichten, Kommentare und deinen Feuereifer für diese Story!

Danke an meine Agentin Cristina Bernardi von der Agentur Michael Meller für ihren unermüdlichen Einsatz. Dies ist das erste Manuskript, das sie für mich vermittelt hat – und ich drücke die Daumen, dass noch sehr viele folgen!

Danke an Victoria Linnea, die als Sensitivity Readerin viele Tipps und Hilfestellungen gegeben hat.

Wann immer ich mit einer groben – und teilweise unausgearbeiteten – Idee daherkomme, müssen meine Testleserinnen ran. Ohne ihren Zuspruch und ihre Liebe gäbe es »Gladiator's Love« heute nicht. Sie sind es, die mich aufrichten, wenn ich bereits in der ersten Schaffensphase alles hinwerfen würde. Ich danke euch von Herzen, Mädels!

Besonders möchte ich meinen Unterstützer:innen auf Patreon danken, allen voran Vivien, Linda, Corinna, Nicole, Jasmin, Vivian, Maria, Vanessa, Katharina, Birgit, Ngoc Anh, Marion, Anja, Sofia, Yasmin, Lisa, Kerstin, Klara, Sandra, Julia, Angela, Tanja und Deborah.

Wie immer gilt auch meinem Mann mein innigster Dank, auch wenn er diese Zeile niemals lesen wird.

Ebenso meiner Hündin Hera, die mich in regelmäßigen Abständen daran erinnert, dass Sauerstoff nicht überbewertet wird, ebenso wenig wie Bewegung.

Und last but not least danke ich dir, liebe:r Leser:in, dafür, dass du Aeryn und Cato begleitet hast. Ich hoffe, du hattest beim Lesen genauso viel Spaß wie ich beim Schreiben. Vielleicht sehen wir uns ja in einer meiner anderen Geschichten wieder.

Bis dahin wünsche ich dir alles Liebe,
Asuka

Lektorat: Wencke Woitzik
Umschlagbilder: shutterstock.com / © SS pixels / © Jingjing Yan / © Archiwiz / © atk work
Umschlaggestaltung: formlabor, Hamburg
Karte: Asuka Lionera
Satz: Pinkuin Satz und Datentechnik, Berlin
Herstellung: Gunta Lauck
Litho: Margit Dittes, Hamburg
ISBN 978-3-551-58461-8